Ilene Cooper ist Kinderbuchredakteurin bei dem US-amerikanischen Magazin »Booklist«. Sie hat bereits über dreißig Romane, Bilderbücher und Sachbücher verfasst. Ilene Cooper lebt und arbeitet in Chicago und liebt nichts so sehr wie Bücher.

ILENE COOPER

Der Engel in der Hosentasche

Aus dem amerikanischen Englisch von
Anja Sieg

BAUM
HAUS

BAUMHAUS TASCHENBUCH
Band 0041

1. Auflage: November 2011

Dieser Titel ist auch als E-Book lieferbar

Vollständige Taschenbuchausgabe

Baumhaus Taschenbuch in der Bastei Lübbe GmbH & Co. KG

Deutsche Erstausgabe

Titel der amerikanischen Originalausgabe:
»Angel in my pocket«
Originalverlag:
Feiwel & Friends, 175 Fifth Avenue, New York, N.Y. 10010

Lektorat: Christina Neiske, München
Umschlaggestaltung: © Guter Punkt, München
unter Verwendung von Motiven von Shutterstock
Autorenfoto: © Smith/Wright Photography
Satz: hanseatenSatz-bremen, Bremen
Gesetzt aus der Stempel Garamond
Druck und Verarbeitung: CPI – Ebner & Spiegel, Ulm
ISBN 978-3-8432-0041-7

Sie finden uns im Internet unter
www.baumhaus-verlag.de
Bitte beachten Sie auch www.luebbe.de

Für alle meine Engel,
hier und im Jenseits.

1. Kapitel

Auf Bette Millers Küchentisch lag ein Haufen Geld. Es war hauptsächlich Kleingeld, doch zwischen den Münzen erspähte Bette zerknitterte Ein-Dollar-Scheine, sogar einige Fünfer- und Zehnernoten.

Bevor sie sich ernsthaft ans Zählen machte, nahm sie eine Handvoll Silbermünzen und ließ sie durch die Finger rieseln. Sie hatte Spaß an dem satten Klang, den die Münzen verursachten, als sie auf das Kleingeld herunterfielen, er gab ihr das Gefühl reich zu sein.

Bettes ältere Schwester Barbra hatte das Geld in einer Blechdose für eine Benefizaktion der Uni gesammelt, hatte für Spenden auf der Straße gestanden und an Autoscheiben geklopft. Jetzt schob sie sich auf den Stuhl auf der anderen Seite des Tisches und kommandierte: »Tu das nicht, Bette. Geld ist schmutzig. Viel zu viele Keime.«

Bette seufzte. Seit dem Tod ihrer Mutter war Barbra zu einer Quelle von Klischees geworden, die sie großzügig von sich gab. »Pass im Internet auf, da lauern Perverse.« – »Geh nicht mit nassen Haaren nach draußen, du holst dir den Tod.« – »Vergiss nicht die Hände zu waschen, wenn du rohes Hühnerfleisch angefasst hast.«

»Warum sollte ich ein ungekochtes Huhn anfassen?«, hatte Bette entsetzt gefragt, als Barbra zum ersten Mal mit diesem Spruch kam.

»Na ja«, hatte Barbra resignierend geantwortet. »Wir werden wahrscheinlich für Papa kochen müssen. Und er mag nun mal Hähnchen.«

Und tatsächlich hatte Bette in den letzten Jahren so viele glitschige rohe Hähnchen angefasst, dass sie einfach nicht mehr daran erinnert werden wollte.

Aber »Fass das Geld nicht an, es ist schmutzig«? Was würde wohl als Nächstes kommen? »Sieh nach rechts und links, bevor du über die Straße gehst«?

»Wie kann ich das Geld zählen, ohne es anzufassen?«, fragte Bette säuerlich.

»Wir brauchen es nicht zu zählen. Das macht die Maschine in der Bank. Ich soll nur Scheine und Münzen trennen und den komischen Kram aussortieren.«

»Komischer Kram?«

»Kanadische Münzen. Papierfetzen, Fusseln. Alles, was die Maschine verstopfen könnte.« Barbra zog eine weiße Kugel aus dem Geldhaufen. »Ein Bonbon.«

Bette verzog das Gesicht. »Wer steckt denn ein Bonbon in eine Spendenbüchse?«

Dann sprang ihr etwas ins Auge. Zuerst dachte sie an ein seltsam geformtes 25-Cent-Stück. Sie sah es verdutzt an. Dann schaute sie genauer hin. Es war gar keine richtige Münze. Auf der einen Seite der zinnfarbenen Marke war ein Engel eingeprägt, die Flügel ausgebreitet, die Hände im Gebet gefaltet, der Saum des langen Gewandes hing auf dem Boden.

Sie nahm die Marke in die Hand, und der Engel schien

größer zu werden, sich ein bisschen von seinem gehämmerten Hintergrund zu erheben.

»Was ist das?«, fragte Barbra.

Bette wollte die Marke nur ungern hergeben, aber an der ausgestreckten Hand ihrer Schwester führte kein Weg vorbei.

»Oh, niedlich«, sagte Barbra und gab sie zurück.

»Ich kann sie behalten?«, fragte Bette und ihr Herz schlug ein bisschen schneller.

»Sicher, warum nicht?«, sagte Barbra verwundert. »Es ist nur ein Glücksbringer. Du hast sie doch bestimmt schon in den Geschäften gesehen. Manchmal liegen sie in einem kleinen Korb an der Kasse.«

Hatte sie etwas Ähnliches schon einmal gesehen? Bette war sich nicht sicher. Vielleicht solche mit einem vierblättrigen Kleeblatt. Aber sie konnte sich nicht daran erinnern, einen Engel gesehen zu haben.

Barbra schob das Geld in einen Stoffbeutel. »Also gut, ich bringe das jetzt wohl besser zur Bank. Dann muss ich zurück zur Uni.«

Bette stand auf und stellte die Gläser in die Spüle. Sie hatte sich immer noch nicht daran gewöhnt, dass Barbra an der Northwestern University studierte und in Evanston wohnte. Evanston war zwar nur eine Haltestelle von Chicago entfernt, genauer gesagt zwei, weil man umsteigen musste. Aber seit Papa und sie Barbra Ende August mitsamt einem ansehnlichen Berg von Klamotten im Studentenwohnheim abgeliefert hatten, war sie noch nicht wieder dort gewesen. Wann hätte sie dazu auch Gelegenheit gehabt? Barbra war in den letzten sechs Wochen jeden Samstag oder Sonntag nach Hause gekommen.

»Ich gehe mit dir«, sagte Bette und griff nach ihrer Jacke.

»Hast du nichts Besseres zu tun?«, fragte Barbra, während sie den Beutel mit dem Geld in ihren Rucksack stopfte.

Bette runzelte die Stirn. Hast *du* nichts Besseres zu tun, du frischgebackene Studentin, als dich darum zu kümmern, dass der Kühlschrank für die kommende Woche mit genügend tiefgefrorenen Hamburgern gefüllt ist? Aber das war nicht sehr nett, denn Bette wusste, dass Barbra durchaus Besseres zu tun hatte, oder zumindest haben sollte – etwa zu lernen oder einer Studentenverbindung beizutreten oder einen Freund zu finden. Mit ihren Wochenendbesuchen wollte sie nur sicherstellen, dass bei Schwester und Vater alles in Ordnung war.

Was Bette aber wirklich ärgerte, war die Tatsache, dass die ehrliche Antwort auf Barbras beiläufige Frage lauten müsste: »Nein, ich habe nichts Besseres zu tun, als dich zur Bank zu begleiten.«

Draußen sah sich Barbra um und sagte glücklich: »Ich liebe den Oktober. Es ist der schönste Monat.«

»Es wird kalt«, meinte Bette und zog den Reißverschluss ihrer Jacke hoch.

»Aber Bette, sieh nur den Himmel«, sagte Barbra und blieb einen Moment stehen. »Er hat die gleiche Farbe wie dieses Eis am Stiel, das Mama immer gekauft hat. Und die Blätter. Sie sind umwerfend. Scharlachrot, orange, sogar violett.«

»Weißt du nicht, warum Blätter die Farbe wechseln? Weil sie kein Chlorophyll mehr produzieren, das sie grün und gesund hält. Die Farben bedeuten, dass sie alt werden und sterben.«

Barbra warf ihrer Schwester einen eigentümlichen Blick zu. »Bette, ist dir eigentlich klar, dass so vieles, worüber du sprichst, mit dem Tod zu tun hat?«

Bette schnaubte. »Warum wohl?« Wenn irgendjemand verstehen sollte, warum solch morbide Gedanken in Bettes Kopf herumwirbelten wie die Blätter auf dem Gehweg, dann ihre Schwester. Barbra war durch den plötzlichen Tod ihrer Mutter genauso geschockt gewesen wie sie.

Zuerst kam der Anruf aus dem Krankenhaus. Ein Autounfall auf einer regennassen Straße. Dann der überstürzte Aufbruch in die Klinik. Der Anruf auf dem Handy ihres Vaters landete direkt auf dem Anrufbeantworter, deshalb hatten die Mädchen ein Taxi genommen, das sie in eine ihnen unbekannte Gegend gebracht hatte, in der Nähe der Stelle, an der der Unfall passiert war.

Als unverbesserliche Pessimistin war Bette immer davon ausgegangen, dass es in ihrem Leben viele schlimme Momente geben würde; aber selbst wenn sie 110 Jahre alt werden würde, konnte sie sich nichts Schlimmeres vorstellen als jene verzweifelten Minuten während der Fahrt ins Krankenhaus. Es schien ewig zu dauern und ging doch überraschend schnell, es schien eine ganz eigene Zeitrechnung.

Barbra und sie saßen schweigend da und hielten sich an den Händen. Zwar nahm Bette den abgestandenen Zigarettengeruch im Taxi und die Stimmen der Reporter im Radio wahr, doch viel realer waren die Bilder, die sie verfolgten, so ausdauernd und willkürlich wie die

Regentropfen, die auf die Windschutzscheibe des Taxis trommelten.

Ihre Mutter in einem Klinikbett. War sie voller Wunden? Waren ihre Knochen gebrochen? Hatte sie Schmerzen? Bette wusste, dass ihre Mutter lebte, zumindest hatte ihr das die Anruferin aus dem Krankenhaus gesagt. Aber der Eindringlichkeit in der Stimme der Frau konnte Bette entnehmen, dass das schon bald nicht mehr der Fall sein könnte.

Als sie im Krankenhaus ankamen, herrschte große Hektik. Barbra hatte die Initiative übernommen, Bette stumm an ihrer Seite. Zunächst konnte niemand etwas über den Verbleib ihrer Mutter sagen. Als man sie schließlich in der Notaufnahme ausfindig machte, wollte das Krankenhauspersonal sie nicht zu ihr lassen. Nachdem Barbra energisch Zugang zu der Kabine verlangt hatte, versuchte eine Schwester sie auf das Kommende vorzubereiten.

Die behutsamen Worte der Schwester über innere Blutungen, über Prellungen in Mrs Millers Gesicht und über die Wirkung der Schmerzmittel hatten nicht ausgereicht. *Wer ist diese Frau?*, hatte Bette gedacht, als sie ihre Mutter sah. Sie wirkte klein und gebrechlich und sah Jahre älter aus, angeschlossen an so viele blinkende, piepsende Geräte, dass diese mehr ein Teil von ihr zu sein schienen als ihre Arme und Beine. Nur die rotblonden Locken auf dem weißen Baumwollkissen – die gleichen Locken, die Barbra geerbt hatte – waren vertraut.

Rückblickend war Bette ewig dankbar, dass ihre Mutter noch lange genug gelebt hatte, um sich zu verabschieden. Bette hätte es nicht ertragen, *niemals,* wenn sie zu spät ins Krankenhaus gekommen wären. Es war, als wäre sie von einem Wirbelsturm mitgerissen worden, ohne sich festhalten zu können.

Obwohl sie Gelegenheit hatte, ihrer Mutter »Ich hab dich lieb« ins Ohr zu flüstern und den Druck ihrer Hand spürte, war es auch so schlimm genug. Bette brachte die Beerdigung und viele Tage danach hinter sich wie eine Schauspielerin in dem Stück *Die trauernde Tochter*. Sie wusste, dass sie sich furchtbar fühlen sollte – und ein Teil von ihr, vermutlich der, der so hysterisch weinte, fühlte sich auch so. Aber die meiste Zeit war ihr, als schwebte sie an der Decke, sie sah gleichgültig auf die schluchzende Bette hinunter, auf Barbra, die versuchte, sich um alle zu kümmern, und auf ihren völlig verstörten Vater, der aussah, als wäre er derjenige, der einen Autounfall gehabt hatte.

Und es gab Zeiten, in denen sie von den merkwürdigsten Emotionen heimgesucht wurde. So wie vor der Beerdigung dieser kurze aufregende Stich, ob Peter Waugh, der tollste Junge in ihrer Klasse, wohl da sein und sie tröstend in den Arm nehmen würde. Es kamen dann allerdings so viele Menschen zur Beerdigung, dass sie gar nicht wahrnahm, ob er da war; und als die Grabrede vorbei war, hatte sie die Umarmung völlig vergessen.

Obwohl seit dem Tod ihrer Mutter mittlerweile fast zwei Jahre vergangen waren, hatte Bette mitunter das Gefühl, als würde sie immer noch eine Rolle spielen, die ihres Fast-dreizehn-Jahre-alten-Ichs. Zu anderen Zeiten war ihr Leben nur zu real. Wie konnte es angesichts der Fülle banaler Dinge wie Essenkochen, Aufräumen, Waschen und Fernsehgucken auch anders sein. Ganz viel Fernsehen.

»Bette«, unterbrach Barbra die Gedanken ihrer Schwester. »Weißt du, was mit der Wohnung passiert?«

Bette drehte sich zu ihrem grauen Haus mit den beiden Wohnungen um. In dieser Gegend im nördlichen Chicago gab es jede Menge Häuser, die ähnlich aussahen, aber für Bette war das eigene Zweifamilienhaus etwas ganz Besonderes – wegen der Herzen. Irgendein unbekannter Maurer hatte, ob nun aus einer künstlerischen Laune heraus oder aus Langeweile, in den glatten nebelgrauen Stein zwischen den Wohnungen im Erdgeschoss und im oberen Stockwerk einen Kreis von kleinen, dekorativen Herzen gemeißelt. Als kleines Mädchen war Bette ungeheuer stolz auf diese Herzen. Ihre Mutter hatte ihr dazu viele Geschichten erzählt, die immer gleich ausgingen: »Und dann hielten die Herzen nach dem glücklichsten Haus in Chicago Ausschau, und als sie es gefunden hatten, schmiegten sie sich in den Stein!«

Bette ging neben Barbra auf die Bank zu. »Sie steht noch gar nicht so lange leer. Gerade einmal zwei Monate.«

»Bette.« Barbras Stimme hatte diesen Du-bist-nicht-mehr-fünf-Jahre-alt-Unterton. »Papa verliert sicherlich tausend Dollar im Monat, weil die Wohnung leer steht.«

»Wir haben doch genug Geld«, verteidigte sich Bette. Und es stimmte. Ihre Mutter, eine sehr gute Buchhalterin, hatte dafür gesorgt, dass jede Menge Versicherungen da waren. Es war schon ein bisschen paradox, dass die Familie jetzt, da es die Mutter nicht mehr gab, mehr Geld hatte als je zuvor. Allerdings kein Geld, das man tatsächlich in der Tasche hatte, sondern Geld, das für ein Studium zur Seite gelegt wurde. Oder im Falle ihres Vaters genug Geld, um die Anwaltskanzlei aufzugeben und einen Anteil an einem Jazzklub zu kaufen.

»Na ja«, fuhr Barbra mit gerunzelter Stirn fort. »Ich finde es nicht gut, dass du in dem Haus mit einer leeren Wohnung unter dir bist. Das ist nicht sicher.«

Bette wollte ihrer Schwester sagen, dass sie das Alleinsein gewohnt war, dass sie nachts keine Angst mehr hatte. Zumindest fast keine. Aber sie wusste genau, dass alles, was sie sagen würde, nur wieder Barbras schlechtes Gewissen wecken würde, weil sie während des Studiums nicht zu Hause wohnte. Barbras Schuldgefühle kochten ohnehin schon reichlich über. Und Bette selbst fühlte sich ebenfalls schuldig, weil sie genau wusste, dass Barbra nur ihretwegen auf ein Studium in Claremont in Kalifornien oder Duke in North Carolina verzichtet hatte, den beiden anderen Universitäten, die sie ebenfalls akzeptiert hatten.

»Hat er überhaupt eine Anzeige in die Zeitung gesetzt?«, fragte Barbra, als sie die verkehrsreiche Chicago Avenue entlanggingen.

»Ich weiß nicht«, antwortete Bette.

»Na gut, ich frage ihn, wenn ich das nächste Mal mit ihm spreche.«

»Wann immer das sein wird«, murmelte Bette.

Barbra sagte einen Moment nichts. Dann fragte sie: »Kommt er denn nicht eher nach Hause? Er hat jedenfalls versprochen, dass er es versuchen würde.«

Wenn früher nach Hause kommen vor Mitternacht bedeutete, statt eine Stunde oder so danach, dachte Bette, dann bemühte er sich tatsächlich. Aber sie wollte nicht, dass sich ihre Schwester Sorgen machte. »Ja, er kommt früher nach Hause.«

»Ich wünschte, er hätte diesen Jazzklub nie gekauft«, sagte Barbra ärgerlich.

Diese Diskussion war nicht neu. Beide Schwestern waren geschockt gewesen, als ihr Vater einige Monate nach dem Tod der Mutter angekündigt hatte, die Kanzlei aufzugeben und sich stattdessen an einem Jazzklub im trendigen Viertel ›South Loop‹ von Chicago zu beteiligen.

»Aber ich dachte, dass du gerne Anwalt bist«, hatte Bette gesagt.

»Bin ich auch. War ich. Aber seit deine Mutter von uns gegangen ist, habe ich erkannt, dass ich meine Zeit nicht mit etwas verbringen möchte, das ich nur *mag*. Ich will etwas tun, das ich *liebe*. Und ich liebe Jazz.«

Bette hasste es, wenn ihr Vater im Zusammenhang mit dem Tod ihrer Mutter »von uns gegangen« sagte. Das klang so, als sei sie nur zufällig in ihrem Leben gewesen, während sie doch tatsächlich der wichtigste Teil gewesen war.

»Außerdem«, hatte ihr Vater gesagt, »arbeite ich meistens spät abends und kann so tagsüber für dich da sein.«

Diese Rechnung ging natürlich nicht auf und gelegentlich hatte Bette das Gefühl, dass ihr Vater das ganz genau gewusst hatte, als er sein glorreiches Unternehmen anging. Zuerst musste der Club renoviert werden, und er musste dort sein, um ein Auge auf die Firmen zu haben, die den Ausbau vornahmen und das Soundsystem installierten. Dann musste er lernen, talentierte Musiker unter Vertrag zu nehmen und anschließend Mitarbeiter einstellen und anlernen. In der Summe war er ein Vater, der tagsüber und nachts nicht viel da war.

»Willst du mit reinkommen, während ich das Geld einzahle?«, fragte Barbra, als sie an der Ecke vor der Bank ankamen. »Dann kannst du mich zur U-Bahn bringen.«

Bettes Tage mochten zwar ereignislos sein, aber in einer Bank auf einen kurzen Weg zu einer dunklen, nasskalten U-Bahn-Station zu warten, nur um irgendetwas zu tun, war selbst in ihren Augen ein Armutszeugnis.

»Nein, ich will noch eben in die Buchhandlung«, meinte Bette und deutete vage in die Richtung der Secondhand-Buchhandlung auf der anderen Seite der Straße.

»Na dann«, meinte Barbra und tätschelte Bettes buschiges braunes Haar, das so ganz anders als ihres war. »Ich rufe dich morgen an.«

Als Barbra in der Bank verschwunden war, überlegte Bette einen Moment, ob sie tatsächlich in den Laden gehen sollte. Ihr Vater war zwar nicht sehr großzügig mit seiner Zeit, aber mit Geld umso mehr. Bette hatte davon stets genug, um zu kaufen, was sie wollte, und das waren normalerweise Bücher.

Aber ihre Schwester hatte recht. Es war ein wunderschöner Tag, und Bette wollte lieber draußen im Sonnenschein unterwegs sein als bei elektrischem Licht drinnen zu sitzen. Sie nahm den langen Weg nach Hause, schlenderte zunächst die Clark Street entlang und schaute sich Schaufenster an. Bette wünschte, sie hätte mehr für Klamotten übrig. Es gab so nette Sachen, aber wenn man dünn und unattraktiv war, konnte auch Kleidung nicht viel ausrichten.

Sie kam an einigen Läden mit trendigen Sachen für Kids vorbei und war fast versucht, in einen der allgegenwärtigen Coffeeshops zu gehen, aber sie hatte keine Lust, irgendwo allein zu sitzen. In der Nähe ihres Hauses kam sie an einem ihrer Lieblingsplätze in der Nachbarschaft vorbei, der Kirche des Heiligen Trösters. Als sie klein war, fand sie den Namen ausgesprochen komisch, weil sie in ihrem Bett einen Baby-Tröster mit mehreren Löchern hatte, davon ein ganz spezielles, durch das sie immer ihre Finger schob, bis es größer wurde.

Ihre Mutter musste mehrfach erklären, dass der Heilige Tröster eigentlich der Heilige Geist war – und dann eine lange Erklärung hinterherschicken, wer das eigentlich war, denn der Miller'sche Haushalt war ganz und gar nicht religiös. Was nach dem Tod ihrer Mutter alles schwieriger macht. Mr Miller war so in seiner Trauer versunken, dass Bette ihn mit ihren Fragen nicht stören wollte, also hatte sie sich an Barbra gewandt.

»Was glaubst du, wo Mama ist?«, hatte sie gefragt.

Barbra sah erstaunt auf. »Was meinst du?«

»Na ja«, meinte Bette zögerlich, »glaubst du, dass sie im Himmel ist?«

»Im Himmel?«

»Ja«, wiederholte Bette. »Im Himmel bei Gott. Und den Engeln.«

»Das weiß ich nicht, Bette. Ich bin nicht sicher, ob ich überhaupt an den Himmel glaube. Und du?«

Wie sollte sie das wissen? Sie war erst zehn. Und hatte nur sehr vage Vorstellungen vom Himmel. Das, was sie in Büchern aufgeschnappt hatte. Sie versuchte sich zu erinnern, ob ihre Mutter jemals über den Himmel gesprochen hatte, aber ihr fiel nichts ein. Bette hasste die Vorstellung, dass ihre Mutter einfach so in der kalten Erde lag, aber sie konnte sich diesen besseren Ort, über den die Leute redeten, einfach nicht vorstellen. Weil ihre Fragen unbeantwortet blieben, versuchte Bette, sie zusammen mit ihrer Mutter zu begraben.

Aber manchmal ging sie in die Kirche des Heiligen Trösters. Die Kirche war aus dem gleichen grauen Stein wie ihr Zuhause und wirkte von außen beeindruckend, doch im Innern war es dunkel und warm, und das bunte Glas der Fenster leuchtete, wenn die Sonne hereinfiel. Wenn sie hier war, fühlte sie sich geborgen.

Bette hielt vor der Kirche inne. Sie steckte die Hände in die Taschen ihrer Jeans und fühlte die Engelsmünze. Sie war viel wärmer als ihre Hände. Bette zögerte. Sie fühlte sich vom Kircheninneren angezogen, aber sie entschied, dass sie einfach zu müde war. Sie wollte nach Hause.

Zügig ging sie in Richtung des grauen Hauses. Als sie nur noch einen Block entfernt war, sah sie auf. Etwas erregte ihre Aufmerksamkeit. War das ein Licht in der unteren Wohnung? Sie war sicher, dass alles dunkel gewesen war, als Barbra und sie zur Bank gingen, und sicherlich war seither niemand drin gewesen. Einen kurzen Moment wurde das Licht stärker und war dann wieder verschwunden.

2. Kapitel

Bettes Schule, die Odom School, war eine sogenannte Magnetschule. Eine Magnetschule funktioniert wie ein Magnet: Sie zieht Schüler aus den verschiedensten Stadtteilen an.

Es gibt viele verschiedene Arten von Magnetschulen. Einige sind auf Sprachen spezialisiert, andere auf Literatur oder Naturwissenschaften. Odoms magnetische Anziehungskraft waren die darstellenden Künste. Die meisten Kinder, die diese Schule besuchten, hatten lange Anfahrtswege. Bette hingegen hatte Glück. Sie musste zwar einen Eignungstest bestehen, um zum künstlerischen Programm zugelassen zu werden, aber Odom war für sie zugleich die nächstgelegene Schule und nur drei Blocks entfernt.

Obwohl die darstellenden Künste im Mittelpunkt des Lehrplans standen, bedeutete das natürlich nicht, dass den Schülern die Grundfächer, die jedes Kind auf der Welt lernt, erspart blieben.

Einmal waren Freunde ihrer Eltern samt unentwegt kaugummikauender Tochter zu Besuch gewesen. Offensichtlich hatte sie von Bettes Schule gehört. »Also, hab ich das jetzt richtig verstanden?«, sagte das Mädchen und ließ eine Kaugummiblase platzen. »Du gehst auf eine Schule, in der du den ganzen Tag rumstehst und singst?«

Bette war sofort gereizt. »Wir haben die gleichen Fächer wie du. Mathe, Englisch, Naturwissenschaften.«

Wohlweislich behielt sie für sich, dass alle diese Fächer mit viel Musik, Gesang und Schauspielerei ausgestaltet wurden. Im Leitbild der Schule waren zwei Hauptschwerpunkte aufgelistet: *Den gestalterischen und künstlerischen Ausdruck der Schüler zu fördern sowie Interesse an visuellen Künsten, Musik, Tanz und Schauspiel zu wecken.* Und zweitens: *Die schönen Künste in den Schulunterricht zu integrieren.* Manchmal musste man den Bogen weit spannen, um »kreativen Ausdruck« in den Lehrplan einzubeziehen.

In der ersten Klasse lernten sie die Grundrechenarten in spielerischer Form. Eine Gruppe von Kindern stellte die Summe dar, während andere Kinder sich durch Hinzukommen addierten und einige durch Verlassen subtrahierten. Selbst im Alter von sechs Jahren fand Bette dieses Spiel ziemlich langweilig.

Als sie in der vierten Klasse amerikanische Geschichte lernten, stellten die beiden vierten Klassen den Zweiten Kontinentalkongress nach, der mit der Unterzeichnung der Unabhängigkeitserklärung endete. Die Lehrer waren begeistert, denn es hatten 56 Delegierte an dem Treffen teilgenommen, sodass es genügend Rollen für alle gab. Wie sich herausstellte, gab es jedoch nur wenige gute Rollen: Jefferson, Franklin, John Hancock. Bette musste Stephen Hopkins von Rhode Island spielen. Ihr Auftritt beschränkte sich auf das Tragen einer Perücke und das

Unterzeichnen der nachgemachten Erklärung, die der Lehrer vorbereitet hatte.

Als Bette in die fünfte Klasse kam, wurde jedem Schüler eine spezielle Ausbildung angeboten. Die naheliegendste Wahl für Bette war der Gesang. Ihre Mutter hatte sie für das künstlerische Programm in der Hoffnung eingeschrieben, dass aus Bette einmal eine berühmte Sängerin werden könnte. Bettes Familie war sehr musikalisch. Obwohl ihre Eltern Berufe hatten, in deren trockenem Alltag es um Zahlen und Rechtsprechung ging, liebten beide die Musik in jeder Form.

Mr und Mrs Miller hatten sich bei einem Rockkonzert kennengelernt und besuchten auch nach ihrer Heirat weiterhin Konzerte aller Art. Mr Miller liebte besonders den Jazz. Mrs Miller mochte vor allem Sängerinnen, ganz egal ob Ella Fitzgerald, k. d. lang oder Fergie. Zu Bettes schönsten Erinnerungen gehörte ihre Mutter, die beim Putzen lauthals die Stücke der verschiedensten großen Sängerinnen mitsang, obwohl ihre Stimme ehrlich gesagt gar nicht so gut war. Mrs Miller hatte sogar ihre Töchter nach ihren Lieblingssängerinnen benannt: Barbra Streisand und Bette Midler; was Barbra ganz besonders hasste, weil Streisand im Wunsch nach Einzigartigkeit das zweite a in Barbara ausgelassen hatte. Unglücklicherweise erwartete niemand von Barbra Miller eine unverwechselbare Schreibweise ihres Namens, weshalb er ständig in der herkömmlichen Weise falsch geschrieben wurde. Sie verbrachte viel Zeit damit, das zu korrigieren. Und überhaupt mochte Barbra die Musik der Streisand nicht. Sie war mehr für Reggae.

Bette war von ihrem Namen auch nicht gerade begeistert. Niemand hieß Bette – oder Betty, wie einige Leute es aussprachen, was sie nun wirklich nicht leiden konnte. Aber sie hatte nichts gegen Bette Midlers Musik, auch wenn die total retro war. Sie mochte Sängerinnen, die einen Song so richtig schmettern konnten. Die erste, an die sie sich erinnern konnte, war Annie, oder besser, das Mädchen, das in dem Musical die Rolle der Annie sang. Als kleines Kind von drei oder vier Jahren hatte Bette so oft Annie *Tomorrow* singen gehört, dass selbst ihre musikbegeisterten Eltern das Lied irgendwann nicht mehr hören konnten.

Zumindest bis zu dem Zeitpunkt, als Bette es zum ersten Mal sang. Nicht, dass sie zur CD gesungen hätte. Sie war einfach auf das Sofa geklettert, hatte eine alte Babyflasche als Mikrofon genommen und *Tomorrow* gesungen.

Ihre Eltern hatten am Kamin gesessen und gelesen. »Ich dachte zuerst, dass die CD läuft«, sagte ihre Mutter später zu ihr. »Dann habe ich gemerkt, dass da gar keine Musik war. Nur Gesang. Nur du!«

Bette musste immer noch lächeln, wenn sie daran dachte, wie oft ihre Mutter ihr diese Geschichte erzählt hatte.

Also war der Gesang Bettes Talent, das ihr das Gefühl gab etwas Besonderes zu sein. Ihre Eltern waren glücklich, als sie herausfanden, dass die Odom School speziell die Künste förderte, und völlig aus dem Häuschen, als sie angenommen wurde. Die Schule war bis zur fünften Klasse super, dann starb ihre Mutter im März. Danach hatte Bette keine Lust mehr zu singen.

Alle Lehrer an der Schule waren sehr mitfühlend. Mrs Wu, die Direktorin, hatte sie zur Seite genommen und gesagt, dass sie nicht ans Singen denken sollte, ehe sie dazu bereit war. Als sie auch in der sechsten Klasse kein Interesse am Gesang gezeigt hatte, begannen ihre Lehrer sich Sorgen zu machen und empfahlen Mr Miller diskret, dass Bette möglicherweise »Hilfe« benötigen würde.

Mr Miller hatte »Natürlich, natürlich« gesagt und für kurze Zeit ging Bette zu einem Trauerberater. Das Ergebnis war voraussehbar: Singen erinnerte Bette an ihre Mutter und deshalb wollte sie nicht singen. Der Berater empfahl ihr, es langsam angehen zu lassen.

So weit, so gut. Doch jetzt hatte Bette ihr siebtes Jahr begonnen, und ihr war immer noch nicht nach Singen zumute. Sie hatte keine Ahnung, wie viel langsamer sie es noch angehen lassen konnte.

Zu Beginn des Schuljahres war Bette Mr Perry für eine spezielle Gesangsausbildung zugeteilt worden. In der vierten Klasse war es ihr großer Traum gewesen, einmal die Annie zu singen. Aus ihrer Sicht hatte sie einen Vorsprung, weil sie die Texte aller Songs bereits in- und auswendig kannte. Aber dieser Traum war an jenem Tag zusammen mit ihrer Mutter gestorben. Jetzt musste sie einen Weg finden, den Lehrplan der darstellenden Künste zu absolvieren, obwohl Singen so ziemlich das Letzte war, was sie wollte.

Bettes Stunde vor dem Lunch war bei Mr Perry. Es war eine Gruppenstunde mit allen Sängern der siebten und achten Klassen. Da sie noch keine Solos sangen und viele Schüler in der Gruppe waren, fiel es nicht weiter auf, dass Bettes Gesang kaum mehr war als lautlos die Worte zu formen. Aber an dem Montag, nachdem Bette das Engelsmedaillon gefunden hatte, hatte Mr Perry etwas zu verkünden: »Ich habe wundervolle Nachrichten.«

Die Kinder sahen sich untereinander verstohlen an. Das würde man noch sehen.

»Wie ihr wisst, gehört es zum Bildungsauftrag der Odom School, mit den vielen künstlerischen Organisationen der Stadt zusammenzuarbeiten.«

Oh oh, dachte Bette. Es war bekannt, dass die Schule versuchte, die Ressourcen der künstlerischen Gemeinde Chicagos zu nutzen, um den Lehrplan zu beleben. Das funktionierte mitunter sehr gut: freier Eintritt zu Veranstaltungen und Konzerten. Aber weit häufiger lief es auf Vorträge zweitklassiger Schauspieler und Musiker über die Arbeit im Showbusiness hinaus. Manchmal kamen sie allein, manchmal in kleinen Gruppen. Häufig hing über ihnen der schwache Geruch des Misserfolgs.

Nach dem ganz besonders schlechten Vortrag eines arbeitslosen Schauspielers hatte eines der Kinder die Hand gehoben und gefragt: »Wenn ihre Karriere so gut läuft, warum sind Sie dann hier?« Mrs Wu war darüber richtig wütend geworden.

Aber als Bette Mr Perry intensiver zuhörte, schien es tatsächlich so, als hätte die Odom School diesmal einen Volltreffer gelandet.

»Wie einige von euch vielleicht wissen, ist das Maple Tree Theater eine kleine, aber hoch angesehene Truppe mit einer eigenen Bühne in der LaSalle Street. Sie überlassen uns ihr Theater, um eine Produktion von *Big Ri-*

ver auf die Beine zu stellen, ein Musical, das auf Mark Twains Buch *Huckleberry Finn* basiert.«

Aha, Huckleberry Finn, dachte Bette. Das passte. *Huckleberry Finn* gehörte zu der Auswahl auf ihrer Leseliste für den Sommer.

»Maple Tree wird die Produktion betreuen«, fuhr Mr Perry fort. »Sie werden uns mit der Inszenierung, Musik, Garderobe und Kulisse helfen; einer der Schauspieler des Ensembles wird Regie führen. Irgendwann im Frühjahr wollen wir es aufführen.«

Bette sah sich um. Sie konnte sehen, dass die anderen Schüler beeindruckt waren. Während des Mittagessens redeten alle nur über *Big River.*

Als hätte es in ihrem Leben nicht schon genügend Verluste gegeben, wurde zu allem Überfluss auch noch Bettes beste Freundin Vivian in diesem Schuljahr zu Hause unterrichtet, weil ihr Asthma so schlimm war. Man hatte beschlossen, dass sie es ruhig angehen lassen sollte, mit einem Hauslehrer arbeiten und Klavier spielen – das war die Begabung, die sie nach Odom gebracht hatte. Bette hatte Schulfreunde, aber niemanden, der Vivians Platz einnehmen konnte. Das war der Nachteil einer Schule wie Odom. Die meisten Kinder wohnten so weit weg, dass man sich außerhalb der Schule kaum sah. Aber man geht natürlich nicht sieben Jahre lang zur Schule und sitzt beim Mittagessen allein am Tisch.

Die drei, mit denen Bette beim Lunch zusammensaß, waren Vivians Zwillingsbruder Andy Minkus, Lucy Washington und Fred Engberg. Andy spielte Geige, er war sogar noch besser als seine Schwester am Klavier. Lucy war Sängerin. Ihre tolle voluminöse Stimme hatte sie vom Gospelsingen in ihrer Kirche. Fred konnte alles. Er war Schauspieler, Tänzer, Sänger und vermutlich der talentierteste Schüler überhaupt. Und sie waren alle aufgeregt wegen *Big River*.

»Es wird eine richtige Aufführung«, stellte Fred befriedigt fest. »Endlich werde ich auf der Bühne stehen.«

Fred hegte ein wenig Groll gegen seine Eltern, weil sie ihm nicht erlaubten, für professionelle Auftritte vorzusprechen. Einige Schüler taten das, aber Freds Eltern wollten ihn diesen Weg zumindest jetzt noch nicht gehen lassen.

»Woher willst du wissen, dass du überhaupt eine Rolle bekommst?«, fragte Lucy mit unschuldigem Gesichtsausdruck. Sie nahm Fred auf den Arm. Wenn irgendjemand eine Rolle bekommen würde, dann war es Fred.

Er machte sich gar nicht erst die Mühe ihr zu antworten. »Wie viele Eintrittskarten gibt es wohl? Vielleicht kann ich einen Agenten überreden, sich meinen Auftritt anzusehen.«

»Irgendetwas muss für mich doch auch dabei sein«, meinte Lucy und wedelte mit ihrem Thunfisch-Sandwich herum. »Ich habe mal einen Film über Huck Finn gesehen. Einer der Hauptdarsteller war dieser schwarze Typ, Jim. Ich weiß nicht mehr genau, aber der muss doch eine Frau oder so etwas gehabt haben.«

»Bei *Huckleberry Finn* gibt es fast nur Männer«, belehrte Andy sie.

»Trotzdem, da muss doch etwas für mich dabei sein«, erwiderte Lucy mürrisch und runzelte die Stirn.

»Bewirbst du dich?«, wandte sich Fred an Andy.

»Ich glaube nicht, dass es da eine Rolle für einen zu klein geratenen Geigenspieler gibt«, antwortete Andy trocken. »Aber sie werden Musik brauchen.«

Die Gruppe verfiel in ein unbehagliches Schweigen. Bette wusste, dass die nächste Frage unvermeidlich *Bette, bewirbst du dich?* lauten würde. Doch niemand wollte sie stellen.

Bette räusperte sich. Alle sahen sie erwartungsvoll an. »Will jemand etwas vom Tresen? Ich hole mir Milch.«

Mit der größtmöglichen Würde stand Bette auf und ging zu dem kleinen Tresen, an dem Sandwiches, Kartoffelchips und Getränke verkauft wurden. Odom war alt, so alt, dass die meisten Mütter noch nicht berufstätig waren, als die Schule gebaut wurde. Die Schüler gingen mittags nach Hause, und ihre Mütter versorgten sie mit einem deftigen Mittagessen, ehe sie für den anstrengenden Nachmittagsunterricht zurück in die Schule geschickt wurden.

Heute ging niemand mehr zum Mittagessen nach Hause, aber Odom hatte auch keinen Platz für eine richtige Cafeteria. Stattdessen brachten die Jungen und Mädchen etwas von zu Hause mit oder holten sich an dem eher kümmerlichen Tresen ein Sandwich.

Eigentlich wollte Bette gar keine Milch, aber für den Fall, dass ihre Freunde sie beobachteten, griff sie trotzdem zu. Weil sie sich irgendwie blöd fühlte, ging sie damit nach draußen. Dort gab es einen kleinen Spielplatz für die jüngeren Kinder und Bänke, auf denen die älteren Schüler in Gruppen zusammensaßen und plauderten. Weil es kühl war, waren die meisten drinnen, sodass einige Bänke frei waren. Bette ließ sich auf eine Bank plumpsen und steckte die Hände in die Taschen, um sie zu wärmen. In den letzten Jahren hatte Barbra immer darauf geachtet, dass sie Mütze und Handschuhe dabeihatte, wenn das Wetter umschlug. Bette macht sich eine mentale Notiz: vor Januar Handschuhe finden.

Bette beobachtete einige Kinder, die herumrannten, um sich warm zu halten. Auf einer anderen Bank sah sie Joe Garcia alleine sitzen. Er belegte einen der wenigen Schulplätze, die für Kinder aus der Nachbarschaft reserviert waren; meistens gab es für sie einen zwingenden Grund, die Schule zu besuchen, die ihrem Elternhaus am nächsten war. Bette hatte keine Ahnung, welcher Grund das sein könnte. Joe war wie sie in der siebten Klasse, aber Bette hatte noch nie ein Wort mit ihm gewechselt. Wenn sie Joe mit einem Wort hätte beschreiben müssen, wäre ihr »Schleicher« eingefallen. Er hing immer irgendwie herum, beobachtete und sah streitlustig aus. Einige hielten ihn für einen Schlägertypen, aber Bette hatte er nie etwas getan.

Als sie die Hände noch tiefer in die Taschen schob, fühlte sie etwas in einer Ecke. Es war ihr Talisman. Sie nahm ihn heraus und studierte ihn erneut. Komisch, sie konnte sich nicht erinnern, ihn eingesteckt zu haben. Ganz im Gegenteil erinnerte sie sich genau, die Münze auf ihre Kommode gelegt zu haben, um sie nicht zu verlieren.

»Was machst du denn hier?«, fragte sie den Engel leise, während sie die Münze in der Hand hielt.

Bette erwartete keine Antwort und erhielt auch keine.

Gibt es Engel wohl wirklich?, überlegte Bette. Irgendwie hoffte sie das, aber wenn es Engel gäbe, würde das nicht auch bedeuten, dass es einen Gott gibt? Nach dem Tod ihrer Mutter hatte Bette sich gewünscht, dass sie an Gott glauben würde – und wenn auch nur, um wütend auf ihn zu sein. Aber sie glaubte nicht wirklich, und in dem Teil von ihr, wo Glaube hätte sein können, war nur eine große Leere.

Ihr Leben war leer und unbewegt – innen und außen.

3. Kapitel

Als Bette auf dem Weg von der Schule das graue Haus sehen konnte, hatte sie diesmal keine Zweifel; in der Erdgeschosswohnung war ein Lichtschein. Bette war nicht sicher, ob sie Angst haben sollte oder nicht. Sie erinnerte sich vage, dass ihr Vater gesagt hatte, die Wohnung müsse tapeziert werden, bevor er sie wieder vermieten konnte. Vielleicht waren ja Handwerker bei der Arbeit.

Die vorigen Mieter waren im Juli ausgezogen. Sie waren ziemlich nett gewesen, ein junges Paar namens Ben und Mary. Ben arbeitete in Mr Millers Anwaltskanzlei und Mary war Bibliothekarin. Obwohl Barbra und Bette bemüht waren, die beiden nicht zu sehr zu nerven, war es doch gut zu wissen, dass zwei Erwachsene unten im Haus waren, wenn ihr Vater nicht da war. Eines Abends, als Barbra sich beim Brotschneiden fast die Fingerkuppe abgeschnitten hatte, hatte Ben sie ins Krankenhaus gefahren und war bei ihr geblieben, bis die Wunde versorgt war. Mary, eine ziemlich gute Köchin, hatte sie immer mit selbst gebackenen Keksen versorgt, die viel besser schmeckten als gekaufte.

Barbra war sauer, als Ben und Mary ein Haus am

Stadtrand kauften und auszogen, kurz bevor sie aufs College wechselte.

»Barbra, sie erwarten ein Baby«, hatte Bette ganz vernünftig argumentiert.

»Und? Die Leute in der Stadt haben auch Babies.« Barbra sah sich auf der lebhaften Chicago Avenue um, wo sie mit Bette shoppen war. »Da ist eins«, sagte sie und deutete auf einen Säugling in einem Buggy. »Und da noch zwei«, als ein Sportwagen mit Zwillingen vorbeigeschoben wurde.

»Aber sie brauchen vielleicht mehr Platz.«

»Die Wohnung hat drei Schlafzimmer«, murrte Barbra. »Genau wie unsere. Wir mussten nicht an den Stadtrand umziehen und sind trotzdem ordentlich aufgewachsen.«

Bette wusste, dass Barbra Ben und Mary ihr Haus am Stadtrand nicht wirklich missgönnte, wenn es das war, was sie wollten. Hier ging es vielmehr um ihre Schuldgefühle, weil sie Bette allein in dem grauen Haus zurückließ.

Um ehrlich zu sein, war Bette überhaupt nicht begeistert, allein zu sein; auch wenn sie Barbra immer wieder versicherte, dass alles in Ordnung war, und Mr Miller die Schlösser an allen Außentüren ausgetauscht hatte. Tagsüber war es ja nicht so schlimm. Sie kam nach der Schule nach Hause, erledigte ihre Hausaufgaben und sah sich nebenbei irgendwelche geistlosen Talkshows an; später machte sie sich etwas zu essen. Na ja, »machen« war etwas übertrieben. Häufig genug schüttete sie einfach nur Müsli in eine Schale und goss Milch darüber. Manchmal nahm sie etwas, das Barbra vorgekocht hatte, aus dem Gefrierschrank und schob es in die Mikrowelle. Danach guckte sie weiter in die Glotze, loggte sich im Internet ein oder las, bis sie müde ins Bett fiel.

Es war auch nicht unbedingt so, dass sie Angst hatte. Sie kannte die Nachbarn zu beiden Seiten, deren Telefonnummern an der Pinnwand in der Küche hingen. Mr Miller hatte Bette ein Handy gegeben, und er versuchte, so wie er es Barbra versprochen hatte, vor Mitternacht zu Hause zu sein, was ihm nicht immer leichtfiel, weil der letzte Auftritt im Club um 23 Uhr begann. Er hatte keine Ahnung, dass Bette ihr Handy unter das Kopfkissen schob, wenn sie ins Bett ging und er nicht da war, wo sie dann übte 110 einzugeben – für alle Fälle.

Als Bette die Außentreppe hochging, linste sie durch das große Panoramafenster in die Erdgeschosswohnung. Im Wohnzimmer war niemand, aber zu ihrer Überraschung stand vor dem Kamin plötzlich ein Sofa, eine Bodenlampe brannte und auf dem Boden lagen einige Kartons. Sie reckte den Hals, um einen Blick ins Esszimmer zu erhaschen, aber da war auch niemand. Dann hörte sie etwas in der Wohnung. Jemand sang. Aber so leise, dass sie die Melodie nicht ausmachen konnte.

Und jetzt? Bette dachte stirnrunzelnd nach, als sie die Treppe nach oben polterte. Sollte sie an die Tür klopfen? Barbra würde sie umbringen, wenn sie klopfte, ohne zu wissen, wer in der Wohnung war. Sekundenlang überlegte sie, ihre Schwester anzurufen, verwarf den Gedanken aber sofort wieder. Barbra würde mit dem nächsten Zug angeschossen kommen. Also blieb ihr nichts anderes übrig, als ihren Vater anzurufen.

Doch als Bette die Tür zu ihrer Wohnung öffnete, sah

sie erstaunt, dass ihr Vater schon da war und auf sie wartete.

»Papa, da unten ist jemand. Aber das weißt du ja wohl?«, fragte Bette und hoffte, dass es nicht zu fragend klang.

»Ja, deshalb bin ich hier, damit du keinen Schreck bekommst.«

Bette wollte nicht zugeben, dass sie schon einen bekommen hatte, zumindest einen kleinen.

»Willst du einen Tee?«, fragte ihr Vater und ging in die Küche. Bette folgte ihm. Normalerweise würde sie ein Glas Wasser trinken oder sich einen Instantkakao machen, aber dass ihr Vater um diese Tageszeit zu Hause war, war ungewöhnlich: Er wollte Tee, also gab es Tee.

Bette setzte sich auf einen Küchenstuhl, während ihr Vater Wasser in den elektrischen Teekocher füllte. Es war nicht so, dass Mr Miller nie da war. Er war morgens da, bevor sie in die Schule ging; und er bemühte sich, samstags zu Hause zu sein, obwohl er manchmal früh in den Club musste, um Terminprobleme zu regeln oder die Künstler zu treffen, die später auftreten würden. Wenn er Besorgungen zu erledigen hatte, fragte er Bette immer, ob sie mitkommen wollte. Meistens lehnte sie ab, redete sich mit Hausaufgaben heraus oder damit, dass sie zu Vivian wollte, nur weil sie das hilflose Schweigen im Auto nicht ertragen konnte. Mitunter aber ging sie mit, weil sie einfach nicht immer Nein sagen konnte.

Sie hatte Barbra irgendwann gefragt, ob ihr Vater sich im Umgang mit seinen Kindern schon immer so schwer getan hatte. Manchmal konnte sie sich kaum an das Leben in jener Zeit erinnern, die für sie »Vorher« war.

»Ich meine, er ist mit uns in den Zoo gegangen und so. Daran erinnere ich mich. Und wir hatten in den Ferien immer viel Spaß, so wie damals, als wir Oma und Poppy in Arizona besucht haben.«

Barbra guckte ein bisschen wehmütig. »Er hat immer viel gearbeitet, doch Mama hat darauf geachtet, dass er Zeit mit uns allen verbracht hat. Am liebsten war er aber mit ihr zusammen.«

Bette war sich da nicht so sicher. Barbra schien sich darauf versteift zu haben, dass ihre Eltern eine großartige Ehe geführt hatten. Doch es hatte auch viel Streit gegeben. Daran konnte Bette sich erinnern. Die beiden hatten sich aber immer wieder vertragen, und er war nie böse mit seinen Töchtern. Auch als Barbra ein rebellischer Teenager wurde und neben anderen unmöglichen Sachen anfing zu rauchen, oder als sich ihre Mutter die roten Locken glatt zog – Barbra hingegen hatte sich grüne Strähnen in die Haare gemacht –, versuchte Mr Miller immer möglichst vernünftig mit Barbra zu reden oder sie zum Lachen zu bringen. Jetzt gab sich ihr Vater kaum noch Mühe, Bette oder Barbra zum Lachen zu bringen, und er selbst lachte ebenfalls nur noch selten.

Mr Miller brachte ihren Tee, Bettes hatte er mit Milch und Sahne gemischt, wie sie es gerne mochte.

»Danke, Papa«, sagte Bette und sah zu, wie der Dampf von dem lecker riechenden Getränk aufstieg.

Er schien in Gedanken versunken.

»Und wer ist der neue Mieter?«, fragte Bette, um das Gespräch voranzubringen.

»Also«, begann Mr Miller und fuhr sich mit der Hand durch sein kurzes, dunkles Haar. »Sie ist eigentlich keine Mieterin. Zumindest zahlt sie keine Miete.«

Bette konnte sich nicht bremsen. »Weiß Barbra das?«

Es war zwar immer noch kein richtiges Lächeln, aber zumindest bewegten sich Mr Millers Mundwinkel nach oben. »Ich habe noch nicht mit ihr gesprochen. Sie wird nicht glücklich darüber sein, dass dieses Einkommen, wie sie es nennt, wegfällt. Die Sache ist die: Diese Frau war im Club. Ich glaube, sie ist eine Freundin von Marty, dem Pianisten. Wie auch immer, wir kamen ins Gespräch, und sie erwähnte, dass sie neu in der Stadt ist und wie schwierig es ist, eine bezahlbare Wohnung zu finden.« Ihr Vater runzelte die Stirn, als versuche er sich ganz genau zu erinnern. »Also habe ich von der Wohnung erzählt, und wir haben uns darauf geeinigt, dass sie vorübergehend einziehen kann.«

»Einfach so?« Bette stellte ihren Becher ungläubig hin. Wenn er die Wohnung einfach so weggab, hätte sie zumindest angenommen, dass es sich um eine alte Bekannte handelte.

»Na ja, sie wird ein bisschen in der Wohnung tun. Sie wird sie streichen …«

»Ist sie Malerin?«, fragte Bette.

»Ähm, ich glaube nicht, dass sie das beruflich macht, wenn du das meinst. Aber sie wird auch anderes tun.«

»Zum Beispiel?«, wollte Bette misstrauisch wissen.

Mr Miller nippte an seinem Tee. »Sie wird sich ein bisschen um dich kümmern.«

»Um mich!« Das kreischte Bette geradezu heraus.

»Also, Bette …«

»Damit ich das richtig verstehe: Da taucht irgendeine Frau im Club auf, die vielleicht eine Freundin von Marty ist, ihr quatscht ein bisschen und du bietest ihr an, unten einzuziehen, nicht zu vergessen umsonst, und als Gegenleistung wird sie mein Kindermädchen?« Bettes Stimme zitterte vor Empörung.

»Kein Kindermädchen. Sie wird, nun ja, für dich da sein. Und sie streicht die Wohnung«, fügte er etwas unglücklich hinzu.

»Aber Papa …«

Mr Miller versuchte sich zu sammeln. »Bette, ich fühle mich wirklich nicht wohl dabei, dich hier nachts allein zu lassen. Es ist nicht sicher. Es ist nicht so, dass Gabi wie ein Babysitter auf dich aufpasst. Aber sie ist hier, sollte irgendetwas sein, ein Notfall, oder wenn du jemanden zum Reden brauchst.«

»Warum sollte ich mit ihr reden wollen? Ich kenne sie doch gar nicht.«

Mr Miller wärmte seine Hände an dem Becher. »Man kann gut mit ihr reden. Es ist seltsam. Wir haben wohl eine Stunde miteinander gesprochen, und ich habe mich gefühlt, als würde ich sie schon ewig kennen.«

Bette wusste nicht, was sie davon halten sollte. Das war so gar nicht typisch für ihren Vater. Zugegeben, seit dem Tod ihrer Mutter war er nicht der brauchbarste aller Väter. Die Kanzlei aufzugeben und den Club zu kaufen hatte irgendwie nicht viel Sinn gehabt. Dennoch, eine Fremde in ihr Leben zu holen passte nicht zu ihm.

»Papa, was ist, wenn das nicht klappt? Dann hast du diese Frau …«

»Gabi.«

»Meinetwegen, Gabi. Du hast sie in der Wohnung und musst sie wieder loswerden. Es sieht ja so aus, als sei sie schon eingezogen. Da steht ein *Sofa* in der Wohnung«, sagte Bette und wurde lauter, so als wäre das Sofa ein eindeutiger Beweis dafür, wie dumm die Idee war.

»Wir haben schon darüber gesprochen«, sagte Mr Miller. »Wenn du Gabi überhaupt nicht magst, tritt Plan B in Kraft.«

»Und was ist Plan B?«

»So weit bin ich noch nicht.«

Bette knallte ihren Becher auf den Tisch und rannte in ihr Zimmer. Ihr Vater folgte ihr, bevor sie die Tür zuknallen konnte.

»Sieh mal, Bette«, meinte er. »Ich weiß, das ergibt alles nur wenig Sinn, aber ich höre auf meinen Bauch.«

»Das klingt eher nach Bauchkrämpfen«, erwiderte Bette und warf sich aufs Bett.

»Lern sie wenigstens kennen«, beschwor Mr Miller seine Tochter. »Mal sehen, was du dann denkst. Sie ist eine sehr nette Frau. Sehr nett.«

Bette hob den Kopf. Ihr war ein Gedanke gekommen. »Bist du … an dieser Frau interessiert?«

Mr Miller sah einen Moment verwirrt aus. Dann runzelte er die Stirn. »Nein. Nicht so wie du meinst. Es ist nur, sie macht einen aufrichtigen Eindruck.«

»Ich bin mir sicher, dass das für alle Hochstapler gilt«, antwortete Bette scharf. Also wirklich, hatte ihr Vater noch nie einen Krimi gesehen?

Mr Miller setzte sich auf die Bettkante. »Ich weiß, das Ganze sieht aus, als käme es aus heiterem Himmel, aber ich hoffe, du gibst ihr eine Chance. Ich mache mir solche Sorgen, weil du so viel alleine bist.«

Hatte er? Das war Bette neu. Bis vor wenigen Minuten hatte er nie ein Wort darüber verloren, dass er sich sorgte.

»Gabi war da und wollte helfen. Es war wie die Antwort auf ein Gebet.«

»Warte nur, bis das Barbra erfährt«, murmelte Bette.

Ihr Vater schlug vor, mit einem Kuchen nach unten zu gehen, um Gabi im grauen Haus zu begrüßen. Doch dafür mussten sie zunächst einen Kuchen besorgen, denn das Einzige, was im Küchenschrank auch nur annähernd an Kuchen herankam, waren Vollkornkekse. Nach längerem Zureden begleitete Bette schließlich ihren Vater zum Supermarkt, wo sie einen Apfelkuchen kauften.

»Okay, ich ziehe nur ein anderes Hemd an und dann gehen wir nach unten«, meinte Mr Miller, als sie wieder zu Hause waren.

Das Hemd wechseln? Ihr Vater zog sich gerne schick an und soweit sie sehen konnte, war mit dem Hemd, das er trug, alles in Ordnung. Erneut machte sich Misstrauen breit, dass ihr Vater diese Gabi ein bisschen mehr mochte, als er zugab.

Sie sah an sich herunter. Kapuzenpullover mit Erdnussbutterfleck vom Vorabend auf dem Ärmel; Jeans, die eigentlich am Samstag in die Wäsche gemusst hätten; Turnschuhe mit einem Loch am Zeh. Ja, sie sah gut aus.

Dennoch musste Bette zugeben, dass sie ein bisschen nervös war, als sie samt Apfelkuchen nach unten gingen. Doch sie tat ihr Bestes, ein gelangweiltes Gesicht aufzusetzen. Gabi sollte sich sofort darüber im Klaren sein, dass

Bette ihrem Charme gegenüber immun war, auch wenn sie Mr Miller überredet hatte, ihr die Wohnung zu geben.

Das sollte sich jedoch in dem Moment ändern, in dem Gabi die Tür öffnete und sie mit einem Lächeln in die Wohnung bat.

Gabi hatte etwas Umwerfendes an sich, aber was das genau war, konnte Bette nicht so richtig ausmachen. Als sie ihr schüchtern den Kuchen reichte, war Bettes spontaner Eindruck von Gabi irgendwie eigenartig. Sie sah so, na ja, ordentlich aus. Fast schon makellos. Ihre glatten, zu einem Bob geschnittenen hellen Haare waren fast so weiß wie die Bluse mit den weiten, plissierten Glockenärmeln, die sie trug. Der spitzenartige Stoff der Bluse hatte die Farbe frisch gefallenen Schnees.

Die Bluse trug sie zu normalen Jeans, die im Gegensatz zu Bettes ganz offensichtlich vor letztem Samstag gewaschen und gebügelt worden waren. Obwohl es in der Wohnung ziemlich kühl war, trug Gabi seltsamerweise keine Schuhe, aber ihre Fußnägel waren ebenso wie die Fingernägel durchsichtig lackiert, was ihr frisches Aussehen noch mehr betonte. Ihr einziger Schmuck war eine dünne, glänzende Halskette aus Gold.

»Hallo, Bette«, sagte Gabi und nahm ihr den Kuchen ab. »Wie lieb von dir, den mitzubringen.«

Bette sah hoch und in Gabis Augen. Sie waren nicht blau, wie sie erwartet hatte, sondern dunkelgrau, so wie die Erde, bevor die Frühlingsblumen blühen.

»Sollen wir ihn probieren?«, fragte Gabi. »Ich finde bestimmt irgendwo ein paar Pappteller.«

Mr Miller zögerte. »Wir haben noch nicht gegessen. Wir wollten eigentlich nur eben guten Tag sagen.«

»Das kann ich nicht alles alleine essen«, erwiderte Gabi mit einem melodischen Lachen. »Warum kommt ihr nicht später wieder?«

»Tja, ich muss in den Club.« Er sah seine Tochter bittend an. »Aber vielleicht leistet Bette Ihnen Gesellschaft.«

Gabi sah Bette mit ihren eindringlichen grauen Augen an. »Wie ist es, Bette?«

Alles könnte so einfach sein. Bette sah das jetzt ganz deutlich und ja, sie konnte verstehen, warum ihr Vater das Angebot mit der Wohnung gemacht hatte. Gabi strahlte eine anziehende Wärme aus, die den Wunsch weckte, sich zu entspannen und davon einwickeln zu lassen. Aber dann fiel ihr der Entschluss von vorhin wieder ein und Bette stellte die Stacheln auf. Sie machte sich ein bisschen größer, um Gabi, und vielleicht auch sich selbst, zu beweisen, dass sie so einfach nicht nachgeben würde.

Sie riss sich von Gabis Blick los und sah sich in der Wohnung um. »Wo haben Sie denn so schnell die Möbel her?«, fragte sie abrupt.

»Bette!« Man sah Mr Miller an, dass er ihre Frage ungehörig fand.

Aber Gabi antwortete. »Auf dem Weg hierher, nachdem mir dein Vater netterweise die Wohnung angeboten hatte, kam ich an einem Secondhandladen vorbei. Dort habe ich einige Sachen gekauft, unter anderem das Sofa. Ich hatte Glück, denn ein Lieferwagen sollte gleich losfahren, und weil die Wohnung so nah liegt, wurde das Sofa sofort gebracht.«

Bette fühlte, wie sie rot wurde. Gabi hatte eine völlig

logische Begründung für ihre Möbel. Und das ärgerte sie noch mehr. »Ich kann später nicht. Sorry. Ich habe etwas vor.«

»Oh, was denn?« Bei jedem anderen hätte die Frage streitlustig geklungen, aber so wie Gabi sie stellte, mit ihrem etwas abgehackten Akzent, der unmöglich zuzuordnen war, klang einfach nur Interesse durch, vielleicht sogar ein bisschen Besorgnis.

Bette entschloss sich für die geheimnisvolle Rolle. »So ein paar Dinge halt …«

»Dann lasst uns jetzt reden, auch wenn es nur für einen Augenblick ist.« Gabi deutete mit der Hand Richtung Sofa und Mr Miller setzte sich brav hin. Bette blieb nichts anderes übrig, als sich neben ihn fallen zu lassen.

Gabi holte sich einen alten Stuhl, den Ben und Mary zurückgelassen hatten. Jetzt, da sie Gelegenheit hatte, Gabi genauer anzusehen, war sich Bette wegen ihres Alters nicht mehr sicher. Sie hatte angenommen, dass Gabi etwa so alt wie ihr Vater war. Doch bei näherem Hinsehen fragte sie sich, ob Gabi nicht viel älter war. Ihre Haare konnten genauso gut silbergrau wie blond sein, und da war etwas in ihren Augen, das Bette an ihre Großmutter denken ließ. Dann lächelte Gabi sie an und ihr Gesichtsausdruck war so voller Erwartung, dass sie plötzlich viel jünger aussah, fast so wie Barbra.

Komisch, dachte Bette.

»Also …«, begann Gabi und Bette fühlte, wie sie sich versteifte. Jetzt geht's los. *In welcher Klasse bist du, welches Fach magst du am liebsten …* Die gleichen Fragen, die Erwachsene immer stellen.

»Findest du das Leben nicht interessant?«, fuhr Gabi stattdessen fort.

»Interessant?«, wiederholte Bette, die von der Fragestellung etwas überrascht worden war. Es dauerte einen Augenblick, bis Bette ihre Gedanken gesammelt hatte, dann kam ihre Antwort wie aus der Pistole geschossen. »Nein, eigentlich nicht.«

Gabi zog eine Augenbraue hoch.

»Es wechselt zwischen monoton und depressiv, und deshalb nein. Ich finde es überhaupt nicht interessant.«

Mr Miller sah aus, als wollte er jeden Moment aufspringen und den Trauerberater anrufen.

Bette tätschelte seine Hand. »Es tut mir leid, Papa. Sie hat gefragt.«

Gabi lächelte sie liebevoll an und meinte nur: »Interessant finden ist natürlich nicht gleichbedeutend mit glücklich sein.«

Da war diese starke Anziehungskraft schon wieder, aber erneut kämpfte Bette dagegen an.

»Das weiß ich«, entgegnete sie. »Papa, ich bin am Verhungern. Hast du keinen Hunger?«

»Aber sicher.« Er erhob sich, sah Gabi etwas stirnrunzelnd an und zuckte mit den Schultern. »Wir gehen essen.«

Bette reichte Gabi höflich die Hand. »Es war nett, Sie kennenzulernen«, sagte sie unpersönlich. Aber als Gabis Hand warm in ihrer lag, brauchte Bette ihr gesamtes schauspielerisches Talent, damit ihr Gesichtsausdruck unbeteiligt blieb.

»Bis später«, sagte Gabi und ging zur Tür.

Nicht wenn ich es vermeiden kann, dachte Bette.

Bette war auf dieses Treffen ziemlich stolz. Sie war nicht weich geworden, obwohl ihr Vater – und Gabi – das offensichtlich erwartet hatten.

Wenn aber interessant nicht gleichbedeutend mit glücklich war, dann war auch ihr Stolz darauf, standhaft geblieben zu sein, nicht gleichbedeutend damit, glücklich zu sein.

Und überhaupt – sie war sich nicht sicher, ob sie überhaupt noch wusste, wie es war, glücklich zu sein.

4. Kapitel

Bette hatte ihre ganze Hoffnung auf Barbra gesetzt. Sie war sicher, dass ihre Schwester am Wochenende ihren Vater zur Vernunft bringen und Gabi dann verschwinden würde.

Sie hatte die restliche Woche ihre ganze Selbstbeherrschung aufbringen müssen, um Gabi nicht zu besuchen. Sie hatte in der Bücherei herumgehangen und einmal sogar das Einkaufen erledigt, nur um nach der Schule nicht bei Gabi vorbeigehen zu müssen. Dass sie das überhaupt wollte, ärgerte sie. Trotzdem konnte sie die Sehnsucht nicht leugnen, die sie überfiel, wenn sie das freundliche Licht in Gabis Wohnung sah, das die herbstliche Abenddämmerung aufhellte. Oder wenn ihr auf der Treppe der köstliche Duft von Keksen oder Kuchen oder anderen selbst gebackenen Leckereien in die Nase stieg.

Irgendwie würde Barbra der Sache einen Riegel vorschieben, sagte Bette sich. Sie würde dafür sorgen, dass sich Gabis Anziehungskraft in Luft auflöste; sie würde das Aroma von Zuckerwatte und duftender Vanille, das aus ihrem Küchenfenster drang, in den widerlichen Geruch von gekochtem Kohl verwandeln.

Natürlich passierte genau das nicht. Barbra warf einen Blick auf Gabi und war vernarrt in sie. Nach Tee, freundlichen Worten und ein paar Butterkeksen kam Barbra bei ihrem üblichen Samstagsbesuch die Treppe heraufgestürmt und war so locker, wie Bette sie seit Jahren nicht gesehen hatte.

»Was hast du für ein Glück, Bette. Sie ist toll.«

»Sie wohnt unten, umsonst«, erinnerte Bette ihre Schwester bestimmt zum vierten Mal seit ihrer Ankunft. »Und warum habe ich Glück?«

Barbra sah aus dem Wohnzimmerfenster, doch was sie da sah, wusste Bette nicht. »Ich glaube, sie kann dir manches zeigen.«

Bevor Bette fragen konnte, was Gabi ihr alles Tolles zeigen konnte, zog Barbra ihre Jacke an. »Ich wünschte mir fast, ich könnte bleiben und sie näher kennenlernen.«

»Und, warum tust du's nicht?«, erwiderte Bette leicht sauer.

Barbra gab sich noch nicht einmal Mühe schuldbewusst zu gucken. »Ich kann nicht. Ich muss für Wirtschaft noch ein Referat schreiben und für einen wichtigen Französischtest lernen …«

»Gut, gut. Ich hoffe, du überarbeitest dich nicht.« Bette flüchtete sich in Sarkasmus. Aber weil sie sich so sehr wünschte, dass ihrer Schwester die Uni gefiel, fiel ihre Bemerkung nicht ganz so scharf aus. Barbra sah plötzlich verlegen aus.

»Barbra«, meinte Bette mit plötzlicher Weitsicht. »Hast du einen Freund?«

Barbra hatte in der Highschool viele Freunde gehabt. Mit der Betonung auf »Freunde«. Da war nie ein fester

Freund, obwohl Bette wusste, dass einige Typen in ihre gut aussehende Schwester verknallt gewesen waren, und sie Barbra deshalb aufgezogen hatte. Bette hatte keine Ahnung, warum Barbra nie etwas Ernsthaftes angefangen hatte, aber sie vermutete, dass es etwas mit Trennung zu tun hatte. Was brachte es, jemanden näher kennenzulernen, wenn derjenige unausweichlich irgendwann gehen würde – so oder so. So zumindest hätte sie sich gefühlt.

»Freund ist zu viel gesagt«, sagte Barbra. »Wir haben ein paarmal zusammen gelernt.«

Bette ließ sich aufs Sofa fallen. »Wie heißt er?«

»David.«

Aha. Barbra war scharf auf den Typen. So wie sie David aussprach, zwei schlichte Silben; es war, als hätte sie eine Erscheinung.

»Ist da mehr?«

Barbra wandte sich ab und blickte sich suchend nach ihrem Rucksack um, der, wie beide sehr wohl wussten, vorne an der Türklinke hing, wo Barbra ihn immer hinhängte.

»Ach, na ja, wir gehen heute Abend ins Kino. David will den neuen Football-Film sehen.«

»Klingt sehr romantisch.«

Barbra streckte sich und war nicht mehr ganz so verlegen. »Er ist nett, Bette. Vielleicht triffst du ihn irgendwann. Wenn daraus etwas wird.«

Als Barbra weg war, rollte sich Bette auf dem Bett zusammen, um ihre Gefühle zu analysieren. Sie hatte kürzlich in einer Modezeitschrift beim Zahnarzt etwas darüber gelesen. Der Artikel sagte, wenn man sich ruhig und objektiv mit seinen Gefühlen auseinandersetze, würden sie an Schrecken verlieren. Als sie die Zeitschrift in der Hand hielt, hatten sich ihre Gedanken auf die Plombe konzentriert, die auf sie zukam. Doch sie wusste, dass es sie nicht im Geringsten beruhigen würde, ihre Gefühle für einen Typen im weißen Kittel näher unter die Lupe zu nehmen, der sich ihr mit einem Bohrer näherte. Aber Barbras Besuch war irgendwie unbefriedigend gewesen. Bette beschloss, dass jetzt ein guter Zeitpunkt war, die Methode auszuprobieren, weil ihre Gefühle ganz offensichtlich völlig durcheinander waren.

War sie traurig, verrückt oder nur einsam? Jedes Wort hinterließ bei näherer Betrachtung einen kleinen Kratzer in ihrer Seele. Je länger sie die Worte studierte, sie aus verschiedenen Blickwinkeln analysierte, desto weniger beängstigend schienen sie ihr. Aber sie waren deshalb nicht weniger schmerzhaft. Sie fragte sich träge, warum Erinnerungen, die man weder berühren noch fühlen konnte, genauso schmerzen konnten wie der Bohrer beim Zahnarzt.

Genug! Bette rief sich selbst zur Ordnung. Diese Selbstbetrachtung wurde zu langweilig, zu beengend. Denk an etwas anderes, befahl sie sich. Mach etwas Praktisches. Bette sah sich um und hatte eine Eingebung. Was war besser geeignet, als ihr Zimmer neu zu dekorieren? Barbra, die gerne mit Stoffen und Farbmustern umging, hatte sie schon mehrfach gefragt, ob sie nicht etwas mit ihrem Zimmer machen wollte. Aber der Aufwand war ihr immer viel zu groß gewesen, vielleicht war sie auch für Veränderungen einfach noch nicht bereit.

Zwar war sie damals erst sechs oder sieben gewesen, doch sie erinnerte sich noch ganz genau, als ihre Mutter mit dem rosa-weiß gestreiften Bettzeug und den passenden Kissen nach Hause kam, die immer noch auf ihrem Bett lagen.

»Lässt dich das nicht an Pfefferminz denken, Bette?«, hatte ihre Mutter mit einem frohen Lächeln gefragt. »So frisch und sauber.«

Bette mochte eigentlich keine Pfefferminzbonbons – sie waren ihr nicht süß genug – aber ihr gefiel, wie das frisch gemachte Bett aussah, und sie hatte ihre Eltern gefragt, ob die Wände nicht auch rosa gestrichen werden konnten. Um bei der Bonbon-Metapher zu bleiben, schien das Pfefferminzbonbon jetzt ausgelutscht. Bezug und Kissen waren verblasst, ebenso wie die Wände. Schäbig. Bette setzte sich auf und überlegte, welche Farbe sie für ihr Zimmer aussuchen würde. Blau mochte sie am liebsten, aber Grün könnte auch schön sein. Ein klares Grün. Frisch wie Pfefferminz, aber anders. Bette war sicher, dass ihr Vater sich begeistert an die Renovierung machen würde. Aber dann wanderten ihre Gedanken zu ihrer Mutter. Wie fröhlich sie damals war, als sie mit der neuen Bettwäsche in Bettes Zimmer stürzte! »Sie hat sie ausgesucht. Für mich«, murmelte Bette und strich eine Falte im Bezug glatt.

Ein Blick auf die Uhr auf der Kommode zeigte, dass es erst ein Uhr mittags war. Normalerweise blieb Barbra bis zum Nachmittag. Mr Miller war am Flughafen, um ein Trio abzuholen, das abends im Club auftreten sollte. Und obwohl er gesagt hatte, dass sie essen gehen würden, überlegte Bette, ob er das wohl schaffen würde.

Nun, es gab keinen Grund, in ihrem rosa Zimmer Trübsal zu blasen. Vielleicht hatte Vivi ja Lust auf Besuch. Weil Barbra nicht mehr da war, um sie herumzukutschieren, bedeutete das aber leider eine lange Tour mit zwei Bussen. Den einen entlang der Clark Street, dann den anderen östlich nach Fullerton, wo Vivi und Andy in einem großen dreigeschossigen Haus mit Blick über den Lake Michigan wohnten. Je nachdem wie die Busse fuhren, würde sie mindestens eine Stunde unterwegs sein, aber Zeit hatte Bette reichlich.

Nach einem SMS-Austausch mit Vivi griff Bette in die Tasche, um zu sehen, wie viel Geld sie noch hatte. Sie fühlte die wohltuende Glätte der Dollarscheine, dreizehn Dollar alles in allem, und eine Handvoll Kleingeld in der anderen Tasche. Und das Medaillon mit dem Engel.

Bette setzte sich auf die Bettkante und fuhr mit dem Daumen behutsam über den geprägten Engel. »Du schon wieder?«, sagte sie laut. Wie schaffte es dieses kleine Ding nur, immer wieder in ihrer Tasche aufzutauchen? Bette sah genauer hin. Das Gesicht des Engels war kaum zu erkennen, und Bette wünschte, sie hätte das Vergrößerungsglas, das ihre Großmutter manchmal zum Lesen benutzte. Lächelte der Engel etwa?

Was soll's, dachte Bette. Vielleicht sollte sie ihn als Glücksbringer bei sich behalten. Sie schob die Münze zurück in ihre Jeans und verließ das Haus durch die Vordertür.

»Hallo, Bette.«

Mist. Bette hatte gehofft, dass Gabi sie nicht von der Küche aus sehen würde, wenn sie die Vordertür benutzte. Aber da war Gabi. Sie kam gerade aus ihrer Wohnung, das Strickzeug in einer Plastiktasche unter dem Arm.

»Hallo«, murmelte Bette.

»Wo soll's hingehen?«, fragte Gabi mit ihrer melodischen Stimme.

Bette seufzte. Sie war dazu erzogen worden, höflich zu sein. »Ich besuche meine Freundin Vivian.«

»Ich bin auf dem Weg zum Wollgeschäft.« Sie hob die Tüte leicht an, und Bette konnte darin etwas aus grasgrüner Wolle erkennen.

»Strickst du auch?«, fragte Gabi leichthin, als sie zusammen weitergingen.

»Äh, wir haben das in der dritten Klasse gelernt, aber ich war nie besonders gut.«

»Worin bist du gut?«

»Singen«, rutschte es Bette heraus. Warum hatte sie das gesagt? Klar, es stimmte, zumindest hatte es einmal gestimmt. Gabi brauchte nicht zu wissen, dass sie seit Jahren nicht mehr gesungen hatte.

»Ich singe auch gerne«, sagte Gabi. »Es ist irgendwie erhebend, findest du nicht?«

Erhebend? Wer sagt denn so was? »Mag schon sein«, gab Bette widerstrebend zur Antwort. Sie warf Gabi einen Blick zu. Heute trug sie einen himmelblauen Pullover, leicht und seidig. »Haben Sie den gestrickt?«, fragte sie.

»Ja, habe ich.«

Bette musste sich eingestehen, dass sie beindruckt war. Für eine, die meistens die Sachen ihrer Schwester auftrug oder Klamotten im Kaufhaus kaufte, war dieser

Pullover schöner als jedes andere Kleidungsstück, das sie außerhalb von Katalogseiten jemanden hatte tragen sehen. Und dann hatte Gabi den auch noch selbst gemacht.

»Hast du nicht Lust, auch wieder zu stricken?«, schlug Gabi vor. »Ich bin eine ganz gute Lehrerin.«

Bette spürte, wie sie dichtmachte. »Nein. Das ist schon in Ordnung. Ich habe wirklich keine Zeit.« Kaum waren die Worte heraus, zuckte sie innerlich zusammen. Ob Gabi wohl eine Ahnung hatte, wie viel Zeit sie tatsächlich zur Verfügung hatte?

Bette warf Gabi einen verstohlenen Blick zu. Mitleid, oder noch schlimmer, ein Lächeln auf deren Gesicht, und sie wäre versucht gewesen, ihr eine runterzuhauen. Nicht, dass sie es wirklich getan hätte, aber die Versuchung wäre sicherlich da gewesen.

Doch Gabis Gesichtsausdruck war anders, Bette konnte nur nicht ausmachen, was es war. Nachdenklich, ja, aber mit einem Anflug von Neugier. »Zeit ist spannend, nicht wahr, Bette? Sie sollte regelmäßig vorbeigehen, Minute für Minute, Stunde für Stunde, Tag für Tag. Aber dann rast sie manchmal oder zieht sich hin, als würde sie einen Berg hinter sich herschleppen.«

Bette fühlte ihr Herz etwas schneller schlagen. Sie hatte schon Ähnliches gedacht, aber es überraschte sie, dass jemand anderes das auch bemerkt hatte. Rückblickend hatte sich ihr Leben vor dem Tod ihrer Mutter zügig bewegt. Seither schien es, als schleppten sich die meisten Tage im Zeitlupentempo dahin.

»Zeit ist aber sehr wichtig«, fuhr Gabi fort. »Sie ist eigentlich alles, was wir haben. Wenn du also denkst, dass du deine Zeit verschwendest, verschwendest du etwas, das ziemlich wertvoll ist.«

Bette fühlte einen Moment der Angst, als sie daran dachte, wie viel Zeit sie bereits vergeudet hatte. Um sich abzulenken, ließ sie sich auf eine Diskussion mit Gabi ein.

»Wie kann Zeit das Einzige sein, was wir haben? Wir haben Millionen Sachen. Bücher, Bettdecken …«

Gabi unterbrach sie. »Bevor du jetzt alle Bs aufzählst, lass mich dazu nur sagen, dass Bücher verloren gehen können, Bettdecken zerreißen oder verblassen …«

Bette starrte Gabi an. Wusste sie, dass Bette gerade ihre eigene verblichene Bettdecke gestreichelt hatte?

»… alles, was einem gehört, kann verloren gehen.«

»Was ist mit Familie?«, fragte Bette ohne nachzudenken. »Die haben wir.«

»Wirklich?«, fragte Gabi schlicht.

Autsch! Wenn jemand genau wusste, dass Familie vergänglich war, dann war es Bette. Und nicht nur ihre Mutter. Barbra war weg, weil es so praktischer war; und obwohl ihr Vater im selben Haus lebte, galt das auch für ihn.

»Aber so vergänglich und eigensinnig Zeit auch sein kann, du hast sie. Und man kann von ihr Gebrauch machen.«

Diese Unterhaltung war für Bette zu hoch. Sie warf einen Blick auf Gabis Strickzeug. »Haben Sie lange dafür gebraucht?«

Sie lächelte, als wüsste sie, dass Bette nur das Thema wechseln wollte. »Ich kann schnell stricken.«

»Was wird das?«

»Ein Tröster.«

Bette deutete mit dem Daumen nach links zu dem Steinbau, an dem sie gerade vorbeigingen. »Das ist die Kirche des Heiligen Trösters.«

»Na, das passt ja. Wenn du an Zufälle glaubst.«

»Sie nicht?«, fragte Bette neugierig.

Und wieder war da das Weihnachtsglocken-Lachen. »Nein. Ich glaube an Pläne.«

Wirklich?, dachte Bette. Dass Gabi im Club ihres Vaters aufgetaucht war, war ein ziemlicher Zufall. Oder nicht? Vielleicht mussten Leute, die eine mietfreie Wohnung brauchten, einen Plan haben.

»Okay, ich lass dich jetzt allein«, sagte Gabi. »Das Wollgeschäft ist gleich die Straße runter.«

Bette nickte und sah Gabi nach. Als sie ihr Handy aus der Tasche zog, um zu sehen, wie spät es war, fiel das Engelsmedaillon heraus. Sie hob es auf und sah Joe Garcia auf der Treppe eines unscheinbaren Wohngebäudes neben der Kirche sitzen. Er spielte mit einem kleinen Messer, warf es, beobachtete, wie es sich in den Boden bohrte, nahm es auf und warf es wie ein Roboter wieder und immer wieder.

Bette fühlte sich unsicher und überlegte, ob sie die Straßenseite wechseln sollte, um nicht an Joe vorbeizumüssen, doch er blickte auf und sah sie, als er erneut nach dem Messer griff. »Hallo«, sagte er.

»Hallo«, sagte Bette und wollte einfach weitergehen.

»Was gibt's Neues?«, fragte Joe.

Mist, dachte Bette. Jetzt wollte sich der Ich-rede-nie-Typ auch noch unterhalten. »Nicht viel.«

Augenscheinlich unterhielt sich Joe nicht allzu häufig. Sonst hätte er gewusst, dass eine Antwort erwartet wurde, wenn jemand etwas zu ihm sagte. Es folgte eine etwas unbeholfene Stille. Statt die Gelegenheit zu nutzen und weiterzugehen, suchte Bette nach etwas, das sie sagen konnte. Sie hatte keine Ahnung warum. Zugegeben, jetzt, da sie Gelegenheit hatte, ihn direkt anzusehen, statt ihn wie in der Schule zu ignorieren, sah er ziemlich niedlich aus. Sein dunkles Haar lockte sich so, wie sie sich ihr Haar wünschte, und unter dem engen braungrauen Rollkragenpulli zeichneten sich breite Schultern ab.

»So«, sagte sie, »du wohnst also neben der Kirche?« Wie dämlich, beschimpfte sie sich innerlich, kaum dass die Worte heraus waren. Einfach blöd.

Joe warf einen Blick auf die Kirche, als würde er sie zum ersten Mal sehen. »Ja.«

»Es ist eine schöne Kirche.« Okay, jetzt war es offiziell. Konnte sie sich noch dümmlicher anstellen? Obwohl es kühl war, fühlte Bette, wie sich in ihrer Bluse kleine Schweißtropfen bildeten.

»Gehst du in diese Kirche?«, fragte Joe stirnrunzelnd.

Aha, eine Frage. »Nein. Das heißt manchmal. Ich gehe nur rein und setze mich hin.«

»Warum? Wenn es nicht deine Kirche ist?«

Joe sah gar nicht mehr so niedlich aus, sondern streitlustig. Beinahe ärgerlich. Es lag ihr auf der Zunge zu sagen, dass ihm die Kirche auch nicht gehörte, aber das klang so kindisch, und außerdem wollte sie sich nicht mit ihm anlegen.

»Joe ...« Eine Stimme rief von einem Fenster im zweiten Stock seinen Namen, so leise, dass Bette gar nicht sicher war, sie gehört zu haben. Aber Joe sprang auf wie ein aufgezogenes Jo-Jo. Ohne ein Wort wandte er sich ab und verschwand in dem Hausflur mit seinen rissigen schwarzen und weißen Fliesen.

»Das war schon eigenartig«, meinte Bette später, als sie Vivian davon erzählte.

Vivi nahm einen Schluck von dem heißen Kakao, den ihre Mutter für die Mädchen gemacht hatte. »Er ist ein Spinner. An seinem ersten Tag in der Schule hat er Andy den besten Kuli weggenommen, und ich musste ihn zurückklauen. Dann bin ich ihm ganz zufällig auf den Fuß getreten.«

Das klang nach Vivian. Oder zumindest nach der alten Vivi. Die alte Vivi war eines der furchtlosesten Kinder, die Bette kannte. Sie war klein, aber nicht so klein wie Andy. Die Zwillinge sahen sich kein bisschen ähnlich, abgesehen von ihrer Größe und den strahlend blauen Augen. Vivian war blond und rosa, ein kleines Püppchen wie ihre Mutter. Andy hatte sandfarbenes Haar und eine große Nase wie sein Vater. Während Andy ruhig war, gab Vivian immer ihre Meinung zum Besten und ließ sich von niemandem etwas vorschreiben. Sie war eine fantastische Klavierspielerin, und obwohl ihr Asthma so schlimm war, dass sie ständig hustete und keuchte, ließ sie sich davon nicht unterkriegen. Sie ignorierte Mrs Minkus einfach, die sie immer drängte, sich hinzulegen und auszuruhen.

Aber im Juni war das Asthma richtig schlimm geworden. Vivi musste mehrere Male in die Notaufnahme vom Krankenhaus, und der Arzt verschrieb ihr stärkere Medikamente. Ihre Mutter machte sich große Sorgen und sprach von Privatunterricht. Anfangs lachte Vivi nur darüber. Sie fühlte sich etwas besser, als die Wirkung der Medikamente einsetzte, aber dafür gab es unangenehme Nebenwirkungen. Das Schlimmste für Vivi war, dass sie zunahm und ihr Gesicht rund wie ein Mond wurde.

Die Auswirkungen auf ihr Aussehen deprimierten Vivian. Sie wurde ruhiger, und als ihre Eltern irgendwann im Laufe des Sommers das Thema Privatunterricht wieder ansprachen, stimmte sie zu.

»Wer unterrichtet dich?«, hatte eine verstörte Bette gefragt, als Vivi ihr davon erzählte. »Doch nicht deine Mutter?«

Vivis Lachen klang nicht lustig. Mrs Minkus war nett, aber sie war sicherlich keine Intelligenzbestie. Dr. Minkus war klug, aber neben seiner Arztpraxis würde er kaum Zeit haben, Vivi zu unterrichten. »Sie besorgen mir einen Hauslehrer.«

»Bist du sicher, dass du das machen willst?«, fragte Bette. »Das ist doch ziemlich einsam, oder?«

Vivi hatte lustlos genickt, und Bette fühlte, dass Alleinsein genau das war, was Vivian im Sinn hatte.

Nachdem die Entscheidung gefallen war, fiel Bette auf, wie sehr sich Vivian verändert hatte. Vorher hatte sie das Asthma bekämpft, es ignoriert, sogar Witze darüber gemacht. (Manchmal, wenn ihr Atem pfeifend ging, versuchte sie, damit eine Melodie wie etwa *God Bless America* nachzuahmen.) Jetzt blieb sie drinnen, las und spielte Klavier. Wenn Bette anrief, wusste sie nie, ob Vivi sie sehen wollte oder nicht, und Vivi selbst rief nur ganz selten an oder schickte eine SMS. Soweit Bette es beurteilen konnte, war der Hauslehrer, der laut Vivis Beschreibung nach Joghurt roch und Krümel im Bart hatte, neben ihrer Familie die einzige Person, die sie regelmäßig sah. Als sie jetzt so saß und ihre Freundin beobachtete, dachte Bette, dass für Vivian die Zeit auch sehr langsam vergehen musste.

»Lass uns rausgehen«, schlug Bette vor, die plötzlich ruhelos war.

Vivi schüttelte den Kopf. »Warum bleiben wir nicht einfach hier?«

»Vivi, du bist immer hier.« Nicht, dass es ungemütlich war. Ein Panoramafenster von Wand zu Wand im Wohnzimmer gab den Blick auf den See frei, und die große Wohnung, die die Handschrift eines Innenarchitekten trug, fand Bette toll.

»Wo sollen wir denn hingehen?«, wollte Vivi wissen.

»Wir könnten Shoppen gehen.« Bette wusste sofort, dass das die falsche Antwort war. Seit sie zugenommen hatte, stand Klamottenkaufen vermutlich ganz unten auf Vivis Wunschliste. »Oder wir gehen zu Starbucks um die Ecke.«

»Wir trinken gerade heiße Schokolade.« Wie um das zu unterstreichen, nahm Vivian ihren Becher und trank einen Schluck. Doch dann musste sie kichern. »Okay, diese heiße Schokolade ist ziemlich furchtbar.«

»Heißes Wasser mit Schokoladengeschmack«, stimmte Bette zu, aber mit leiser Stimme. Sie wollte Mrs Minkus' Gefühle nicht verletzen.

Mit mehr Entschlossenheit als sie seit Wochen aufgebracht hatte, erhob sich Vivi vom Sofa. »Lass uns gehen und vernünftige heiße Schokolade trinken.«

Als sie Mrs Minkus von ihrem Plan erzählten, strahlte diese für einen Augenblick. Doch dann kehrte der besorgte Gesichtsausdruck zurück. »Bette, ist es draußen windig?« Wind war nicht gut für Vivians Asthma.

»Nein, nicht wirklich.«

Mrs Minkus warf einen Blick aus dem großen Fenster auf den See, als suchte sie nach weißen Schaumkronen auf dem Wasser, die Bette widerlegen könnten. »Aber du ziehst eine Jacke an«, sagte sie zu Vivi.

»Ja, Mama, es ist Oktober. Also ziehe ich eine Jacke an.«

»In Ordnung, viel Spaß«, meinte Mrs Minkus und sah wieder so glücklich aus.

»Mein Gott. Ich fühle mich, als hätte man mich aus dem Gefängnis entlassen.« Vivi kicherte, als sie auf den Knopf für den Aufzug drückte.

Ein Gefängnis, das du dir selbst gebaut hast, wollte Bette sagen, aber es war so toll, wieder etwas mit ihrer Freundin zu unternehmen – auch wenn sie nur um die Ecke gingen –, dass sie den Mund hielt. Während sie auf den Fahrstuhl warteten, sah sie Vivi aufmerksam an. Es ließ sich nicht leugnen, dass Vivian, nun ja, runder war. Aber sie sah nicht sonderbar aus oder so. Wer Vivian auf der Straße sah, würde sie wahrscheinlich immer noch für hübsch halten.

Das Gewicht war lediglich ein minimaler Rückschlag in diesem typisch amerikanischen Schönheitsideal von wallenden blonden Locken und babyblauen Augen. Sie konnte aber verstehen, warum Vivi das nicht so sah. Wie oft hatte sie selbst entmutigt vor dem Spiegel gestanden und auf Pickel gestarrt, die sich gerade auf ihrer Stirn breitmachten, oder ihre gespaltenen Haarspitzen betrachtet, als könnten sie ihre Zukunft vorhersagen. Das Aussehen war wichtig.

Sobald sie draußen an der frischen Luft waren, sah sich Vivian um, als wäre sie gerade aus einem Traum erwacht.

»Wann warst du das letzte Mal draußen?«, fragte Bette stirnrunzelnd.

»Ich gehe raus. Aber meistens mit meiner Mutter oder meinem Vater.«

»Dann lass uns doch mehr rausgehen. Jedes Mal, wenn ich vorbeikomme, erzählst du mir, dass du zu müde bist um irgendwas zu unternehmen.«

»Aber heute bin ich nicht müde«, antwortete Vivi entschieden. »Lass uns nicht zu Starbucks gehen, sondern zu dem netten neuen Coffeeshop in Armitage.«

Armitage war fast eine Meile weg, aber Bette hatte Lust, wenn Vivian Lust dazu hatte. Sie marschierten los, aber nach fünf oder sechs Häuserblocks meinte Vivi ein wenig keuchend: »Ich weiß nicht, es ist doch ziemlich weit. Lass uns da reingehen.« Sie deutete auf einen Starbucks einige Türen weiter.

»Wie gut, dass es die fast an jeder Straßenecke gibt«, grinste Bette, aber Vivian verzog nur das Gesicht.

Als sie schließlich mit riesigen Portionen heißer Schokolade, dekoriert mit Schlagsahne und Zimt, in den abgewetzten, aber gemütlichen Sesseln saßen, brauchte Vivian Zeit, um sich zu sammeln. Aber das tat ihrer Neugierde keinen Abbruch; sie wollte alles über die mysteriöse Frau in der Erdgeschosswohnung wissen.

»Ich muss sie sehen«, meinte sie.

»Dann komm«, ermunterte Bette sie. »Ich bin sicher, dass deine Mutter dich fährt.«

»Ja, äh, das mache ich.«

»Wie ist es mit morgen? Sonntag ist ein guter Tag um rüberzukommen.« Sonntag, auch der einsamste Tag der Woche genannt.

»Ja, vielleicht.« Der anfängliche Enthusiasmus schien ein bisschen zu schwinden. »Jetzt erzähl mal, was ist das mit *Big River*?«, wechselte Vivian das Thema. »Andy ist deshalb völlig aus dem Häuschen.«

»Das wird ein großes Ding«, meinte Bette. »Fast alle in der siebten und achten Klasse spielen irgendwie eine Rolle.« Sofort fühlte Bette sich schlecht. Warum hatte sie das gesagt? Vivian, die beste Pianistin der Schule, war nicht dabei. Dann sagte Vivian etwas, das sie wie nach einem Schlag zusammenzucken ließ.

»Aber doch nicht jeder, Bette. Du machst nicht mit. Du singst nicht mehr.«

Bette starrte Vivi an. Die war sich nicht bewusst, etwas anderes als die Wahrheit gesagt zu haben und löffelte überschüssige Kalorien in Form von Schlagsahne auf die Untertasse.

Die Wahrheit, dachte Bette, *wird völlig überschätzt.*

5. Kapitel

Bette sah sich in der stickigen Aula um. Der Hausmeister hatte die Heizung zu früh aufgedreht, und die Schüler zogen ihre dicken Jacken aus oder wedelten sich mit den Heften Luft zu. Bette schälte sich aus ihrem Pullover und wünschte sich einen Augenblick, die Bluse darunter gebügelt zu haben. Nicht, dass sie jemals bügeln würde. Aber manchmal war es ja vielleicht doch eine gute Idee.

Die siebten und achten Klassen hatten sich in der letzten Stunde versammelt, um ein Video der Broadway-Inszenierung von *Big River* zu sehen.

»Und am Montag schauen wir uns an, wie *Big River* auf einer kleineren Bühne mit minimalistischer Kulisse und Inszenierung umgesetzt wurde.« Mrs Wu zitterte vor Aufregung, als würde sie alle Rollen selbst spielen. Aber sie war ohnehin immer sehr enthusiastisch.

Bette legte ihren Pullover zusammen und setzte sich darauf, was den harten Sitz geringfügig bequemer machte. Sie musste zugeben, dass sie auch ein bisschen aufgeregt war. Zumindest neugierig. Wie machte man aus *Huckleberry Finn* ein Musical? Es war als Buch schon kontrovers genug.

Die Abenteuer von Huckleberry Finn hatte auf der Liste mit den Leseempfehlungen für den Sommer gestanden. Da es nur ein Vorschlag war, hatten die meisten Schüler es nicht gelesen. Anders als Bette, die viel Zeit hatte.

Sie kannte die Geschichte. Tom Sawyers ungehobelter Freund Huck Finn und der entlaufene Sklave Jim finden ein Floß und begeben sich auf eine Reise den Mississippi hinunter. Huck läuft vor seinem ständig betrunkenen Vater weg, Jim ist auf dem Weg in den Norden und in die Freiheit. Unglücklicherweise kommen sie im Nebel vom Weg ab und nehmen geradewegs Kurs Richtung Süden. Bette hatte eine spannende Abenteuergeschichte erwartet, aber als sie weiterlas, kam da noch viel mehr.

»Hast du das Buch gelesen?«, wollte sie von Barbra wissen, als sie es durchhatte.

Das war zwei Wochen vor Barbras Wechsel auf die Uni, als sie dabei war, hektisch Klamotten in ihrem Zimmer zu verteilen und zu überlegen, was sie mitnehmen wollte.

Barbra warf einen Blick auf das Taschenbuch, mit dem Bette herumwedelte. »Das lest ihr in der siebten Klasse? Ich glaube, wir durften da erst in der Highschool ran.«

»Also was hältst du davon?«

»Gut. Super. Ein amerikanischer Klassiker.« Barbra klang als würde sie den Werbetext auf dem Umschlag zitieren. Es war offensichtlich, dass sie mit ihren Gedanken nicht bei *Huckleberry Finn* war.

Das war alles, was Bette aus Barbra rausholen konnte. Bei ihrem Vater hatte sie erstaunlicherweise mehr Glück. Eigentlich hatte sie das Gespräch mehr aus Verzweiflung auf das Buch gebracht. Es war bei einem jener Anlässe, wenn Mr Miller Bette zum Essen einlud, weil er das Gefühl hatte sie zu vernachlässigen – in ein richtiges Restaurant, nicht auf die Schnelle zu McDonald's.

An diesem Abend hatte er ein neues Thai-Restaurant in Lincoln Park ausgesucht, dessen Essen so gut war, dass es wahrscheinlich nur eine Frage der Zeit war, bis es völlig überlaufen sein würde. Doch noch war es nur angenehm gut besucht, sie mussten nicht warten. Bette freute sich auf das Pad Thai, aber lieber hätte sie etwas zum Mitnehmen geholt und vor dem Fernseher gegessen. Wenn sie mit ihrem Vater irgendwohin ging, was selten genug vorkam, war die Atmosphäre immer leicht angestrengt. Mr Miller erweckte den Eindruck, als müsse er sich erst einmal mit Bette vertraut machen, ganz so, als würde er sie nicht seit fast dreizehn Jahren jeden Tag sehen. Es gab nur ein Wort, um diese Situation zu beschreiben: »Peinlich«.

Diesmal jedoch hatten sie etwas, worüber sie reden konnten. Mr Miller hatte bemerkt, dass Bette ihre Ausgabe von *Huck Finn* ständig mit sich herumschleppte und hatte sie darauf angesprochen. Damals wusste sie noch nichts von *Big River*. Aber sie hatte zu dem Buch viele Fragen.

»Es ist ziemlich gut«, antwortete Bette auf die Frage ihres Vaters, wie ihr das Buch gefallen hatte.

»Warum?«, wollte Mr Miller wissen.

Bette war nicht blöd. Ihr Vater las sehr viel und war wahrscheinlich in der Lage, über *Huck Finn* einen Aufsatz zu schreiben, ohne es noch einmal zur Hand nehmen zu müssen. Er wollte sie nur aus der Reserve locken. Okay, zur Abwechslung war das in Ordnung. »Also, zuerst habe ich das nicht so richtig kapiert. Huck versteht alles falsch. Er hält die Sklaverei für okay, er hasst noch nicht einmal seinen schrecklichen Vater, selbst als ›Pap‹ fast versucht ihn umzubringen. Und er benimmt sich, als würde er sich falsch verhalten, obwohl er meistens genau das Richtige tut.«

»Zum Beispiel, als er beschließt, Jim aus der Sklaverei zu befreien?«, warf Mr Miller ein.

»Ja, er glaubt, dass er dafür in die Hölle kommt.«

»›Na schön, dann komm ich eben in die Hölle ... Ich würd's wieder mit der Schlechtigkeit halten, die wäre für mich das Richtige, weil ich ja so ne Erziehung hatte‹«, zitierte ihr Vater.

»Du weißt alles über dieses Buch, nicht wahr?«, fragte Bette vorwurfsvoll.

»He! Das ist eines der berühmtesten Zitate in der amerikanischen Literatur«, protestierte Mr Miller. »Huck tut, was ihm sein Gewissen als moralisch richtig befiehlt und nicht, was die Gesellschaft für richtig hält, wie in diesem Fall die Sklaverei.«

Das war der Startschuss für die beiden. Sie nahmen die Charaktere im Buch auseinander, sprachen darüber, warum Huck so wurde wie er war, dass Jim Huck besser behandelte als dessen leiblicher Vater, und dass mitunter das Selbstverständnis von Menschen nicht mit der Wirklichkeit übereinstimmt.

Bei diesem Argument nickte Bette, während sie mit den Stäbchen nach mehr Pad Thai angelte. »Die Witwe, der Richter, sogar Tom Sawyer, alle glauben, dass sie moralisch handeln. Und doch kümmern sie sich nicht darum, dass Menschen wie Vieh verkauft werden.«

»Das ist Teil der Ironie. Du weißt, was Ironie ist, oder?«

Klar, Bette wusste, was Ironie war. Eine tolle Stimme haben und eine auf die darstellenden Künste spezialisierte Schule besuchen, aber nicht singen zu wollen – das war Ironie.

»Eins stört mich allerdings, Papa«, sagte Bette. »Twain will nicht ironisch sein, wenn er das N-Wort in seinem Buch benutzt, oder? Und er benutzt es reichlich.«

Mr Miller schüttelte mit dem Kopf. »Ich glaube, er hat es benutzt, weil man das damals einfach sagte. Aber Twain benutzt es auch für einen Seitenhieb.«

Bette dachte nach. »Zum Beispiel als Hucks Vater ausrastet, weil er einen gebildeten und gut gekleideten Schwarzen sieht, und ihn immer wieder mit diesem Wort beschimpft. Das ist ironisch, nicht? Pap fühlt sich besser, weil er den Mann schlechtmacht, obwohl doch jeder weiß, dass Pap menschlicher Abschaum ist.«

Während sie jetzt in der überheizten Aula das Video von *Big River* verfolgte, freute Bette sich, dass das Wort in der Inszenierung nicht vorkam. Was sie aber faszinierte, war die Art, wie das Stück die Kernaussage der Geschichte in der Musik und den Songs einfing.

Das Stück begann mit der Witwe Douglas und Miss Watson, den beiden Vormunden von Huck, die zusammen mit anderen aufrechten Bürgern der Stadt singen, dass Huck nie in den Himmel kommen wird, wenn er nicht endlich etwas lernt und die Bibel liest. Aber Huck findet es gar nicht toll, dass er etwas lernen soll. Nach einer Balgerei mit Tom Sawyer und einigen anderen Jungs hat er Krach mit seinem Vater, der im Vollrausch versucht, seinen Sohn umzubringen. Als Pap aus den Latschen kippt, verteilt Huck überall Schweineblut, damit die Leute denken, dass er tot ist. Dann läuft er weg. In dieser Situation trifft er den Sklaven Jim, der auf der Flucht ist, weil er nicht verkauft werden will.

Während des Songs *Muddy Water* sah sich Bette um. Das Lied war aufwendig inszeniert, alles drehte sich um Huck und Finn, die mit ihrem Floß auf dem Mississippi unterwegs zu einem Ort sind, wo Jim in Sicherheit ist. Es war ein so heiterer Song, dass viele Schüler im Takt zur Musik mit dem Kopf nickten oder mit dem Fuß wippten.

Das nächste Lied war ernster. Eine Gruppe von Sklaven besingt den Wechsel zur anderen Seite, wobei Bette sich nicht ganz sicher war, ob sie damit die andere Flussseite oder den Himmel meinten. Sicher war sie sich dagegen, dass Lucys Gospelstimme als erste Chorstimme wunderschön klingen würde. Der erste Akt endete damit, dass Huck und Jim den König und den Herzog treffen, zwei Betrüger, die vorgeben von königlichem Geblüt zu sein.

Mrs Wu erlaubte den Siebt- und Achtklässlern, zwischen den Akten eine Pause zu machen. Bette saß neben Andy Minkus.

»Hast du gemerkt, dass es einige super Geigensolos gibt?«, meinte Andy. »Eigentlich eher Fiddlemusik, aber die kann ich spielen.« Wenn Andy aufgeregt war, zuckte seine Nase, was ihn ein bisschen wie ein Kaninchen aussehen ließ.

Bette hatte es nicht bemerkt. Sie war froh, nichts gesehen oder gehört zu haben, was sie in Versuchung bringen könnte, sich für das Musical zu melden.

Die Show war toll anzusehen, aber mit Ausnahme der Witwe Douglas und Miss Watson sowie der Sklavinnen gab es keine nennenswerten Rollen für Mädchen. Bette war unendlich erleichtert. Keine Versuchung, kein Stress, keine Sorgen. Sie würde sich für die Maske melden. Das könnte Spaß machen. Kostüme wären auch okay. Ein netter, ruhiger Job hinter den Kulissen, damit sie das Gefühl hatte, dabei zu sein.

In dem Wissen, eine Entscheidung getroffen zu haben, rückte Bette den Pullover unter ihrem Hintern zurecht und machte es sich für den zweiten Akt von *Big River* bequem. Mit dem Geld, das er bei einer der Gaunereien von König und Herzog gemacht hat, kehrt Huck zum Floß zurück und gibt sich als Sklavenjäger aus. Jims Angst und seine Enttäuschung über Hucks grausames Verhalten bringen den Jungen dazu, Jim in einem anderen Licht zu sehen.

Bette wusste, was als Nächstes kam. Der König und der Herzog hören vom Tod eines reichen Geschäftsmanns in der Gegend und versuchen, dessen Tochter Mary Jane um ihr Erbe zu bringen. Weil ihm Mary Jane und ihre Schwestern leidtun, vereitelt Huck den Plan.

Nicht gewusst hatte sie, dass die Handlung Mary Jane Gelegenheit gab, zwei wunderschöne Lieder zu singen.

Hoppla, dachte Bette, als Mary Jane anhob.

Der erste Song hieß *You Oughta Be Here with Me*, und Bette fühlte ihr Herz schneller schlagen, als Mary Jane neben dem Sarg ihres Vaters stand und sang: »Wenn du glaubst, dass es dort einsam ist, wo du heute Abend bist, dann solltest du hier bei mir sein.«

Bette hatte sich gerade davon erholt, da sangen Huck, Jim und Mary Jane, jeder von einem anderen Punkt auf der Bühne, gemeinsam das Lied *Leavin's Not the Only Way to Go*.

Hatten sie damit nicht recht? Ohne darüber nachzudenken, suchte Bette in ihrer Tasche nach dem Engel. *Manche Menschen gehen tatsächlich, mit anderen lebt man im selben Haus, sieht sie jeden Tag, und trotzdem sind sie ganz weit weg.*

Bette versuchte sich zu konzentrieren, als das Stück sich seinem überzeugenden Ende näherte. Sie war gerührt, als Huck laut brüllte, dass er in die Hölle kommen würde, weil er Jim aus der Sklaverei entführt hatte. Sie wippte einen Finger im Rhythmus der Musik, als die ganze Truppe in einem mitreißenden Finale noch einmal *Muddy Water* sang. Aber die meiste Zeit dachte sie an die beiden Lieder der Mary Jane und die drückende Frage, was sie deswegen tun sollte. Einfach und doch eindringlich, sie wusste mit absoluter Bestimmtheit, dass es nicht irgendwelche Musikstücke waren. Sie redeten mit ihr, mehr noch, sie riefen nach ihr. Bette hasste es, sich entscheiden zu müssen, aber jetzt, tief im Innern, wusste sie, dass Entscheidungen unvermeidbar waren.

Die Lehrer der siebten und achten Klassen verteilten *Big River*-CDs an die Schüler, als sie die Aula verließen. Jede trug einen kleinen Aufkleber mit dem Hinweis, dass einer von Odoms lokalen Sponsoren die Musik zur Verfügung gestellt hatte. Bette schob die CD in den Rucksack und ging zu ihrem Spind. Lucy Washington, die den Schrank neben ihr hatte, war schon da und zog ihre Jacke an.

»Na, das war ziemlich toll«, sagte Lucy, als Bette an ihrem Schloss herumfummelte.

»Ja«, murmelte Bette.

»Crossing to the other side«, summte Lucy mit ihrer melodischen Stimme. »Ich weiß, für welche Rolle ich mich bewerbe.«

»Du wirst sie bekommen«, sagte Bette mechanisch.

»Es gibt Konkurrenz«, sinnierte Lucy. »Kia Sweet. Letisha Hawkins.«

Bette warf ihr Geschichtsbuch in die Tasche. »Ich würde mir nicht allzu viel Sorgen machen.«

»Diese Mary Jane ist eine gute Rolle«, sagte Lucy zögernd.

Bette nickte und schloss ihren Spind ab.

»Okay, bis Montag.« Lucy hatte es eilig, weil sie ihren Bus nicht verpassen wollte.

Bette folgte ihr langsam. Als sie das schwere Schultor aufschob, sah sie zufrieden, dass der Tag so grau und trübe geworden war, wie sie sich fühlte. Auf dem Nachhauseweg knirschten die trockenen Blätter auf dem Bürgersteig. Es war ein angenehmes Geräusch.

Und jetzt? Und jetzt? Der Regen schien im Takt mit ihren Gedanken zu fallen. *Und jetzt?*

Bette stapfte die Treppe des grauen Hauses hoch. Drinnen ließ sie den Rucksack auf den Boden fallen, zog ihre Jacke aus und marschierte ins Badezimmer, um ihre nassen Klamotten auszuziehen.

»Es ist Freitag«, murmelte sie. »Ich werde bis Montag nicht mehr an diese blöde Aufführung denken.«

Als sie sich einen Bademantel überwarf, fiel Bette wieder ein, dass sie abends mit ihrem Vater und Barbra weggehen würde. Barbra hatte morgen etwas vor – wahrscheinlich *Da-vid* –, und deshalb hatten sie sich zu einem frühen Abendessen verabredet. Gut, damit würden einige Stunden verstreichen. In ihrem Kleiderschrank suchte Bette nach etwas Aufmunterndem zum Anziehen, doch schnell war klar, dass da nichts zu machen war. In der Hoffnung, dass Barbra vielleicht irgendetwas Vernünftiges zurückgelassen hatte, ging sie deren Schrank überprüfen. Der Anrufbeantworter im Flur blinkte rot, also rief Bette die Nachrichten ab. Die erste war von ihrer Schwester.

»Bette, Süße, ich muss heute Abend leider absagen. Morgen habe ich nach wie vor keine Zeit, aber ich sehe zu, dass wir es Sonntag nachholen. Okay? Ich versuch's noch mal auf deinem Handy.«

Nachricht zwei war von ihrem Vater. »Bette, Barbra musste absagen, wir machen es wahrscheinlich Sonntag. Ich komme zur üblichen Zeit nach Hause. Gegen Mitternacht.«

Verdammter Mist. Nicht heute Abend.

Bette ging ins Wohnzimmer und setzte sich aufs Sofa. Schon wieder allein. Nun ja, sie war das ja gewohnt. Aber heute Abend wollte sie Menschen um sich haben, auch wenn es nur Barbra und ihr Vater waren. Wenn sie nicht darüber nachdenken wollte, sich für das Musical zu melden, musste Ablenkung her.

»Wenn du glaubst, dass es dort einsam ist, wo du heute Abend bist, dann solltest du hier bei mir sein.«

»Ich denke nicht an das Stück«, rief Bette sich zur

Ordnung, obwohl sie fühlte, wie sich Verzweiflung breitmachte. »Ich rufe Vivi an.« Sie saß noch eine ganze Weile auf dem Sofa, ehe sie aufstand und nach dem Mobilteil des Telefons suchte, was immer eine Weile dauerte.

Obwohl sie und Vivian beschlossen hatten, sich häufiger zu treffen, war sich Bette ziemlich sicher, dass keine von ihnen große Lust hatte, bei dem nasskalten Wetter rauszugehen. Na ja, sie konnten wenigstens miteinander reden, obwohl das nicht einfach sein würde, ohne das Topthema zu erwähnen.

Aber Vivian war nicht zu Hause. Mrs Minkus erzählte, dass Dr. Minkus und die Zwillinge zum Essen bei der Oma waren. Bette sah Mrs Minkus' verkniffenen Gesichtsausdruck vor sich. Sie vertrug sich mit ihrer Schwiegermutter nicht.

Bette war der Verzweiflung nahe. Der Abend erstreckte sich endlos vor ihr. Sie wollte gerade den Fernseher anstellen – wie gut, dass es Kabel gibt –, als es an der Tür klopfte. Stirnrunzelnd ging sie zur Tür und schaute durch den Spion.

»Hallo, Gabi«, sagte Bette, machte die Tür aber nicht weit auf.

»Bette, ich habe von deinem Vater gehört.«

»Ist etwas passiert?«, fragte Bette und fühlte, wie ihre Kehle eng wurde.

»Nein, nein.« Gabi schüttelte den Kopf. »Er hat mir nur erzählt, dass eure Pläne für heute Abend ins Wasser gefallen sind. Und er hat vorgeschlagen, dass wir beide doch zusammen etwas essen könnten.«

Sekundenlang überlegte Bette, warum ihr Vater sie

nicht angerufen hatte. Klar, weil sie seinen Vorschlag abgelehnt hätte.

»Danke«, antwortete sie und versuchte höflich zu sein. »Ich habe zu tun.« Wuchs ihre Nase schon?

»Ich mache ein ungarisches Gulasch. Es schmeckt ziemlich gut.«

»Gulasch? Ist das ein Eintopf?« Eintöpfe gehörten zu ihren Lieblingsgerichten, aber seit dem Tod ihrer Mutter hatte sich Bette auf Dosenfutter beschränkt.

»So ähnlich, aber mit Nudeln.«

Bette war stark versucht. Ein selbst gekochtes Essen und ein Szenenwechsel. Na ja, mehr oder weniger, denn die Erdgeschosswohnung war ein Abbild der Miller'schen Wohnung. Und natürlich müsste sie für das Essen Gabi in Kauf nehmen. Dennoch ...

»Ich esse immer früh. Vielleicht magst du ja in einer Stunde oder so runterkommen.« Gabi lächelte sie an.

»Also gut.« Bette kapitulierte. »Ich bin in einer Stunde unten.«

»Wunderbar.«

Bette ging in ihr Zimmer und fand eine Hose, die nicht völlig zerknittert war, und ein Sweatshirt. Dann kramte sie in ihrem Rucksack und fischte die CD heraus. Sie konnte nichts dagegen tun. Sie musste die Songs noch einmal hören.

Erst wollte sie die Musik auf ihrem Computer abspielen, doch dann ging sie ins Wohnzimmer. Mr Miller mochte die Wohnung manchmal etwas vernachlässigen, aber wenn es um supermoderne Soundsysteme ging, war er wie besessen. Bette legte die CD ein, suchte mit der Fernbedienung Mary Janes Songs und rollte sich wie ein

Ball auf dem Sofa zusammen, als die kristallklare Stimme den Raum füllte. Sie wollte jedes Lied nur einmal hören. Ein einziges Mal.

Aber mit der Fernbedienung auf dem Schoß war es einfach unmöglich, nicht weiter die Taste zu drücken und die Songs abzuspielen, immer und immer wieder.

Es dauerte nicht lange, da hörte sie nicht mehr einfach zu, sondern nahm die Musik in sich auf, während sich ihre Gedanken um ihre Mutter drehten. Sie wusste schon eine ganze Weile, dass sie ganz bewusst nicht an ihre Mutter denken wollte. Jetzt, auf dem abgewetzten weichen Sofa, wurde ihr klar, dass ihre Mutter irgendwo in ihrem Unterbewusstsein jede Stunde des Tages bei ihr war und häufig auch in ihren Träumen. Egal, ob sie Barbra ansah, die ihrer Mutter so ähnlich war, oder das importierte italienische Geschirr benutzte, das Mrs Miller so geliebt hatte, oder ihren kuscheligen roten Pullover trug, das einzige Kleidungsstück, das Bette behalten hatte, als ihre ganze Garderobe in die Kleidersammlung gegeben worden war – es waren so viele kleine Dinge, die dafür sorgten, dass Elizabeth Miller immer da war. Diese Erkenntnis, dort auf der Couch, erfüllte Bette mit einem unbeschreiblichen Glücksgefühl, aber auch mit unendlicher Sehnsucht.

Sie fischte in ihrer Hosentasche nach der Engelsmünze. Während sie mit dem Daumen behutsam über den Engel fuhr, überlegte Bette, was nun mit ihrem Gesang werden sollte. Die Rolle der Mary Jane zu spielen hätte ihre Mutter so stolz, so glücklich gemacht. Bette sah sie vor sich, lächelnd im Zuschauerraum. Aber obwohl ihre Mutter überall spürbar war, würde sie nicht wirklich dort sitzen und ihren Auftritt sehen. Und nein, Bette hatte so lange nicht mehr gesungen, es schien, als sei diese Gabe verloren und vergessen. Sie konnte sich das alles nicht vorstellen, gar nichts davon. Weder, dass sie die Stufen auf die Bühne zum Vorsingen hinaufgehen würde, noch, dass sie den Mund öffnen würde, um zu singen. Proben, eine Show? Undenkbar.

Die antike Uhr auf dem Kaminsims sagte ihr, dass es fast an der Zeit war, nach unten zu gehen. Sie bereute ihre Zusage bereits, aber jetzt noch abzusagen, wäre mehr als unhöflich. Und wenn es etwas gab, das ihre Mutter beiden Mädchen eingeimpft hatte, war es, höflich zu sein. Der Engel in ihrer Hand war so rätselhaft wie immer, aber Bette fühlte sich schon durch seine Anwesenheit getröstet. Sie beschloss, sich wenigstens zu kämmen, bevor sie nach unten ging, denn durch das Regenwetter sah ihr Haar noch ein bisschen schlimmer aus als sonst. Im Badezimmer merkte Bette, dass es draußen schüttete. Sie hatte wirklich keine große Lust, zum Essen zu Gabi zu gehen, aber zumindest war der Weg dahin kurz und die Zeit stimmte.

Bette hatte kaum geklopft, als Gabi schon die Tür öffnete. »Absolut pünktlich, komm rein«, sagte sie mit einem Lächeln.

Bette war neugierig, was sie mit der Wohnung angestellt hatte. Aber abgesehen von den frisch gestrichenen Wänden sah das Wohnzimmer fast genauso aus wie an dem Tag, als Gabi eingezogen war.

»Nein, ich habe nicht viel gemacht«, meinte Gabi, die Bettes Blick folgte. »Ich habe ja gesagt, dass ich nicht lange bleiben werde.«

»Aber, ich dachte ...«

»Es war immer so geplant, dass ich nicht lange bleiben werde. Außerdem habe ich meinen Teil der Abmachung nicht richtig eingehalten. Ich habe gestrichen, aber ich habe mich kaum so um dich gekümmert, wie ich es deinem Vater versprochen hatte. Du bist heute zum ersten Mal hier unten.« Das klang nicht anklagend. Gabi stellte nur eine Tatsache fest.

Trotzdem war Bette sauer. »Ich habe es dir gesagt und auch meinem Vater: Ich brauche keinen Babysitter!«

»Nein, natürlich nicht. Ich weiß das.« Gabis Stimme klang besänftigend. »Ist ja auch egal. Du bist jetzt hier, und wir sollten diese Zeit genießen.«

Bette nickte. Sie war zu verwirrt und müde, um sich mit Gabi anzulegen. Außerdem roch es wie immer köstlich, und sie hatte Hunger.

»Wir essen in der Küche, okay? Ich habe keinen Esstisch im Wohnzimmer.«

Die Küche war viel gemütlicher als das Wohnzimmer. Gabi hatte den von den letzten Mietern zurückgelassenen runden Holztisch und die Stühle in einem fröhlichen Gelb gestrichen. Einfache gelbe und rote Geschirrhandtücher waren um den Griff der Ofentür drapiert und überall waren Blumen, goldene Chrysanthemen in Bechern und Gläsern – auf dem Tisch, der Fensterbank und den Arbeitsflächen. Bette überlegte einen Moment, ob Gabi die Blumen wohl extra für ihr Essen besorgt hatte, aber das war natürlich Unsinn. Das Wetter war fürchterlich, und bis zum nächsten Blumenladen musste man ziemlich weit laufen. Sie schien Blumen also einfach gerne um sich zu haben. Das war etwas, das Bette an Gabi gefiel.

»Ähm, kann ich etwas helfen?«, fragte Bette.

»Nein, setz dich doch. Ich hoffe, du hast Hunger. Ich habe ziemlich viel gekocht.«

Bette merkte, dass sie völlig ausgehungert war. »Ja, habe ich.«

Gabi lächelte sie an und verteilte dann eine dampfende Portion Gulasch auf einer großzügigen Portion Nudeln mit Butter. Darüber streute sie geschickt etwas Paprika.

»So, das wär's«, sagte Gabi und reichte Bette den Teller.

»Kommst du aus Ungarn?«, fragte Bette, während sie darauf wartete, dass Gabi mit ihrem eigenen Teller kam.

»Oh, nein«, antwortete Gabi und glitt auf ihren Stuhl. »Ich koche nur gerne Gulasch.«

»Wo kommst du her?«

Zum ersten Mal war Gabi ein bisschen aus der Ruhe gebracht. »Ähm, von überall her könnte man sagen.«

Bette probierte das Gulasch. Es schmeckte so lecker wie es aussah. »Warum bist du nach Chicago gekommen?«

Gabi zuckte mit den Schultern. »Ich dachte, ich hätte hier einen Job.«

»Und den hast du nicht?« Bette dachte daran, dass sie Gabi nur selten draußen sah.

»Nun, das ist kompliziert. Vielleicht klappt es ja doch noch.«

»Und was machst du so den ganzen Tag?«, fragte Bette geradeheraus.

»Na ja, ich stricke und ich koche und backe …«

Bette nahm sich von dem knusprigen Brot auf dem Tisch. »Hast du das gemacht?«

»Ja.«

»Da bleibt bestimmt viel übrig.« Bette spürte, wie sie rot wurde. Es hatte nicht so klingen sollen, als würde sie um ein Almosen bitten. Außerdem hatte Gabi bereits hin und wieder Selbstgebackenes nach oben gebracht.

Gabi schien das Fettnäpfchen nicht bemerkt zu haben oder tat zumindest so. »Normalerweise bringe ich immer etwas beim Frauenhaus in Fullerton vorbei.«

Bette dachte an Gabis Strickzeug. »Strickst du auch für die?«

»Manchmal, aber auch Schals brauchen ihre Zeit. Etwas zu essen ist da sehr viel effektiver.«

»Das ist aber nett von dir«, murmelte Bette.

»Nun ja, wir versuchen alle, die Talente zu nutzen, die wir haben«, meinte Gabi gelassen.

Die Ironie dieser Bemerkung entging Bette nicht. Leider hatte Gabi Bettes Bemerkung neulich über das Singen nicht vergessen.

»In der Schule hast du sicher oft Gelegenheit zu singen«, fuhr Gabi fort.

»Ja, es gibt Gelegenheiten«, antwortete Bette zurückhaltend.

Gabi neigte den Kopf, die Gabel erhoben. »Nutzt du sie?«

Das war direkt. »Schon eine ganze Zeit nicht.«

»Ist das nicht schwierig?«

»Nicht wirklich«, sagte Bette und nahm sich einen Nachschlag. »Es ist ja auch eine ganz normale Schule.

Und ich muss nicht singen. Wenn wir ein Stück inszenieren, könnte ich auch hinter der Bühne arbeiten.«

»Mmmm. Aber du hast eine schöne Stimme, nicht wahr?«

Jetzt war es an Bette, sich unbehaglich zu fühlen. »Schön? Ich weiß nicht.«

Gabi hatte einen seltsamen, abwesenden Gesichtsausdruck. Es war fast so, als könnte sie Bette singen hören. Sie warf Bette einen Blick zu, ohne etwas zu sagen.

»Einige sagen, dass sie schön ist«, hörte sich Bette zu ihrer eigenen Überraschung leise sagen.

»Deine Mutter?«

Die Worte blieben Bette fast im Hals stecken. »Ja, sie auch.«

Und dann, zu ihrer größten Überraschung, brachen all die Worte, die sie so lange in sich verschlossen hatte, aus ihr heraus. Noch erstaunlicher fand Bette, dass der Strom der Erinnerungen, den sie da in Worte fasste, sie überhaupt nicht verlegen machte. Es war fast so, als gäbe es sie doppelt. Sie saß in Gabis Küche, aber sie war auch das kleine Mädchen, das begleitet vom begeisterten Applaus seiner Familie Musicalsongs sang; dann war sie die eifrige Schülerin, an dem Tag, als sie von Odom angenommen wurde und ihre Mutter so glücklich war, dass sie wie die Sonne strahlte; dann kam die Bette von vor wenigen Jahren, die lauthals mit Mrs Miller im Auto sang. Während sie redete, spürte Bette das Glücksgefühl, mit dem ihre Erinnerungen durchtränkt waren, doch diese waren mittlerweile so brüchig, dass sie fürchtete, sie könnten in hundert kleine Stücke brechen.

»Du musst sie sehr vermissen«, sagte Gabi mit feuchten Augen, als Bette endlich verstummte.

»Ja, ich vermisse sie.«

»Ich kann verstehen, warum dir das Singen so unmöglich scheint. Du hast immer für deine Mutter gesungen.«

Bette fühlte sich erschöpft. Sie nickte.

»Möchtest du nicht für dich selbst singen? Ich frage nur.«

Bette nahm die Frage so ernst wie Gabi sie gestellt hatte. »Ich glaube, das kann ich nicht.«

»Du meinst, du hast es bis jetzt noch nicht getan«, korrigierte Gabi sie. »Menschen lernen immer dazu, sie sehen noch mal hin, ändern vielleicht ihre Meinung.«

Bette setzte sich überrascht auf. »Was hast du gesagt?« Gabi hatte gerade aus dem Songtext von *Leavin's Not the Only Way to Go* zitiert. Wie um alles in der Welt konnte sie diesen Song kennen? Er war nun wirklich nicht sehr bekannt, und überhaupt sah Gabi mehr nach Beethoven aus als nach *Big River*.

Gabi grinste und deutete zur Decke.

Verwirrung brachte Farbe in Bettes Gesicht. Meinte sie damit, dass der Song aus dem Himmel gekommen sei oder so?

»Dieses graue Haus ist zwar sehr solide gebaut, doch wenn Musik laut genug gespielt wird, wieder und wieder, kann man manches hören«, erklärte Gabi.

Erleichterung. Einen Augenblick lang hatte Bette an Geister geglaubt. Sie schnitt eine Grimasse, als sie daran dachte, wie oft sie Mary Janes Lieder gespielt hatte. Die arme Gabi. Sie kannte die Songs jetzt so gut, dass sie wahrscheinlich selbst vorsingen könnte.

»Tut mir leid«, murmelte sie.

»Ach was, mir war klar, dass dich diese Musik irgendwie berührt hat.«

Das konnte Bette nicht leugnen. »In den Songs geht es um Sterben und Verlassen … und darum, seine Meinung zu ändern.«

»Wo stammen sie her?«, fragte Gabi.

»*Big River*. Das ist ein Musical, das wir aufführen wollen.«

»Und du wirst dich möglicherweise um die Maske kümmern.« Gabi stand auf. »Möchtest du Nachtisch?«

Bette starrte hinter Gabi her, als sie zum Kühlschrank ging und eine Schokoladentorte herausholte. Das war's? Kein Druck?

»Ich schneide uns beiden ein großes Stück ab. Das haben wir uns verdient. Trinkst du Kaffee?«

»Ich möchte lieber etwas Milch«, sagte Bette und hoffte, dass es nicht zu kindlich klang.

»Kein Problem.«

Bette stand auf und räumte den Tisch ab. Als sie ihren Kuchen aßen – köstliche Schokolade bedeckt mit luftigen Sahnehauben –, wartete sie darauf, dass Gabi das Gespräch wieder auf das Singen oder Vorsingen bringen würde, aber das tat sie nicht. Schließlich hielt Bette es nicht mehr aus.

»Also was soll ich deiner Meinung nach tun?«

Gabi tat gar nicht erst so, als wisse sie nicht, was Bette meinte. »Bette, ich finde, du solltest auf dein Herz hören und dann entscheiden. Es gibt nur zwei Möglichkeiten: Entweder singst du vor oder nicht. Wie das Lied schon sagt, denk noch einmal nach und dann wirst du deine

Meinung vielleicht ändern. Oder nicht. So oder so wird eine Entscheidung fallen.«

»Aber …«

»Es ist Freitagabend. Warum schläfst du nicht darüber? Heute musst du nur noch eine einzige Entscheidung treffen.«

Bette zog die Augenbrauen hoch.

»Willst du noch Kuchen?«

6. Kapitel

Wie das Leben manchmal so spielt, lernte Bette, dass man eine Entscheidung treffen kann, ohne sich wirklich zu entscheiden.

Nachdem ihnen Mrs Wu das Video der abgespeckten Version von *Big River* gezeigt hatte, lösten sich die Siebt- und Achtklässler in kleine Gruppen auf, diskutierten über die aufwendige Broadway-Inszenierung und die kleinere Version des Musicals, in der die Vorstellungskraft der Zuschauer gefragt war. Bette saß dabei und hörte zu, aber sie hielt sich zurück.

Den ganzen nassen, trübseligen Herbst hindurch spielten die Musiklehrer die Musicalmusik, und die Schauspiellehrer organisierten Szenen sowohl aus dem Buch als auch aus dem Stück. Im Englisch- und Geschichtsunterricht wurden die Themen, die in *Big River* und *Huckleberry Finn* angerissen wurden, weiter ausgearbeitet. Bette beteiligte sich so wenig wie möglich.

Und als es an der Zeit war, sich für etwas einzutragen, tauchte Bettes Name in keiner Liste auf.

Es war nicht so, dass sie es vergessen hätte. Ein normal funktionierender Mensch konnte einfach nicht ignorieren, dass das Casting in der Woche nach Thanksgiving stattfinden würde. Die Kinder redeten über kaum etwas anderes. Bette hatte sich daran gewöhnt, beim Mittagessen einfach nur zuzuhören, während Andy, Lucy und Fred die Aufführung diskutierten.

»Ich kann einfach nicht glauben, dass wir mit dem Vorsprechen bis nach Thanksgiving warten müssen«, beschwerte sich Fred zum mindestens hundertsten Mal, so schien es Bette.

»Ach was, Thanksgiving ist doch schon nächste Woche«, antwortete Andy. »Also ganz ruhig. Wir sind wie Pferde, die den Stall riechen.«

Lucy warf ihm einen kühlen Blick zu. »Was soll das heißen, Minkus? Und was weißt du schon von Pferden und Ställen in diesem Hochhaus, in dem du wohnst?«

»Das sagt man so. Bei einem Ausritt werden Pferde immer eifriger, wenn sie sich dem Stall nähern«, erklärte Andy geduldig.

»Pah«, grunzte Lucy. »Ich bin kein Pferd, Minkus. Und ich bin nicht erwartungsvoll aufgeregt. Ich bin so aufgeregt, dass mir gleich schlecht wird.«

Fred wedelte mit seinem Erdnussbuttersandwich herum. »Du schaffst das schon. Wir werden das alle schaffen.« Er runzelte die Stirn. »Obwohl es mich nicht stören würde, wenn sich Bennett Fitzgerald über die Feiertage ein Bein bricht.«

Jetzt mischte Bette sich doch in das Gespräch ein. »Das ist fies. Was, wenn er so etwas über dich sagt?«

»Wie wäre es mit einer Mandelentzündung?«, schlug Lucy vor. »Irgendetwas, das ihn nur für kurze Zeit außer Gefecht setzt.«

»Ich weiß nicht«, sagte Andy etwas boshaft. »Wahrscheinlich singt er doch selbst mit Halsschmerzen besser als Fred.«

Bennett aus der achten Klasse, Freds einziger echter Konkurrent für die Rolle des Huck, hatte zwar eine bessere Stimme als Fred, aber er konnte überhaupt nicht tanzen, und mit seinem Talent als Schauspieler war es auch nicht weit her.

»Mach dir keine Gedanken wegen Bennett«, meinte Bette zu Fred, aber zu ihrer Überraschung sah er sie mürrisch an.

»Du hast leicht reden. Dir ist es egal, ob du eine Rolle kriegst. Du singst ja nicht mal vor.«

»Ich habe mich noch nicht entschieden«, meinte Bette abwehrend.

»Doch, Bette, das hast du«, sagte Andy behutsam. »Ich glaube, das hast du.«

Den Rest des Tages und darüber hinaus dachte sie darüber nach. Sie hatte wirklich geglaubt, noch Wahlmöglichkeiten zu haben; aber natürlich, alles was sie gemacht – oder nicht gemacht – hatte, hatte dazu beigetragen, dass sie versiegt waren.

Thanksgiving war eine willkommene Abwechslung. Die letzten Jahre hatten Barbra, ihr Vater und sie den Tag mit einer befreundeten Familie von Musikern verbracht, die den Truthahn mit Cajun-Gewürzen zubereiteten und jeden Trompeter oder Bassisten einluden, der sonst nichts vorhatte. Es gab immer jede Menge Nachtisch, und es war so proppenvoll, dass niemand Bette oder Barbra Fragen stellte, die sie nicht beantworten wollten.

Weil Bette es nicht gut fand, dass Gabi am Feiertag allein war, hatte ihr Vater sie eingeladen mitzukommen. »Je mehr wir sind, desto lustiger ist es bei den Wicks«, sagte er zu Gabi. Aber die hatte schon andere Pläne. Sie wollte zum Obdachlosenheim gehen, um dort das Thanksgiving-Essen zu servieren. Das klang ganz nach Gabi.

Trotz ihres sehr herzlichen Gesprächs vor einigen Wochen hatte Gabi nicht nachgehakt oder gebohrt, um herauszufinden, was Bette in Bezug auf *Big River* tun würde. Bette war häufiger unten gewesen, aber anstatt ernsthafte Gespräche über Entscheidungsprozesse zu führen, hatte Gabi Bette beigebracht, Kuchen zu backen und zu stricken. Manchmal überlegte Bette, warum Gabi wohl nicht wissen wollte, wie es mit dem Stück weiterging, aber eigentlich war sie nur erleichtert, dass sie in Ruhe gelassen wurde und ihre eigene Entscheidung treffen konnte.

Da Gabi keinen Druck machte, war Bette umso überraschter, als Mr Miller sie nach der Thanksgiving-Schlemmerorgie mit einem seltsam entschlossenen Gesichtsdruck fragte, ob sie Lust auf einen Spaziergang hatte. Ganz offensichtlich hatte ihr Vater etwas auf dem Herzen, und Bette hatte das komische Gefühl, genau zu wissen, was es war. Die Schule schickte regelmäßig Rundbriefe an alle Eltern, in denen über die spannenden Aktivitäten von Odom informiert wurde. Und weil es noch nie etwas Aufregenderes als *Big River* gegeben hatte, zumindest nicht zu Bettes Zeiten, wurden die Eltern mittlerweile in schnellem Rhythmus immer wieder auf den neuesten Stand gebracht.

Sie zogen sich an und gingen hinaus in die behäbige Dämmerung. Die Wicks wohnten in einem der schickeren Vororte am Lake Michigan und einige Anwohner hatten den Tag offensichtlich damit verbracht, ihre Weihnachtsdekoration anzubringen, denn einige Häuser wurden von glitzernden Lichtern beleuchtet.

»Bin ich froh, dass wir hier nicht wohnen«, meinte Bette. »Das wäre doch ziemlich langweilig. Aber die Häuser sehen nett aus, so schön beleuchtet.«

Mr Miller nickte nur, er sammelte seine Gedanken. Schließlich brach es fast aus ihm heraus: »Bette, ich höre so viel von diesem Musical, das deine Schule da auf die Beine stellt.«

»Ja«, sagte Bette leichthin. »Habe ich dir nicht davon erzählt?«, setzte sie nach, wohl wissend, dass sie das nicht getan hatte.

»Und, machst du mit?«

»Ich … ich glaube nicht.«

Bette konnte sein Stirnrunzeln sogar in dem dämmrigen Licht sehen. »Das klingt nach einer ziemlich großen Sache.«

»Kann schon sein.«

Mr Miller holte tief Atem. »Möchtest du lieber auf eine andere Schule gehen, Bette?«

Bette kam fast ins Stolpern. Sie hatte mit vielem gerechnet, aber damit nicht. »Warum?«

»Nun ja, was bringt es, eine Schule für darstellende Künste zu besuchen, wenn du die Gelegenheit nicht nutzt?«

»Ich kann immer noch mitmachen«, antwortete Bette. »Bei *Big River* mache ich wahrscheinlich die Requisite.«

Ihr Vater schüttelte den Kopf. »Das wäre für einige Kinder sicherlich okay, aber nicht für dich, Bette. Nicht mit deiner Stimme.«

Okay, das war es also. Ihr Vater wusste seit Jahren, dass sie nicht mehr sang. Elternsprechtage hatten dafür gesorgt, das war klar, aber er hatte nie darüber gesprochen. Sie wusste nur nicht, ob es daran lag, dass er es für nicht so wichtig hielt oder weil es ihm egal war. Sie hoffte, dass er sie in Ruhe ließ, weil er wusste, wie schwer es für sie war zu singen.

»Aber Odom ist so nah an zu Hause«, sagte Bette schließlich.

Ihre Augen trafen sich im Schein einer Straßenlaterne. Es war Bette, die zuerst wegsah.

»Ja, richtig, es ist natürlich bequem. Aber bequem ist nicht alles.«

»Du willst, dass ich die Schule wechsle?«, fragte Bette und fühlte leichte Panik aufsteigen.

»Bette, keiner aus der Schule hat mich angesprochen, noch nicht, aber irgendwann wird auch deren Geduldsfaden reißen. Ich weiß noch nicht einmal, ob Odom dich überhaupt bleiben lässt, wenn du nicht singen willst. Die Plätze sind heiß begehrt …« Mr Millers Stimme wurde leise.

Bette war leicht geschockt. Dachte etwa jeder in der Schule, dass sie einen Platz blockierte?

Sie bogen ab und hatten das Haus der Wicks schon fast wieder erreicht. Kaum waren sie drinnen, sah Bette, dass Barbra ihrem Vater einen fragenden Blick zuwarf. Er antwortete mit einem leichten Kopfschütteln. Aha, sie wusste also auch davon. Bette wurde sauer. Wie auch immer. Sollten sie die Köpfe zusammenstecken. Bla bla bla. Diese Entscheidung würde sie ganz allein treffen. Sie schob ihre kalten Hände in die Hosentaschen, wo ihr

Engelsmedaillon war. Sie konnte die Worte genau hören. *Entscheide dich. So oder so. Aber entscheide dich endlich.*

Bette sah sich um. Hatte das tatsächlich jemand gesagt? Aber die anderen Gäste waren alle beschäftigt, tranken Kaffee, unterhielten sich, standen am Klavier, wo eine Frau mit dunklen Locken die Tasten liebevoll anschlug. Sie zog die Hände aus den Taschen und machte sich auf die Suche nach Mrs Wick, um ihre Hilfe beim Aufräumen anzubieten.

Nicht nur Elektrizität kann die Luft aufladen, auch Spannung. Bette saß im Publikum und sah sich das Vorsingen an. Sie hatte damit gerechnet, dass es spätestens nach den ersten zehn Kindern langweilig würde. Jeder Kandidat sang irgendetwas aus der Show und dann einen Teil des großen Finales, um zu sehen, wie ihre oder seine Stimme in die Gruppe passte. Auf der linken Seite der Bühne saß Mrs Wu zusammen mit einigen Lehrern und Gary Klein vom Maple Tree Theater, der die Regie führen würde. Bette sah ihn sich genau an. Das Vorsingen von Amateuren, noch dazu Kindern, musste ihn doch schrecklich langweilen. Aber er nickte jedem Bewerber lächelnd zu, auch den weniger talentierten. Irgendetwas hatte er an sich, das … richtig nett war.

Bette wollte beim Vorsingen eigentlich gar nicht dabei sein, überlegte es sich aber anders, um ihren Freunden die Daumen zu drücken. Lucy hatte gerade *Crossing to the Other Side* gesungen, und Bette war sicher, dass sie es geschafft hatte. Fred wartete noch nervös in den Kulissen.

Sie zog ihren Engel aus der Tasche und streichelte geistesabwesend über die Münze. Normalerweise ging es ihr nach der Berührung besser, aber diesmal fühlte sie sich nur kalt an.

»Was ist das für'n Ding?«, fragte eine Stimme hinter ihr.

Bette drehte den Kopf. Joe Garcia.

»Es ist … ein Glücksbringer oder so.«

»Wofür brauchst du den denn? Du singst doch nicht vor.«

»Woher willst du das wissen?«, antwortete Bette ärgerlich.

»Weil du hier unten sitzt, genau wie ich.«

Bette konzentrierte sich wieder auf die Bühne, aber Gary Klein hatte gerade eine zehnminütige Pause angekündigt. Sie wollte eben in die Cafeteria gehen, als Joe neben sie schlüpfte und den Weg versperrte.

»Siehste«, fuhr er fort. »Die lassen Kinder wie uns für diesen ach so tollen *Big River* gar nicht erst vorsingen.«

Sie sah ihn neugierig an. »Was meinst du mit ›Kinder wie wir‹?«

»Die Kinder von hier«, entgegnete er ungeduldig. »Die ohne Talent.«

Bette wusste nicht, was sie sagen sollte. Er dachte, sie sei in Odom, weil sie in der Nähe wohnte. »Jeder kann vorsingen«, murmelte sie schließlich.

Joes Lachen war hämisch. »Na klar.«

Bette überlegte. Joe wusste nicht, was er da sagte. Mrs Wu wollte, dass alle Schüler bei den Odom-Aktivitäten mitmachten, aus welchem Grund auch immer sie die Schule besuchten.

»Die Lehrer haben alle ihre Lieblinge zum Vorsingen gedrängt«, sagte er. »Hat dich jemand gefragt? Nein? Mich auch nicht.«

»Warum sollte dich jemand fragen?«, wollte Bette irritiert wissen. »Du drückst dich doch hier nur rum.«

An seinem verwirrten Stirnrunzeln erkannte Bette, dass er keine Ahnung hatte, was sie mit »herumdrücken« meinte. Was ihn aber nicht von einer Antwort abhielt. »Und was machst du hier? Du hättest den Eingangstest gar nicht bestanden. Du machst doch nichts. Ich hab dich nie singen gehört oder auf der Bühne gesehen. Und im Unterricht machst du den Mund auch kaum auf.«

»Vielleicht will ich das einfach nicht«, antwortete Bette heftig.

»Und außerdem«, fuhr er fort, als hätte Bette nichts gesagt, »habe ich dich hier in der Gegend schon gesehen. Wir haben uns vor der Kirche unterhalten. Das kannst du nicht abstreiten, es sei denn, du erzählst mir jetzt, dass du unter Gedächtnisverlust oder so was leidest.«

»Ich wohne in der Nähe und ich singe«, ließ Bette ihn wissen. »Beides.« Das brüllte sie fast. »Das eine schließt das andere nicht aus.«

Joe lehnte sich in seinem Stuhl zurück. Er hatte ganz offensichtlich Spaß daran, sie aus der Fassung zu bringen. »Okay, einige können vielleicht trotzdem singen. Aber du nicht. Zumindest tust du's nicht. Sängerin, hä? Du bist hier ein Niemand, genau wie ich. Warum gibst du es nicht einfach zu?«

Bette war vor Wut rot im Gesicht. »Was ist dein Problem? Ich könnte da jetzt hochgehen und vorsingen, wenn ich das wollte.«

»Und was hält dich zurück?«, fragte Joe grinsend.

»Niemand. Niemand hält mich zurück.« Und als ob sie das beweisen wollte, schoss sie aus ihrem Sitz hoch und trat Joe fast vors Schienbein, als sie an ihm vorbei auf den Gang stürzte.

»Mrs Wu«, rief Bette der Direktorin zu, die auf der Bühne mit Gary Klein sprach. »Kann ich noch vorsingen?«

Die anwesenden Schüler und Lehrer starrten sie an. Sie hatte lauter gerufen, als sie eigentlich wollte. Sie war sich gar nicht sicher, ob sie überhaupt etwas hatte sagen wollen. Aber sie hatte es getan, und jetzt stand sie da, sah zu Mrs Wu auf und wartete mit angehaltenem Atem auf deren Antwort.

»Aber … Bette.« Die Direktorin schien von ihrem Ansinnen ebenso überrascht wie Bette selbst. Dann lächelte sie. »Natürlich kannst du das. Wir wollen gerade wieder anfangen. Warum singst du nicht jetzt gleich vor?«

Bette nickte dankbar. Irgendwie wusste Mrs Wu, dass sie unbedingt jetzt sofort auf die Bühne gehen und vorsingen musste – ansonsten würde sie sich umdrehen, die Aula verlassen, durch das schwere Metalltor gehen und der Schule den Rücken kehren – nicht nur für heute. Und tief im Innern wusste sie, dass sie genau das nicht wollte.

»Weißt du, was du singen willst?«, fragte Mrs Wu flüsternd, als sie Bette die Treppe zur Bühne hinauf geleitete.

Bette nickte. »Vielleicht *Leavin's Not the Only Way to Go.*«

Später konnte sich Bette an das Singen kaum erinnern.

Anderes dagegen hatte sich deutlich eingeprägt. Wie Mrs Wu sie Gary Klein vorstellte, der lächelte, dann verwirrt einen Blick auf seine Liste mit Bewerbern warf und sie dort unterzubringen suchte. Und wie Mr Lewis, einer der Musiklehrer, der die Sänger auf dem Klavier begleitete, ihr fröhlich zuzwinkerte und auf ihren Einsatz wartete.

Zwei Dinge würde sie nie vergessen. Das eine war beim Singen, als sie zu der Zeile »Menschen lernen immer dazu, sie sehen noch mal hin, ändern vielleicht ihre Meinung« kam. Obwohl sie diese Zeilen schon so oft gehört hatte, hatten sie diesmal einen völlig neuen Klang, sprudelten aus ihr hervor wie Wasser aus einem Brunnen. Das zweite, an das sie sich erinnerte, war Joes Anblick, wie er da im Saal saß und so ungläubig guckte, als wäre eine Ente auf die Bühne gewatschelt, um dort zu tanzen.

Als alles vorbei war, wusste Bette, dass sie es geschafft hatte. Sie fühlte sich so leicht und befreit wie schon lange nicht mehr; es war ihr sogar egal, ob sie die Rolle der Mary Jane überhaupt bekommen würde. Wichtig war, dass sie den Mund aufgemacht und gesungen hatte. Und sie war gut gewesen. Und sie war glücklich. Sie hüpfte die Treppe fast herunter und verließ den Saal, stoppte nur kurz bei Joe, der seine Verblüffung immer noch nicht verdaut hatte.

»Siehst du«, sagte sie freundlich. »Ich habe dir doch gesagt, dass ich singen kann.«

7. Kapitel

Joe sah sich verstohlen um und zog die Engelsmünze aus der Tasche seiner Jeans. Warum er so nervös war, wusste er nicht. Und selbst wenn jemand die Münze sah? Er war in einer Kirche. Hier würde es ganz bestimmt niemand merkwürdig finden, dass er eine kleine Münze mit einem Engel darauf bei sich trug.

Als er am Weihwasserbecken vorbei zu den Bänken ging, fiel ihm auf, dass es schon eine ganze Weile her war, seit er die Kirche des Heiligen Trösters von innen gesehen hatte. Als sie damals gerade hergezogen waren, war er regelmäßig hier gewesen. Irgendwann hatte er jedoch gemerkt, dass ihn die Kirche beruhigte, und manchmal wollte er einfach wütend sein. Als Bette ihm erzählte, dass sie gelegentlich herkam, hatte er den Ort gemieden, um ihr nicht über den Weg zu laufen. Sie machte ihn nervös, auf so eine Mädchen-Junge-Art, die ihm fremd war. Was natürlich blöd war, denn selbst nachdem sie sich vor seiner Haustür unterhalten hatten, ignorierte sie ihn in der Schule weiterhin. Sie war echt unglaublich eingebildet.

Ohne vorher niederzuknien, wie er es gelernt hatte, schlüpfte Joe in eine der abgenutzten hölzernen Bankreihen. Die ältere Frau in der Reihe auf der anderen Seite warf ihm einen stirnrunzelnden Blick zu, aber Joe senkte nur den Kopf, öffnete die Hand und besah sich die Münze. Okay, vielleicht hätte er sie nicht nehmen sollen. Während andere Kirchgänger wie die alte Dame sich vielleicht nichts bei einer Münze mit einem Engel denken würden, wäre Gott möglicherweise gar nicht so begeistert, dass er Diebesgut in die Kirche brachte. Joe ignorierte das Ziehen in seinem Magen. Gott? Wirklich? Sollte der sich nicht besser über andere Dinge aufregen?

Außerdem war es ja nicht so, dass er die Sache geplant hatte, nicht wirklich. Es war mehr ein Gelegenheitsdiebstahl gewesen. Joe rieb mit dem Daumen über die erhabene Engelsfigur. Wenn er sich richtig an die Sonntagsschule erinnerte, die schon ewig her war, waren Engel weder männlich noch weiblich. Aber der einzige Engel, an den er sich erinnern konnte, war der Erzengel Michael, ein Männername. Der Engel in seiner Hand trug eine Art lange Robe, und obwohl Joe das Gesicht nicht sehr gut sehen konnte, schien ihm das Bild eher einen männlichen Eindruck zu machen. Er verstand jetzt, warum Bette das Ding mochte. Es fühlte sich gut in der Hand an, solide. Wenn man es rieb, wurde es jedoch nicht wärmer. Die Münze oder das Medaillon, wie auch immer man das nannte, fühlte sich kühl an.

Die alte Frau verließ die Kirche, und Joe war allein. »Es war nicht so, dass ich dich haben wollte«, flüsterte Joe und kam sich dabei ein bisschen blöd vor. »Aber …«

Ja, aber. Es gab Gründe, warum Joe so begeistert war, dieses kleine Stück Metall in der Hand zu halten. Zum einen ließ es sich nicht leugnen, dass er wegen Bettes Auftritt stinksauer war. Beeindruckt, verlegen und stinksauer. Sie hatte gesagt, dass sie singen konnte, und das konnte sie in der Tat. Er fühlte sogar ein ganz kleines bisschen Stolz, denn er wusste, dass sie nur da hochgegangen war und vorgesungen hatte, um ihn eines Besseren zu belehren. Was er aber am meisten fühlte, war Wut. Er hatte gedacht, sie sei wie er, nur ein Kind aus der Nachbarschaft in einer Schule, in der alle anderen irgendein Talent hatten. Und dann stellte sich heraus, dass sie wahrscheinlich die beste Stimme von allen hatte. Also war er – wieder einmal – allein.

Deshalb hatte er bei der Mathearbeit einige Tage nach dem Vorsingen darauf geachtet, als sie die Münze aus der Tasche nahm. Er erinnerte sich, dass sie damit herumgespielt hatte, bevor sie auf die Bühne marschiert war, um zu singen. Nun lag sie auf ihrem Tisch, während sie etwas kritzelte, es löschte und wieder kritzelte. Sie musste tatsächlich so etwas wie ein Glücksbringer sein. Half sie ihr bei den Arbeiten? Joe war sich bewusst, dass er Hilfe brauchen konnte. Die Fragen waren schwer, und viele Antworten wusste er nicht. Als die Klingel ertönte, packte Bette eilig ihre Sachen und ging zur Tür. Joe ließ sich mehr Zeit. Als er seinen Rucksack auf den Rücken schwingen wollte, sah er die Münze noch immer auf Bettes Tisch liegen. Er langte hinüber, nahm sie und bemerkte zum ersten Mal den aufgeprägten Engel. Ein oder zwei Sekunden sah er ihn an, dann schob er die Münze schnell in seinen Rucksack und verließ eilig den Raum. In der Tür stieß er fast mit Bette zusammen, die bemerkt haben musste, dass sie die Münze vergessen hatte. Joe tat so, als hätte er sie nicht gesehen.

Das kleine Medaillon bedeutete Bette viel. Das war klar. In kürzester Zeit hingen überall »Verloren«-Anschläge am Schwarzen Brett, in den Klassenzimmern und in der Cafeteria. Sie hatte es sogar geschafft, ein Blatt in der Jungen-Toilette aufzuhängen. Selbst von einer Belohnung war die Rede. Joe zog das in Erwägung, aber er konnte das Ding unmöglich zurückgeben, ohne dass offensichtlich gewesen wäre, wer es genommen hatte. Außerdem war diese Münze etwas Besonderes – zumindest dachte Bette das –, und er wollte etwas von dieser Besonderheit für sich haben.

Aber aus Gründen, die Joe selbst nicht richtig verstand, hatte er das Engelsmedaillon in seinem Rucksack gelassen. Hatte es noch nicht einmal zum Anschauen herausgenommen. Hier in der Kirche hielt er es zum ersten Mal richtig in der Hand, betrachtete es genau. Joe war sich nicht sicher, warum er die Kirche für diesen Augenblick gewählt hatte, höchstens, weil er hier Platz zum Atmen hatte. Zwar lebten nur seine Mutter und er in ihrer Wohnung, aber sie war so klein, dass man sich kaum bewegen konnte, von Privatsphäre ganz zu schweigen. Und jetzt, wo Gene, der Freund seiner Mutter, so oft da war, war es noch enger. Es war, als würde Gene allen Sauerstoff in der Wohnung verbrauchen – von dem es ohnehin nicht viel gab.

Als Joe die Kirche betreten hatte, war es draußen hell, die Sonne hatte mit den Farben in den getönten Glasfenstern gespielt. Jetzt war das Licht verblasst und der Nachmittag fast vorbei. Es war Zeit zu gehen.

Joe ließ die Münze zurück in die Tasche gleiten und verließ die Kirche. Er sollte in dem kleinen Supermarkt an der Ecke einige Dinge besorgen und versuchte sich zu erinnern, was es war. Milch, obwohl er Milch hasste; Spaghetti vielleicht. Er glaubte nicht, dass er Brot holen sollte. Joe wünschte sich, seine Mutter würde den Einkauf erledigen oder ihm wenigstens einen Zettel schreiben, aber sie musste oft lange arbeiten, und wenn sie müde nach Hause kam, war es schwer für sie, all das zu erledigen, von dem er annahm, dass andere Mütter es taten. Joe hatte gelernt, die Betten zu machen und Wäsche zu waschen. Das war schon seit vielen Jahren so. Es machte ihm nicht allzu viel aus, denn schließlich waren sie nur zu zweit, und sie mussten zusammenhalten, gegenseitig auf sich aufpassen. Dann tauchte plötzlich Gene auf. Joe trat nach einem Blätterhaufen. Vielleicht sollte er Gene die Wäsche machen lassen.

Joe ging die kurze Strecke zu dem schäbigen Laden. Etwas weiter war ein großer Supermarkt, aber seine Mutter zog es vor, ihre Einkäufe so oft es ging im ›Ortiz Family Market‹ zu erledigen, wie auf der abblätternden Schrift auf der Ladentür zu lesen war.

»Aber da gibt es doch nichts, Mami«, hatte Joe mehr als einmal protestiert.

»Natürlich gehen wir für die großen Einkäufe zum Supermarkt, Joey, aber die Ortizes müssen auch Geld verdienen. Ihr Markt war zuerst hier, und wir sollten sie unterstützen.«

Das wäre völlig in Ordnung, maulte Joe vor sich hin, wenn der kleine Lebensmittelladen auch nur einmal das haben würde, was er brauchte, oder wenn das Haltbarkeitsdatum der Artikel nicht abgelaufen wäre. In dem Laden etwas Ordentliches zu finden war wie eine

Schatzsuche, deren Schatz aus Früchten ohne braune Stellen bestand.

Mrs Ortiz, eine ältere Frau mit stahlgrauem Haar, das sie in einem Dutt zurückgebunden hatte, saß hinter dem Tresen, las eine spanische Zeitung und kaute auf einer Lakritzstange. Sie sah auf, nickte Joe zu und widmete sich dann wieder ihrer Lektüre. Sie hatte Vertrauen zu Joe, dass er in ihrem Laden nichts stehlen würde. Joe hatte beobachtet, wie sie mit ihrem scharfen Blick andere Kinder in den engen Gängen nicht aus den Augen ließ, deshalb durfte er sich wohl geschmeichelt fühlen. Doch da war immer ein Teil von ihm, der versucht war, irgendetwas in die Tasche zu stecken, nur um zu sehen, ob er ungestraft davonkommen würde. Das Problem war, dass es nichts gab, was sich zu klauen lohnte.

Statt einen Korb zu nehmen, griff Joe nach Nudeln, prüfte das Datum auf der Milch, steckte beides in die Armbeuge, fand einige vergleichsweise ordentlich aussehende Bananen und legte oben auf seine wacklige Last noch eine Packung Kekse. An der Kasse stieß er fast mit einer anderen Kundin zusammen, die eine Zeitung kaufen wollte, eine blonde Frau, die ihn anlächelte.

»*Buenos días*«, sagte Mrs Ortiz, als er das Abendessen auf dem abblätternden Plastiktresen ablud.

»Hallo«, murmelte Joe.

Mrs Ortiz nahm die einzelnen Artikel und gab die Preise in die Kasse ein. Joe fischte in seiner Tasche nach etwas Geld. Lange Zeit hatte er nie welches, aber jetzt hatte er einen Weg gefunden, an etwas zusätzliches Bargeld zu kommen. Er nahm eine Packung Kaugummi aus dem kleinen Metallregal neben der Kasse, und dann noch eine.

»Acht Dollar und sechzig Cent«, sagte Mrs Ortiz.

Joe warf acht 1-Dollar-Scheine und etwas Kleingeld auf den Tresen.

Mrs Ortiz zählte die Münzen und hielt dann das kleine Engelsmedaillon hoch, das Joe versehentlich mit dem Kleingeld herausgenommen hatte. Sie sah es neugierig an.

»Oh, das wollte ich Ihnen nicht geben.« Er griff danach, aber Mrs Ortiz sah es immer noch an.

»Hier ist noch ein Vierteldollar«, sagte Joe und schob ihn zu ihr hin.

»Was hast du da?«, fragte die andere Kundin in einem singenden Tonfall. Sie stand plötzlich hinter Joe und ließ ihn zusammenzucken.

Zu Joes Unmut gab Mrs Ortiz der Frau die Münze. »Kann ich das wiederhaben?«, fragte er mürrisch.

Die Frau warf einen Blick darauf und sah dann Joe an. Ihre grauen Augen waren für einen Augenblick sehr eisig, dann starrte sie Joe so intensiv an, dass er sich zutiefst unwohl fühlte.

»Sehr ungewöhnlich«, sagte sie und gab Joe die Münze zurück. »Woher hast du das?«

»Gefunden«, murmelte Joe. Er hatte keine Lust auf weitere Fragen.

Aber die Frau sagte nur: »Ich hoffe, sie bringt dir Glück.«

Joe nahm die billige Plastiktüte von Mrs Ortiz und rannte fast aus dem Laden.

Das war dumm, schalt Joe sich. *Du hast dich benom-*

men, als wärst du schuldig. Natürlich war er schuldig, aber aus dem Laden zu stürmen erweckte nur Misstrauen. Und warum sich eine Fremde für ein dummes kleines Medaillon interessierte, konnte er auch nicht verstehen. Trotzdem fühlte er sich, als wäre er gerade noch einmal davongekommen.

Als er auf dem Weg nach Hause an einigen Häusern vorbeikam, die mit Lichterketten und Rentieren, einmal auch mit einem großen, dicken Weihnachtsmann dekoriert waren, fragte sich Joe, wie die Ausbeute an Weihnachtsgeschenken wohl diesmal ausfallen würde. Seine Mutter würde sich etwas einfallen lassen. Und seine Oma würde ihm wie immer einen Schal oder eine Mütze stricken, die er niemals freiwillig tragen würde. Sein Vater im fernen Kalifornien war mit seinen Geschenken so wenig verlässlich wie mit den Unterhaltszahlungen. Seine neue Frau war etwas besser darin, etwas in die Post zu geben.

Als er an das Geschenk dachte, an dem er für seine Mutter arbeitete, beruhigte er sich ein bisschen. Er hatte ihr lange nichts kaufen können, aber zum Geburtstag und zu Weihnachten schnitzte er ihr gewöhnlich etwas, meistens ein Tier. Inzwischen hatte sie schon einen kleinen Zoo. Seine ersten Figuren waren einfach gewesen, ein Fisch, ein Schmetterling. Doch er war immer besser geworden, und zu ihrem letzten Geburtstag hatte er ihr einen Elefanten mit großen Ohren und einem winzigen Schwanz geschnitzt. Dieses Jahr hatte er sich etwas ganz Besonderes vorgenommen. Etwas, von dem er ziemlich sicher war, dass sie sich sehr darüber freuen würde.

Er stieß die Haustür zu dem Mehrfamilienhaus auf, in dem sie wohnten, und ging über die Treppe mit dem ausgetretenen Teppichboden hinauf in den zweiten Stock. Viele dachten, dass der zweite Stock besser sei als der dritte, aber sie hatten die hörbaren Trittgeräusche von oben nicht bedacht. Joe sah den Nachbarn, der über ihnen wohnte, nur ganz selten, aber er wusste, dass er dick war. Wenn er oben durch die Wohnung ging, klang das nach einem Riesen. »Bum, bum, bum«, murmelte Joe oft vor sich hin, wenn er die Schritte hörte.

Joe legte die Lebensmittel auf den Küchentisch. Er würde wohl auf sein Stammgericht zurückgreifen, Nudeln mit geriebenem Käse darüber. Bei einem Blick in den Kühlschrank stellte er mit Genugtuung fest, dass das Stück Cheddar orange und nicht grün war; und es war sogar noch etwas Kopfsalat da, der zusammen mit der einzelnen Tomate auf dem Tisch für einen Salat reichen würde.

Die Nudeln waren fast gar, als Joes Mutter hereinkam. Viele Leute hielten sie auf den ersten Blick für Joes Schwester. Mutter und Sohn waren ungefähr gleich groß. Luisa trug ihr schwarzes Haar mit einigen Spangen lose zurückgebunden, damit es ihr nicht ins Gesicht fiel, was ihr zusammen mit den großen dunklen Augen und dem unschuldigen Lächeln ein mädchenhaftes Aussehen verlieh. Aber Joe sah die müden Falten und dunklen Ringe unter ihren Augen.

»Wie war die Arbeit, Mami?«, fragte Joe, als er die Nudeln in das Abtropfsieb schüttete und überall heißes Wasser verspritzte.

»Gut, *hijo*, gut.« Das sagte sie immer, obwohl Joe wusste, dass ihre Arbeit im Büro langweilig und ihr Chef ein Idiot war, der seine Mitarbeiter viel öfter anbrüllte, als dass er sie lobte.

Mrs Garcia hängte ihre rote Jacke auf und sah Joe demonstrativ an, als sie seine Jacke ebenfalls an den Haken hängte. Während Joe den Käse über die Spaghetti rieb, griff seine Mutter nach dem Wasserkessel und füllte ihn. Sie hatte letztes Jahr Husten gehabt, der nicht weggehen wollte und sich dann zu einer Lungenentzündung entwickelt hatte. Die teure Medizin, die der Arzt verschrieben hatte, hatte schließlich ihre Wirkung getan, aber Luisa schrieb das auch einem besonderen Kräutertee zu, den sie in einem spanischen Laden gekauft hatte. Auch als es ihr wieder besser ging, bereitete sie sich weiter diesen Tee zu, als sei er ihr persönlicher Talisman.

Joe schüttelte sich. Der Tee roch eigenartig, und er wünschte sich, dass seine Mutter ihn nicht mehr trinken würde. Er erinnerte ihn an die schreckliche Zeit, als sie krank war. Und er glaubte auch nicht, dass er ihr noch guttat, wenn er das überhaupt jemals getan hatte – aber letztlich war es ihre Entscheidung. Es gab schlimmere Sachen, die sie sich hätte einschenken können, als jeden Abend eine Tasse Tee.

»Wie war die Schule heute, Joey?«, fragte seine Mutter, stellte ihren Tee auf den wackligen Tisch und nahm sich einen Stuhl.

Joe überdachte die Frage. Seine Mathearbeit war mit einem recht unerfreulichen Ergebnis zurückgekommen. Der Rest der Schule tanzte und sang um ihn herum.

Huckleberry hier, Huckleberry da, es war zum Kotzen. Und erneut hatte er Andy Minkus den Arm mit so geschäftsmäßiger Effektivität umgedreht, dass ihm der Zwerg schließlich ein Bündel Dollarnoten ausgehändigt hatte.

»Okay«, sagte Joe und stellte einen dampfenden Teller mit Nudeln vor seine Mutter. »Das Übliche.«

8. Kapitel

Mach schon, gib her.« Joes Stimme klang eher müde als drohend.

Andy Minkus schüttelte den Kopf. Heute war offensichtlich der Tag, an dem er kämpfen wollte.

Die Jungen standen dicht zusammen in dem schmuddeligen Durchgang zwischen zwei Wohnhäusern, die hinten an die Schule angrenzten. Joe hielt Minkus' Oberarm fest und schob ihn hinter seinen Rücken. Es war offensichtlich, dass Andy das kalte Wetter genutzt hatte, um unter seiner Jacke gleich mehrere Pullover anzuziehen. Joe fluchte. Vor einigen Wochen war es einfacher gewesen, Andy festzuhalten.

Minkus wand sich heftig und kam fast frei, aber Joe stellte ihm ein Bein, und Andy fiel hart auf die Knie. Der Schotter auf dem Gehweg machte kleine Löcher in seine Hose. Widerstand hat eben seine Grenzen.

Minkus sah aus wie ein in die Falle geratenes Tier, als er da auf dem Weg hockte und zu ihm aufsah. Er hatte den gleichen Gesichtsausdruck mit den weit aufgerissenen Augen wie die anderen drei Male, als er ihn abgezogen hatte. Aber Joe fiel auf, dass da jetzt noch etwas anderes war. Resignation, ja, aber halt ... war da etwa in Andys Blick auch ein bisschen Mitleid? Allein der Gedanke, dass es so sein könnte, brachte Joe zur Weißglut.

Er gab dem knienden Minkus einen Tritt in den Hintern. »Es klingelt jeden Moment. Gib mir das Geld. Beeil dich.«

Minkus beeilte sich. Noch während er sich etwas wacklig aufrappelte, griff er in die Tasche, holte die Dollarscheine heraus und händigte sie aus.

Joe wusste aus Erfahrung, dass es neun waren. Nie zehn, immer neun, genau die Summe, die er Minkus beim ersten Mal abgenommen hatte. Joe war klar, dass Minkus ein kleines Zeichen von Stärke zeigen wollte, indem er nie einen Cent mehr als neun Dollar herausrückte. Doch wen kümmerte das? Es waren neun Dollar mehr, als er gestern hatte. Joe stopfte das Geld in seine Tasche. Bis zu diesem Augenblick war nicht mehr darin gewesen als ein Engelsmedaillon, und ihm war, als würde er einen ganz leichten Stromschlag spüren, als Papier und Metall sich berührten.

»Danke«, sagte Joe und hätte sich innerlich am liebsten geohrfeigt. Das musste er sich dringend abgewöhnen. Sich bei jemandem zu bedanken, den er gerade abgezogen hatte, gehörte irgendwie nicht zum Straßenknigge. Warum hatte ihm seine Mutter auch so gründlich gutes Benehmen eingedrillt, dass er sich automatisch bedankte, wenn ihm jemand etwas gab? »Und jetzt verschwinde«, sagte Joe barsch.

Minkus verschwand. Er flitzte durch den Durchgang und rannte den Maschendrahtzaun der Schule entlang bis zum Haupteingang. Joe nahm den kürzeren Weg, kletterte über den hohen Zaun und ließ sich auf der anderen Seite ins Gras fallen. Eindeutig gegen die Schulregeln.

»Wo warst du?«

Joe, der sich auf dem Weg über den Spielplatz zur Schule trockene Blätter abschüttelte, riss den Kopf hoch, als er Bettes Stimme hörte.

»Was meinst du?«, antwortete er stirnrunzelnd.

»Warum warst du da hinten am Zaun?« Bettes Gesichtsausdruck war in Joes Augen entschieden misstrauisch. Er guckte mürrisch und schob die Hände in die Taschen. Dabei berührte er mit der rechten Hand das Medaillon und das Geld. Er wollte auf keinen Fall, dass Bette misstrauisch wurde.

»In den Büschen pinkeln.«

Das wird ihr das Maul stopfen, dachte Joe zufrieden, als er sich an Bette vorbeidrängte. In der Tat stand ihr Mund offen wie ein großes O, aber sie gab keinen Ton von sich. Joe achtete darauf, dass er mit großem Vorsprung zu Bette ins Klassenzimmer kam.

Als er auf seinen Stuhl rutschte, behielt Joe die Tür im Auge. Weil die siebten Klassen die meiste Zeit in einem Raum blieben und stattdessen ihre Lehrer kamen und gingen, saßen sich Bette und Joe praktisch den ganzen Tag gegenüber. Minkus war auch da, aber weiter hinten. Joe hatte ihn kaum wahrgenommen, bevor der Geldwechsel vor Halloween seinen Anfang genommen hatte, und selbst jetzt war es einfach, ihn zu ignorieren.

Als die Klingel zum zweiten Mal schrillte, kam Bette schließlich herein. Joe fiel ihr glänzendes braunes Haar auf. Es sah aus, als würde sie es wachsen lassen, wahrscheinlich für ihre Rolle in *Big River*. Ihre Augen waren auch braun, eine Kombination, die langweilig sein konnte, aber Bettes Augen waren groß und immer voller Fragen. Auch jetzt, als sie sich setzte, sahen sie ihn forschend an.

»Warst du nicht«, flüsterte sie ihm zu.

Joe spürte, wie er rot wurde. Was war nur mit Bette? Jedes andere Mädchen wäre wegen seiner vulgären Antwort geschockt gewesen und hätte ihn in Ruhe gelassen. Das war es wahrscheinlich, was Bette interessanter als die anderen machte, aber zum Teufel noch mal, irgendwann musste es auch gut sein.

Glücklicherweise blieb ihm eine Antwort erspart, weil ihre Klassenlehrerin Mrs Abrams hereinkam. In einem Meer von Sängern und Tänzern war Mrs Abrams, die Englisch unterrichtete, eine Insel der Stabilität. Sie hatte eine so raue Stimme, als hätte sie früher sehr viel geraucht, und Joe malte sich aus, dass ihre Stimme beim Singen bestimmt Ähnlichkeit mit einem knurrenden Hund hatte. Was das Tanzen anging, sofern sie überhaupt tanzte, würde die kompakte Mrs Abrams wahrscheinlich wie ein Spielzeug-Roboter auf dem Parkett ihre Kreise ziehen. Sie hatte oft einen etwas irritierten Gesichtsausdruck, als würde sie sich wundern, dass ausgerechnet sie an einer Schule unterrichtete, in der »Talent«, was auch immer das war, mehr geschätzt wurde als die Fähigkeit, ein Adverb zu erkennen.

»Guten Morgen allerseits. Dann wollen wir mal loslegen. Wir haben noch einiges vor uns.«

Heute sah Mrs Abrams ziemlich sauer aus. Joe vermutete, dass es daran lag, dass Mittwoch war und sie weniger Zeit für den Unterricht hatten. Mittwoch und Freitag waren kurze Tage. Die siebten und achten Klassen hatten früher frei, weil die meisten für *Big River* üben mussten. Für Joe war das langweilig. Obwohl er nicht mitmachte, durfte er das Schulgelände nicht verlassen. Das bedeutete, die letzte Stunde in der Bibliothek zu verbringen. Joe war kein großer Leser, aber es gab dort zumindest einige coole Autozeitschriften, die er durchblättern konnte. Dennoch nervte es ihn, dass er rumsitzen musste, während alle anderen mit ihren Talenten angeben konnten.

»Wir fangen heute mit unseren biografischen Aufsätzen an«, fuhr Mrs Abrams fort. »Heute werdet ihr in groben Zügen umreißen, worüber ihr schreiben wollt.« Sie begann Blätter zu verteilen. »Über die richtige Gliederung haben wir ja bereits gesprochen, aber das hier wird euch zusätzlich helfen, korrekt zu arbeiten.«

Joe warf einen Blick auf das Blatt. Zur Orientierung hatte Mrs Abrams beispielhaft die Biografie eines fiktiven Schülers skizziert. Mrs Abrams hielt sehr viel von Struktur. Für sie war das der Schlüssel zum Wissen. So als hätte jemand, der richtig strukturieren kann, alles gleich im Kopf.

Er sah sich den Lebenslauf des imaginären Malcolm Jones näher an, den Mrs Abrams gerade verteilte. Malcolm hatte es ziemlich gut. Zwei Elternteile, eine Schwester, ein Hund. Er spielte Fußball. Er war sofort an der Odom Magnetschule aufgenommen worden, denn Malcolm war nicht nur ein talentierter Saxofonist, er sang auch. Natürlich nicht zur gleichen Zeit.

»Denkt über euer Leben nach und dann skizziert es«, gab Mrs Abrams der Klasse vor. »Arbeitet jetzt zwanzig Minuten lang ruhig – ruhig! – daran.«

Joe hätte fast laut gelacht. Über sein Leben nachdenken – und es skizzieren – in zwanzig Minuten. Egal, er war dabei. Mrs Abrams ging ihm zwar auf die Nerven, aber irgendetwas faszinierte Joe an dieser Beschreibung. In seinem Leben waren so viele Dinge nicht organisiert. Etwas richtig zu strukturieren war ein logischer Vorgang, bei dem ein Schritt nach dem anderen kam. Es war ein bisschen wie beim Schnitzen. Man begann mit einem Stück Holz, das alles sein konnte, dann wurde hier ein Stück weggeschnitzt und da noch eins und plötzlich begann das Holz eine Form anzunehmen.

Joe warf noch einen Blick auf das glückliche Leben von Malcolm Jones und sah, wie sauber strukturiert es war. Römische Zahlen für die wichtigsten Punkte. Ein Großbuchstabe für jeden Unterpunkt. Erklärungen zu diesen Unterpunkten wurden mit normalen Zahlen aufgeschlüsselt. Es schien gar nicht so schwer, und sollte es doch irgendwo kompliziert werden, würde er sich einfach an Malcolm halten.

Eine Weile betrachtete Joe das unbeschriebene Blatt vor ihm, dann griff er nach seinem Stift. Es machte ihn nervös, über sein Leben zu schreiben, und auch ein bisschen ärgerlich, aber irgendwie war es doch reizvoll. In Großbuchstaben schrieb er:

DAS LEBEN VON JOSEPH GARCIA

Joe starrte auf die römische Eins. »Kindheit.« Das konnte doch wohl nicht so schwer sein, oder? Er besah sich Malcolms erste Jahre. Sehr durchschnittlich. Verbissen begann Joe seine eigene Struktur:

I. Kindheit
  A. Eltern: Luisa und Ramón Garcia
    1. Luisa ist schwanger mit Joe, als sie Ramón heiratet.
    2. Luisa ist 19, als Joe auf die Welt kommt.
  B. Ramón verabschiedet sich nach Kalifornien, als Joe vier ist.
  C. Als Joe zehn ist, haben Luisa und Joe an sechs verschiedenen Orten gelebt.
    1. Die meisten waren zum Kotzen.
    2. Das einzige Haustier, das es je gab, ein Goldfisch, stirbt und wird im Klo der Wohnung Nummer 6 weggespült.

Joe sah auf das Blatt. Das ließ sich einfacher an, als er dachte, zumindest die grobe Gliederung. Aber er spürte einen Funken Ärger in sich hochsteigen, als aus den Zahlen und Buchstaben Erinnerungen wurden. Die schäbigen Wohnungen. Die Zeiten, in denen seine Mutter arbeitslos war und die Miete nicht zahlen konnte. Er sah sich um und war sicher, dass die anderen Kinder diese Sorgen nicht kannten. Der Ärger nahm zu, als er an Ramón dachte. Seinen Vater. Seinen Vater mit dem neuen Leben in Kalifornien. An seine Frau Sheila und den Jungen, Paul, der zwei war und laut Ramón »das niedlichste Kind der Welt«. Auf den Fotos, die Ramón gelegentlich schickte, sah er gar nicht so süß aus. Vielmehr dünn und kränklich, und er ähnelte Sheila mehr als Ramón. Er selbst wiederum war das Abbild seines Vaters. Aus irgendeinem Grund machte Joe das noch wütender. Zur Hölle mit Ramón.

Um sich zu beruhigen, warf Joe einen Blick auf das Beispiel, das Mrs Abrams verteilt hatte. In Malcolms römischer Zwei drehte sich alles um die erweiterte Familie. Joe hatte nicht viele Verwandte. Er kritzelte einen Satz über seine Großmutter, die in der südlichen Vorstadt wohnte, zu weit weg, um sie regelmäßig zu sehen, und seinen Großvater, der tot war. Das war alles, was er schrieb, dass sein Großvater tot war. Er hätte viel mehr über seinen *abuelo* schreiben können, aber er wollte nicht, nicht, wenn er in dieser Stimmung war.

Römisch drei war über »Etwas Wichtiges in deinem Leben«. Fußball, so hatte es den Anschein, war für Malcolm wichtig. Er war Torhüter und seine Mannschaft hatte letztes Jahr einen 5:1-Rekord aufgestellt.

Joe machte sich nichts aus Sport. Aber es gab etwas, das für ihn wichtig war.

III. Unterhaltszahlungen
- A. Nach der Scheidung seiner Eltern ordnet das Gericht an, dass Ramón Luisa und Joe $600 monatlich zahlen muss.
- B. Ramón zahlt meistens mit Verspätung.
- C. Es sind nie $600.
  1. Einmal $450.
  2. Meistens $200, $300.

Joe gefiel es, wie die Zahlen über das Blatt marschierten. Natürlich standen die richtigen Zahlen meist schlecht für seine Mutter und ihn. Aber auf dem Papier waren sie steril und nicht voller Emotionen, wenn Ramón und Luisa sich deshalb am Telefon anschrien. Seine Mutter tat Joe leid. Sie gab sich die größte Mühe, das zu bekommen, was ihnen zustand. Einmal hatte sie ein bisschen Geld zusammengekratzt und sich einen Anwalt genommen. Der hatte das Gericht eingeschaltet, aber, wie Luisa seufzend zu ihm sagte, »es wurde mehr Geld ausgegeben als eingenommen«.

Das nächste Thema, das Malcolm in seiner Struktur anpackte, war die Schule. Okay, zumindest brauchte er nichts mehr über seine Familie zu schreiben.

Die Schule war einfach nur blöd. Insbesondere diese Schule, insbesondere für ihn. Sollte er deutlich machen, dass der Besuch einer Schule für darstellende Künste absoluter Blödsinn war, wenn man nicht eine einzige Note singen konnte? Oder tanzen. Haha! Tanzen.

Joe spürte, dass jemand hinter ihm stand, und tatsächlich war es Mrs Abrams, die ihm über die Schulter guckte und seine Struktur las. Er war spontan versucht, den Arm über das Papier zu legen, so wie Kinder es tun, wenn sie nicht abschreiben lassen wollen. Nicht, dass jemand bei ihm abschreiben wollte. Haha! Aber was brachte es, das Papier vor genau der Person zu verstecken, die es lesen würde? Diesmal konzentrierte sich seine Wut auf ihn selbst, weil er so ehrlich war, weil er so viel geschrieben hatte, ohne überhaupt zu wissen, ob er diese Struktur abgeben oder eventuell eine neue schreiben würde. Eine, die so geschönt war, dass sie, wenn schon nicht wie bei dem glücklichen Malcolm, so doch wenigstens ein bisschen normaler klang.

Während er darauf wartete, dass Mrs Abrams etwas sagte, merkte Joe, dass er den Atem anhielt. Aber sie sagte nichts. Sie klopfte ihm nur auf die Schulter und ging weiter.

Das Gefühl ihrer Berührung klang nach, und Joe rieb sich die Schulter, als wollte er es löschen. Er mochte es nicht, angefasst zu werden, noch nicht einmal von seiner Mutter. Nun ja, es hatte ihm nichts ausgemacht, als sein Großvater seine Hände nahm und ihm zeigte, wie man schnitzt. Doch das war etwas anderes.

Joe brauchte ein bisschen, um die seltsame Mischung aus Wut und Gleichgültigkeit abzuschütteln, die die blöde Struktur in ihm ausgelöst hatte. Endlich, als Englisch, Mathe und die Still-Lese-Stunde vorbei waren, fühlte er sich wieder so fit, dass er das Mittagessen anvisieren konnte. Als Joe im vorigen Jahr neu auf die Schule gekommen war, hatte er sich abgesondert. In diesem Schuljahr jedoch aß er meist zusammen mit zwei anderen Kindern aus der Nachbarschaft. Ollie war ein echtes Kraftpaket; auf Joe wirkte er so riesig wie Joe selbst wahrscheinlich auf Minkus. Doch Ollie war ein lieber Kerl, der immer bereitwillig sein Essen mit anderen teilte; was ziemlich gut war, weil seine Eltern einen Partyservice hatten und mit nach Hause nahmen, was nicht gegessen wurde.

Lane dagegen war nicht so nett. Anfangs hatte Joe sie für eine Magnet-Schülerin gehalten, weil sie mit ihren stacheligen roten Haaren und den immer schwarzen Hosen und Rollkragenpullovern irgendwie nach

Künstlerin aussah. Eines Tages sah er sie aus einem großen viktorianischen »Lebkuchenhaus« herauskommen, das nur einige Straßen von seiner Wohnung entfernt war.

»Hier wohnst du?«, hatte er überrascht gefragt.

Lane hatte die Augen zusammengekniffen. »Ja.« Unausgesprochen hieß das: »Was geht dich das an?«

»Singst oder tanzt du, oder bist du nur ein Kind aus der Nachbarschaft?«

»Nachbarschaft. Die hatten einen Platz frei, und weil meine Eltern mich sonst auf eine Privatschule geschickt hätten, haben sie ein Riesentheater gemacht und Mrs Wu hat mich aufgenommen.«

»Warum hätten sie dich denn auf eine Privatschule geschickt?«

Lane sah Joe etwas eigenartig an. »Ach, weil dies die einzige vernünftige öffentliche Schule im Umkreis ist. Meine Eltern wollten mich nicht im Morgengrauen mit dem Bus quer durch die Stadt schicken.«

»Sie haben dich einfach aufgenommen?« Als Joe im letzten Frühjahr nach Odom kam, war seine Mutter krank und arbeitslos, und er musste sich um sie kümmern; also nahm ihn die Schule auf. Als es seiner Mutter besser ging, schienen alle vergessen zu haben, warum er da war. Niemand hatte ihm nahegelegt zu gehen, also war er geblieben. Das war einfacher, als die Schule zu wechseln.

»Mein Vater ist Anwalt. Er kennt jemanden im Schulvorstand.«

Ist das nicht typisch?, hatte Joe damals gedacht. Es hatte jede Menge Diskussionen gegeben, bevor er in

Odom eingeschrieben wurde. Und diesen wichtigen Anwalt hatte es nur einen Telefonanruf gekostet, darauf würde er wetten.

Lane fasste diese Unterhaltung als Einladung auf, mittags mit ihm und Ollie zu essen, der in der Nähe sein musste, um nach der Schule seine autistische Schwester zu versorgen. Ollie fand es nicht merkwürdig, als Lane sich zu ihnen setzte, und bot ihr ein Sandwich mit Krabbenfleisch an. Joe jedoch hatte ihr einen wütenden Blick zugeworfen. Lane ignorierte ihn und nahm das Sandwich. Mittlerweile hatte sich Joe an sie gewöhnt, aber er mochte sie nicht besonders.

»Na, hat Mrs Wu dich auch drangekriegt?«, fragte Lane mit dem Mund voller Leckereien des Tages, Minihotdogs in Blätterteig. Joe hatte gleich fünf davon genommen. Trotz der komischen Umhüllung waren es immer noch Hotdogs.

»Ja«, sagte Ollie.

Joe sah von einem zum anderen. »Mrs Wu? Wozu?«

»Bei *Big River* mitzumachen«, klärte Ollie ihn auf.

»Aber wir machen doch nie was«, antwortete Joe.

Lane schnaubte. »Das sagst du. Ich habe viel zu tun. Sie hat mich gebeten bei den Kostümen zu helfen.«

Joe musste sich ein Kichern verkneifen. Wenn Lane die Kostüme machte, konnte man Huckleberry Finn, und wer immer noch bei dem dämlichen Stück dabei war, nur viel Glück wünschen. Huck würde wahrscheinlich einen schwarzen Overall und Glitter im Haar tragen.

»Mich hat sie gefragt«, sagte Ollie, »ob ich mit den Requisiten helfen kann. Ich wusste gar nicht, was das ist, aber sie hat mir erklärt, dass das die Sachen sind, die die Schauspieler bei der Aufführung benutzen. Sie hat auch gesagt, dass es nicht viele sind.«

Lane und Joe warfen sich einen Blick zu. Es war klar, dass sie beide das Gleiche dachten. Es war ziemlich clever von Mrs Wu, Ollie nicht mit einem großen Projekt zu beauftragen. So nett er auch war, konzentriert zu arbeiten war nicht Ollies Ding.

»Tja, mich fragt sie besser nicht«, meinte Joe schroff. »Ich habe keine Zeit.«

Wie gerufen erschien plötzlich Mrs Wu aus heiterem Himmel und blieb an ihrem Tisch stehen.

»Joe«, sagte sie. »Ich würde dich in der letzten Stunde gerne in der Aula sprechen.«

Joe wollte sich nicht so einfach geschlagen geben. »Ich muss lernen, Mrs Wu.«

Mrs Wu nickte. »Das glaube ich dir. Aber mach bitte eine kurze Pause und komm in die Aula. Ich möchte dir jemanden vorstellen.«

Als Mrs Wu außer Hörweite war, zuckte Lane mit den Schultern. »Jetzt hat sie dich«, meinte sie.

»Musstet ihr jemanden treffen?«, fragte Joe.

Lane schüttelte mit dem Kopf, und Ollie sagte: »Nö. Sie meinte nur, dass sie meine Hilfe braucht.«

Joe griff nach einem der Windbeutel, die Ollie zum Nachtisch hingestellt hatte. »Wen soll ich denn da wohl treffen?«

Ollie zuckte die Achseln. »Ich schätze, du wirst es herausfinden.«

Mit einer Gemeinschaftskundearbeit und einer Stunde Spanisch, Joes bestem Fach, verging die Zeit schnell. Als die letzte Stunde kam, war es für Joe ein komisches Gefühl, zusammen mit den Sängern, Tänzern und Musikern in die Aula zu gehen. Er sah Minkus, der seine Geige schleppte, aber er vermied es sorgsam, näher hinzuschauen. Um sich besser zu fühlen, klopfte er auf das Geld in seiner Tasche, aber er musste es woanders hingetan haben. Alles, was er vorne in der Hosentasche fühlte, war die Engelsmünze.

Während die anderen Schüler auf die Bühne oder zum Orchesterraum eilten, sah sich Joe nach Mrs Wu um.

»Sie ist hinter der Bühne«, sagte eine der Hilfskräfte und wies auf den Vorhang.

Joe war noch nie in den Kulissen der Aula von Odom gewesen. Die Größe überraschte ihn. Es war düster, ja, vollgestopft mit den Bühnenbildern anderer Aufführungen, aber dennoch ordentlich groß. Doch trotz der Größe und der ganzen Hektik, die hier gerade herrschte, dominierte der Mann die Szene, der dort mit Mrs Wu stand.

Joe hatte keine Ahnung, wie groß der Typ war – er war sehr groß –, aber es war weniger die Größe als seine Ausstrahlung, die ihn so beeindruckend erscheinen ließ. Und während Mrs Wu Joe anlächelte, verzog der Mann neben ihr keine Miene. In den weniger schönen Gegenden, in denen Joe gewohnt hatte, war es vorgekommen, dass man an jemandem vorbeiging und unwillkürlich schneller wurde, weil klar war, dieser Typ bedeutete Ärger. Joe warf einen Blick auf Mrs Wus Gast und war einen Moment lang verwirrt. Dieser Typ war anders. Er bedeutete nicht Ärger im üblichen Sinn, aber Joe hatte das sichere Gefühl, dass er für ihn ein Problem werden würde.

»Joe, ich möchte dir Mike Sullivan vorstellen.«

Normalerweise hätte Joe Mike die Hand geschüttelt, aber seine Hand blieb, zur Faust geballt, tief in der Tasche, wo sie den Engel berührte.

Falls er etwas gemerkt hatte, zeigte Mike das nicht. »Hallo, Joe.«

Mike Sullivans Stimme war weich, aber kräftig. Er lächelte immer noch nicht, aber in seinen braunen Augen lag ein Ausdruck von solcher Intensität – als würde er in Joe hineinblicken und genau prüfen, was er dort sah –, dass Joe sich fast abgewandt hätte.

»Mike ist vom Maple Tree Theater. Er wird das Bühnenbild planen und bauen. Und wir möchten gerne, dass du ihm dabei hilfst.«

Wer ist wir?, war Joes erster Gedanke. Mike machte nicht den Eindruck, dass er ihn irgendwo in der Nähe des Bühnenbildes haben wollte. Sein zweiter Gedanke war abzulehnen, nein danke, zu viel zu tun, ich kann das nicht, ich will das nicht. Doch was er tatsächlich sagte, war »okay«.

Zum ersten Mal bewegten sich Mikes Lippen etwas nach oben; es war zwar kein Lächeln, aber zumindest etwas in der Art. »Gut«, sagte er.

Aus irgendeinem Grund, den er sich selbst nicht erklären konnte, hatte Joe das Gefühl, einen Test bestanden zu haben. Die Erleichterung, die ihn durchströmte, brachte ihn etwas durcheinander, ärgerte ihn aber auch. Warum sollte es ihn kümmern, dass Mike mit ihm arbeiten wollte?

Darum bemüht, wieder etwas Kontrolle zu gewinnen, fragte Joe leichthin: »Und was soll ich tun?«

Jetzt lächelte Mike tatsächlich. »Heute nichts. Wir fangen nach den Weihnachtsferien an.«

9. Kapitel

»Joe?« Beim zweiten Mal war die Stimme ein bisschen lauter. »Joe, hörst du mich …«

Sein Vater hatte den schlechtesten Handyservice der Welt, dachte Joe bei sich und malte Kringel auf dem Notizblock, den seine Mutter neben dem Telefon aufbewahrte.

»Kannst du mich jetzt hören?«, wiederholte Ramón.

»Ja, ich kann dich hören.« Dass er seinen Vater hören konnte, machte die Tatsache, dass er überhaupt anrief, nicht weniger überraschend. Er hatte Weihnachten mit einem Anruf gerechnet, vielleicht, aber bis Weihnachten waren es noch einige Tage.

»Du fragst dich wahrscheinlich, warum ich anrufe.«

»Mmm, hmm.«

»Ich habe gute Nachrichten, *hijo*.«

Das wollen wir erst mal sehen, dachte Joe.

»Ich komme nach Chicago.«

»Wirklich?« Joe versuchte gar nicht erst, seine Überraschung zu verbergen. Früher war sein Vater immer über die Feiertage nach Chicago gekommen, aber seit er Sheila geheiratet hatte und Paul zur Welt gekommen war, nicht mehr.

»Ja«, sagte Mr Garcia aufgeregt. »Mein Freund Dizzy, erinnerst du dich an ihn?«

»Nicht wirklich.«

»Na ja, er war mein bester Kumpel ...«

Die Verbindung wurde wieder ganz schlecht. Den Worten, die er gelegentlich verstehen konnte, entnahm er, dass Dizzy heiratete und sein Vater einen billigen Flug gefunden hatte, sodass er dabei sein konnte.

»Wann kommst du?«, fragte Joe laut.

»Was?«

»Wann kommst ...?«

»Oh, am Dreißigsten ganz spät. Die Hochzeit ist Silvester. Wir sehen uns Neujahr, gucken ein bisschen Fußball. Wie hört sich das an?«

Joe fühlte ein Flattern in seiner Brust. Er kannte dieses Gefühl und er mochte es nicht. Es war ein Gefühl von Hoffnung. »Ja?«

»Ja. Ich rufe deine Mutter an. Ich weiß, dass sie irgendwie sauer auf mich ist ...«

Irgendwie. Richtig.

»Aber wenn ich ihr sage, dass wir uns beide freuen ...«

Jetzt brach die Verbindung komplett zusammen, und die Leitung war tot. Joe legte auf und setzte sich aufs Sofa. Sein Vater war ziemlich clever. Er kalkulierte, dass das Gespräch mit Luisa einfacher sein würde, wenn er zuerst mit ihm geredet hatte.

Und so war es. Als seine Mutter von der Arbeit nach Hause kam, sah sie ihn zögernd an, als sie ihren Schal vom Hals wickelte und die Handschuhe auszog.

»Ich nehme an, du weißt, wer mich heute angerufen hat«, sagte sie und ließ Wasser in den Teekessel laufen.

Joe setzte sich an den Küchentisch. »Ja.« Es schien, dass keiner den Namen seines Vaters zuerst aussprechen wollte.

Mrs Garcia holte ihren Tee und Zucker aus dem Schrank. »Willst du heiße Schokolade?«

»Nein, danke.«

»Was hast du den ganzen Tag getrieben?«

Seine Mutter machte sich Sorgen, dass er in den Ferien irgendwie in Schwierigkeiten geriet, während sie bei der Arbeit und er allein zu Hause war.

Wahrscheinlicher war allerdings, dass sie nach Hause kam und er vor Langeweile gestorben war. Er hatte gehofft, in den Ferien ein bisschen mit Ollie rumhängen zu können, doch als er das Thema am letzten Freitag vor den Ferien verlegen zur Sprache brachte, kam von Ollie nur ein »vielleicht«. In der Gastronomie herrschte in der Weihnachtszeit Hochbetrieb, und er musste zu Hause bleiben, um entweder mit dem Essen zu helfen oder auf seine Schwester aufzupassen.

»Du hast doch nicht den ganzen Tag vor dem Fernseher gesessen?«, fragte seine Mutter besorgt. »Das Wetter ist gut für Dezember. Du warst ein bisschen draußen, oder?«

Mrs Garcia sah so beunruhigt aus, dass Joe nur nickte und sagte: »Ja, ich war draußen.« Das war nicht richtig gelogen. Er war immerhin bis zur Vordertreppe gekommen, hatte dort eine Weile gesessen und ein bisschen geschnitzt: Feinarbeiten an dem Geschenk für seine Mutter, einer Perserkatze, einer richtig flauschigen. Es war die Katze, die sie sich immer gewünscht hatte. Jedes Mal, wenn seine Mutter in der Werbung eine Perserkatze sah, machte sie »Oh« und »Ah«, und dann seufzte sie, weil sie so teuer waren. Wegen der Abstammung oder so. Und überhaupt kostete es Geld, eine Katze zu füttern, auch eine aus dem Tierheim.

Mrs Garcia setzte sich mit ihrem dampfenden Becher und legte ihre Hand auf Joes. »Dein Vater sagt, dass du ihn sehen möchtest.«

Joe war sich ziemlich sicher, dass er das nicht gesagt hatte. Aber vielleicht hatte sein Vater gedacht, dass das seine Worte gewesen waren, als sich das Telefon verabschiedete. Joe zuckte mit den Schultern.

»Ist mir egal.«

Mrs Garcia runzelte die Stirn. »Nun ja, theoretisch hat er ein Besuchsrecht. Obwohl er eigentlich keins haben sollte, so wie er zahlt.«

Seine Mutter war normalerweise immer freundlich. Es verunsicherte Joe jedes Mal, wenn sie die Stimme hob. Für den Bruchteil einer Sekunde fragte er sich, was sie wohl tun würde, wenn sie herausfand, dass er Minkus abzog. Er atmete tief durch und sagte sich, dass er blöd war. Sie würde das nie herausfinden und überhaupt, immer, wenn er Geld außer der Reihe hatte, tat er seiner Mutter einen Gefallen. Musste sie nicht wegen Geld nerven. Besorgte zusätzliche Lebensmittel. Hatte genug für ihr Weihnachtsgeschenk.

Als er seine Aufmerksamkeit wieder seiner Mutter zuwandte, merkte er, dass sie sich aufregte.

»Und wo guckt ihr Fußball? Er wohnt bei seinem Cousin Al, und den mochte ich noch nie …«

»Mami, ich muss nicht gehen«, unterbrach Joe.

Mrs Garcia konzentrierte sich wieder auf Joe. »Was?«

»Es ist mir egal, ob ich ihn sehe.«

»Nein, du solltest ihn sehen. Du solltest ihn sehen. So viel Gelegenheit dazu hast du ja nicht«, sagte seine Mutter und trank zur Beruhigung einen Schluck Tee.

»Hä?« Joe sah sie überrascht an. Er hatte erwartet, dass sie froh sein würde, wenn er nicht ging.

»Er ist dein Vater«, sagte sie schlicht. Und damit war die Diskussion beendet.

»Okay«, antwortete Joe. »Es ist ja auch noch ein bisschen hin.« Neujahr schien noch so weit entfernt. Zuerst galt es, Weihnachten hinter sich zu bringen.

Normalerweise verbrachten Joe und seine Mutter Weihnachten mit seiner Großmutter und einigen älteren Verwandten in der südlichen Vorstadt. Manchmal fuhren sie mit der Hochbahn in die Innenstadt und stiegen dann in den Nahverkehrszug um, oder es nahm sie jemand mit. Aber dieses Jahr besuchte Joes Großmutter ihre Schwester in Mexiko. Sie hatte seit Jahren für die Reise gespart. »Es könnte das letzte Mal sein«, hatte sie zu Luisa gesagt. »Ich werde nicht jünger.«

Joe hatte damit gerechnet, dass sie den Tag trotzdem bei den Verwandten verbringen würden, aber seine Mutter überraschte ihn mit der Ankündigung: »Ich habe keine Lust, mit dem Zug ganz da rauszufahren, wenn *mi madre* in Mexiko ist.«

»Was machen wir dann?«

»Ich koche uns etwas. Und wir laden Gene ein.«

»Gene? Zu Weihnachten?«

Die gute Laune in Luisas Gesicht wich einer verlegenen Röte. »Warum nicht? Seine Familie ist nicht da. Wenn wir ihn nicht einladen, ist er allein.«

»Hat er keine Freunde?«, murmelte Joe.

»Natürlich hat er Freunde. Ich bin seine Freundin.« Sie trank einen Schluck von ihrem Tee. »Er wäre auch dein Freund, wenn du ihn lassen würdest.«

Joe hielt den Mund, aber seine Mutter wusste genau, was er dachte. »Guck nicht so. Ein männliches Vorbild kann dir nicht schaden.«

Jetzt reichte es. Joe stand auf und knallte seinen Stuhl gegen den Tisch. »Ich versteh dich nicht. Erst willst du nicht, dass ich Papa treffe. Dann doch. Als Nächstes bringst du einen Fremden mit und sagst, er soll mein Vorbild sein. Ich brauche niemanden, der mir sagt, was ich tun muss. Ich weiß, was ich tun muss.«

»Tatsächlich?«, meinte seine Mutter leise. »Es ist gut, wenn du das weißt, weil ich nämlich keinen Sohn möchte, der seine Mutter anschreit oder die falschen Dinge tut.«

Joe stürmte aus dem Zimmer. Na toll! Seine Mutter hatte einen Sohn, der beides tat. Frohe Weihnachten.

Bis Heiligabend hatte sich Joe in sein Schicksal ergeben. Er würde Weihnachten mit Gene und Neujahr mit seinem Vater verbringen, und keiner dieser beiden Feiertage machte ihn besonders glücklich. Das Schlimmste daran, dachte er, war, etwas zu finden, über das man reden konnte. Und es bedrückte ihn, dass er dem blöden Gene sehr wahrscheinlich mehr zu sagen hatte als seinem eigenen Vater. Zumindest war Gene in letzter Zeit da gewesen.

Es gab nur eine einzige Sache, bei der sich Joe gut fühlte, und das war das Weihnachtsgeschenk für seine

Mutter. Es war fertig und sah toll aus. So wie er geschnitzt hatte, konnte man im Fell der kunstvollen Perserkatze fast jedes Haar erkennen. Es war seine beste Arbeit überhaupt, und er wusste, dass das zum Teil so war, weil er ein gutes Stück Holz hatte kaufen können. Vielen Dank, Minkus.

Es war sogar noch genügend Minkus-Geld übrig geblieben, um eine richtig schicke Verpackung zu kaufen. Ein Karton in Silber und Gold mit passendem Papier und Schleife hatte im Schreibwarenladen seine Aufmerksamkeit geweckt. Eine Zeit lang hatte er überlegt, das Geld für ein weiteres Geschenk zu nehmen, vielleicht Parfüm, aber er beschloss, die Katze in dem Rahmen zu überreichen, den sie verdiente. Als er den Karton unter den kleinen Weihnachtsbaum stellte, den seine Mutter am Tag vor Weihnachten gekauft hatte, weil die Bäume da billiger waren, sah sie ihn überrascht an.

»*Hijo*, das ist wunderschön. Wo hast du so teures Papier her?«

»Ach, es war heruntergesetzt«, log er.

»Und du hast den Karton selbst eingepackt. Du bist so geschickt.« Sie kam zu ihm und umarmte ihn. »Ich kann es gar nicht erwarten, das aufzumachen, obwohl es schade ist, das schöne Papier zu zerreißen«, sagte Mrs Garcia mit einem Lachen.

»Ich glaube, es wird dir gefallen«, sagte Joe zuversichtlich. Er konnte es selbst kaum erwarten. Jetzt musste er nur noch Heiligabend hinter sich bringen. Joe und seine Mutter waren nie regelmäßige Kirchgänger gewesen. Aber als sie neben den Heiligen Tröster zogen, war Luisa begeistert. »Jetzt können wir schneller mal in die Kirche gehen.«

Weil Joe seine Mutter gerne glücklich sah, ging er manchmal mit ihr. Aber Luisa machte auch keinen Aufstand, wenn er zu Hause blieb. Zur Christmette gingen sie immer, aber diesmal gab es ein Problem. Seit das Ding mit Minkus begonnen hatte, war er nicht mehr zur Beichte gegangen, und wer nicht zur Beichte ging, konnte das Abendmahl nicht empfangen. Aber wenn er bei der Christmette nicht zum Abendmahl ging, würde seine Mutter anfangen, Fragen zu stellen, und nicht mehr damit aufhören.

Er könnte natürlich zur Beichte gehen. Joe würde das mit dem Minkus-Geld erzählen, der Priester würde ihm vergeben, ihm soundso viele Reuegebete auferlegen, und er würde sagen müssen, dass er es nicht wieder tun würde. Doch genau da war der Haken. Er war sich ziemlich sicher, dass er Minkus wieder nach Geld fragen würde. Nun gut, »fragen« war vielleicht nicht das richtige Wort. Okay, ganz ehrlich, sobald er wieder in der Schule war, würde er sich Minkus vorknöpfen, weil die Spardose leer war. Er wollte den Priester nicht so offensichtlich anlügen. Zum Teufel mit dem Abendmahl. Er war vielleicht ein Rüpel, aber kein Heuchler. Ungefähr zehn Sekunden lang fühlte er sich bei dem Gedanken ziemlich gut, bis ihm einfiel, dass er sein Problem mit der Christmette damit nicht gelöst hatte.

Joe dachte den ganzen Heiligabend darüber nach, was er tun sollte. Und schließlich kam er zu einem Entschluss.

»Mami«, sagte er so gegen neun Uhr abends. »Mir geht es nicht gut.«

Seine Mutter, die am Herd stand und für den nächsten Tag einen leckeren Vanillepudding als Nachtisch vorbereitete, drehte sich um. »Was ist los?«

Er zog ein, wie er hoffte, klägliches Gesicht und sagte: »Ich habe Kopfschmerzen.«

Mrs Garcia wischte die Hände an der Schürze ab, kam herüber und fühlte seine Stirn. »Sie ist nicht heiß.«

»Es tut aber ziemlich weh. Ich habe schon vor einer Stunde oder so etwas genommen, aber es tut immer noch weh. Und jetzt kriege ich Schüttelfrost.« Er bemühte sich zu zittern und hoffte, dass es nicht allzu gekünstelt aussah.

»Leg dich hin«, ordnete seine Mutter an. »Ich mache dir eine Wärmflasche. Hoffentlich bist du morgen nicht krank«, sagte sie besorgt.

Das war der Einstieg, den er brauchte, aber er wartete noch eine Stunde oder so, bis seine Mutter in sein abgedunkeltes Zimmer kam. »Wie geht es dir?«, flüsterte sie.

»Ich glaube ein bisschen besser. Wenn ich im Bett bleibe …« Kam die Botschaft an? »Aber ich will doch zur Christmette gehen.« Seine Worte kamen leise, die Stimme klang wehleidig.

»Ich weiß, dass du das möchtest.« Luisa kam, setzte sich auf den Bettrand und streichelte sein Haar, worauf Joe sich schrecklich fühlte. »Und es ist ja auch nicht weit …«

Joe hielt den Atem an.

»Aber wir wollen doch, dass du Weihnachten gesund bist. Und deshalb glaube ich, dass du heute besser zu Hause bleibst. Bleib jetzt besser im Bett und schlaf dich aus.«

Erleichterung durchflutete Joe, aber auch ein bisschen Traurigkeit. Eigentlich ging er immer gerne mit seiner Mutter zur Christmette.

Als er hörte, wie die Haustür zuschlug, ging Joe ins Wohnzimmer, von dessen Fenster er die Kirche sehen konnte. Obwohl es bis zum Beginn des Gottesdienstes noch eine Weile dauern würde, strömten die Menschen in den Heiligen Tröster, weil zur Christmette die Plätze immer knapp waren. Es war komisch, die Kirche mitten in der Nacht so hell erleuchtet zu sehen; die bunten Glasfenster sahen aus, als würden sie brennen.

Joe tappte zum Sofa und griff die Fernbedienung. Es gab zumindest etwas, auf das er sich an diesem Abend gefreut hatte. An den wenigen Abenden, an denen er so spät auf war, konnte er nicht fernsehen, weil dann seine Mutter wach wurde. Jetzt kuschelte er sich in die braune tweedähnliche Decke, die seine Großmutter gestrickt hatte, um sich das Spätprogramm anzusehen. Nachdem er einige Sekunden auf der Fernbedienung herumgedrückt hatte und nichts anderes fand als Talkshows, Wiederholungen alter und uralter Shows und – wie witzig! – die lokale Übertragung einer Christmette, schaltete er den Fernseher aus und ging wieder ins Bett. Es war nicht einfach, eine bequeme Position zu finden. Sein Bett war klein, weil seine Nische klein war, und er hatte das Gefühl, dass er jeden Tag ein bisschen größer wurde. Bald würden sein Füße über die Bettkante hängen.

Während er sich unruhig hin- und herdrehte, versuchte Joe an nichts zu denken. Es gab so viel, über das er nicht nachdenken wollte. Weihnachten mit Gene, Neujahr mit seinem Vater. Er wollte nicht an die Schule denken, und er wollte nicht an den Gesichtsausdruck von Minkus denken, wenn der ihm das Geld aushändigte. Dann fiel ihm ein anderes Gesicht ein, und Joe wusste ganz sicher, dass er niemals einschlafen würde, wenn er jetzt versuchte, Mike zu ergründen. Er wickelte sich fester in die Bettdecke ein und bemühte sich entschlossen, Mikes braune Augen aus seinem Kopf zu verbannen.

Woran sollte er denken? Er bemühte sich verzweifelt, ein neutrales Thema zu finden. Schließlich fiel es ihm ein – die Chicago Cubs. In der letzten Saison war die Mannschaft grottenschlecht gewesen, aber Joe hatte viele Spiele im Fernsehen gesehen. Er ging die Mannschaftsaufstellung durch und überlegte, was die Cubs machen könnten, um sich in der Liga zu verbessern. Er stärkte die Pitcher, fand einen neuen Catcher und schlief schließlich darüber ein, wie die Cubbies ihre Hintermannschaft auffrischen könnten.

10. Kapitel

»Oh, Joe. Sie ist wunderschön!«, sagte Mrs Garcia zum wiederholten Mal, während ihre Finger sanft jeden Teil von Joes geschnitzter Perserkatze entlangfuhren, die Ohren, den Schwanz, sogar die feinen Barthaare. Sie sah ihn ungläubig an. »Wie dein Großvater immer gesagt hat, deine Hände sind ein Geschenk.«

Joe strahlte vor Stolz. Die Reaktion seiner Mutter auf die Katze war genau so, wie er es sich erhofft hatte: Sie überlegte, wo sie stehen sollte – »im Wohnzimmer, wo jeder sie sehen kann, oder in meinem Schlafzimmer, wo sie nur für mich etwas ganz Besonderes sein wird?« –, stellte die Katze hin, um sich Tee nachzuschenken, nahm sie wieder in die Hand und fragte, wie Joe es geschafft hatte, »das Holz so flauschig aussehen zu lassen«.

Joe gefielen seine Geschenke auch. Ihr Fernseher war zu alt, um noch für die neuen Videospiele aufgerüstet zu werden, aber seine Mutter hatte ihm einige mobile Spiele geschenkt, die ziemlich gut waren. Außerdem hatte sie ihm ein schwarzes Sweatshirt gekauft.

»Ich wollte dir mehr zum Anziehen besorgen, aber es ist so schwierig, etwas zu finden, das du cool findest ...«

Bei der Vorstellung, dass seine Mutter Klamotten

auf deren coolen Status abschätzte, musste er lächeln und sagte: »Das ist klasse. Schwarz. Sweatshirt. Ist immer cool.« Der Schal dagegen, den seine Großmutter gestrickt hatte, war da schon problematischer. Von der Farbwahl her schien sie auf festlich eingestimmt gewesen zu sein, aber der rot-grün-goldene Schal war wirklich ein bisschen grenzwertig. Bei kaltem Wetter könnte er vielleicht nützlich sein. Aber nur, wenn es wirklich ganz extrem kalt war.

Es gab noch einige andere Geschenke. Eine Cousine seiner Mutter hatte ein Buch über den Bau von Vogelhäuschen geschickt, vielleicht würde er tatsächlich irgendwann mal eins machen. Und seine Tante Graciella aus Arizona hatte Luisa und ihm Handschuhe geschickt. Graciella schickte jedes Jahr Handschuhe; das war ihre Art, damit anzugeben, dass sie der Kälte letztlich entronnen war.

Alles in allem nicht gerade viel, aber in Ordnung. Normalerweise war irgendein Geschenk von seinem Vater dabei, der immer die falsche Größe erwischte und nie wusste, für welche Spiele oder Bücher er sich interessierte, aber dieses Jahr war da nichts.

Seine Mutter, die ihn dabei beobachtete, wie er seine Beute sichtete, sagte: »Dein Vater wird sein Geschenk wahrscheinlich mitbringen.«

Daran hatte Joe nicht gedacht. »Meinst du?«

»Es mit der Post zu schicken, ist so ein Aufwand; ich bin sicher, er denkt, dass es einfacher ist, etwas mitzubringen.«

Das sorgte dafür, dass Joe sich besser fühlte. Obwohl, wenn er so darüber nachdachte, war es ziemlich schwierig, beim Auspacken eines Geschenks seines Vaters Begeisterung zu simulieren, wenn er direkt neben ihm saß.

Der erste Weihnachtstag hatte immer eine gemütliche Langsamkeit an sich, die Joe liebte, zumindest bis es an der Zeit war, zur Großmutter zu fahren. In diesem Jahr war es mit dem schönen Gefühl noch früher vorbei, weil Luisa hektisch am Herd hantierte. Während seine Mutter viel Wirbel um die Putenbrust – ein ganzer Puter, meinte sie, sei zu viel, aber sehr wahrscheinlich eher zu teuer – und die Tamales, den Salat und den Bohnentopf machte, lag Joe auf seinem Bett und probierte seine neuen Spiele aus.

Irgendwann kam seine Mutter ziemlich aufgebracht herein. »Kannst du mir mal ein bisschen helfen, *hijo*?«

»Helfen?« Joe sah kaum hoch.

Luisa baute sich vor ihm auf. »Ja, helfen. Den Tisch decken und das Bad sauber machen.«

Jetzt hatte sie Joes ganze Aufmerksamkeit. »Das Bad sauber machen?«

»Ja. Gene wird vielleicht irgendwann ins Bad wollen, und ich möchte, dass es nett aussieht.«

Joe wollte sich Weihnachten nicht mit seiner Mutter streiten, aber das Bad sauber machen – musste das sein?

Seine Mutter ignorierte seinen Gesichtsausdruck und ging in die Küche zurück. »Warum fängst du nicht mit dem Tisch an?«

Als Gene klingelte, war der Tisch mit ihrem besten Geschirr eingedeckt, mit anderen Worten den einzigen drei Tellern, die nicht angeschlagen waren, und das Bad sah sauber aus, wenn auch nicht so »nett«, wie seine

Mutter gefordert hatte. Was heißt überhaupt »nett« im Zusammenhang mit Badezimmern?

»Machst du auf, Joe?«, rief seine Mutter aus der Küche.

Ohne zu antworten drückte Joe auf den Knopf und ließ Gene unten zur Haustür hinein, dann wartete er, bis er an die Tür klopfte. Als er sie weit aufmachte, war er auf den Anblick nicht vorbereitet: Gene trug ein ziemlich großes, schlecht verpacktes Paket und außerdem einen Kasten mit Griffen, aus dem eigenartige Geräusche zu dringen schienen. Er gab Joe das eingepackte Geschenk und stellte den anderen Kasten in einer Ecke des Flurs ab. Er deutete darauf und legte einen Finger auf den Mund, damit Joe nichts verriet.

Das war einfach, weil Joe keine Ahnung hatte, worum es ging.

»Hallo«, sagte Luisa, die aus der Küche kam und sich die Hände an ihrer Schürze abrieb. Sie sah aus, als wollte sie Gene einen Kuss geben, klopfte ihm aber stattdessen nur auf den Arm.

Joe betrachtete Gene intensiv und konnte nichts Küssenswertes an ihm entdecken. Er sah aus wie der durchschnittlichste Mann der Welt. Im Vergleich zu Gene Fulton – mittelbraunes Haar, mittelbraune Augen, durchschnittlich groß, untersetzt und ein bisschen korpulent, Brille mit Drahtgestell, die mit alarmierender Regelmäßigkeit von der Nase rutschte – hatte Weißbrot etwas Exotisches an sich. Er war so uninteressant, dass er nicht einmal nervte.

Gene lächelte Luisa an und dann Joe. »Ich bin froh hier zu sein.«

Wahrscheinlich ist er froh, überhaupt irgendwo zu sein, dachte Joe und überlegte, wie oft Gene wohl verabredet gewesen war, bevor Luisa sich seiner erbarmt hatte. Es musste Mitleid sein. Joe konnte nicht glauben, dass seine Mutter irgendetwas für diesen Typen empfinden konnte.

Es war nicht so, dass er nicht umgänglich war. Das war eines dieser Worte, die sie neulich im Englischunterricht in ihren Vokabelschatz aufgenommen hatten. Es bedeutete freundlich. Gene war umgänglich, aber Frauen gerieten doch wegen Typen, die umgänglich waren, nicht ins Schwärmen. Oder doch?

Joe erinnerte sich sehr gut an den Tag, als seine Mutter Gene erstmals erwähnt hatte. Es war der allererste Schultag. Luisa wollte immer alles von seinen Lehrern wissen und wie die Schule war, und an dem Tag war das nicht anders. Aber als sie über seine Mitschüler sprachen, fragte sie: »Und glaubst du, dass du neue Freunde findest?«

»Nein«, wollte Joe rundheraus sagen. Welchen Sinn hatte es, neue Freunde zu finden, wenn sie im Sommer vermutlich schon wieder weg sein würden? Also zuckte er als Antwort nur mit den Schultern.

»Ich habe im Büro jemanden kennengelernt«, sagte seine Mutter etwas scheu. »Gene«, fügte sie hinzu.

Joe hatte dem keine besondere Aufmerksamkeit geschenkt, seine Mutter fand schnell Freunde. Außerdem dachte er, dass »Gene« eine Frau war und »Jean« hieß, was ja genauso klang. Er kam erst darauf, als seine Mutter sich für die erste Verabredung fertig machte.

»Gene und ich gehen ins Kino«, hatte sie an jenem Tag

gesagt, als sie Lippenstift auftrug und ihr schönstes goldenes Armband umlegte.

»Du siehst schick aus.«

»Nun ja, ich bin ja auch nicht sehr oft verabredet«, hatte Luisa lachend gesagt.

Eine Verabredung. Jean? Oh, Gene. Joe hatte nichts gesagt, weil er sich nicht lächerlich machen wollte. Aber die Vorstellung, dass seine Mutter sich verabredet hatte, war fast unglaublich. Dass sie nicht oft verabredet war, war eine glatte Untertreibung. Nie traf es wohl eher. Aber das Rendezvous war offensichtlich gut gelaufen, denn seither tauchte Gene regelmäßig auf, und Joe ging ihm aus dem Weg, so gut es ging.

Heute sah Gene ausgesprochen zufrieden mit sich aus, als er das schlecht eingepackte Paket neben den Weihnachtsbaum stellte. »Frohe Weihnachten allerseits.«

»Möchtest du etwas trinken, Gene?«, fragte Luisa.

»Wie wär's mit einem Kaffee? Es ist furchtbar kalt draußen. Und dann können wir unsere Geschenke auspacken.«

Luisa ging in die Küche, um den Kaffee zu holen, während sich Gene auf das Sofa setzte.

»Jetzt schon die Geschenke?«, fragte sie über die Schulter.

Das dachte Joe auch. Er bekam so gerne Geschenke wie jeder andere, aber Gene war ein bisschen aufdringlich.

»Ich bin doch schon so aufgeregt deswegen«, sagte Gene, als er Luisa den Kaffeebecher abnahm.

Jetzt sah Luisa etwas beunruhigt aus. »Gene, ich habe nur ein paar kleine Geschenke für dich …«

Gene strahlte Luisa an. »Ich bin sicher, dass alles, was du für mich hast, ganz wunderbar ist, aber ich bin wegen meiner Geschenke für euch so aufgeregt. Denk dran, es ist schöner zu geben als zu nehmen.«

»Gene, ich hoffe, du hast es nicht übertrieben«, meinte Luisa mit ernstem Unterton.

Gene grinste nur.

»In Ordnung.« Luisa hob ergeben eine Hand. »Joe, ich hole dir eine heiße Schokolade, und dann öffnen wir die Geschenke.«

Während seine Mutter den Kakao holte, saß Joe Gene gegenüber, starrte auf seine Hände und sagte nichts.

»Wie geht's so, Joe?«, fragte Gene.

»Gut.«

»Alles in Ordnung?«

»Alles gut.«

Gene lächelte etwas sparsamer. »Ich hoffe, du magst dein Geschenk«, fuhr er dann unverdrossen fort.

Das hoffe ich auch, dachte Joe. Er war nicht in der Stimmung Begeisterung vorzutäuschen. Aber als er dann schließlich das Paket öffnete, brauchte er das gar nicht. »Ein Fernseher!« Okay, er war nicht sehr groß, aber er war auf dem neuesten Stand und Lichtjahre besser als das Gerät, das sie hatten.

Luisas Gesichtsausdruck schwankte zwischen Entzücken und Verzweiflung. »Gene, das ist zu viel …«

»Der Laden hatte einen Ausverkauf und ich noch einen Gutschein, mit dem das Ganze noch mal zwanzig Prozent billiger wurde. Die haben mir praktisch noch Geld dazugegeben.«

Luisa lächelte und schüttelte den Kopf, was Joe so

deutete, dass sie den Fernseher behalten würden. Mann, dachte Joe, vielleicht war der alte Gene doch für etwas gut.

Aber so dankbar die Gefühle auch waren, die da in ihm hochgewallt waren, als er den Fernseher auspackte – mit dem nächsten Geschenk stürzten sie kopfüber in den Keller.

»Okay, Leute. Ich bin sehr froh, dass ihr den Fernseher mögt, aber das nächste Geschenk ist etwas ganz Besonderes. Luisa, etwas, von dem ich weiß, dass du es gerne haben möchtest.«

»Oh, Gene …« Luisa kicherte.

Als Gene in den Flur ging, um den Kasten zu holen, passte plötzlich alles zusammen. Etwas, das seine Mutter sich wünschte, die eigenartigen Geräusche …

Luisa nahm die Griffe des Kartons und öffnete ihn neugierig. Mit einem tiefen Atemzug hob sie eine rot und weiß gestreifte Katze heraus, deren große grüne Augen sich mit einer Mischung aus Neugier und Furcht umsahen. Luisa war sprachlos. »Du hast eine Katze für mich?«, brachte sie schließlich heraus.

»Du liebst Katzen!«

»Ich weiß.« Die Katze schmiegte sich an ihre Schulter. »Aber Gene, ich kann mir keine Katze leisten. Das Futter, die Tierarztrechnungen …«

»Sie wurde im Tierheim untersucht und geimpft.« Er zog eine Geschenkkarte aus der Tasche. »Und hier ist etwas, womit du Futter für rund ein Jahr hast, wenn du die großen Kartons mit Trockenfutter nimmst. Ich habe Katzenstreu und ein Katzenklo im Auto.« Gene strahlte, als ob er an alles gedacht hätte.

Als seine Mutter und Gene sich anlächelten, fühlte Joe, wie ihm die Röte ins Gesicht schoss. Er wollte von seinem Stuhl aufspringen und diesem Eindringling Bescheid geben, dass seine Mutter bereits eine Katze hatte; keine dumme Straßenkatze aus dem Tierheim, sondern eine geschnitzte Perser, die besser aussah als das Bündel Haut und Knochen, das er da mitgebracht hatte. Zumindest wünschte er sich, dass seine Mutter etwas sagen würde wie: »Das ist heute schon meine zweite Katze. Joe hat eine Perser für mich geschnitzt, was übrigens die Rasse ist, die ich immer haben wollte.« Aber alles, was Luisa tat, war die zappelnde Katze mit einem benommenen Lächeln im Gesicht anzustarren, während diese versuchte, ihre Bluse zu zerfetzen.

Den Rest des Nachmittags drehte sich alles um die Katze. Niemand bemerkte, dass Joe beleidigt war. Seine Mutter probierte verschiedene Namen aus, bevor sie sich für Gato entschied, was auf Spanisch »Katze« heißt. Dann schloss Gene endlich den neuen Fernseher an, und Joe konnte Gato und seine Possen ignorieren und fernsehen. Gegen vier rief sein Vater an. Das Gespräch war kurz, aber sein Vater bestätigte, dass er wie versprochen kommen würde. Er würde Silvester zu der Hochzeit gehen und Joe am nächsten Morgen abholen. Dann würden sie im Haus seines Cousins Al gemeinsam Fußball gucken. Seine Mutter sah nicht begeistert aus, als Joe ihr davon erzählte, sagte aber kein Wort dagegen.

Der Abend schien sich endlos hinzuziehen, und die Wohnung war so vollgestopft mit Menschen, Essen, Geschenkpapier – und einer Katze –, dass Joe das Gefühl hatte, keine Luft zu bekommen. Alles, was er wollte, war, aus dem Wohnzimmer herauszukommen, aber er bezweifelte, dass dieses erstickende Gefühl in seinem sogenannten Zimmer besser werden würde. Schließlich beschloss er, auf die Lüge vom Vortag zurückzugreifen und Kopfschmerzen vorzugeben.

»Er hatte gestern schon welche«, sagte Luisa besorgt zu Gene.

»Vielleicht nur die weihnachtliche Hektik. Wollen wir einen Spaziergang machen?«, fragte Gene ihn. »Frische Luft schnappen.«

»Nein«, schnauzte Joe.

»Warum gehst du nicht in mein Zimmer und legst dich ein bisschen hin«, sagte Luisa. »Dann machen Gene und ich vielleicht einen Spaziergang und es ist ruhig in der Wohnung.«

Joe nickte erleichtert. Als er es sich in ihrem Bett bequem machte – nicht zu bequem, weil er wusste, dass er später wieder umziehen musste –, bemerkte er die Perserkatze auf der Kommode. Sie sah einsam aus.

Joe hatte sich auf die zwei Tage nach Weihnachten gefreut. Luisa hatte einige ihrer knapp bemessenen Urlaubstage genommen, und sie hatten nachweihnachtliche Einkäufe geplant, wollten eventuell einen oder zwei Filme im Kino sehen. Aber die Vernarrtheit seiner Mutter in die Katze hatte alles kaputt gemacht. Sie konnte nicht aufhören, über Gato zu reden und immer wieder mit ihm zu schmusen, obwohl er das gar nicht so sehr mochte und sich meistens aus ihrem Arm wand. Sogar beim Einkaufen verbrachte sie genauso viel Zeit damit, nach Leckerlis und Spielzeug für Katzen Ausschau zu halten wie nach heruntergesetzten Klamotten für ihn. Joe fiel es immer schwerer nicht die Geduld zu verlieren, und er war fast erleichtert, als sie wieder arbeiten ging.

Das warme Dezemberwetter hielt an, und Joe sah nicht ein, den Rest seiner Ferien in der kleinen Wohnung zu verbringen, um Kindermädchen für den Kater zu spielen. Er fütterte ihn, wie seine Mutter es gesagt hatte, aber das war's dann auch. Sollte Gato doch den Tag damit verbringen, was Katzen so tun, wenn sie sich selbst überlassen sind. Soweit Joe das beurteilen konnte, war das Essen und Schlafen.

Er warf seine Jacke über, ließ Handschuhe und Schal im Schrank und schloss die Tür mit einem ordentlichen Knall hinter sich. Hoffentlich hatte das die Katze erschreckt.

Kaum war er draußen, stand Joe natürlich vor der Frage, was er tun sollte. Er konnte nirgends hingehen und niemanden besuchen. Und niemand besuchte ihn. Manchmal fühlte er sich wie Harry Potter, wenn der seinen Tarnumhang trug. Natürlich wäre so ein Tarnumhang genau richtig, um die geschäftige Armitage Avenue mit ihren vielen Läden entlangzuschlendern und etwas mitgehen zu lassen.

Zuerst würde er allerdings im Ortiz Market vorbeigehen und sich eine Cola holen. Joe kramte in seinen Taschen, ob noch Geld von Weihnachten übrig war, aber alles, was er fand, war die dämliche Engelsmünze. Er hatte genug davon, dass sie immer auftauchte, wenn er nach Geld suchte. Wenn er das nächste Mal in der Kirche war, wann auch immer das sein würde, würde er sie auf den Sammelteller legen.

Während er ziellos durch die Gegend lief, hatte Joe viel Zeit zum Nachdenken, und wie immer endete das in Grübelei. Wie würde es sein, seinen Vater wiederzusehen? Es war mindestens drei Jahre her, seit er ihn gesehen hatte, und um ganz ehrlich zu sein, sah er Ramón Garcia überhaupt nicht als Vater. Er war eine Stimme am Telefon, die Ursache für die Tränen seiner Mutter. Vater eines Bruders, den Joe noch nie gesehen hatte.

Aus Kopfzerbrechen wurden Ängste, die sich in Empörung verwandelten. Warum sollte er Neujahr überhaupt mit seinem Vater ausgehen? Damit er herumsitzen und Fußballspiele ansehen konnte, die ihn nicht interessierten, mit einem Typen, der sich nicht für ihn interessierte?

Aber dann kroch aus irgendeiner Ecke seiner Seele die Erinnerung an Ramón hoch, der ihn als kleines Kind mit an den Strand nahm, seine Hand festhielt, als sie über das sprangen, was man am Lake Michigan Wellen nannte. Manchmal hatte ihm sein Vater vor dem Zubettgehen etwas vorgelesen, und obwohl er nicht der beste Vorleser war, gefiel es Joe, mit ihm in dem abgedunkelten Zimmer zu sein und nur seiner Stimme zu lauschen. So hatte es sich angefühlt, geborgen zu sein.

»Also gut, ich will ihn sehen«, gab Joe so laut zu, dass ihm ein Mann, der mit seinem Hund vorbeiging, einen Seitenblick zuwarf. Das Eingeständnis machte ihm Bauchschmerzen, aber okay, so war es eben. Er wollte mit seinem Vater zusammen sein, wenn es auch nur für einen Nachmittag war. Sah er immer noch wie Ramón aus? Seine Mutter lachte früher darüber und nannte sie den kleinen und den großen Zwilling. Bei dem Gedanken bekam er Lust, etwas zu treten.

Und dann erschien wie von Zauberhand Minkus, der aus einem neuen Lexus ausstieg. Minkus! Fast brüllte Joe seinen Namen. Da war Zorn, und dann war da dieses Gefühl, Wut, so kalt, dass ihm heiß wurde, und diese Wut wollte er jetzt mit Minkus teilen.

Während er auf ihn zueilte, bemerkte Joe erschrocken, dass noch jemand aus dem Auto stieg, ein Mädchen. Er erinnerte sich vage daran, dass Minkus' Schwester letztes Jahr in der Schule war. War sie das?

Inzwischen war Joe zu dicht bei Minkus, um ihm noch aus dem Weg gehen zu können. Seine Wut wandelte sich in Verlegenheit. Das Mädchen sah ihn neugierig an, aber nicht so, als wüsste sie irgendetwas darüber, was zwischen Joe und ihrem Bruder ablief.

Einen Augenblick sahen sich alle an. Schließlich brach Joe die Stille, aber mehr als »Ach, hallo« brachte er nicht heraus.

Minkus starrte ihn nur an. Dann drehte er sich zu seiner Schwester um und sagte: »Lass uns gehen, Vivi. Bette wartet.«

Joe sah sich um. Ein Möbelwagen parkte in der Straße. »Zieht Bette um?«

Bevor Minkus oder Vivi antworten konnten, kam Bette die Treppen des grauen Hauses heruntergestürmt und lief zu der kleinen unglücklichen Gruppe.

»Ich habe gesehen, dass eure Mutter euch abgesetzt hat«, sagte Bette. Dann wandte sie sich Joe zu. »Was machst du denn hier?«

Joe zuckte mit den Schultern. »Hab sie zufällig getroffen.«

»Du heißt Joe, oder?«, fragte Vivi. Ohne auf eine Antwort zu warten, erzählte sie Bette: »Er will wissen, ob du umziehst. Scheint ein bisschen besorgt zu sein.«

Joe starrte sie wütend an. »Das war nur eine Frage.«

»Nein, tue ich nicht. Gabi, die unter uns wohnt, ist ausgezogen, und jetzt zieht die neue Mieterin ein.« Und dann ergänzte sie: »Es ist die Tochter von Mrs Abrams.«

»Unsere Mrs Abrams?«, wollte Andy wissen.

»Ja, ein Zufall.«

»Vielleicht kann sie die Antworten der Klassenarbeiten für dich stehlen«, witzelte Joe.

Niemand lachte.

Bette, Minkus und Vivi setzten sich in Bewegung, und Joe merkte überrascht, dass er nicht wollte, dass sie gingen. Zumindest Bette nicht. Er sah Vivi an, die vermutlich am wenigsten gegen ihn hatte. Zum ersten Mal bemerkte er ihr aufgedunsenes Gesicht. Eigenartig. »Was ist denn mit dir passiert?«, fragte er beiläufig.

Vivis rundes Gesicht rötete sich. »Bitte?«

»Du siehst aus wie aufgeblasen.« Kaum waren die Worte heraus, wusste Joe, dass sie falsch waren. Er hatte sich wirklich nichts dabei gedacht, er war nur neugierig. Aber an den Gesichtern von Vivi und Bette konnte er ablesen, dass er das Falsche gesagt hatte. Minkus sprang mit einer ungeahnten Aggression, die er nicht mal dann gezeigt hatte, wenn Joe ihn abzog, auf Joe zu, der einen Arm hochzog, um ihn zu stoppen. »He, pass auf.«

»Lass meine Schwester in Ruhe«, sprudelte es aus ihm heraus.

Ohnehin schon vor den Mädchen in Verlegenheit gebracht, wusste Joe instinktiv, dass es ein Fehler gewesen wäre, Minkus zu schlagen. Weil er nicht wusste, was er sonst tun sollte, stopfte er seine Hände in die Hosentaschen und marschierte davon.

Er wusste nicht wohin, deshalb ging er nach Hause. Als ihn seine Mutter anrief und fragte, ob er mit ihr und Gene etwas essen wollte, lehnte er schroff ab.

»Okay, okay. Dann komme ich nach Hause.«

»Tu das nicht. Geh etwas essen.«

»Joe, ich will nicht, dass du alleine bist.«

»Ich bin immer allein«, wollte Joe sie anbrüllen. Aber er sagte nur: »Mir geht's gut. Gene hat mir einen neuen Fernseher besorgt und eine Katze, die mir Gesellschaft leistet, da kann er dich jetzt ruhig zum Essen einladen.«

Sarkasmus war bei Luisa vergebene Liebesmüh, das war schon immer so gewesen. »Nun gut, wenn du meinst. In meiner Kommode ist etwas Geld. Davon kannst du dir zehn Dollar nehmen.«

»Ja, ja. Geh schon.«

Später, als er Luisas Kommode durchsuchte, fand er das Geld, das seine Mutter für den Notfall zur Seite gelegt hatte. Okay, wenn sie es für einen Notfall hielt, ihm Geld fürs Essen zu geben, damit sie mit Gene ausgehen konnte, dann war das eben so. Beim Zuknallen der Schublade fiel sein Blick auf die Perserkatze, die oben auf der Kommode saß.

»Staubfänger«, murmelte er.

Als Joe seine Jacke aus dem Schrank nahm, rieb sich Gato an seinem Bein.

»Was willst du? Ich habe dich gefüttert.« Er öffnete die

Wohnungstür, und Gato versuchte, an ihm vorbei hinauszuhuschen. »Das tust du nicht«, sagte Joe, schnappte ihn und brachte ihn wieder rein. Gato gefiel es, ein Zuhause zu haben und gefüttert zu werden, aber er war auch ein Entdecker. Jedes Mal, wenn die Wohnungstür oder die Haustür geöffnet wurde, war die Katze sofort da.

Joe beschloss, etwas bei McDonald's zu essen und ging die Straße hoch. Aber fast wie von selbst machte er kehrt und ging in die Richtung von Bettes Haus. Ihm war klar, dass es eigentlich dumm war darüber nachzudenken, was Bette wegen seiner unüberlegten Bemerkung Vivi gegenüber über ihn dachte. Wenn sie jemals erfuhr, was er mit Minkus machte, würde sie ihn dafür ganz sicher hassen. Vor Bettes Haus blieb er stehen und schaute nach oben. War das Bette am Fenster im ersten Stock? Er starrte einige Sekunden hoch, in der Hoffnung, dass Bette ihn sehen möge. Schließlich fand er sich auf der Treppe wieder und sah auf die Klingelknöpfe, als ein Mann und eine Frau aus der Haustür kamen.

»Hallo«, sagte der Mann.

»Hallo.«

»Willst du zu Bette? Ich bin ihr Vater.«

»Äh, nein.«

»Hm, weil du nach oben zum Fenster geschaut hast und jetzt überlegst, ob du nicht vielleicht klingeln sollst.«

»Na ja …«

»Wie heißt du?«, fragte Mr Miller.

»Joe«, antwortete er fast unhörbar.

Bette musste sie vom Wohnzimmer aus gesehen haben, weil sie das Fenster öffnete und den Kopf rausstreckte.

»Joe ist da«, sagte Mr Miller. »Soll er hochkommen?«

Bette zuckte mit den Schultern. *Was soll ich jetzt bloß tun?*, überlegte Joe.

»Ms Abrams und ich gehen Pizza holen und sind gleich wieder da. Möchtest du nicht mit uns essen?«, fragte Bettes Vater.

Noch eine Essenseinladung, die er nicht wollte. »Nein«, sagte Joe heftig und fügte ein ruhigeres »Danke« hinzu.

Bette knallte das Fenster zu, aber sie drückte auf den Türöffner. Angesichts von Mr Miller und Ms Abrams, die ihn erwartungsvoll ansahen, schien ihm nichts anderes übrigzubleiben, als nach oben zu gehen. Dort wurde er allerdings nicht sehr herzlich empfangen.

»Was willst du hier?«, wollte Bette wissen, als sie die Tür öffnete.

»Weiß nicht«, antwortete Joe ehrlich. Er wusste nicht, ob er hineingehen sollte. Doch als Bette die Tür weiter öffnete, trat er über die Schwelle. »Ich kam gerade an eurem Haus vorbei, und dein Vater meinte, ich soll hochkommen.«

Bette runzelte die Stirn. »Das ergibt keinen Sinn. Mein Vater würde keinen fremden Jungen ins Haus bitten.«

»Okay, vielleicht habe ich ja zum Fenster hochgesehen. Und ich wollte gerade klingeln.«

Auf Bettes »Hmm« gab es nicht viel zu sagen. Das Schweigen wurde länger und schwerer.

»War das eure neue Nachbarin?«, fragte Joe schließlich.

»Ja.«

»Sie sieht Mrs Abrams überhaupt nicht ähnlich.«

»Nein, und sie ist Sängerin.«

Das brach das Eis ein bisschen. Beide mussten bei der Vorstellung lächeln, dass Gravel Gertie Abrams eine Tochter hatte, die Sängerin war.

»Woher weißt du das?«, wollte Joe wissen. »Sie kam ja wohl nicht singend an, oder?«

»Nein. Mein Vater hat einen Jazzklub, und sie hat dort vorgesungen. Dann fand er heraus, dass sie eine Wohnung suchte, und wir suchten einen Mieter. Gabi, die Frau, die unten gewohnt hat, ist ausgezogen.« Nur jemand, der sehr genau zuhörte, konnte das leichte Beben in Bettes Stimme hören.

»Ich schätze, du mochtest sie«, sagte Joe.

Bette nickte. »Sie war super, aber sie hat einen Job gefunden, sagte sie, und musste deshalb fortziehen.«

Joe kreuzte die Arme vor der Brust. »Ja, Menschen gehen immer weg.«

»Das kannst du wohl sagen«, erwiderte Bette leise.

Wieder herrschte Schweigen, doch diesmal geprägt von gegenseitigem Verstehen.

»Egal«, sagte Joe und räusperte sich. »Ähm, könntest du Minkus' Schwester ausrichten, dass ich das, was ich über ihr Gesicht gesagt habe, nicht so gemeint habe?«

»Sie nimmt Tabletten für ihr Asthma, die sie so aussehen lassen«, ließ Bette ihn wissen. »Und sie will nicht wieder zur Schule zurückkommen, weil sie glaubt, dass alle Witze über sie reißen werden«, fügte sie spitz hinzu.

»Das werden sie«, sagte Joe.

»Ja, das fürchte ich auch.« Es gab keinen Grund, etwas zu leugnen, das sie beide wussten.

»So, dann geh ich mal wieder.«

»Du könntest zum Essen bleiben«, sagte Bette zögernd.

Jetzt war Joe doch in Versuchung. Er könnte sogar das Geld behalten und seiner Mutter sagen, dass er es bei McDonald's ausgegeben hatte. Aber die Vorstellung, sich mit Bette, ihrem Vater und Mrs Abrams' Tochter unterhalten zu müssen, erschreckte ihn. Er schüttelte den Kopf.

»Dann sehen wir uns in der Schule«, meinte Bette.

Joe war zur Tür hinaus, bevor sie noch irgendetwas hinzufügen konnte.

Joe konnte nicht behaupten, dass er sich nach den Ferien jemals auf die Schule gefreut hätte, aber diesmal war Odom für ihn wie ein Silberstreif am Horizont. Jetzt musste er nur noch Neujahr hinter sich bringen.

Obwohl er Silvester bis Mitternacht aufgeblieben war und mit Gene und seiner Mutter auf ihrem neuen Fernseher verfolgt hatte, wie in New York Silvester abgezählt wurde, war Joe Neujahr schon früh wach und zu nervös, um wieder einzuschlafen. Er ging in die Küche, nahm Saft aus dem Kühlschrank und trank direkt aus dem Karton, was seine Mutter nicht leiden konnte. Luisa schlief noch. Joe war nicht sicher, wie lange Gene geblieben war, aber die Wohnung war so ordentlich, dass seine Mutter ganz offensichtlich noch aufgeräumt und ein bisschen Trockenfutter für Gato hingestellt hatte, bevor sie ins Bett gegangen war.

Joe wusste nicht so richtig, was er anfangen sollte und setzte sich im Wohnzimmer aufs Sofa. Es war viel zu früh für einen Anruf von seinem Vater. Ramón hatte ihm ja sogar gesagt, dass er nach der Hochzeitsfeier wohl erst mal ausschlafen würde. »Ich melde mich, wenn ich wach bin«, verbindlicher hatte er sich beim letzten Telefonat nicht geäußert.

Als seine Mutter gegen zehn aufstand, hatte Joe sich an seine Hausaufgaben gemacht, die er in den Ferien vor sich hergeschoben hatte. Luisa schien fast ebenso nervös wie er.

»Was hältst du von Pfannkuchen zum Frühstück?«

Joe sah kaum von seinen Matheaufgaben hoch. »Egal.«

»Du liebst Pfannkuchen.«

»Ich habe nicht wirklich Hunger.«

»Es geht dir besser, wenn du etwas gegessen hast.«

Das bezweifelte Joe. Bei dem Gedanken an Pfannkuchen, die sich mit dem Knoten in seinem Magen mischten, fühlte er sich gleich noch schlechter. »Mami, vielleicht nur Toast und Tee.«

»Rührei?«

»Okay, gut, Rührei.« Er bemühte sich, nicht zu genervt zu klingen.

Um elf war das Frühstück lange vorbei. Als es Mittag wurde, hatte Joe nichts Besseres zu tun, als sich im Fernsehen eine dämliche Parade anzusehen. Luisa sah immer wieder aus dem Fenster, als erwartete sie, Ramón mit dem Auto vorfahren zu sehen, obwohl er ja erst anrufen wollte.

»Es schneit schon etwas«, sagte sie und zog die Jalousien zu. »Das warme Wetter ist vorbei. Heute Nacht sollen wir ordentlich Schnee bekommen.«

Joe hatte schon gesehen, dass der Himmel so trüb und grau war, wie der ganze Tag zu sein schien.

»Ich rufe deinen Vater an«, sagte Luisa.

»Nein!«

»Warum nicht? Wir wissen nicht, was los ist, und es ist schon fast halb eins.«

»Er hat gesagt, dass er mich anruft. Und außerdem wollte er ausschlafen.«

Um Viertel vor eins klingelte das Telefon, aber es war nur Gene. Luisa lud ihn ein. »Aber erst später.«

Joe hoffte inständig, dass er »später« längst weg sein würde. Aber gegen eins klingelte das Telefon wieder, und der dünne Ton hatte etwas von Enttäuschung an sich. Luisa ging zum Telefon, aber Joe schubste ihre Hand weg und nahm den Hörer selbst ab.

»Joe? Hier ist dein Vater.«

»Wo bist du?«, fragte Joe kurz angebunden.

»Ich bin noch bei Al.«

»Wann kommst du?«

»Nun ja, es gibt da ein Problem, Joe.«

Joe sagte nichts, aber er sah Luisa an.

»Weißt du, für heute Nacht ist doch dieser schwere Schneesturm angekündigt. So ein Wetter kennen wir in L. A. natürlich nicht.« Ramón lachte nervös. »Im Zentrum der Sonne. Egal, ich wollte eigentlich mit dem Nachtflug nach Hause, habe aber Angst, dass ich nicht mehr wegkomme, wenn ich so lange bleibe. Du weißt doch, wie die heutzutage Flüge absagen. Irgendwo regnet es, gar nicht unbedingt bei dir, und die canceln einfach Flüge. Deshalb habe ich die Fluggesellschaft angerufen und auf einen früheren Flug umgebucht. Und natürlich muss ich wegen des ganzen Sicherheitstheaters so unglaublich früh am Flughafen sein. Also, irgendwie lässt uns das nicht viel Zeit für Fußball.«

Joe wollte auf der Stelle auflegen, aber sein Vater redete weiter. »Ach Joe, ich weiß, dass du enttäuscht bist. Ich bin auch enttäuscht. Und ich komme auf dem Weg zum Flughafen vorbei und liefere dein Weihnachtsgeschenk ab. Ich habe es den ganzen Weg von L. A. mitgebracht und will es nicht wieder nach Hause schleppen. Joe? Joe, bist du noch da?«

»Ja, ich bin hier.«

»Also sehen wir uns in etwa einer Stunde.«

Jetzt legte Joe auf.

Er wiederholte das Gespräch für seine Mutter, und wie erwartet kochte Luisa vor Wut. »Das ist doch typisch. Versprechen. Versprechen, die er nicht einhält.«

Es gab zwei Dinge, die Joe jetzt gern getan hätte, aber sie kamen beide nicht infrage: Mit der Faust eine Scheibe einschlagen oder sich heulend auf sein Bett werfen. Luisa fragte immer wieder, ob er Hunger hatte oder ob sie später ins Kino wollten, aber Joe machte sich wieder an seine Hausaufgaben. Um zwei ging die Türklingel. Sein Vater hatte es schließlich doch noch geschafft, irgendwo pünktlich zu erscheinen.

Seine Mutter öffnete die Tür und stellte sich vor Joe, als wollte sie ihn beschützen.

»Ramón …«, begann sie.

»Hallo, Joe«, sagte sein Vater, ging um sie herum und nahm ihn etwas steif in den Arm. Er gab ihm eine Schachtel mit zerrissenem, gebraucht wirkenden Geschenkpapier, die aussah, als sei sie durch die halbe Welt geflogen, nicht nur quer durchs Land.

»Sieh mal, das alles tut mir wirklich leid, aber ich muss nach Hause. Es ist sicherer, hier frühzeitig rauszukommen.«

Er sah Luisa und Joe bittend an.

Joe sah seinen Vater genauer an. In einem Punkt gab es keinen Zweifel: Jeder konnte sehen, wie ähnlich sie sich waren. Das lockige dunkle Haar und die braunen, fast schwarzen Augen. Die stämmige Figur. »Ja, das ist okay«, sagte Joe und warf das Geschenk auf den nächsten Stuhl.

»Und Luisa, für dich habe ich auch etwas.«

»Oh?«

Ramón nahm seine Brieftasche und gab ihr ein Bündel Geldscheine. »Ich weiß, ich bin ein bisschen spät ...«

»Habt ihr letzte Nacht Poker gespielt?«, fragte Luisa.

Sein Vater grinste sie schelmisch an. »Du kennst mich zu gut. Ich hatte Glück und habe gedacht, das gebe ich Luisa, für meinen Jungen.«

Luisa sah aus, als wollte sie ihm das Geld an den Kopf werfen, doch stattdessen schob sie es in ihre Tasche.

»Also, es tut mir leid, dass ich nicht länger bleiben kann, aber Al wartet unten auf mich. Er dachte, dass du sicher keine größere Sehnsucht nach ihm haben würdest, Luisa.«

»Nein«, murmelte sie.

»Joe, vielleicht kannst du ja nach Kalifornien kommen. Ich schicke dir ein Ticket. Vielleicht im Sommer.«

Sein Vater sah aus, als erwarte er eine Antwort. »Meinetwegen«, sagte Joe.

»Na gut«, antwortete Ramón ein bisschen unsicher. »Komm, drück mich mal.«

Das war das Letzte, was Joe wollte. Er blieb einfach stehen, aber sein Vater umarmte ihn trotzdem.

»Tschüs, Joe. Wir sehen uns.« Dann war er weg.

Joe und seine Mutter setzten sich aufs Sofa. »Wie viel hat er dir gegeben?«, fragte Joe.

Luisa nahm das Geld und zählte es. »Zweihundertfünfzig. Jetzt schuldet er uns diesen Monat nur noch dreihundertfünfzig.« Sie wies auf die Schachtel, die Joe in der Hand hielt.

»Was hat er dir mitgebracht?«

Joe riss das Papier auf. In der Schachtel war ein Pullover. Dunkelgrau. Die Farbe war gar nicht so übel, dachte er. Er nahm den Pullover hoch und sah ihn sich an. Nicht schlecht, gut für die Schule. Joe hielt sich den Pullover an, um zu sehen, ob er passte. Er sah die Antwort in den Augen seiner Mutter. Er war mindestens eine Größe zu klein.

11. Kapitel

Joe hätte es in einer Million Jahren nicht für möglich gehalten, aber er war glücklich – ja begeistert! – wieder in der Schule zu sein. Keine Notwendigkeit mehr, sich irgendwie beschäftigen zu müssen, keine Platzangst in der Wohnung, keine Katze. Als er sich vor dem Haupttor einen Weg durch eine Gruppe von Schülern bahnte, sah er Minkus und lächelte. Ja, nach Weihnachten war das Geld ziemlich alle, aber Joe fühlte sich so gut, wieder unter Menschen zu sein, dass er großzügig beschloss, nachsichtig mit Minkus zu sein und ihn einen Tag oder so in Ruhe zu lassen. Natürlich war Joe klar, dass die Zeit für ihn spielte. Minkus wurde immer nervöser, wenn er nicht wusste, wann sich die Schlinge um seinen Hals legen würde.

Als er schließlich in dem Gebäude mit seinem besonderen Geruch war, einer Mischung aus Desinfektionsmitteln und Kindern, hatte Joe für einen Augenblick das Gefühl, vor einem Neuanfang zu stehen. Es war immerhin ein neues Jahr und damit der Zeitpunkt der guten Vorsätze, schlechte Angewohnheiten abzulegen und reinen Tisch zu machen. Der reine Tisch fühlte sich zwei Minuten gut an, dann fiel ihm all das ein, was er dafür tun musste: die Schulnoten verbessern, echte Freunde finden, damit aufhören, den Kleinsten der Klasse abzuziehen. Joe hängte seine Jacke in seinen Schrank und fragte sich, ob es wohl Leute gab, die ihre guten Vorsätze auf Februar verschoben.

Er knallte die dünne Metalltür mit einem Gefühl der Zufriedenheit zu. Als er sich umdrehte, stand da Mrs Wu und sah ihn missbilligend an.

»Bitte beim nächsten Mal etwas leiser, Joe.«

»Klar«, murmelte Joe.

Weil sie nicht weiterging, nahm Joe an, dass Mrs Wus Anwesenheit kein Zufall war.

»In der ersten Stunde wird Mrs Abrams heute bekannt geben, dass der Dienstag ein zusätzlicher Probentag für *Big River* wird.«

Und?, dachte Joe.

»Du kannst dich am Dienstag mit Mike vom Maple Tree Theater zusammentun und mit ihm am Bühnenbild arbeiten. Ich hoffe, das passt dir.«

Joe suchte krampfhaft nach einem Grund, warum ihm das nicht passte, aber ihm fiel nichts ein. Da Mrs Wu auf eine Antwort wartete, nickte er nur stumm.

»Prima. Dann triffst du dich morgen mit Mike hinter der Bühne«, sagte die Direktorin, lächelte kurz und ging dann weiter; ihre hohen Absätze klackerten über das Linoleum.

Joe machte die Tür seines Schranks auf, um sie noch einmal zuzuschlagen. Härter.

In der Mittagspause holte er sich Milch und ging zu Ollie und Lane. Er hoffte, dass Ollie genügend Reste von den Silvesterpartys hatte und ihm etwas Besseres anbieten konnte als seine eigenen trockenen Käsebrote von zu Hause, die kaum noch essbar waren.

Das hatte Ollie. Als Joe sich setzte, holte Ollie jede Menge kleiner Sandwiches aus einer Plastiktüte. Er hatte sogar an Papierteller gedacht, von denen er Joe und Lane je einen reichte.

»Frischkäse mit Nelkenpfeffer und Krabbensalat.«

»Danke«, sagte Joe dankbar, nahm etwa ein halbes Dutzend Sandwiches und legte sie auf den silbernen Teller mit der Aufschrift HAPPY NEW YEAR! »Wie waren die Ferien?«

»Viel Arbeit«, sagte Ollie. »Wir hatten jede Menge Partys.«

»Wir waren zum Skifahren in Colorado«, sagte Lane.

Ich habe nicht mit dir geredet, dachte Joe, aber er aß einfach weiter.

»Und du?«, fragte Ollie.

»Ach, mein Vater war aus Kalifornien da, und ich habe ein bisschen Zeit mit ihm verbracht.« Das war keine Lüge. Fünf Minuten waren »ein bisschen Zeit«.

»Ich glaube, ich bin froh, wieder hier zu sein«, sagte Ollie. »Gemessen an der Vorbereitung von Kanapees fast jeden Tag wird mir die Schule wie Ferien vorkommen.«

»*Big River* legt den Turbo ein«, kommentierte Lane. »Ich habe gehört, dass es noch einen weiteren Probentag gibt.«

Joe seufzte. Den ganzen Vormittag lang hatte er versucht, nicht an den kommenden Tag zu denken. Er war sich nicht sicher, warum er so ein ungutes Gefühl dabei hatte, am Bühnenbild zu arbeiten. Unter anderen Umständen hätte er möglicherweise Spaß am Sägen und Malen gehabt, aber die Erinnerung an Mikes durchdringende Augen beunruhigte ihn. Gab es denn keinen Weg, dieser dämlichen Aufführung zu entkommen?

An diesem Abend lotete er aus, wie seine Mutter über die Sache dachte. Als sie nach dem Essen den Abwasch machten, fragte Joe: »Hab ich dir von dem Stück erzählt, das wir in der Schule inszenieren?«

Luisa nickte. »Ein Musical. Wie heißt es?«

»*Big River*«, entgegnete Joe kurz. »Es geht um *Huckleberry Finn*.«

»Das ist ein lustiger Name«, sagte Luisa beim Schrubben des letzten Topfes.

»Ja.« Joe hatte keine Lust zu erklären, worum es bei dem Jungen und dem Buch ging. Offensichtlich hatte seine Mutter noch nie davon gehört.

»Du hast gesagt, die Direktorin hat dich um deine Mitarbeit beim Bühnenbild gebeten.«

Joe stellte den abgetrockneten Topf ins Regal. Das war sein Stichwort.

»Ja, aber ich muss dafür länger in der Schule bleiben, um die Arbeit zu machen, zweimal in der Woche oder so.«

Luisa warf ihm den Mütter-wissen-alles-Blick zu. »Aha.«

Im Gegensatz zum Morgen mit Mrs Wu hatte Joe diesmal seine Antwort parat. »Damit habe ich viel weniger Zeit für meine Hausaufgaben.«

»*Hijo*, es tut mir sehr leid, das sagen zu müssen, aber viel Zeit verbringst du mit den Hausaufgaben ohnehin nicht.«

»Aber du willst doch nicht, dass ich dafür noch weniger Zeit habe, oder?«

Luisa nahm ihm behutsam das Handtuch aus den Händen und schob ihn zum Küchentisch.

»Also«, sagte sie und drückte ihn auf einen Stuhl. »Sag mir, warum du bei diesem Stück nicht mitmachen willst.«

Joe zuckte mit den Schultern. »Es ist Zeitverschwendung.«

»Mrs Wu scheint nicht so zu denken. Und ich auch nicht. Du schaffst mit deinen Händen so wundervolle Dinge. Das gibt dir die Chance, der ganzen Schule deine Holzarbeiten zu zeigen.«

Anstatt dies als Kompliment aufzufassen, so wie es gemeint war, fühlte Joe, wie es sauer in ihm hochkam. Er hatte in den Tagen seit Weihnachten darauf geachtet, ob seine Mutter die von ihm geschnitzte Perserkatze je von der Kommode nahm, wo sie sie hingestellt hatte. Da sich langsam Staub darauf absetzte, war die Antwort Nein.

Aber Gato wurde hochgehoben. Hochgehoben, gestreichelt und liebkost, angelächelt. Okay, klar, eine echte Katze war reizvoller, aber er hatte so viel Arbeit in die Perser investiert.

Angesichts der Beachtung, die sein Geschenk fand, hätte er ihr genauso gut für zwei Dollar irgendeine Plüschkatze kaufen können. Wenn seine Mutter glaubte, er würde noch mal so viel Zeit mit einem Projekt verbringen, das im wahrsten Sinne des Wortes im Hintergrund stand, dann hatte sie sich getäuscht.

»Es ist eine riesige Zeitverschwendung«, murmelte Joe.

Luisa hustete. Oh, oh. Seine Mutter hatte vor Weihnachten angefangen zu husten. Und mit einem Husten hatten auch beim letzten Mal ihre ganzen Probleme begonnen, als sie die Lungenentzündung bekam und keinen Job hatte.

»Alles okay?«, fragte er.

Luisa nickte und räusperte sich. »Joe, es ist ein Durchbruch, dass du auf dieser Schule sein kannst, so nahe. Ansonsten müsstest du durch die ganze Stadt fahren, und ich würde mir noch mehr Sorgen machen, als ich es ohnehin schon tue.«

»Und?«, fragte Joe missmutig.

»Sie haben dich aufgenommen, weil du ein Härtefall warst und weil du mir geholfen hast, als ich krank war. Jetzt, so scheint es, haben sie ganz vergessen, warum du da bist. Vielleicht glauben sie auch, dass ich immer noch krank bin, aber das weiß ich nicht. Ich will nicht, dass du wegen dieser Sache Theater machst. Oder Aufmerksamkeit auf dich ziehst. Tu einfach, was dir gesagt wird.«

Luisas sanfte braune Augen blickten flehend. Was konnte Joe dazu sagen?

»Na gut, meinetwegen.« Aber das musste zumindest nicht höflich klingen.

Seine Antwort schien Luisa zufriedenzustellen. »Hast du Hausaufgaben?«

Joe überlegte. Sagte er Ja, würde er den ganzen Abend an diesen wackligen Tisch gefesselt sein und irgendwelche Gleichungen lösen. Sagte er Nein, konnte er fernsehen.

»Es war doch erst der erste Schultag«, antwortete er.

Luisa schien nicht zu bemerken, dass dies eigentlich keine Antwort auf ihre Frage war.

»Also gut. Lass uns die neue Show anschauen, in der sie all das Geld verschenken. Man muss noch nicht mal clever sein«, wunderte sie sich, »man muss nur die richtige Tür finden.«

Joe dachte flüchtig an seine Matheaufgaben. Mit ein bisschen Glück konnte er sie in der ersten Stunde lösen. Vielleicht würde Lane ihn ja ihre Lösungen abschreiben lassen. Sie war in Mathe ziemlich gut. Wenn er natürlich richtig Glück hätte, dann wäre er in dieser TV-Show, würde Türen öffnen und eimerweise Geld kassieren. Er durfte nicht vergessen, bei Minkus vorstellig zu werden. Er war ziemlich pleite.

Joe stand hinter den Kulissen, versteckt hinter der Seitenbühne, und zählte die Sekunden, bis ihm nichts anderes übrig blieb, als sich bei Mike zu melden.

Joe konnte ihn von seinem Platz aus ganz genau sehen. Er überprüfte gerade irgendetwas auf einem Klemmbrett, aber selbst bei einer so harmlosen Tätigkeit strahlte er eine ungeheure Energie aus. Joe war überrascht, dass Mike gar nicht so riesig war, wie er ihn in Erinnerung hatte, aber er war immer noch ziemlich groß. Und der straffe Körper unter dem schwarzen Rollkragenpullover und der Jeans sah aus, als würde er regelmäßig trainieren. Er hatte dichtes braunes Haar, das ihm fast bis zu den Schultern ging. Hippie-Länge. An dem Tag, als sie sich das erste Mal trafen, hatte er es wohl zurückgebunden. Joe registrierte auch Mikes wohlgeformte Hände und die schlanken Finger und überlegte, ob

Mike nur Bühnenbilder machte oder ob er auch Holz schnitzte.

Obwohl Joe ziemlich sicher war, dass man ihn nicht sehen konnte, blickte Mike hoch und in seine Richtung. Joe wartete, bis er wieder mit dem Klemmbrett beschäftigt war, bevor er seinen Platz verließ. Mike reagierte kaum, als Joe »Hallo« sagte.

»Hi, Joe.«

Dann herrschte Stille, offensichtlich wurde erwartet, dass Joe etwas sagte. Er entschied sich für den direkten Weg: »Ich soll beim Bühnenbild mithelfen.«

Jetzt sah Mike auf. »Ja, ich weiß.«

Da war der Röntgenblick, genau der, den Joe gefürchtet hatte. Aber jetzt, wo Mike ihn ansah, begriff Joe, dass er sich auf eine ganz komische Art danach gesehnt hatte. Ein flüchtiges Gefühl von Erleichterung durchzog ihn. Da war jemand, der verstand.

Dann verschwand der Blick so schnell, wie er gekommen war. Mike drehte den Kopf, abgelenkt vom Geräusch eines Stuhles, den eins der Kinder umgeworfen hatte. Als er sich Joe wieder zuwandte, war in seinem Blick absolut nichts Ungewöhnliches zu erkennen.

»Komm, setzen wir uns, Joe.« Mike ging ein paar Schritte und stellte den Stuhl wieder auf. Er zog ihn neben einen Stapel Holzbretter, die von einer Plastikplane bedeckt waren. Mit einer Handbewegung forderte er Joe auf, sich dort draufzusetzen, während er selbst auf den Stuhl rutschte, die Beine weit ausgestreckt.

»Warum willst du am Bühnenbild von *Big River* mitarbeiten?«

So verdutzt wie er war, bemühte Joe sich gar nicht erst um Höflichkeit. »Das war nicht meine Idee.«

»Ach?«, sagte Mike kühl und zog eine Augenbraue hoch.

»Ich muss«, gab Joe rundheraus zu. Dann erklärte er knapp, wie er nach Odom gekommen war. Aus irgendeinem Grund machte er sich überhaupt keine Sorgen, dass Mike ihn verpfeifen würde. »Meine Mutter will, dass ich alles tue, was Mrs Wu mir sagt«, schloss er.

»Dir bleibt also nichts anderes übrig?«

Joe zuckte mit den Schultern.

»Also hast du keine Lust, mir bei der Planung und dem Bau der Bühnenbilder zu helfen?«

Das erforderte eigentlich ein weiteres Schulterzucken. Aber als Joe sich auf der leeren Bühne umsah, konnte er nicht leugnen, dass es durchaus seinen Reiz hatte, diese Leere mit irgendetwas zu füllen. Weil er aber nicht zu viel preisgeben wollte, murmelte er nur: »Das habe ich nicht gesagt.«

»Oh.« Mike legte den Kopf schief. »Erzähl mal, Joe, hast du überhaupt Fantasie?«

»Jeder hat Fantasie«, antwortete Joe gereizt.

»Ich bin nicht sicher, dass das stimmt. Nun ja, vielleicht hat jeder ein bisschen davon«, fuhr Mike fort. »Aber um Bühnenbilder zu entwerfen, ist Vorstellungskraft einfach alles. Und sie anschließend zu bauen, ist dann wieder eine ganz andere Kunst.«

Während er versuchte, es sich auf seinem Hochsitz bequemer zu machen, sagte Joe: »Ich habe schon mit Holz gearbeitet.«

»Du zimmerst?«

»Ich schnitze«, sagte Joe trotzig. »Mein Großvater hat es mir beigebracht.«

»Bist du gut?«

Ausnahmsweise konnte er etwas ehrlich beantworten. »Ja, ich bin gut.«

Mike nickte nur, und Joe war überrascht, wie bereitwillig er ihm glaubte. »Okay, schnitzen ist anders als zimmern, aber beides geht am besten, wenn man Holz liebt.«

Joe dachte daran, wie aufgeregt er gewesen war, als er genau das richtige Stück Holz für die Perser gefunden hatte. Der Laden, den er im Telefonbuch aufgestöbert hatte, war zwei Buslinien weit weg, und das Holz war ziemlich teuer, anders als die Stücke, die er beim Holzlager in der Nähe der Wohnung gelegentlich erwischte. Aber Joe wusste ganz genau, was er wollte, und als er den ältlichen Mitarbeiter nach einem kleinen Stück weißer Eiche gefragt hatte, hatte der Mann nur gelächelt. »Du schnitzt?«

Mit ungewöhnlicher Schüchternheit hatte Joe genickt. »Ich möchte ein Geschenk schnitzen.«

»Na, dann hast du Glück, mein Junge. Wir haben gerade etwas Holz zum Schnitzen reinbekommen. Eiche, Ahorn, Esche.«

Glücklicherweise hatte ihn der Mann allein gelassen, als er das Holz durchsah. Ein Stück Holz auszuwählen war etwas sehr Privates, zumindest für Joe. Er wollte es anfassen, ansehen, sogar daran riechen, um herauszufinden, ob es das Richtige war. Als er ein vernünftiges Stück gefunden hatte, hielt er es eine Zeit lang in der Hand; fast so, als wollte er hören, ob es mit ihm sprach. Natürlich nicht wirklich. Er war ja nicht verrückt. Aber ein wirklich feines Stück Holz vermittelte ein Gefühl, ähnlich wie eine Stimme, die sagt: »Ja, ich bin es.«

Joe sammelte sich. Er hatte kein Bedürfnis, seine persönliche Meinung zur Arbeit mit Holz kundzutun, das war für ihn fast heilig. Und auch ohne Worte schien es, dass Mike und er sich verständigt hatten. Damit ging Mike zum Alltag über.

»Die Arbeit am Bühnenbild für *Big River* ist eine Mischung aus Fantasie und Handwerk. Vermutlich mehr Ersteres, weil wir nur einen winzigen Etat haben. Verstanden?«

Joe erkannte, dass sein Nicken mehr als nur die Zustimmung zu Mikes Designtechniken war. Er war dabei. Okay, er hatte keine große Wahl, oder? Aber irgendwo zwischen seiner Brust und seinem Magen war wieder dieses Flattern. Hoffnung.

»Dennoch müssen einige Sachen gebaut werden«, fuhr Mike fort.

»Wie das Floß«, warf Joe ein.

»Du sitzt darauf.« Mike deutete auf das Holz unter der Plastikfolie. »Und es gibt noch andere Kulissen. Lass uns mal überlegen, was wichtig ist. Gibt es hier ein paar Mal-Talente?«

Joe hatte keine Ahnung, aber Mike wartete auf eine Antwort. »Ähm, die meisten Kinder singen oder tanzen, aber wir könnten Miss Hanlon fragen, die Kunstlehrerin.«

»Gute Idee.«

Joe fühlte einen kleinen Adrenalinschub. Er hatte etwas Offensichtliches vorgeschlagen, aber es war lange her, dass ihn jemand wegen einer guten Idee gelobt hatte.

»Pass auf, ich brauche dich jeden Nachmittag, an dem ich hier bin, aber ich kann nicht immer hier sein. Also gebe ich dir einen Plan.«

»Okay.«

»Prima.« Mike hielt ihm die Hand hin, und diesmal zögerte Joe nicht sie zu schütteln.

Es war klar, es führte kein Weg zurück.

Nachdem Mike die Tage aufgeschrieben hatte, an denen er Joe für die Arbeit an den Kulissen brauchte, ging er. Joe wollte eigentlich nach Hause, aber ihm fiel ein, dass es vielleicht eine gute Idee war, bei den Proben zuzusehen. Möglicherweise kamen ihm einige Ideen für das Bühnenbild, die er an Mike weitergeben konnte.

Er ließ sich in der fünften Reihe der halbdunklen Aula auf einen Platz fallen. Nur wenige andere Stühle waren besetzt, die meisten von Schülern, die in der jeweiligen Szene, die gerade geprobt wurde, nicht mitspielten.

Auf der Bühne sang eine Gruppe den ersten Song der Show. Die Witwe Douglas und Miss Watson, bei der Huck wohnte, Richter Thatcher und Tom Sawyer redeten auf Huck ein, dass er nicht in den Himmel kommen würde, wenn er nicht lernte, den richtigen Weg zu gehen und zu tun, was von ihm erwartet wurde. Joe hatte das unangenehme Gefühl, dass sie in seine Richtung sangen. Na ja, immerhin konnte er Mike sagen, dass sie einen Tisch gut gebrauchen könnten, weil die Szene in der Küche der Witwe spielte.

Als Joe nach Hause kam, war es dunkel. Seine Mutter war noch nicht da, also fütterte er den gefräßigen

Gato und sah im Kühlschrank nach, ob genügend Eier für Omelettes da waren. Er freute sich auf das Abendessen, darauf, zusammenzusitzen und Luisa von seinem Tag zu erzählen. Es schien, als könnte er ihr heute zur Abwechslung etwas über die Schule erzählen, was sie freuen würde. Vielleicht war er sogar ausnahmsweise mal glücklich.

12. Kapitel

Joe bemühte sich weiterhin, den Schutzwall, den er um sich herum aufgebaut hatte, aufrechtzuerhalten. Er wollte nicht den Eindruck erwecken, als hätte er Spaß daran, zu *Big River* zu gehören, doch insgeheim musste er zugeben, dass er sich auf die Treffen mit Mike freute. Beim zweiten Mal hatte Mike Cola mitgebracht, und sie saßen zusammen, gingen das Stück Szene für Szene durch und hielten fest, was gebaut werden musste.

»Wenn Bette *You Oughta Be Here with Me* singt, steht ein Sarg im Raum«, bemerkte Mike. »Dafür geht eine Menge von unserem kostbaren Holz drauf, aber ich schätze, es muss sein.«

»Warum?«, wandte Joe ein. »Die Zuschauer wissen, dass ihr Vater tot ist. Den Sarg können sie sich doch denken.«

»Er ist ein wichtiger Teil der Szene. Wir sollten es vielleicht nicht übertreiben«, entgegnete Mike.

»Ich glaube, Bette ist als Sängerin so gut, dass sie die Leute glauben machen kann, dass da ein Sarg auf der Bühne steht.«

Mike dachte darüber nach. »Vielleicht hast du recht. Ein Teil weniger zu bauen, spart Material.«

Es machte Joe glücklich, dass Mike seine Argumente ernst nahm. Danach verbrachten sie ziemlich viel Zeit mit Reden und Planen, und wenn auch sonst nichts dabei herumkam, so hatte Joe doch das Gefühl, dass er sich langsam Mikes Anerkennung verdiente. Trotzdem konnte er es kaum erwarten, mit den Arbeiten zu beginnen.

An dem Tag, an dem sie mit Hucks Floß anfangen wollten, wachte Joe daher ziemlich aufgeregt auf. Aber so ziemlich von dem Moment an, in dem er die Augen öffnete, ging alles schief.

Normalerweise hatte seine Mutter es morgens eilig, aus dem Haus zu kommen, aber heute schien sie sich in Zeitlupe zu bewegen.

»Ist alles in Ordnung, Mami?«, fragte Joe, nachdem er sich angezogen hatte.

»Ja, ja«, sagte sie. »Sobald ich meinen Tee getrunken habe, bin ich okay.«

Luisa hatte sich im Naturkostladen ihren losen Tee in einer extra starken Mischung geholt, die ganz besonders abscheulich roch, aber Luisa trank den Tee dennoch gewissenhaft.

»Hast du denn Zeit für einen Tee?« Joe warf einen Blick auf die Uhr über dem Kühlschrank.

»Mein Chef hat Urlaub, deshalb kommen die Kolleginnen und ich abwechselnd etwas später«, sagte Luisa mit einem kleinen Lächeln. »Es ist schön, zur Abwechslung nicht hetzen zu müssen.«

Das ging Joe an die Nieren. Diese eine zusätzliche Stunde bedeutete seiner Mutter so viel. Alles war so ungerecht. Aber dieses Gefühl war bei ihren nächsten Worten schon wieder vorbei.

»Joe, ich komme heute wahrscheinlich später. Gene und ich gehen etwas essen und dann ins Kino.«

Joe grunzte.

»Ist das okay?«, fragte Luisa etwas beklommen.

Joe versteckte seinen Missmut hinter einem sorgenvollen Gesicht. »Du fühlst dich nicht gut. Solltest du nach der Arbeit nicht besser nach Hause kommen und dich hinlegen?«

»Möglicherweise, aber ich habe mich die ganze Woche darauf gefreut«, meine Luisa. »Sollte ich nach dem Essen zu müde sein, lasse ich das Kino ausfallen und komme nach Hause.«

»Mir egal«, sagte Joe, griff nach seinen Büchern und ging zur Tür. Es war nicht seine Entscheidung. Normalerweise gab er seiner Mutter, wenn sie zu Hause war, zum Abschied einen Kuss. Er wusste, dass sie das mochte. Heute sagte er nur: »Tschüs.«

Es war einer dieser trübseligen Tage, kalt und nass, mit einem so scharfen Wind, dass es wehtat. Weil er kein Regenschirmtyp war, zog Joe eine Baseballkappe aus der Jackentasche und hielt den Kopf gesenkt. Das war auch der Grund, warum er beinahe mit Bette zusammengestoßen wäre, die vor ihm herging.

Wenn man bedachte, dass sie so nah beieinander wohnten, war es schon eigenartig, dass sie sich auf dem Weg zur Schule nicht öfter begegneten. Vielleicht ging Bette früher, oder vielleicht war es, weil er fast immer spät dran war; jedenfalls kam dieser Zusammenstoß sehr unerwartet.

»Oh, hallo«, kam es von Bette unter ihrem schwarzweiß gepunkteten Regenschirm hervor.

»Hallo.« Joe bemühte sich, es laut und selbstsicher zu sagen, denn er fand es gar nicht gut, dass er in Bettes Gegenwart schüchtern war.

Einen Moment lang sagte keiner etwas. Dann redeten beide gleichzeitig los. »Na, baust du schon irgendwelche Kulissen?«, fragte Bette, und Joe murmelte: »Wie laufen die Proben?«

Nach einer verlegenen Pause, in der jeder dem anderen den Vortritt lassen wollte, sagte Bette schließlich: »Sag doch mal, was meinst du? Ich habe gesehen, dass du dir neulich die Beerdigungsszene angeschaut hast. Klingt das Lied okay?«

»Ja.«

Bette schien etwas mehr zu erwarten, aber Joe war nicht in der Stimmung für Lob. »Wenn du dieses Lied singst, denkst du dann an deine Mutter? Sie ist doch tot, oder?«, fragte er stattdessen. Kaum hatte er das gesagt, wünschte er sich, die Worte zurücknehmen zu können.

»Woher weißt du, dass meine Mutter tot ist?«, fragte Bette mit gerunzelter Stirn.

Joe war sich nicht sicher. Hatte er das irgendwo gehört? Ober vielleicht war es nur, weil Bette bei ihrem Vater wohnte und Kinder nach einer Scheidung normalerweise bei der Mutter blieben. Joe versuchte einen Rückzieher. »Sie ist nicht tot?«

Der Nieselregen wurde stärker. »Doch, sie ist tatsächlich tot.« Bette ging schneller. Joe war sich nicht sicher, ob es am Regen lag oder an ihm.

Er versuchte das Thema zu wechseln. »Weißt du, ich habe mir die Szene angesehen, um herauszufinden, ob wir, Mike und ich, einen Sarg bauen müssen. Oder ob wir so hinkommen, dass die Zuhörer sich nur denken, dass da einer ist.«

»Und was habt ihr entschieden?«

»Wir werden keinen bauen.«

»Du denkst, dass mein Lied keine Requisite wert ist?«

Joe war etwas genervt. Er hätte ihr einfach sagen sollen, dass das Lied toll war, als sie danach gefragt hatte und es dabei belassen. Es war ja auch toll. »Nein, nein. Wir haben nur sehr wenig Holz und sind der Meinung, dass du den Song auch ohne Sarg entsprechend rüberbringst.«

»Ach so.« Das schien sie etwas zu besänftigen.

Bevor Joe noch irgendetwas sagen konnte, fing es an zu schütten, und Bette sprintete Richtung Schule. Joe blieb zurück und wurde klatschnass, ehe er ebenfalls losrannte.

Das Gespräch mit Bette ging Joe den ganzen Morgen nicht aus dem Kopf. Bette hatte so etwas an sich; er wollte sie einfach besser kennenlernen, obwohl sie sich gegenseitig zur Weißglut brachten. Und wie alle ihre Unterhaltungen hatte auch diese ihre Beziehung einen Schritt nach vorn und zwei zurück gebracht.

Der Rest des Tages verlief nicht viel besser. In Mrs Abrams' Stunde mussten sie weiter an ihren Biografien arbeiten. Dass Joe in seiner Skizzierung die Wahrheit geschrieben hatte, mochte ursprünglich vielleicht eine gute Idee gewesen sein, aber jetzt entwickelte sich das Ganze zu einem depressiven Aufsatz. Warum hatte er sich bloß kein Märchen einfallen lassen, in dem er einen Hund hatte und Baseball in der Jugendliga spielte? Joe hätte sich treten können, weil er so ein Trottel war und diese ganzen Einzelheiten preisgegeben hatte. Das Einzige, was ihn ein bisschen tröstete, war Mrs Abrams' Bemerkung, weniger den Inhalt, sondern Satzstruktur und Grammatik zu benoten. Vielleicht war sie ja so damit beschäftigt zu prüfen, ob er alle Kommas richtig gesetzt hatte, dass ihr gar nicht auffiel, was für eine Pleite seine Biografie eigentlich war.

Mittags wartete ein schwerer Schlag auf Joe. Eigentlich zwei. Weil er erst noch auf der Toilette war, kam er etwas später zum Sandwich-Tresen. Als er in seiner Hosentasche kramte, um das Sandwich mit Erdnussbutter und Marmelade zu bezahlen, konnte er lediglich einen Vierteldollar und die Engelsmünze auftreiben. Ärgerlich schob er beide dahin zurück, wo er sie hergeholt hatte und gab das Sandwich zurück. Die Frau hinter dem Tresen warf ihm einen mitfühlenden Blick zu und fragte dann: »Willst du dir bei deinen Freunden Geld borgen?«

Joe machte ein finsteres Gesicht und schüttelte den Kopf. Er würde sich nicht die Blöße geben und Lane oder Ollie nach Geld fragen. Klar, er hätte sich wahrscheinlich mit einem Lachen herausreden können und einfach sagen, dass er sein Taschengeld vergessen hatte. Aber das wäre ihm gegen den Strich gegangen, denn es gab kein Taschengeld, und es würde auch nie welches geben. Und natürlich aß er oft Ollies Partyreste, aber dann hatte er zumindest selbst ein lausiges, selbstgemachtes Sandwich dabei oder das Geld, ein ebenso lausiges Sandwich zu kaufen. Für Joe war es wichtig, nicht das Gefühl zu haben, bei Ollie zu schnorren, wenn er genüsslich dessen Kanapees kaute. Er zog den Vierteldollar aus der Tasche, knallte ihn auf den Tresen und holte sich Milch.

Aus Gründen, die er selbst nicht verstand, war er Minkus nicht um Geld angegangen, seit die Schule wieder angefangen hatte. *Der Junge hat seine Ruhe gehabt,* dachte Joe verbittert, *doch jetzt ist die Zeit abgelaufen.* Er musste sich Minkus und sein Geld noch heute Nachmittag vorknöpfen.

Mit seiner armseligen Milchtüte machte sich Joe auf die Suche nach seinen Mittagsfreunden. Sie saßen nicht an ihrem üblichen Tisch. Stattdessen fand er sie in bester Stimmung zusammen mit Bette, Lucy, Minkus und Fred. Er wollte sich gerade abwenden, als Ollie ihn sah.

»Hey, Joe. Wir sind hier.«

Joe fühlte sich in der Falle. *Und jetzt?* Nicht hinzugehen würde seltsam aussehen; aber sich zu zwei Kindern zu setzen, die er kaum kannte und dazu noch Bette und Minkus, die ihm beide aus unterschiedlichen Gründen Bauchschmerzen bereiteten, das schien ihm unvorstellbar.

Aber da saß der grinsende, ahnungslose Ollie, der seinen Namen rief, und Joe befand sich auf dem Weg zum Tisch. Lucy und Fred schienen kein Problem damit zu haben, dass er sich zu ihnen setzte. Bette dagegen sah einfach aus dem Fenster, und Minkus hielt den Kopf so dicht über seinen Salat, dass Joe sein Gesicht kaum sehen konnte, obwohl er ihm gegenübersaß.

Natürlich drehte sich das Gespräch um das Stück. Fred, der sich die Rolle des Huck gesichert hatte, beschwerte sich scherzhaft, dass er noch so viel zu lernen hatte, um die Songtexte auswendig zu können.

Noch einer, der gelobt werden möchte, dachte Joe. Und tatsächlich meinte Ollie anerkennend zu Fred, wie toll er die Rolle spielte.

Widerwillig zollte Joe Lane stumme Anerkennung, als sie darauf sagte: »Hör doch endlich auf, dich ständig bewundern zu lassen, Fred.«

Lucy, die mit einigen anderen farbigen Kindern das bewegende *Crossing to the Other Side* sang, goss mit ihrer Bemerkung, dass Dexter Woods, der den Sklaven Jim spielte, eine schwierigere Rolle als Fred hatte, noch mehr Öl ins Feuer.

»Warum?«, wollte Fred prompt mit gerunzelter Stirn wissen.

»Na ja, er muss nicht nur seine Rolle spielen, sondern auch aufpassen, dass du nicht ganz allein das Rampenlicht beanspruchst.«

Alle lachten, aber freundschaftlich. Sogar Fred grinste.

»Was ist mit dir, Joe?«, fragte Lane. »Was macht das Bühnenbild?«

Joe trank einen Schluck Milch. Er bemerkte dankbar, dass niemandem aufgefallen war, dass er kein Mittagessen bei sich hatte. »Alles okay. Wir fangen heute Nachmittag mit dem Floß an.«

»Was ist mit diesem Typen, Mike?«, erkundigte sich Bette neugierig.

»Was meinst du?«, fragte Joe gereizt.

»Ich weiß nicht«, antwortete Bette nachdenklich. »Er macht einen so … so einschüchternden Eindruck, finde ich.«

Joe war irgendwie erleichtert, dass es auch Bette aufgefallen war, welche Kraft Mike ausstrahlte. Manchmal fragte er sich, ob er sich das nur einbildete. Mitunter benahm sich Mike völlig normal und beschwerte sich über die viele Arbeit, die sie wegen des Stücks hatten. Dann wiederum sah er Joe so eindringlich an, dass er sich wie unter einem Röntgenschirm fühlte.

»Er ist in Ordnung«, sagte Joe. »Meistens.«

»Er erinnert mich an jemanden«, erwiderte Bette. »Aber mir fällt einfach nicht ein, an wen.«

»Macht es Spaß, mit ihm zu arbeiten?«, fragte Lucy.

»Ja«, sagte Joe und dachte daran, wie viel ihm ihre nachmittäglichen Arbeitsstunden bedeuteten. »Ja, das macht es.«

Deshalb war Joe auch enttäuscht, als er nach der letzten Stunde hinter die Bühne eilte und Mike nirgends zu sehen war. Er wartete eine Weile, stocherte zwischen den Farben und dem anderen Material herum, das ihnen für die Bühnendekoration zur Verfügung gestellt worden war und fragte sich gerade, was er tun sollte, als die Frau von Maple Tree, die für die Kostüme verantwortlich war, vorbeikam. Sie trug eine leuchtend rote Bluse, die zu ihrer Haarfarbe passte, und hatte einen Stapel Kostüme im Arm.

»Entschuldigung«, sagte Joe und hielt sie auf. »Wissen Sie, wo Mike ist?«

Die Frau, von der Joe glaubte, dass sie Nadine hieß, sah gestresst aus. »Oh, bist du Joe?«

»Ja.«

»Entschuldige, ich sollte es dir ausrichten. Er hat heute etwas anderes vor, kommt aber nächste Woche.«

»Herzlichen Dank«, sagte er sarkastisch, um Nadine merken zu lassen, wie begeistert er darüber war, auf jemanden warten zu müssen, der nicht kommen würde. Aber sie war so schnell weitergegangen, nachdem sie die verspätete Nachricht überbracht hatte, dass sie ihn wahrscheinlich gar nicht gehört hatte.

Joe kochte. Aber warum war er überhaupt so überrascht? Er war es doch gewohnt, auf Leute zu warten, die dann nicht kamen. Er hatte das dringende Bedürfnis, eine der auf dem Boden gestapelten Plastikkisten gegen die nächste Wand zu schmeißen. Stattdessen griff er nach seinem Rucksack und ging Richtung Ausgang. Am Ende der dunklen Aula sah er Minkus allein in der Nähe der Doppeltüren zum Vorraum stehen.

Minkus! Unwillkürlich suchte er im Geist nach einem ungestörten Platz, vorzugsweise außerhalb der Schule, wo er und Minkus eines ihrer netten Gespräche führen konnten. Noch nie hatte er so große Lust verspürt, Minkus abzuziehen.

Minkus schien ihn nicht gesehen zu haben, was gut war. Er war solch ein Angsthase, dass er vermutlich weglaufen würde, wenn er merkte, dass Joe da war. Aber dann passierte etwas Eigenartiges: Minkus drehte sich um, sah Joe direkt an und lief nicht weg. Er bewegte sich noch nicht einmal. Joe war jedoch nah genug, um zu sehen, dass er tief Atem holte.

Bevor Joe etwas sagen konnte, winkte ihn Minkus mit einem Finger zu sich. Minkus rief ihn zu sich? Was zum …?

»Joe, ich muss mit dir reden«, sagte Minkus entschlossen.

Joe reagierte mit einem, wie er hoffte, bösen Lächeln. »Super. Ich möchte auch mit dir reden.«

»Lass uns in den Gang gehen«, sagte Minkus.

Joe zuckte mit den Schultern. Bestens, so würde er ihn draußen besser zu fassen bekommen.

Im Gang richtete sich Minkus zu seiner vollen Größe auf. Er war immer noch einen Kopf kleiner als Joe. »Ich habe etwas für dich.«

Das ist ein Trick, überlegte Joe. »Lass uns rausgehen. Ich habe auch etwas für dich.«

Minkus ignorierte ihn. Stattdessen zog er mit leicht zitternder Hand einen Zehndollarschein aus der Tasche. »Hier.«

Joe fragte verwirrt: »Was soll das?«

»Ich habe dieses Spiel satt. Du vielleicht auch. Du brauchst ganz offensichtlich Geld, also gebe ich es dir.«

Joe sah die zehn Dollar an, die Minkus ihm hinhielt. Zehn, keine neun. Minkus hatte den Einsatz erhöht, aber zu seinen Bedingungen.

»Willst du es nicht nehmen?«, fragte Minkus und hob den Kopf. »Es ist schon in Ordnung. Wenn du es brauchst, nimm es.«

Am liebsten hätte Joe Minkus mitten ins Gesicht geschlagen, obwohl gerade jemand aus der fünften Klasse vorbeiging und neugierig herübersah. Eine Welle der Demütigung überrollte ihn. Minkus hielt ihn für einen dämlichen Spendenfall. Jemanden, dem er Geld zustecken konnte wie einem Penner. Irgendwo in seinem Kopf meldete sich eine leise Stimme und wandte ein, dass es tatsächlich Menschen gab, die Bedürftigen halfen, aber Joe hatte seine Beziehung zu Minkus nie in diesem Licht gesehen. Er hielt sich für einen Mann der Tat, der sich nahm, was er wollte.

»Behalt es«, presste Joe zwischen zusammengebissenen Zähnen hervor und stieß Minkus' Hand weg.

Minkus sah ihn ununterbrochen an. »Es macht mir nichts aus, wenn du es nimmst. Es ist keine große Sache.«

Für dich, dachte Joe. *Zehn Dollar bedeuten für jemanden wie dich gar nichts.* Jetzt wollte er Minkus einfach nur noch zusammenschlagen und ihm dann die Kohle in die Nase schieben. Stattdessen drehte er sich um, drängte sich durch die Doppeltür und lief nach draußen, wo er endlich atmen konnte.

Joe rannte fast nach Hause und merkte, wie sich seine Augen mit Tränen füllten. Ach, Scheiß drauf. Sie konnten ihn alle mal. Mike, weil er nicht gekommen war; sein Vater, weil er sich nie sehen ließ; Minkus, weil er glaubte, sich loskaufen zu können; Bette, weil ... sie eben Bette war.

Er stürzte die Hintertreppe hoch, holte seinen Schlüssel aus der Tasche und öffnete die Tür zu der leeren Wohnung. Und sie würde den ganzen Abend leer sein, fiel ihm ein. Seine Mutter hatte eine Verabredung. Als er in die Wohnung kam, wurde er von einem ausgelassenen Gato überfallen, der aus einer Ecke auf ihn zurannte. Wie immer versuchte der Kater einen Bogen um Joes Beine zu schlagen, um nach draußen zu huschen. Das war der Punkt, an dem Joe Gato sonst mit dem Schuh stupste, damit er drinnen blieb.

Aber diesmal war es Joe egal, was Gato machte. Wenn der Kater weglaufen wollte, dann bitte. Er wollte auch einfach weglaufen. Joe konnte es selbst kaum fassen, dass er die Tür weit öffnete und zusah, wie der rote Kater die

Holztreppe hinunterlief, zuerst etwas vorsichtig, dann immer schneller.

Etwa eine halbe Stunde lang fühlte Joe sich richtig gut. Gato hinauszulassen war wie Balsam für all den Ärger, der in ihm brannte. Er hatte Hunger. Riesigen Hunger. Im Gefrierschrank war eine Pizza von der Größe, die er sich üblicherweise mit seiner Mutter teilte, jetzt aber in die Mikrowelle schob und dann gierig allein verschlang. Beim Essen sah er irgendeine blöde Talkshow; der Gastgeber versuchte ein spindeldürres Mädchen davon zu überzeugen, dass Hungern keine gute Idee war. Ha! Den Kühlschrank sehr wahrscheinlich voll haben und nicht essen wollen. Sollte sie doch auch zum Teufel gehen.

Es dauerte jedoch nicht lange und Joe begann zu überlegen, was er seiner Mutter wegen der Katze erzählen sollte. Gedankenverloren mit der Fernbedienung spielend, sagte er sich, dass es nicht sehr schwierig sein dürfte, Luisa davon zu überzeugen, wie der Kater durch die Tür geschlüpft war, bevor er irgendetwas dagegen tun konnte. Es war ja nicht neu, dass Gato bei jeder Gelegenheit versuchte nach draußen zu gelangen. Warum also sollte seine Mutter überrascht sein, wenn er es eines Tages schaffte?

Dennoch begannen Schuldgefühle an Joe zu nagen. Natürlich konnte er nach unten gehen und Gato suchen. Der Kater hatte ja nicht viel Zeit gehabt weit zu kommen. Ein Teil von ihm war dafür, genau das zu tun. Der größere Teil aber, der, dem seine Wut so gefiel, dass er sie pflegen wollte, schlug ein Nickerchen vor. *Ja,* dachte Joe, *Schlaf von der Art, die alles ausblendet.* Das war's, was er brauchte. Plötzlich war er sehr, sehr müde.

Als er erwachte, die Decke um ihn herum völlig zerwühlt, war es dunkel. Joe versuchte die Uhrzeit zu erkennen. Fast acht Uhr abends. Er hatte keine Lust aufzustehen und drehte sich auf die andere Seite. Als er seine Augen für einen Moment wieder schloss, war er zurück in dem verrückten Traum, den er gehabt hatte. Er war in einem Bus, Mike saß am Steuer. Wohin er fuhr, wusste Joe nicht. Gato war auch im Bus, versteckte sich unter den Sitzen und schoss manchmal wie ein Irrer durch den Gang. Das Ganze war nervig. Vielleicht sollte er doch aufstehen.

Die Pizza, die er nach der Schule gegessen hatte, lag wie ein fettiger, mit Peperoni durchsetzter Klumpen in seinem Magen. Er hatte keinen Hunger. Aber er war durstig. Als er vor der Spüle stand und das kalte Wasser laufen ließ, bemerkte er zum ersten Mal die Nachricht, die seine Mutter auf der Ablage hatte liegen lassen. Sie würde später anrufen, stand auf dem Notizzettel, an dem sie einen Zehndollarschein festgeklebt hatte.

Joe nahm das Wasser und ließ das Geld, wo es war. Er war total pleite, aber heute hatte er auf Luisas Geld ebenso wenig Lust wie auf das von Minkus.

Zu Joes Überraschung schien ihm die Wohnung ohne Gato ein bisschen einsam. Luisa war natürlich Gatos liebster Mensch, aber wenn Joe vor dem Fernseher saß, lag der Kater oft neben ihm und schob gelegentlich seinen Kopf unter Joes Hand, um sich kraulen zu lassen.

Vergiss die Katze, sagte Joe sich. Er setzte sich mit einem der Spiele aufs Sofa, die er von seiner Mutter zu Weihnachten bekommen hatte. Es war anspruchslose Unterhaltung, und beim Spielen verging die Zeit. Seine

Mutter war offensichtlich doch ins Kino gegangen, sonst wäre sie schon längst wieder zu Hause. Und wenn es ihr danach schlechter ging, weil sie so lange unterwegs gewesen war, anstatt sich auszuruhen, dann war das ihr Problem, sagte Joe sich trotzig; doch ihm war klar, dass eine Luisa, die zu Hause war, für ihn ebenfalls ein Problem darstellen würde.

Joe spielte noch ein bisschen, begann sich aber zu langweilen. Er schaltete den Fernseher an und guckte einen Film. Obwohl *Planet der Affen* ziemlich gut war, döste er ein. Das Klingeln des Telefons weckte ihn. Etwas orientierungslos stand Joe auf und suchte das Telefon, das nie da war, wo es sein sollte. Schließlich fand er es in der Küche. Er vermutete, dass es Luisa war, um ihm zu sagen, wann sie nach Hause kommen würde. Deshalb erschrak er, als er Genes Stimme hörte.

»Was ist los?«, fragte Joe sofort.

Gene seufzte. »Joe, ich bin im Krankenhaus. Ich musste deine Mutter hierherbringen. Sie hat so schlimm gehustet.«

Joe ging zum Sofa und setzte sich. »Wie geht es ihr?«

»Sie ist so weit in Ordnung, aber sie behalten sie über Nacht hier. Sie wollen nicht, dass sie telefoniert, aber ich soll dir von ihr ausrichten, dass sie sich viel besser fühlt.«

»Das ist gut«, sagte Joe leise.

»Sie ist aber deinetwegen besorgt. Sie will nicht, dass du allein bist, deshalb komme ich rüber und bleibe die Nacht, sobald sie in ihrem Zimmer versorgt ist.«

»Nein!«, brach es aus Joe heraus. »Ich komm zurecht.«

»Es tut mir leid, aber darüber brauchen wir nicht zu

diskutieren. Deine Mutter will es so«, sagte Gene bestimmter, als Joe ihn je gehört hatte.

»Aber ich will es nicht so!«, brüllte Joe. Es tat gut, sich zur Wehr zu setzen.

»Joe, es tut mir leid, aber ich hab keine Zeit, um mit dir zu streiten. Ich bin im Lakeshore Hospital, also nicht weit weg, und werde bald da sein. Wenn du schon ins Bett gehen willst, dann tu das. Ich habe die Schlüssel von deiner Mutter.« Und damit legte Gene auf.

Ein wenig zitternd nahm Joe das Telefon mit in sein Zimmer. Er schob die verkrumpelte Decke zur Seite und legte sich angezogen aufs Bett. Die Energie, die er bei dem wütenden Gespräch mit Gene aufgebracht hatte, hatte sich in Luft aufgelöst; er fühlte sich nur ausgelaugt, traurig und erschöpft.

Luisa war wieder im Krankenhaus. Okay, es sollte nur für einen Tag sein, aber das hatte das Krankenhaus beim letzten Mal auch gesagt, und dann ging es seiner Mutter immer schlechter. Zumindest hatte sie in ihrem neuen Job eine ziemlich gute Krankenversicherung, sagte sie jedenfalls. Aber was, wenn sie länger als nur ein paar Tage krank war? Vielleicht würde sie diesen Job dann auch verlieren, wie beim letzten Mal. Joe fühlte sich auch ein bisschen krank, vor Angst vermutlich, aber er wusste nicht, was er dagegen tun sollte. Er wandte den Kopf und sah aus dem Fenster hinaus auf die dunkle Kirche. Für einen Moment erwog her, dorthin zu gehen und zu beten, bis ihm einfiel, dass die Kirche nachts abgeschlossen war. Und würde Gott überhaupt auf das Gebet eines Menschen wie ihm hören?

Als er versuchte, die Decke zu glätten, fiel ihm etwas ein. Er fuhr mit der Hand in die ansonsten leere Hosentasche und nahm die Engelsmünze heraus. Sie hatte etwas Solides, Bedeutsames an sich, als sei sie irgendwie wichtiger geworden. Er fuhr mit dem Daumen über den erhabenen Engel. Gott schien in diesem Augenblick weit weg, aber der Engel war direkt in seiner Hand.

Konnte man zu einem Engel beten? Joe war sich nicht sicher, aber mit einem Engel zu reden konnte auf keinen Fall falsch sein. Der Anfang war einfacher, als er gedacht hatte. Er bat um Hilfe, auch wenn er dabei leicht zusammenzuckte. Er hasste es, um Hilfe zu bitten.

Er redete viel und lange.

»Was macht das schon?«, sagte Joe laut, als ihm nichts mehr einfiel. »Ich rede doch nur mit einem Stückchen Metall.« Komischerweise fühlte es sich aber nicht so an. Und als er die Münze wieder in die Tasche schob, merkte er, dass es ihm besser ging. Nicht gut, aber irgendwie besser.

Er war gerade dabei einzudösen, als er hörte, wie die Tür geöffnet wurde. Einen Moment war er verwirrt und glaubte, es wäre Luisa, doch dann kam die Erinnerung zurück, und er begriff, dass es Gene war.

Spontan wollte Joe sich umdrehen und sich schlafend stellen. Aber wie konnte er das, wenn Gene doch gerade bei seiner Mutter gewesen war? Er musste wissen, was los war.

»Oh, Joe«, sagte Gene etwas überrascht, als Joe ins Wohnzimmer kam. »Ich dachte, du schläfst.«

Gene, der selbst zu seinen besten Zeiten kein modisches Vorbild war, sah aus, als wäre er derjenige, der in seinen Klamotten geschlafen hatte. Alles an Gene schien vor Erschöpfung nach unten zu hängen, und Joe fragte sich unwillkürlich, ob tatsächlich alles so in Ordnung war, wie Gene vorhin am Telefon gesagt hatte. Vielleicht hatte sich die Lage seither verschlechtert.

»Mami?«, fragte Joe.

»Es geht ihr so weit gut. Und sie soll immer noch morgen Nachmittag nach Hause kommen.«

»Das ist gut«, sagte Joe erleichtert. Und dann traf es ihn wie ein Schock, als Gene zu ihm kam und ihn ungestüm in den Arm nahm. Einige Sekunden lang versuchte Joe sich herauszuwinden, aber Gene ließ nicht los. Und schließlich entspannte sich Joe in Genes Armen.

»Okay«, sagte Gene und ließ ihn los. »Okay. Es ist spät, und ich weiß, dass deine Mutter dich im Bett wissen möchte.«

»Ich habe schon geschlafen.«

Gene sah ihn kurz an. »Warum versuchst du es diesmal nicht mit deinem Schlafanzug?«

Joe lächelte ein bisschen und nickte. Gene ging mit ihm zu seinem Zimmer. »Ich wasche ab und schlafe dann im Zimmer deiner Mutter, okay?«

»Ja.« Joe setzte sich auf sein Bett. »Aber, Gene …«

Gene sah ihn an. »Was?«

»Kannst du mir erst noch sagen, was passiert ist?«

Gene setzte sich neben ihn aufs Bett. »Wir haben nett gegessen und uns dann auf den Weg ins Kino gemacht. Es war so kalt, vermutlich hat der Wechsel vom warmen Restaurant in die Kälte den Anfall ausgelöst. Luisa begann zu husten und konnte nicht mehr aufhören. Also habe ich sie direkt ins Krankenhaus gefahren. Gegen ihren Willen, wohlgemerkt. Du weißt ja, wie dickköpfig sie sein kann.«

Und ob Joe das wusste. Er rechnete es Gene hoch an, dass er sie überhaupt ins Krankenhaus bekommen hatte.

»Ich hatte das Gefühl, dass wir ewig in der Notaufnahme sitzen«, fuhr Gene fort. »Aber wahrscheinlich war es gar nicht so lange. Glücklicherweise hatte eine richtig gute Ärztin Dienst, eine Dr. Raphael. Sie wusste gleich, welche Medikamente sie ihr geben musste. Das Beste aber war, dass es ihr sofort gelang, deine Mutter zu beruhigen. Ich bin nur froh, dass ich da war.«

Joe musste zugeben, dass er darüber auch sehr froh war.

»So«, sagte Gene und stand auf. »Ich gehe ins Bett. Willst du morgen mit mir ins Krankenhaus? Ich fahre wahrscheinlich ziemlich früh.«

Joe wollte schon zustimmen, dann fiel ihm ein, dass er morgen früh etwas sehr Wichtiges zu erledigen hatte.

Er musste Gato finden. Unbedingt.

13. Kapitel

Als Joe morgens hörte, wie Gene aufstand, musste er sich sehr zusammenreißen, nicht aus dem Bett zu springen und mit ihm ins Krankenhaus zu fahren. Er hatte zwar überhaupt keine Lust, den Morgen mit dem wenig erfolgversprechenden Unterfangen zu verbringen, nach einer Katze zu suchen, die praktisch überall sein konnte, aber er musste es versuchen. Er wollte gar nicht erst daran denken, Luisa beibringen zu müssen, dass Gato verschwunden war.

Als Joe den Wasserkessel pfeifen hörte, zog er ein Sweatshirt über seinen Schlafanzug und ging in die Küche. Gene hatte schon seinen Mantel an, stand aber am Küchenschrank und trank eine Tasse eilig gekochten Kaffee.

»Joe, ich wusste nicht, ob ich dich wecken sollte. Du bist erst spät ins Bett gekommen.«

»Ich hab auch nicht besonders gut geschlafen.« Das war die Wahrheit.

»Warum gehst du nicht wieder ins Bett? Es gibt keinen Grund mit ins Krankenhaus zu kommen. Deine Mutter ist heute Nachmittag wieder da.«

Joe fühlte sich schuldig, aber hatte Gene nicht genau

das gesagt, was er gehofft hatte? »Hm, vielleicht tu ich das.«

Gene klopfte ihm auf die Schulter. »Ruh dich aus. Die letzte Nacht war für uns alle nicht leicht.«

Dann bemerkte Joe etwas auf der Arbeitsplatte, halb verborgen hinter der Milch für Genes Kaffee. Gene folgte seinem Blick. Er nahm die Perserkatze hoch, die Joe geschnitzt hatte und sagte: »Deine Mutter hat mich ganz besonders gebeten, ihr diese Katze mitzubringen. Sie sagt, sie sei ihr Glücksbringer.«

Joe hätte sich nicht schlimmer gefühlt, wenn Gene ein Messer aus der Schublade genommen und ihm ins Herz gerammt hätte.

»Übrigens«, sagte Gene. »Wo ist eigentlich Gato? Ich habe ihn den ganzen Morgen noch nicht gesehen.«

»Äh, manchmal schläft er länger. In meinem Schrank.«

Zu Joes Erleichterung gab sich Gene mit dieser Antwort zufrieden. Er nahm noch einen letzten Schluck Kaffee, steckte den Perser in die Tasche und holte sein Handy raus. »Ich lass dir das hier, für den Fall, dass ich mich melden muss. Ach, und Joe, kannst du etwas aufräumen? Und vielleicht das Bett deiner Mutter frisch beziehen? Ich muss jetzt los.«

An jedem anderen Tag hätte eine solche Bitte Joe schwer geärgert, aber jetzt war er glücklich, dass er etwas tun konnte, um seiner Mutter die Rückkehr so schön wie möglich zu machen. Sobald Gene weg war, machte Joe wie verrückt die Wohnung sauber, damit er möglichst schnell seine Suche beginnen konnte. Das gehörte zu den Vorteilen einer kleinen Wohnung. Man brauchte nicht sehr lange, bis alles ordentlich aussah.

Joe zog die Klamotten vom Vortag an und ging nach draußen, um nach Gato zu suchen. Wenigstens war es ein schöner Tag. Kühl, aber es regnete nicht mehr, und auch der kalte Wind hatte sich gelegt. Doch als Joe die Hintertreppe hinunterging, schwappte eine Welle der Hoffnungslosigkeit über ihn. Wo sollte er anfangen?

Er beschloss, dass es am einfachsten war, hinter dem Haus und in der Gasse nachzusehen. Immer wieder leise Gatos Namen rufend, sah Joe sich im Keller um und begann dann systematisch die benachbarten Wohnblocks abzusuchen. Er hielt sich meistens an die Wege und die Rückseiten der Gebäude, weil er annahm, dass Gato nicht einfach die Straße entlangstolzieren würde.

Siedend heiß fiel ihm ein, dass Gato, sollte er sich durch die Haustür hinausgewagt haben, leicht von einem Auto angefahren worden sein konnte. Joe fröstelte und versuchte, nicht daran zu denken, dass Gato mitten auf der Straße liegen könnte, verletzt oder noch schlimmer.

Nach drei Häuserblocks hatte Joe bis auf zwei Eichhörnchen und einen knurrenden, in einem Hof eingesperrten Hund kein Zeichen tierischen Lebens entdeckt. Er stand nun vor der Wahl, seine Suche weiter geradeaus fortzusetzen oder in entgegengesetzter Richtung zur Kirche und dann weiter bis zu Bettes Haus. Er war kurz davor die Nerven zu verlieren und versuchte einige Minuten, das nervöse, ängstliche Gefühl in den Griff zu bekommen. Als er die kalten Hände in die Taschen schob, fand er seine Engelsmünze. Joe dachte daran, wie er in der letzten Nacht mit der Münze geredet und ihr sein Herz ausgeschüttet hatte, und er fühlte sich sofort besser, auch wenn es ihm ein bisschen albern vorkam. Während er mit der Daumenspitze über die erhabene Oberfläche fuhr, überlegte er, ob die Münze wirklich mehr Kraft hatte als der ganze andere Kram, an den Menschen glaubten, ein vierblättriges Kleeblatt zum Beispiel oder eine Hasenpfote. Na ja, Bette schien an die Münze geglaubt zu haben, sagte er sich. Bei dem Gedanken fühlte er sich zunächst besser, bis er sich daran erinnerte, wie er an die Münze gekommen war. Prompt ging es ihm wieder schlechter.

Er ging in die Richtung der Kirche des Heiligen Trösters und beschloss, das »Kein Durchgang«-Schild zu ignorieren, um den ziemlich großen Garten dahinter abzusuchen. Die Blätter, die nach der Aufräumaktion im Herbst noch gefallen waren, waren ein gutes Versteck für eine Katze, dachte Joe.

Er zwängte sich durch die dem Gebäude am nächsten gelegenen Sträucher. »Gato?«, flüsterte er, weil er niemanden in der Kirche stören wollte. »Gato?«

Es raschelte unter den Blättern, und Joes Herz machte einen Satz, aber es war wieder nur ein Eichhörnchen. Auch eine gründlichere Durchsuchung des Gartens förderte nichts zutage, aber vor der Kirche waren noch mehr Sträucher. Vielleicht versteckte sich Gato ja dort irgendwo.

Als er sich durch die Büsche schlug und immer wieder leise Gatos Namen rief, bemerkte Joe, dass aus der Kirche Leute kamen. Er hatte keine Uhr um, aber er vermutete, dass die Acht-Uhr-Messe vorbei war. Weil er nicht den Anschein erwecken wollte herumzulungern, ging Joe in die Richtung der Steintreppe. Sobald die Kirche leer war, würde er weitermachen.

Die Zahl der Kirchgänger war, abgesehen von den Sonntagen, meist nicht sehr groß, deshalb schätzte Joe, dass sich die Gemeinde schnell auflösen würde. Die meisten waren ältere Frauen, aber es gab auch einige Mädchen, die die Uniform der nahe gelegenen katholischen Schule trugen. Gerade als Joe sich fragte, ob zu dieser frühen Samstagmorgen-Messe auch Männer erschienen waren, verließ ein Typ in Jeans und Lederjacke die Kirche. Er war der letzte Mann, den Joe hier erwartet hätte.

Seine spontane Reaktion war, sich aus dem Staub zu machen. Doch Mike, respekteinflößend wie immer, kam die Stufen so schnell herunter, dass er wahrscheinlich mit dem flüchtenden Joe zusammengestoßen wäre. Es blieb ihm nichts anderes übrig, als stehen zu bleiben und »Hallo, Mike« zu sagen.

Mike schien von Joes Anwesenheit nicht so überrascht, wie es umgekehrt der Fall war. »Hallo, Joe.« Er fragte aber immerhin: »Was tust du denn hier?«

»Ich wohne nebenan«, antwortete Joe ein bisschen streitlustig. »Und du? Du wohnst doch gar nicht in dieser Gegend, oder?«

Wenn Mike sich durch Joes Ton angegriffen fühlte, so zeigte er es nicht. »Ich gehe gerne zu verschiedenen Messen in der Stadt. Heute Morgen musste ich etwas in Odom abliefern und dachte, der Heilige Tröster wäre eine gute Gelegenheit.«

»Aha.«

»Suchst du etwas?«, fragte Mike.

Joe fühlte sich, als hätte er einen Schlag bekommen. »Woher weißt du das?«, sprudelte es unwillkürlich aus ihm heraus.

»Ich habe mich vom Priester verabschiedet, bevor ich gegangen bin und dabei aus dem Fenster gesehen. Du hast dich in den Büschen herumgetrieben, und es machte den Eindruck, als hättest du etwas verloren.«

Na ja, das war zumindest eine Erklärung. »Die Katze meiner Mutter«, antworte Joe rundheraus.

»Aus der Wohnung weggelaufen, wie?«

Die Erleichterung, die Joe wegen Mikes logischer Erklärung für seine Anwesenheit verspürt hatte, schwand angesichts der Art, wie Mike die Frage gestellt hatte. Es waren nicht die Worte an sich. Schließlich war die Katze ja logischerweise aus der Wohnung weggelaufen, sonst würde Joe nicht nach ihr suchen. Nein, was Joe so traf, war der Ernst in Mikes Stimme, als wäre alles, was Joe in letzter Zeit falsch gemacht hatte, in dieser Frage zusammengefasst. Joe hatte das sichere Gefühl, dass Mike, als er die Frage stellte, die Antwort schon genau wusste, in allen Details. Als er zu Mike aufschaute, dessen ruhige braune Augen alles zu sehen schienen, war Joe noch überzeugter, dass er recht hatte, auch wenn er sich nicht vorstellen konnte, wie das möglich war.

»Ich habe sie rausgelassen«, platzte er heraus.

»Zufällig?«

Er konnte nicht anders. »Mit Absicht.«

Beichten war angeblich gut für die Seele, aber als Joe sich das sagen hörte, war er voller Angst und Traurigkeit. Warum hatte er Mike, ausgerechnet Mike, die Wahrheit gesagt? Ausgerechnet er, dessen Meinung er so schätzte, musste jetzt doch das Schlechteste von ihm denken. Er wandte sich von Mike ab, weil er Angst vor dem hatte, was er in seinen Augen sehen würde. Dann fühlte Joe eine Hand auf seiner Schulter. Das gab ihm den Mut, Mike anzusehen, und was er in seinen Augen sah, war Mitgefühl.

»Wie lange suchst du schon nach ihr?«

»Ich weiß nicht. Vielleicht eine halbe Stunde oder so.«

»Es ist kalt. Ich wollte gerade einen Kaffee trinken. Warum kommst du nicht mit?«

»Ich habe nicht viel Zeit. Meine Mutter wird bald zu Hause sein, und ich muss die Katze vorher finden«, sagte Joe und bemühte sich, die Panik in seiner Stimme unter Kontrolle zu halten.

»Hast du heute Morgen schon etwas gegessen?«, wollte Mike wissen.

Essen war das Letzte, woran er gedacht hatte. »Nein.«

»Glaub mir, du hältst länger durch, wenn du etwas gegessen hast. Komm, ich hole dir einen Bagel und etwas zu trinken. Es dauert nicht lange.«

Joe gab nach. Er versuchte sich einzureden, dass er hungrig war, aber tatsächlich wollte er, nein musste er, bei Mike sein.

Sobald sie mit ihren Getränken und Bagels bei Starbucks einen Platz gefunden hatten, versuchte Joe, wieder die Initiative zu übernehmen. »Also, wo warst du gestern?«

»Ich musste jemanden im Krankenhaus besuchen«, sagte Mike und nippte an seinem Kaffee.

Das war aber ein Zufall. »Meine Mutter ist im Krankenhaus.«

»Was hat sie?«, fragte Mike, der nun besorgt aussah.

Anstatt sich beim Gedanken an die kranke Luisa aufzuregen, fühlte Joe sich unerklärlich entspannt. »Sie hat

Probleme mit ihren Lungen. Gestern Abend hat sie angefangen zu husten und ihr … ihr Freund hat sie ins Krankenhaus gebracht.« Laut ausgesprochen klang es eigentümlich, aber das war er nun mal, der Freund seiner Mutter.

»Wer kümmert sich um dich?«, wollte Mike wissen.

»Gene, der, äh, Freund meiner Mutter, er ist über Nacht geblieben. Und angeblich kommt meine Mama heute nach Hause.«

»Angeblich?«

»Na ja, sie war schon einmal im Krankenhaus und musste länger bleiben als alle gedacht hatten.«

Mike nickte. »Hoffentlich bekommen es die Ärzte diesmal hin. Also, was ist jetzt mit der Katze? Warum hast du sie herausgelassen?«

Joe wollte wirklich nicht alle Einzelheiten darlegen. Aber das Schlimmste wusste Mike ja ohnehin schon, dass er es mit Absicht gemacht hatte. Und er wartete auf eine Antwort.

»Ich war irre wütend«, sagte Joe und biss von seinem Bagel ab. Hoffentlich reichte ihm das.

Weit gefehlt. »Wütend auf deine Mutter?«

»Nein«, sagte Joe bestürzt.

Mike legte den Kopf schief und sah ihn an.

»Vielleicht ein bisschen. Aber das war, bevor ich wusste, dass sie im Krankenhaus ist.« Mike schien auf mehr zu warten. »Ich war auf vieles wütend. Ich war auch wütend auf dich«, sagte Joe, und in seine Stimme mischte sich Trotz.

»Weil ich dich versetzt habe«, sagte Mike sachlich. »Auf wen noch?«

»Ach, nur ein paar Kinder in der Schule.« Joe gelobte sich, es dabei zu belassen. Er würde Ramón nicht erwähnen.

Es schien egal zu sein. Wieder einmal schien Mikes Gesichtsausdruck zu sagen, dass er alles verstand, auch ohne Worte.

»Sauer zu werden ist kein Ausweg, Joe. Genauso wenig wie mit jemandem abzurechnen.«

Joe bemühte sich um eine passende sarkastische Antwort, doch als ihm nichts einfiel, hörte er sich fragen: »Was hilft denn?«

Mike wärmte seine Hände an dem Kaffeebecher. »Gründlich nachzudenken. Zu entscheiden, wie man eine Situation verbessern kann, anstatt sie zu verschlechtern.«

Joe schüttelte den Kopf. Das glaubte er nicht. Wann wurden ihm jemals wichtige Entscheidungen überlassen?

Mike sagte lächelnd. »Ich sehe dir an, dass du mir nicht glaubst. Aber sieh es mal so – du kannst gut mit Holz umgehen, nicht wahr?«

Er hatte zwar keine Ahnung, was Schnitzen damit zu tun hatte, aber Joe nickte schulterzuckend.

»Du beginnst mit einem großen Stück. Es hat Gewicht, aber keine Form. Aber du hast eine Vorstellung davon, was aus diesem Holz werden soll. Als Nächstes entscheidest du, wo du schneiden, schnitzen oder raspeln willst, und dann siehst du, wie es Gestalt annimmt. So ist auch das Leben, Joe. So wie du entscheidest, wo das Holz geschnitten, geschnitzt oder geraspelt wird, formt jede Entscheidung, die du täglich triffst, dein weiteres Leben. Lügen, stehlen, das ist, als ob du dein Leben zerstückelst.

Kurze, schäbige Momente – winzige, hässliche Kerben im Holz. Genau wie bei einem Stück Holz, das du verpfuscht hast, kann es passieren, dass du nur wegen dieser unüberlegten Handlungen plötzlich ein Leben führen musst, das nicht mehr zu retten ist. Traurig.«

Joe gefiel nicht, was er da hörte. Ärgerlich verwarf er das Gleichnis von dem missgestalteten Holzstück, das Mike so nachdrücklich gezeichnet hatte. »Na ja, vielleicht hattest du ganz einfach ein schönes Leben, wie viele andere auch.« Der Gedanke an Minkus und sein Geld schoss ihm durch den Kopf. »Für mich und meine Mutter ist das alles nicht so einfach.«

»Und geht es dir besser oder schlechter, wenn du um dich geschlagen hast?«, fragte Mike sachlich.

»Manchmal geht es mir besser«, antwortete Joe. Aber wenn er ehrlich war, musste er zugeben, dass das immer nur im ersten Moment so war, schlussendlich schämte er sich. An einige der Sachen, die er getan hatte, mochte er gar nicht mehr denken.

»Tja, du solltest mal darüber nachdenken«, sagte Mike mit einem Schulterzucken. »Aber im Augenblick gibt es ein drängenderes Problem.«

»Gato«, sagte Joe und fühlte, wie sich sein Magen verkrampfte. »Die Katze«, ergänzte er für den Fall, dass Mike kein Spanisch konnte.

Mike blickte auf seine Uhr. »Ich schlage vor, du machst dich wieder auf die Suche. Es wäre gut, wenn mehr Augen nach ihm Ausschau halten würden.«

Offenbar sah Joe ziemlich ratlos aus, denn Mike ergänzte: »Freunde. Kannst du nicht einige Freunde mobilisieren, dir zu helfen?«

Für Zurückhaltung war es zu spät. »Ich habe keine Freunde.«

»Ich bin nicht sicher, ob das stimmt.«

»Du vielleicht nicht«, erwiderte Joe mit einem halbherzigen Lachen.

Mike wandte sich in Richtung Tür. »Was ist mit denen?«

Herein kamen Bette, Ollie, Minkus und seine Schwester.

»Das sind nicht meine Freunde.«

»Du kennst sie. Du könntest sie um Hilfe bitten. Ich habe die Erfahrung gemacht, dass Menschen im Allgemeinen hilfsbereit sind.«

Joe schüttelte den Kopf. »Das glaube ich nicht.«

»Okay, das ist deine Sache«, sagte Mike und erhob sich von seinem Stuhl.

»Wo gehst du hin?« Joe hoffte im Stillen, dass Mike ihm bei der Suche nach Gato helfen würde.

»Ich muss jemanden treffen. Und du musst deine Katze suchen.«

Joe fürchtete, dass Mike sauer war, weil er mit ihm gestritten hatte. Aber Mikes Lächeln überwältigte ihn. »Viel Glück.«

Schneller als Joe gedacht hatte, war Mike weg. Er blieb allein zurück und schaute zu dem runden Tisch, an dem Bette und die anderen saßen. Wie gestern Mittag sah Ollie ihn zuerst.

»Hallo, Joe.«

Joe warf einen Blick auf das Quartett. Ollie schien unbedingt zu wollen, dass er rüberkam. Bette lächelte ihn zaghaft an, während Minkus schicksalsergeben guckte.

Seine Schwester schien sich nicht an ihn zu erinnern. Oder gab zumindest vor, es nicht zu tun.

Wie eine Marionette erhob sich Joe und ging hinüber zu ihrem Tisch. Vielleicht könnte er Gato nebenbei erwähnen. Wenn sie in der Gegend rumliefen, würden sie ihn vielleicht sehen.

»Wir wollen gerade bestellen«, sagte Bette.

»Willst du was trinken?«, fragte Ollie.

»Ich kann nicht.« Er holte Luft und erzählte von Gato. Natürlich nicht von den Umständen, unter denen er verschwunden war, sondern einfach nur, dass er weg war. Ohne es eigentlich zu wollen, fügte er hinzu: »Meine Mutter kommt heute Nachmittag aus dem Krankenhaus. Sie wird verrückt, wenn der Kater weg ist.« Er konnte das Zittern in seiner Stimme hören.

»Wie furchtbar«, sagte Bette.

»Brauchst du Hilfe bei der Katzensuche?«, fragte Minkus' Schwester.

»Vivi, du kannst nicht rumlaufen und in den Büschen nach einer Katze suchen«, belehrte ihr Bruder sie. »Das könnte dein Asthma auslösen.«

»In Ordnung«, sagte Vivi. »Ich schaue in den Seitenstraßen nach und werde nicht rennen, nur langsam gehen.«

»Aber, das müsst ihr nicht«, sagte Joe, der sich unwohl fühlte. Und doch spürte er gleichzeitig, wie Hoffnung in ihm aufkeimte.

Ollie stand auf. »Natürlich machen wir das. Es wäre doch ziemlich bescheuert, wenn du allein versuchen würdest, Gato zu finden, wo wir doch alle hier sind.«

So einfach war das. Sie beschlossen strategisch vorzugehen und die Nachbarschaft aufzuteilen, dann verließen sie Starbucks.

Bette wollte rund um ihr Haus suchen, Ollie dort, wo er wohnte.

»Ich habe gesagt, dass ich die Seitenstraßen übernehme«, sagte Vivi. »Ich könnte mich intensiv in deiner Nachbarschaft umsehen, Joe, was meinst du?«

»Ich gehe mit Vivi«, murmelte Minkus.

Es war eher zufällig, dass sich die Blicke von Joe und Minkus trafen. Joe war sich nicht sicher, wer zuerst wegsah, aber ganz offensichtlich waren beide zutiefst verlegen. Er wünschte sich, er könnte Minkus' Hilfe freundlich, aber bestimmt ablehnen. Doch das hätte die Situation noch peinlicher gemacht, denn wie hätte er das begründen sollen?

»Wir sollten uns in einer halben Stunde oder so wieder bei dir treffen«, schlug Bette vor.

Alle nickten und brachen in die unterschiedlichen Richtungen auf. Joe ging mit Vivi und Minkus. Keiner von ihnen sagte etwas.

Als das Schweigen schließlich peinlich wurde, fragte Vivi: »Wie ist die Katze rausgekommen?«

Joe mochte sich Mike gegenüber veranlasst gesehen haben, die Wahrheit zu sagen, aber gegenüber Vivi sah er dazu keinen Anlass. »Sie ist durch die Tür gehuscht. Das versucht sie immer.«

»Wollte wohl nur weg«, murmelte Minkus.

Vivi warf ihrem Bruder einen eigenartigen Blick zu. Joe ging weiter und schaute auf den Bürgersteig. Okay, das war keine so gute Idee.

»Kannst du etwas langsamer gehen?«, bat Minkus.

Was?, dachte Joe. *Sind Minkus' Beine so kurz, dass er nicht Schritt halten kann?* Dann sah er Vivian schnaufen und keuchen.

»Äh, natürlich. Ich wollte nur schneller zu Hause sein.«

»Andy, mir geht's gut«, sagte Vivi zu ihrem Bruder.

»Wir sind fast da«, bemerkte Joe. Er wies auf das Gebäude. »Das Haus neben der Kirche.«

»Warum geht ihr zwei nicht vor?«, schlug Vivi vor. »Ich gehe hinter euch her und sehe mich dabei nach Gato um.«

»Ich bleibe bei dir«, sagte Minkus.

»Nein, du gehst mit Joe. Er kann dir zeigen, wo du rund ums Haus suchen sollst. Vielleicht ist die Katze auch schon wieder da.«

»Aber ...«

»Andy, du bist doch höchstens fünfzig Meter vor mir. Du musst dich nur kurz umdrehen, wenn du wissen willst, ob ich aus den Latschen gekippt bin.«

Joe wollte sich nicht einmischen. Er ging schneller und hoffte, dass Minkus mit Vivi zurückbleiben würde. Nicht unbedingt ihretwegen, er wollte einfach nicht mit Minkus allein sein. Der marschierte jedoch eisern neben ihm.

Schließlich hielt Joe es nicht mehr aus. »Warum tust du das?«

»Was?«

Gezwungenermaßen rückte Joe mit der Sprache raus. »Mir bei der Suche nach der Katze helfen.«

Minkus erlaubte sich ein feines, zufriedenes Lächeln. »Ich tu es gern. Aber ich tue es nicht für dich.«

»Sondern für wen?«

»Für deine Mutter«, sagte er. »Und vielleicht für die Katze, obwohl die ohne dich wahrscheinlich besser dran ist. Und weil ich es muss.«

»Muss?«, fragte Joe verwirrt.

»Weißt du, was eine Bar-Mizwa ist?«

Jetzt war Joe wirklich verwirrt. »So etwas wie eine jüdische Geburtstagsparty?«

Minkus zog eine Grimasse. »Nicht ganz. Wenn ein jüdischer Junge dreizehn wird, gilt er als Erwachsener. Das wird in einer speziellen Zeremonie in der Synagoge gefeiert. Manchmal gibt es auch eine Party. Aber bevor es so weit ist, musst du einige Jahre die hebräische Sonntagsschule besuchen.«

Joe drehte sich um und sah Minkus an. Er verkniff sich die Frage, was Bar-Mizwa und hebräische Sonntagsschule mit einer verschwundenen Katze zu tun haben.

»Auf jeden Fall lernst du in der hebräischen Schule nicht nur Hebräisch. Du musst für die Bar-Mizwa auch anderen Kram machen, zum Beispiel eine Rede schreiben.«

»Klingt nach viel Arbeit«, murmelte Joe.

»In meiner Rede geht es darum, wie man durch gute Taten die Welt verbessern kann. Nun ja, ich kann so eine Rede nicht schreiben, ohne selbst etwas Gutes getan zu haben«, fuhr Minkus fort. »Also habe ich beschlossen, etwas für dich zu tun.«

»Für mich?« Joe heulte fast auf. »Warum nicht für Leute, die du magst?«

»Es ist einfach, Nettes für deine Freunde und deine

Familie zu tun. Ich wollte es mir aber nicht so einfach machen«, sagte Minkus finster. »Und da kamst du ins Spiel.«

Joe ließ das eine Minute sacken. »Und wegen diesem Tue-Gutes-Gedöns wolltest du mir gestern die zehn Dollar geben?«

»Ja. Na ja, und außerdem wollte ich dich vom Hals haben.«

Joe konnte Minkus' Worte nicht so richtig nachvollziehen. Was Minkus tun wollte, war verrückt, oder? Besonders nachdem Joe ihn so behandelt hatte. Joe dachte daran, dass ein Priester in irgendeiner Predigt mal darüber geredet hatte, dass die andere Wange hinzuhalten mehr bedeutet, als sich nicht zu wehren. Dass man dadurch ein besserer Mensch würde. Das klang damals ziemlich blöd und ergab jetzt auch nicht mehr Sinn, aber wenn Minkus das versuchen wollte, würde er nicht mit ihm darüber streiten. Joe war so in Gedanken versunken, dass er fast an seinem Haus vorbeigelaufen wäre.

»Oh, hier wohne ich.«

»Also, wie willst du vorgehen?«, fragte Minkus.

»Ich gehe in den Keller. Die Tür war vorher zu, aber manchmal, wenn jemand in die Waschküche geht, bleibt sie offen. Gato könnte hineingeschlüpft sein.«

»Hast du rund um die Kirche geguckt?«

»Ja, aber da gibt es so viele Möglichkeiten, sich zu verstecken, dass du noch mal nachsehen könntest.«

Minkus nickte, dann drehte er sich um und winkte seiner Schwester zu, die weit hinter ihnen war. Sie deutete nach rechts, um zu zeigen, dass sie dort hingehen würde.

»Wenn Vivi hierher zurückkommt, achte darauf, dass

sie sich hinsetzt«, sagte Minkus zu Joe. »Vielleicht holst du ihr etwas Wasser. Sie soll sich nicht anstrengen.«

Joe war beeindruckt, wie Minkus sich um seine Schwester kümmerte. Er trat für sie mehr ein als für sich selbst.

»Klar«, sagte er schroff. Er ließ Minkus zurück, um in den Sträuchern zu suchen und ging selbst nach hinten zum Keller. Doch die Tür war zu. Frustriert trat er dagegen und überlegte, was er als Nächstes tun sollte. Ein seltsames Geräusch lenkte ihn ab, dann erkannte Joe, dass es Genes Handy war.

Es dauerte einige Sekunden, bis er begriff, wie man den Anruf annahm. Er wollte seine Mutter am anderen Ende hören, aber es war nur Gene. Aber er klang sehr zufrieden.

»Joe, deine Mutter fühlt sich viel besser. Die Ärztin ist gerade hier und erklärt ihr die neuen Medikamente. Dann muss sie noch einige Papiere unterschreiben, und dann müssten wir in etwa einer Stunde zu Hause sein.«

»Eine Stunde«, wiederholte Joe tonlos. Sekundenlang war er versucht, Gene die Wahrheit zu sagen. Vielleicht konnte er die schlechten Nachrichten wegen Gato vorsichtig überbringen. Aber Hoffnung – oder vielleicht Verzweiflung – ließen ihn schweigen.

»Also bis gleich«, sagte Joe.

Während er bei dem Versuch, das Handy auszuschalten, wild auf diverse Tasten drückte, schalt Joe sich im Nachhinein für seine Entscheidung. Eine Stunde? Das war so gut wie nichts. Warum hatte er Gene nicht vorgewarnt? Jetzt musste er alles allein erklären. Joe fühlte, wie ihn die Angst wie ein Fieberanfall erfasste. Er sackte auf der Hintertreppe zusammen und vergrub den Kopf in den Händen.

So saß er einige Minuten. Er wusste, dass er aufstehen musste, um die verbleibende Zeit zum Suchen zu nutzen, aber es fiel ihm schwer sich zu bewegen. Schließlich rieb er seine Augen und stand auf.

Das war der Moment, in dem Vivi aus der Seitenstraße auf den Fußweg trat. In ihren Armen hielt sie eine große rot-weiße Katze.

14. Kapitel

Joe!«, rief Bette, während sie hinter ihm herlief, auf dem Weg zu Odom. »Warte. Ich will doch hören, was mit Gato ist.«

Joe hatte Bette seit Samstag nicht gesehen. Vivi hatte den anderen eine SMS geschickt, dass Gato gefunden worden war, aber Bette wollte offensichtlich weitere Einzelheiten.

»Du warst doch bestimmt erleichtert?«, fragte sie, als sie ihn eingeholt hatte.

»Absolut«, sagte er.

Als Vivi und Gato in der schmuddeligen Gasse aufgetaucht waren, hatte er zunächst an ein Wunder geglaubt. Joe wollte Gato aus Vivis Armen reißen, nur um sicherzugehen, dass er es tatsächlich war; doch der Kater schien so zufrieden und schläfrig, dass er zögerte, weil er ihn nicht stören wollte.

»Wir sollten ihn hochbringen«, hatte Vivi gesagt. »Bevor ihm wieder einfällt, wie schön es draußen ist.«

Joe wollte nicht, dass Vivi, das Mädchen aus reichem Haus, seine Wohnung sah, aber hatte er eine Wahl? Zumindest war alles sauber. Also führte er sie über die Hintertreppe nach oben. Sie ging langsam und hielt den zappelnden Gato mit aller Kraft fest, der vermutlich ahnte, wo es hinging.

»Wo hast du ihn gefunden?«

Vivi lachte. »Er saß auf einer Mülltonne und putzte sich die Pfoten. Es war, als hätte er auf mich gewartet.«

Joe öffnete die Hintertür und ließ Vivi vorausgehen, damit sie Gato auf dem Küchenboden absetzen konnte. Der Kater marschierte geradewegs zum Sofa und machte sich dort lang.

»Er wird wahrscheinlich den ganzen Tag schlafen«, meinte Vivi.

»Ja, ähm, danke.« Joe fragte sich, ob das wohl ehrlich genug klang. Er meinte es so, aber es klang, als ob er sie loswerden wollte, was auch richtig war.

»Gern geschehen.« Sie sah ihn mit ihren großen blauen Augen an. »Ich nehme an, wir sehen uns in der Schule.«

»Seit wann gehst du nach Odom?«, fragte Joe überrascht.

»Meine Eltern wollen, dass ich zurück zur Schule gehe. Also werde ich in ein paar Wochen wiederkommen.«

»Oh. Super, dann sehen wir uns ja da.« Er murmelte ein weiteres Dankeschön, als Vivi auf demselben Wege zurückging, wie sie gekommen war, durch die Hintertür.

Joe konzentrierte sich wieder auf Bette, die ihn erwartungsvoll ansah. »Was hat Vivi zu dir gesagt?«

»Nur, dass sie die Katze auf einer Mülltonne gefunden und nach oben gebracht hat.«

Joe hätte gerne gewusst, ob das alles war, was Vivi gesagt hatte, aber er hatte keine Ahnung, wie er es aus ihr herausbekommen sollte. Mädchengespräche waren immer irgendwie rätselhaft.

»Und wie geht's deiner Mutter?«, fragte Bette beim Betreten der Schule.

»Besser. Viel besser. Die Ärzte haben ihr dieses neue Medikament verschrieben, von dem sie meinen, dass es wirklich helfen soll.«

»Das ist gut.« Bette lächelte ihn an. »Und sie weiß gar nicht, dass Gato weg war?«

Joe schüttelte den Kopf. »Er hatte einige Schmutzflecke, aber die waren sauber geleckt, bevor sie nach Hause kam.« Er dachte daran, wie seine Mutter sie beide in den Arm genommen hatte, kaum, dass sie zur Tür hereingekommen war: Erst ihn, dann Gato, den sie ganz gegen seinen zappelnden Willen vom Sofa hochgenommen hatte. Sie sah so glücklich aus. Joe mochte gar nicht daran denken, was gewesen wäre, wenn er ihr hätte beibringen müssen, dass der Kater verschwunden war.

»Vivi war richtig froh, dass sie Gato gefunden hat«, erzählte Bette ihm. »Obwohl sie ihn wahrscheinlich nicht hätte tragen sollen. Sie brauchte ihr Asthmaspray, als sie wieder bei uns war.«

Er hatte nicht an Vivis Asthma gedacht. Seine Mutter hatte mit der Katze keine Probleme, weil sie trotz ihrer Lungenkrankheit keine Allergien hatte. Joe runzelte die Stirn. »Ist sie wieder okay?«

Sie waren bei ihren Schränken angekommen. »Ja.«

»Sie hat gesagt, dass sie wieder nach Odom kommt«, meinte Joe, als er seine Jacke in den Schrank warf.

»Das hat sie dir erzählt?« Bette war offensichtlich überrascht.

»Warum sollte sie nicht?«

»Sie ist darüber nicht besonders glücklich, besonders nicht mitten im Schuljahr. Bisher hat sie eher so getan, als würde es gar nicht passieren.«

»Warum kommt sie dann zurück?«, fragte Joe.

»Ihre Eltern finden, dass sie ein bisschen eigen wird, weil sie immer zu Hause ist, und ich denke, dass sie recht haben. Sie regt sich unheimlich darüber auf, wie sie aussieht.«

Joe dachte verlegen daran, was er zu Vivi gesagt hatte.

»Wir mussten sie am Samstag praktisch aus dem Haus zerren«, fuhr Bette fort.

»Tja, ich bin froh, dass sie da war«, sagte Joe schlicht. Und das war er tatsächlich.

Am liebsten hätte er unter die ganze Geschichte einen Strich gezogen. Doch Vivi kam ihm in den eigenartigsten Momenten in den Sinn. Vielleicht dachte er an Vivi, weil sich seine Mutter so viel besser fühlte.

»Dr. Raphael sei Dank.« Seit Luisa nach Hause gekommen war, hatte sie das nicht einmal, sondern mindestens zehnmal gesagt. Joe wiederholte die Worte für sich. Die Ärztin hatte ein Medikament aus dem Ärmel gezaubert, das tatsächlich zu wirken schien. Weil sie nicht mehr hustete, schlief sie besser, und das gab ihr noch zusätzlich mehr Energie. Es gab eigentlich nur einen Nachteil: Weil sie nicht mehr so müde war, verbrachte Luisa mehr Zeit mit Gene. Zu seiner eigenen Überraschung machte Joe das jedoch nicht so viel aus, wie er gedacht hatte. Genes Verhalten, als seine Mutter krank war, hatte Joe beeindruckt. Aber was ihn wirklich überraschte, war, dass Gene sich um ihn fast genauso kümmerte wie um seine Mutter.

Joe ertappte sich bei dem Wunsch, etwas tun zu können, damit es Vivi so gut ging wie seiner Mutter. Er fragte sich, wann genau Vivi zurück nach Odom kommen würde, aber er wollte nicht zu viel Interesse zeigen und erwähnte es deshalb Bette gegenüber nicht. Und zu Minkus würde er ganz bestimmt nichts sagen. Tatsächlich war alles, was er in den Tagen seit Gatos Verschwinden zu Minkus gesagt hatte, ein schroffes »Danke, dass ihr die Katze gefunden habt«.

Minkus hatte nur gelächelt.

Minkus schien dieser Tage allgegenwärtig zu sein. Im Unterricht. Mittags am selben Tisch wie Joe, wenngleich nach wie vor sehr schweigsam. In der Aula. Wann immer Joe am Bühnenbild arbeitete, war Minkus im Orchesterraum und spielte Geige. Morgens und abends, wenn er mit anderen Dingen beschäftigt war, dachte er an Minkus' Worte über gute Taten und darüber, die Welt zu verbessern. An seine Begründung, warum er ausgerechnet ihm helfen wollte. Wer sagte so etwas? Und mehr noch, wer setzte es um?

Joe konnte sich nicht entscheiden, ob er Minkus für einen Helden oder für einen Idioten halten sollte.

Daran dachte Joe am Freitag, als er die Floßteile zusammennagelte und dabei auf Mike wartete. Er war in dieser Woche noch nicht da gewesen, und es war das erste Mal seit dem großen Katzen-Abenteuer, dass Joe ihn sehen würde.

Fred war als Huck Finn auf der Bühne und sang das

Lied *Waitin' for the Light to Shine*. Darin ging es um all die Dinge, die Huck getan hatte, weil es ihm »so beigebracht worden war«. Nach dem Leben in der Dunkelheit wartete er jetzt darauf, dass das Licht schien. Es gab zwei verschiedene Versionen, die Fred singen sollte. Zuerst die weiche, langsame Variante, die er gerade sang. Dann gegen Ende die schnelle, wütende Version, als Huck erkennt, dass so viel von dem, was er zu wissen glaubte, falsch war.

Während er die Nägel kräftiger in das Holz trieb, fragte sich Joe, was er eigentlich definitiv wusste. Er hatte gedacht, dass er Minkus kannte, hatte ihn in eine Schublade gesteckt. Jetzt, so schien es, erwies sich Minkus als nicht greifbar.

»Pass besser auf, sonst triffst du deinen Daumen statt den Nagel«, sagte eine Stimme hinter ihm. Wie konnte Mike wissen, dass er mit den Gedanken woanders war?

Mike musste ihm die Frage im Gesicht abgelesen haben. »Du nagelst schief«, erklärte er.

»Oh.« Joe schaute sich sein Werk an. Nicht so gut.

»Mach fünf Minuten Pause, Joe, und lass uns reden. Ich will alles von deiner Mutter wissen. Und der Katze.«

Wie es sein Großvater ihm beigebracht hatte, packte Joe sein Werkzeug ordentlich weg und zog dann einen Stuhl neben den, den Mike von der Seitenbühne geholt hatte.

Mike sah sich um. »So langsam wird die Sache rund«, sagte er. »Du hast sehr gute Arbeit geleistet«, fügte er zu Joe gewandt hinzu.

Joe wurde rot und murmelte: »Danke.«

»Wir machen das Floß fertig, und dann arbeiten wir mit dem Beleuchter an Tom Sawyers Höhle. Wir werden mehr auf Showeffekt setzen als auf Struktur. Und dann geht es an die Details.«

Joe fühlte einen kleinen Knoten im Magen. Er hatte mehr Spaß daran gehabt, an dem Stück zu arbeiten, als er laut zugeben würde. Er wollte nicht, dass es zu Ende ging.

»Nun ja, der Teufel steckt im Detail, wie man so sagt«, meinte Mike, als er seinen Gesichtsausdruck sah. »Noch haben wir es nicht geschafft. Jetzt aber zu wichtigeren Dingen. Erzähl mir von deiner Mutter.«

Joe sprudelte die ganze Geschichte heraus. Als er mit Mike redete, fühlte er die gleiche Erleichterung wie in dem Moment, als Vivi und Gato auftauchten.

»Also haben deine Freunde geholfen«, sagte Mike mit einem Lächeln.

»Ich weiß nicht, ob sie wirklich meine Freunde sind, aber ja, sie haben geholfen«, erwiderte er etwas kleinlaut.

»Vielleicht sind sie potenzielle Freunde«, antwortete Mike.

Joe dachte erneut an Minkus. Es war eigenartig, das Thema anzusprechen, aber wenn jemand eine Antwort darauf hatte, dann war es Mike.

Langsam, zögernd erzählte er Mike von Minkus. »Weißt du, ich war nicht sehr, nun ja, nett zu Minkus, könnte man sagen.« Er hoffte, dass Mike nicht nach Einzelheiten fragen würde, und er tat es auch nicht. Aber das bedeutete, dass Joe sehr genau abwägen musste, was er ihm anvertrauen wollte. Das Abziehen ließ er aus und erwähnte nur, dass sie beide »Probleme« miteinander hatten. Dann kam er sehr schnell auf Minkus' großzügiges Wesen. »Ich weiß nicht, warum er so nett zu mir ist«, endete Joe.

»Er hat es dir doch gesagt«, hob Mike hervor. »Er behandelt dich so, wie er behandelt werden möchte. Es ist gar nicht so schwierig.«

»Ja, schon, aber für dieses Bar-Ding …«, stotterte Joe.

»Bar-Mizwa«, sprang Mike ein.

»Ja, genau das. Na ja, wenigstens dafür hätte er sich doch jemand anderes aussuchen können.« Joe hörte selbst, dass seine Stimme etwas verstimmt klang. Warum konnte Minkus ihn nicht einfach in Ruhe lassen? Jetzt, wo sich endlich alles zum Guten wandte, war ein netter Minkus, der Schuldgefühle in ihm weckte, das Letzte, was er gebrauchen konnte.

»Mir scheint, dass es nur zwei Möglichkeiten gibt«, sagte Mike. »Entweder du ignorierst ihn, oder du zeigst dich erkenntlich.«

»Was meinst du damit?«, fragte Joe argwöhnisch.

»Tu etwas Gutes für ihn.«

Dabei beließen sie es. Bei der Fertigstellung des Floßes wurde nicht viel geredet, aber Mike klopfte ihm auf die Schulter, als sie fertig waren. »Gute Arbeit, Joe. Gute Arbeit.«

Joe fühlte den Druck von Mikes Hand noch, als er schon lange weg war.

Sich erkenntlich zeigen. Natürlich wusste Joe, was gemeint war. Er dachte daran, wie Minkus die Suche nach Gato hätte beenden können, noch bevor sie begann. Er hätte lediglich die umgedrehten Arme und die Herausgabe von neun Dollar erwähnen müssen. Bette, Vivi, sogar der herzensgute Ollie wären entsetzt gewesen und hätten sich von ihm abgewandt. Gato wäre dann möglicherweise nie nach Hause gekommen. Ja, er sollte sich erkenntlich zeigen.

Aber was um alles in der Welt konnte er für Minkus tun? Joe dachte nach. Das ganze Wochenende konnte er an kaum etwas anderes denken, nicht einmal, als Gene und seine Mutter ihn mit ins Kino nahmen, um einen ziemlich guten Kriegsfilm zu gucken. Wenn Joe etwas unternehmen wollte, sollte er es wohl bald tun.

Als er an dem Abend ins Bett ging, nahm Joe das Kleingeld aus der Hosentasche, wie er es immer tat, sofern er etwas besaß. Normalerweise ließ er das Geld auf seinem Schreibtisch liegen, um es dann in die Taschen der Jeans zu stecken, die er am nächsten Tag tragen wollte.

Er dachte oft, dass sich die Münzen zu leicht anfühlten, wie Spielgeld. Dann berührten seine Finger die Engelsmünze. Sie mochte nur die Größe eines Vierteldollars haben, aber sie hatte mehr Gewicht und Substanz als richtiges Geld. Er legte sich ins Bett und nahm die Münze mit. Joe blickte aus dem Fenster neben seinem Bett und beobachtete, wie der fast volle Mond mit den vorbeischwebenden Wolken Verstecken spielte.

Während er die Münze fest in der Hand hielt, hatte Joe das Gefühl, dass eine Idee in seinem Kopf ebenfalls Verstecken spielte. Manchmal konnte er sie fast greifen, dann wieder war er sich gar nicht sicher, ob er das überhaupt wollte. Er sah den Mond sehr lange an. Schließlich musste er eingedöst sein, denn er hatte das Gefühl zu fallen, was ihn aus dem Schlaf hochschrecken ließ.

Als er wieder klar denken konnte, bemerkte Joe, dass die Münze aus seiner Hand gefallen war.

Und da wusste er, was zu tun war.

Es war schon seltsam, dass sie wieder in dem Vorraum waren. Fast an der gleichen Stelle, an der Minkus versucht hatte, Joe die Kohle zu geben. Joe hatte das nicht geplant, aber dort entdeckte er Minkus, der wie er ein bisschen später auf dem Weg in die Pause war. Joe war direkt hinter ihm, aber Minkus hatte ihn noch nicht bemerkt. Joe war versucht, das Ganze sein zu lassen, und Minkus hätte niemals etwas davon erfahren. Der Gedanke war verführerisch. Um nicht zu kneifen, rief er Minkus' Namen.

Minkus wirbelte herum. Joes Stimme schien alte Erinnerungen zu wecken, denn in seinem Gesicht war ein Anflug von Angst zu sehen, den er zu verbergen suchte. Was bei Joe zu einem schlechten Gewissen führte.

»Minkus«, wiederholte Joe den Namen. Er hatte absolut keine Ahnung, wie er anfangen sollte.

»Ja?«, fragte Minkus, mittlerweile eher neugierig als ängstlich.

In der Hoffnung auf Unterstützung griff Joe nach der Engelsmünze in seiner Tasche. Er sprang ins kalte Wasser: »Ich möchte dir etwas geben.«

»Mir etwas geben?«, wiederholte Minkus.

Joe konnte es kaum ertragen, die Münze aus der Tasche zu ziehen. Jetzt, da er es tat, wurde ihm klar, dass er den Engel eigentlich viel lieber behalten wollte, statt ihn wegzugeben. Aber es war zu spät. Er reichte ihn Minkus.

»Was ist das?«, fragte Minkus, als Joe die Münze in seine Hand fallen ließ.

Diesen Teil hatte Joe ein bisschen geübt, damit er nicht wie ein kompletter Schwachkopf dastand. »Na ja, es ist eine Art Medaillon mit einem Engel darauf.«

Minkus drehte sie um. »Ja, das sehe ich.«

»Und mir hat sie, na ja, Glück gebracht.«

»Und die gibst du mir?« Minkus sah ihn mit seinen hellen blauen Augen an, und erst jetzt fiel Joe auf, dass er die gleichen Augen hatte wie Vivi.

»Ja, sie ist für dich. Und auch für deine Schwester, weil sie krank ist und so. Vielleicht bringt sie euch ja auch Glück.«

Joe wusste, dass die Münze ihm mehr als Glück gebracht hatte. Sie hatte ihm etwas gegeben, an dem er sich festhalten konnte, wenn ihm alles andere zu entgleiten drohte. Sie hatte ihm das Gefühl vermittelt, dass da draußen etwas oder jemand war, der bereit war, zuzuhören und vielleicht sogar zu helfen. Aber nichts von alldem konnte er Minkus sagen. Jetzt musste das Schicksal seinen Lauf nehmen, dachte er. Und vielleicht würden Minkus oder Vivi, wenn er die Münze mit ihr teilte, es auch merken.

Mittlerweile war Minkus eher schockiert als überrascht.

»Lass mich das klarstellen. Du, Joe Garcia, tust etwas Nettes für mich?«

»Na ja, warum nicht?«, fragte Joe ungehalten. »Du hast ja auch gesagt, dass du für mich etwas Gutes tun willst.«

»Ja«, stimmte Minkus bedächtig zu. »Das habe ich.«

»Warum muss das einseitig sein? Wenn ich will, kann ich auch Gutes tun.«

Ein Lächeln huschte über Minkus' Gesicht. »Du hast recht«, stimmte er zu. »Niemand hindert dich daran.«

Joe nickte zufrieden. »Niemand hindert mich daran.«

15. Kapitel

Vivi hatte sich auf der rosaroten glänzenden Tagesdecke zusammengerollt und starrte auf den seidigen rosa Baldachin über ihr. Sie liebte ihr Schlafzimmer. Es war wirklich hübsch. Alles im Zimmer, was nicht rosa war, war weiß mit Gold abgesetzt, sogar die Regale, auf denen ihre Sammlungen alter Puppen und Parfümflaschen standen. Ja, einige Leute würden sagen – okay, sie sagten –, dass der Raum prinzessinnenhaft aussah. Bette hatte scherzhaft gemeint, dass er sie an den Dornröschen-Shop in Disneyland erinnerte. Vivi war das egal. Seit ihre Mutter das Zimmer in Märchenfarben dekoriert hatte, fühlte sie sich wie eine Prinzessin. Welches Mädchen wünschte sich nicht insgeheim, der inneren Prinzessin den passenden Auftritt zu geben? Und ob Bette das nun zugab oder nicht, das galt auch für sie.

Jetzt fühlte sich Vivi allerdings wie die Prinzessin, die in einen Frosch verwandelt worden war. Oder war das ein Prinz gewesen? Egal, ein Frosch, ganz sicher. Vivi wälzte sich auf die andere Seite und griff nach dem vergoldeten Handspiegel auf dem Beistelltisch neben ihrem Bett. Sie wusste gar nicht, warum sie ihn dort aufbewahrte. Nach all diesen Monaten gab es keine Überraschungen mehr beim Blick auf ihr Spiegelbild mit den aufgedunsenen Wangen und dem runden Gesicht, verbreitete Nebenwirkung der Asthma-Medikamente. Sogar ihr lockiges blondes Haar war nicht mehr so dicht wie es einmal gewesen war, und ihre Augen, so groß und blau, schienen kleiner.

Sie warf den Spiegel aufs Bett. Es war gut, dass sie ihr Zimmer liebte, denn sie hatte nicht wirklich den Wunsch, es irgendwann zu verlassen. Und der letzte Ort, wo sie hinwollte, war die Schule. Solange sie weg war, konnten die anderen Kinder an die Vivi von »Vorher« denken. Sie wollte nicht irgendwo sein, wo man sie sehen und ganz deutlich »Nachher« denken würde.

»Vivi?« Andy schaute zur Tür herein.

»Andy. Klopf gefälligst. Das habe ich dir schon Millionen Mal gesagt.«

Andy nickte kleinlaut. »Ja, richtig, Entschuldigung.« Er zögerte, wartete.

Wenn Vivi ganz ehrlich war, und sie war stolz auf ihre Ehrlichkeit, musste sie zugeben, dass Andy begann sie zu nerven. Es war nicht seine Schuld. Sie versuchte allen aus dem Weg zu gehen, fast immer. Nur wenn sie sich so nach Gesellschaft sehnte, dass ihr der Kopf vom Alleinsein wehtat, verabredete sie sich mit Bette. Andy, nun ja, Andy bemühte sich sehr, ein guter Bruder zu sein, eine gute »zweite Hälfte«, wie sich die Zwillinge gegenseitig nannten. Seit sie richtig krank geworden war, hatte er immer wieder versucht, sie zum Lachen zu bringen und war verständnisvoller, als sie es wahrscheinlich verdient hatte. Aber er bohrte auch, wollte wissen, wie sie sich fühlte, er bedrängte sie und versuchte sie dazu zu bewegen, mehr zu tun als sie konnte.

»Was ist?«, fragte sie ungeduldig.

Er antwortete nicht. Stattdessen kam er herein. Er sah nervös aus. Das war nichts Neues. Sie war schon immer die Mutigere, Selbstbewusstere der beiden gewesen. Vivi war diejenige, die Risiken einging. Egal, ob es darum ging, als sie klein waren, sich aus der Wohnung zu schleichen, um im Fahrstuhl des Hochhauses zu spielen, oder ihren Bruder herauszufordern, Geld aus dem Portemonnaie der Mutter »zu borgen«, damit sie sich in der feinen Bäckerei weiter unten in der Straße ein paar Muffins kaufen konnten. Vivi war die Anführerin und Andy der meist widerstrebende Mitläufer. Manchmal versuchte er sie zurückzuhalten, wenn ihre Pläne allzu unüberlegt waren, und ab und zu hatte er damit sogar Erfolg. Es gab aber keinerlei Zweifel, dass Vivi immer im Mittelpunkt stand, egal, worum es ging.

Nur wenn sie Musik machten, wurden die Rollen getauscht. Vivi war gut, das wusste sie. Sich ans Klavier zu setzen, brachte ihr nicht nur viel Anerkennung, sondern es umgab sie auch mit einer Ruhe, die sie sonst nur selten fühlte. Aber Andy konnte mehr als nur gut spielen, wenn er seine Geige in die Hand nahm. Die Musik, die er seinem Instrument entlockte, war von Gefühlen durchsetzt. Vivi hatte irgendwann zu ihrem Bruder gesagt, dass seine Musik wie Farben klang, und wer nicht sehen konnte, brauchte eigentlich nur zuzuhören, wenn Andy spielte und konnte Rot oder Gelb oder Blau »hören«. Der dankbare Blick, den Andy ihr zugeworfen hatte, hatte sie dahinschmelzen lassen.

Andy lächelte, als er sich näherte. Vivi setzte sich ein bisschen auf und sah ihn neugierig an.

»Also, was ist los?«

»Ich habe etwas für dich.«

»Ein Geschenk?« Weihnachten war lange vorbei, und Andy hatte keine Schachtel in der Hand.

»Na ja, so was in der Art.« Er öffnete seine Hand, die zu einer Faust geballt war. Vivi sah etwas, das wie ein Vierteldollar aussah.

»Du schenkst mir fünfundzwanzig Cent?«

Andy lächelte etwas zögerlich. »Nein, natürlich nicht.« Er kam näher und schob seine Hand nach vorn, sodass sie besser sehen konnte, was es war.

»Irgendein Medaillon?«, fragte sie, schaute hin und griff dann danach.

Andy nickte.

Das Medaillon – auf der ein Engel zu sein schien – fühlte sich gut an. Solide, wichtig. Obwohl Vivi nicht sagen konnte, was an diesem eher langweiligen Stück Metall so wichtig war. Sie wusste nur, dass es sie beruhigte. So wie bei einer Klassenarbeit, bei der man sich vorher Gedanken macht und dann sieht, dass man die Antworten weiß.

»Woher hast du sie?«, fragte Vivi neugierig.

Andy hatte gewusst, dass diese Frage kommen würde, deshalb war er vorbereitet. »Jemand, der bei *Big River* mitmacht, hat sie mir gegeben.« Es war keine Lüge. Andy hasste es zu lügen. »Er sagt, dass sie Glück bringt.«

Vivi runzelte die Stirn. »Warum hat er sie dir gegeben?«

Andy zuckte mit den Schultern. »Er ist, sagen wir

mal, unhöflich zu mir gewesen.« Jemanden zu tyrannisieren und ihm sein Geld abzunehmen war schon ziemlich unhöflich. »Und ich denke, er wollte sich entschuldigen.«

»Das ist eine komische Art, sich zu entschuldigen.«

Andy hätte wissen sollen, dass Vivi nicht so leicht aufgab. »Er dachte, dass es eine nette Geste sei.«

Vivi betrachtete den Engel auf der Münze ein bisschen genauer. Es war ein großer, schlanker Engel in einem fließenden Gewand, aber zu klein, um das Gesicht zu erkennen.

Andy setzte sich neben seine Schwester, und Vivi schwang ihre Beine herum, sodass sie neben ihm sitzen konnte.

»Du behältst sie doch, oder?« Er wusste nicht genau, warum, aber es schien wichtig, dass Vivi die Münze nicht wie ein billiges Schmuckstück in die Schublade werfen würde.

»Sicher«, antwortete sie achselzuckend. »Ich werde sie brauchen können.«

Sie brauchte sie am Montag, wenn sie wieder zur Schule ging. Ihr graute davor, ihr graute einfach davor. Als der Privatunterricht begonnen hatte, war sie erleichtert gewesen. Na ja, sie hatte heftig protestiert, als ihre Mutter erstmals den Vorschlag machte, aber der letzte Sommer war so schwer gewesen. Sie hatte sich bei dem Versuch verausgabt, ihr Asthma in den Griff zu bekommen. Nicht zurück zur Schule zu gehen hatte weniger nach Nachgeben geklungen, sondern mehr wie eine Atempause. Was natürlich absolut ironisch war, denn Atmen war das, was sie zu dem Zeitpunkt gar nicht gut konnte.

Also redete sie sich ein, dass es sich um eine wohlverdiente Auszeit handelte. Und wiederholte es immer wieder, in dem Versuch, sich zu überzeugen. Tief in ihrem Innern aber wusste Vivi, dass sie die Schule nicht verließ, weil sie sich nicht wohlfühlte oder erschöpft war, obwohl beides stimmte. Sie wollte nicht zurück wegen etwas, das sie nicht mehr war – sie selbst.

Sie fühlte sich fett und hässlich und krank. Und das wiederum machte ihr Angst. Ausgerechnet Vivian Minkus, die sich niemals in ihrem Leben vor etwas gefürchtet hatte, mit Ausnahme vielleicht von Ratten, die man in der Stadt aber nicht sehr häufig sah. Als die Angst einmal da war, war sie anders als erwartet. Sie drehte ihr nicht den Magen um oder ließ sie erzittern. Sie sorgte nur dafür, dass sie einfach im Bett bleiben wollte, ganz still, und so wenig wie möglich tun wollte.

Vivi wandte sich zu ihrem Bruder. »Andy, ich weiß nicht, wie ich das schaffen soll. Zurück zur Schule, meine ich.«

Andy sah sie mit seinen blauen Augen an, die ihren so ähnlich waren. »Es wird nicht schlimm werden. Die Kinder in Odom sind gar nicht so übel. Die meisten sind Künstler«, sagte er mit nachgemachtem französischem Akzent, um sie zum Lachen oder wenigstens zum Lächeln zu bringen. »Sie haben Wichtigeres im Kopf als dich.«

»Jeder hat Zeit, um mit anderen zu lästern.«

»Vivi, du siehst gar nicht so schlimm aus.« Und was seine Schwester auch immer dachte, es stimmte. Ja, sie war runder, vor allem im Gesicht; und vielleicht hatte sie auch dieses Vivi-Strahlen nicht mehr, das so typisch für sie gewesen war. Aber es war auch nicht so, dass die Leute sich entsetzt abwenden oder aufschreien würden, wenn sie vorbeiging. Er wünschte sich, dass Vivi ihre Medizin so sehen würde wie er, dankbar, dass sie deshalb atmen konnte. Vivis verzerrtes Gesicht, wenn sie nach Luft rang – das war es, was ihn durch und durch erschreckte.

»Ich sehe aber auch nicht gut aus«, konterte Vivi unverblümt. »Ich kann mir einfach nichts halbwegs Vernünftiges vorstellen, was dabei herauskommt, wenn ich wieder zur Schule gehe.«

»Na ja, du musst dir die Krümel in Mr Solanaris Bart nicht mehr ansehen ...« *Endlich ein richtiges Lächeln*, dachte Andy.

»Okay, Mr Solanari werde ich nicht vermissen. Er hat nicht nur ein Krümelgesicht, sondern war auch noch ein lausiger Lehrer. Ich weiß nicht, was Mama und Papa in ihm gesehen haben. Ich werde wahrscheinlich so etwa zwei Jahre hinter der Klasse zurück sein.«

»Ja, Fräulein Immer-Nur-Einsen. Ich bin mir sicher, dass du in den letzten sechs Monaten auf das Niveau eines Fünftklässlers zurückgefallen bist.«

»Während sich ansonsten bei mir alles ausgedehnt hat, ist mein Gehirn verkümmert«, sagte Vivi und schüttelte den Kopf.

Andy wusste nicht genau, was er darauf sagen sollte. Mit so wenig Abwechslung, so wenig Kontakt zu Menschen und so wenig Beschäftigung musste Vivis Hirn tatsächlich ein bisschen geschrumpft sein. Glücklicherweise steckte ihre Mutter mit dem ihr eigenen unfehlbaren Zeitgefühl gerade jetzt den Kopf ins Zimmer, sodass

Andy das Gehirn seiner Schwester unkommentiert lassen konnte.

»Wir essen gleich. Papa ist da, und er hat Neuigkeiten für euch.«

Vivi und Andy sahen sich einen Moment in ungläubigem Schweigen an. Ihr Vater war so gut wie nie pünktlich zum Essen da. Seit Jahren drängte Mrs Minkus den Arzt, mit dem sie verheiratet war, seine Arbeitszeiten so zu legen, dass er zu Hause war, bevor sie aßen. Dr. Minkus versuchte es, aber irgendwie gab es immer einen Notfall oder Patienten, die spät kamen, sodass sein Tag immer länger war als geplant. War er dann endlich zu Hause, hatte er kaum jemals etwas zu erzählen, oder zumindest sprach er mit seinen Kindern nicht darüber. Normalerweise leistete ihm nur Mrs Minkus mit einem Glas Wein beim Essen Gesellschaft. Ihre Mutter redete, während ihr Vater nickte und kaute. Gute Nachrichten? Das war etwas Neues.

»Also beeilt euch, wascht die Hände und kommt zum Essen«, sagte Mrs Minkus und schloss die Tür leise hinter sich.

»Meine Hände sind sauber«, sagte Vivi, stand auf und legte die Engelsmünze in ihre Schublade.

»Meine nicht«, stellte Andy fest und sah auf seine Hände, aber er machte keine Anstalten, in Vivis Badezimmer zu gehen.

»Was glaubst du, was Papa für Neuigkeiten hat?«, fragte Vivi.

»Wer weiß?«, antwortete Andy verdrießlich. »Aber ich bezweifle, dass seine Definition von gut mit unserer übereinstimmt.«

Deshalb war Andy angenehm überrascht, als sie schließlich am Esstisch saßen, Salat und Brot vor sich, und ihr Vater sich räusperte, um dann seine Ankündigung zu machen: »Ihr wisst, dass ich jedes Jahr die Augenärzte-Konferenz besuche?«

Vivi und Andy nickten brav. Ihr Vater war Augenarzt, und Augenärzte hielten es offensichtlich für sehr wichtig, sich jedes Jahr zu treffen und zu erörtern, was es rund um die Behandlung und Versorgung von Augäpfeln Neues gab. Ihr Vater legte großen Wert darauf, an diesen Konferenzen teilzunehmen.

»Also, in diesem Jahr treffen wir uns in Florida, und die Konferenz findet in derselben Woche statt, in der ihr eure Frühjahrsferien habt. Deshalb finden eure Mutter und ich, dass es doch ganz schön wäre, wenn wir alle fahren.«

Vivi und Minkus sahen sich pflichtgemäß überrascht an. Ferien waren in ihrer Familie nichts Ungewöhnliches. Aber beide Elternteile mochten es gerne geordnet, ja sogar langweilig, sodass die Ferien ziemlich genau vorgegeben waren. Einen Teil der Weihnachtsferien verbrachten sie bei den Eltern ihrer Mutter in Santa Fe. In den ersten beiden Augustwochen ging es abwechselnd in eine gemietete Hütte in Wisconsin, die ihr Vater liebte, weil er dort angeln konnte und ihre Mutter nicht leiden konnte, weil sie sich langweilte; oder sie besuchten tolle Städte wie London oder Paris. Dort langweilte sich Dr. Minkus zwar nicht direkt, aber dennoch sah er immer so aus, als ob er lieber angeln gegangen wäre.

Im Frühjahr waren sie noch nie irgendwo gewesen. Es war die Zeit, in der sie »zu Hause blieben und Chicago genossen«, wie es ihre Mutter nannte. Nicht, dass sie jemals irgendetwas genossen hätten, das allzu sehr aus dem Rahmen fiel – abgesehen von einem gelegentlichen Museumsbesuch verbrachten sie die Zeit meistens mit ihren Freunden. Was auch gut war.

Vivi warf Andy einen Blick zu. Er schien mit den Neuigkeiten ziemlich zufrieden zu sein. Das war Andys Problem. Er war zu vertrauensvoll. Er vermutete selten Hintergedanken.

»Warum dieses Jahr?«, fragte Vivi ihre Eltern.

Dr. Minkus guckte verblüfft. »Das habe ich doch gerade gesagt. Eure Ferien überschneiden sich mit der Konferenz.«

»Das gab es vorher auch schon«, stellte Vivi fest. »Vor zwei Jahren hast du das Treffen in Toronto besucht, und wir sind hiergeblieben und haben Chicago genossen.« Man musste schon schnell sein, um den Blick zu bemerken, den ihre Eltern wechselten, aber Vivi war sehr schnell. »Da ist doch noch etwas.« Aber sie konnte sich beim besten Willen nicht vorstellen, was es war. Als ihre Mutter ihre Serviette auf dem Schoß knetete, verstand Vivi plötzlich. »Das ist ein weiterer Plan, um mich aus dem Haus zu kriegen, nur auf höherem Niveau.«

Eine abgespannte Mrs Minkus versuchte gar nicht erst, es zu verneinen. »Es ist doch nur, weil du so lange drinnen warst.«

Aha, dachte Vivi. Das hatten ihre Eltern also ausgeheckt, um ihrer armen, bedauernswerten, asthmatischen Tochter zu helfen.

»Ich fange gerade die Schule wieder an, Mutter«, sagte Vivi, und die ganzen Ängste, die sie deswegen litt, machten ihre Stimme wütend. »Ich gehe jeden einzelnen Tag raus, um in eine Schule zu gehen, in der ich eine Lachnummer bin.«

»Das stimmt nicht, Vivi, ich habe es dir gesagt«, murmelte Andy.

»Ach, du merkst doch noch nicht mal, wenn andere über dich lachen«, sagte Vivi und konzentrierte ihre Wut auf ihren Bruder. Kaum waren die Worte heraus, fühlte sie sich schlecht, aber es war die Wahrheit. Es war einigen Schülern nicht entgangen, dass Andys Nase zuckte, wenn er Angst hatte, was ihn leider wie ein Kaninchen aussehen ließ. Sie hatte genügend rüpelhafte Bemerkungen gehört, die hinter seinem Rücken gemacht wurden. Einmal, sie waren in der fünften Klasse, hatte Vivi Josie Peterson aus der achten Klasse gedroht – sollte sie Andy jemals wieder »Hoppelhäschen« nennen, würde sie allen erzählen, dass Josie sich den BH mit Kleenex ausstopfte und wenn sie kein Kleenex hatte, Klopapier nahm. Weil das stimmte – sie hatte die Information von Josies Schwester –, hörten die Bemerkungen auf.

Andy sagte nichts zu Vivis Vorwurf, er sah sie nicht einmal an. Er nahm nur einen Schluck Wasser und versteckte so viel von seinem Gesicht wie er konnte.

Vivi fühlte sich sofort furchtbar, was das Bedürfnis in ihr weckte, noch mehr um sich zu schlagen. »Also, ihr habt darauf bestanden, ich bin zurück in Odom. Warum eigentlich, Mutter – konntest du mich nicht den ganzen Tag um dich haben? Habe ich dich belastet?« Das war auch ein Schlag unter die Gürtellinie, weil Vivi wusste, wie schnell ihre Mutter sich schlecht fühlte.

»Hör auf, Vivi«, sagte Dr. Minkus streng. »Das reicht.

Deine Mutter und ich dachten, dass es allen guttun würde, nach einem schweren Jahr etwas Spaß und Sonnenschein zu haben. Denn genau das werden wir haben.«

Ein schweres Jahr, dachte Vivi. Ein schweres Jahr für wen? Für sie doch wohl. Florida klang für sie nicht nach Spaß, und was den Sonnenschein anging ... Sonnenschein? Ihr fiel plötzlich siedend heiß ein, dass Sonne für Swimmingpool und Swimmingpool für Badeanzug stand. »Ich setze mich nicht im Badeanzug an den Pool, wo jeder mich anstarrt«, brachte sie zwischen zusammengebissenen Zähnen hervor.

»Oh Vivian«, seufzte ihre Mutter. »Niemand wird dich anstarren.«

Die zornige Luft in Vivi wich aus ihr heraus wie aus einem Ballon. Sie war plötzlich nur noch traurig. Es hatte mal eine Zeit gegeben, als es ihr gefallen hatte, angesehen zu werden.

»Ich gehe nicht an den Strand«, begann sie. »Und ich werde nicht am Pool sitzen und ich ...«

»Vivian«, sagte Dr. Minkus und strich sich bedächtig Butter aufs Brot. »Geh nicht an den Strand, wenn du nicht willst, aber es ist alles vorbereitet, und wir werden alle nach Florida fliegen.«

Vivi erhob sich so würdevoll wie sie konnte, warf ihre Serviette auf den Tisch und ging dorthin, wo sie wirklich sein wollte. Als sie die Tür zu ihrem Zimmer öffnete, konnte sie hören, wie ihre Mutter schwach zu ihrem Vater sagte: »Na, das lief ja richtig gut.«

16. Kapitel

Vivian. Bette kommt jeden Moment.« Mrs Minkus wurde lauter. »Hörst du mich?«

Vivi wandte sich von dem Panoramafenster mit Blick auf den See ab. Es war wirklich ein spektakulärer Anblick. Einige Leute machten den Lake Michigan schlecht, weil er kein Meer war; sie behaupteten, ihm fehle das Majestätische einer großen Wasserfläche. Aber diese Leute hatten sich nie richtig mit dem See befasst, hatten nie bemerkt, wie das Wasser an einem Tag aufgewühlt war, nur um am nächsten so glatt wie Seide auszusehen. Auch die Farben waren voller Anmut – so viele verschiedene Blautöne, vom Türkis indischer Schmuckstücke an sonnigen Tagen bis hin zu einem fast grauen Stahlblau. Eines der nettesten Dinge, die ihr Vater jemals zu ihr gesagt hatte, war, dass ihre Augen die Farbe genauso wechselten wie der See.

»Ja, ich habe dich gehört. Ich treffe sie unten.« Es war eine Weile her, dass sie überhaupt mit Bette gesprochen hatte. Je näher die Schule rückte, desto weniger hatte Vivi telefoniert. Über die Schule zu reden, machte das Ganze viel zu real. Bette schien überrascht, aber froh, wirklich froh, als Vivi diesen Einkaufsbummel vorgeschlagen hatte.

»Bist du wirklich ganz sicher, dass ich nicht mitkommen soll?«, fragte Mrs Minkus.

»Nein, ich brauche nur deine Kreditkarte.« Vivi hatte es als Scherz gemeint, konnte aber sehen, dass ihre Mutter verletzt war. Heute war einer der Tage, an dem es keinen Spaß machte, ihre Mutter zu ärgern. »Entschuldigung, Mama.«

Mrs Minkus setzte ein gekünsteltes Lächeln auf. »Ist schon in Ordnung. Ich weiß, dass du mehr Spaß hast, wenn du mit Bette allein unterwegs bist. Aber du wirst etwas zum Anziehen für die Schule kaufen, nicht wahr? Du hast das bis zum letzten Moment hinausgezögert.«

»Es ist Samstag. Für den letzten Moment hätte ich bis morgen warten können.«

Mrs Minkus grub in ihrer Tasche nach der Kreditkarte und sagte: »Sehr witzig. Und vergiss nicht, nach Stiefeln zu gucken. Die Schmuddelwettersaison beginnt.«

Vivi warf noch einen Blick nach draußen. »Heute sieht es doch gut aus.« Besseres Wetter war genau der Grund, warum Vivi jetzt zur Schule zurückkehrte statt zu Beginn des Halbjahrs im Januar. Ihre Mutter war zwar entschieden der Meinung, dass sie aus dem Haus musste, aber es sollte doch nicht bei eisiger Kälte sein.

Mrs Minkus gab Vivi ihre Karte und sagte: »Nun ja, ohne Schnee kann es nicht tauen, aber das kann sich ändern.« Sie presste die Lippen zusammen. »Das tut es in Chicago immer.«

Das stimmte. Selbst Ende April war es in Chicago noch nicht zu spät für Schnee. Ihre Mutter war in Kalifornien aufgewachsen, und jeder in der Familie wusste, wie sehr Mrs Minkus den Winter hasste. Für einen kurzen Augenblick dachte Vivi, dass es bei der Floridareise nicht nur darum ging, sie aus dem Haus zu bekommen. Vielleicht sehnte sich auch ihre Mutter nach etwas Sonne.

»Okay, du hast deine Medizin, die du heute Mittag nimmst. Hast du auch deine Inhalatoren?«, fuhr Mrs Minkus fort.

Vivi hatte zwei Inhalatoren. Einen für den Fall, dass ihr das Atmen schwerfiel. Und einen für richtig schlimme Fälle.

»Ja, Mama. Ich habe alles.«

»Gut, prima.« Mrs Minkus sah erleichtert aus.

Es klingelte unten an der Haustür, und Vivian lief hinüber zur Sprechanlage.

»Ich bin sofort unten, Bette«, sagte sie, bevor Bette überhaupt einen Ton herausbringen konnte.

»Pack meine Kreditkarte in eine Seitentasche deiner Tasche, damit du sie wiederfindest«, wies Mrs Minkus sie an, als Vivi ihre Jacke anzog und nach ihrem Portemonnaie griff. »Hast du deine Handschuhe? Und deine Mütze?«

Vivi setzte eine niedliche gestrickte Baskenmütze auf.

»Was ist mit deinem Schal?«

Sie musste ein bisschen im Schrank kramen, fand den passenden Schal aber schließlich. Ohne sich zu verabschieden, rannte sie zur Tür hinaus.

Bette saß in einem der Ledersessel in der Lobby und las *Der Prinz und der Bettelknabe*.

»Was ist das?«, fragte Vivi und deutete auf das Buch.

»Ach, nachdem wir *Huckleberry Finn* durchhatten, habe ich begonnen, andere Bücher von Twain zu lesen.«

Sie packte *Der Prinz und der Bettelknabe* in ihren Rucksack. »Aber *Huck Finn* war besser.«

Vivi wickelte den Schal, den sie in der Hand hielt, um ihren Hals. »Und wie läuft's mit *Big River*?«, fragte sie. Nicht, dass sie nicht von Andy davon hörte, aber er sah alles so positiv. Das war einer seiner großen Fehler. Sie wollte sich lieber von Bette auf den neuesten Stand bringen lassen.

Bette lächelte. »Es läuft richtig gut. Ich habe meine Songs im Griff, und zwei Wochen nach den Osterferien geht die Show los. Mensch«, sagte Bette, als sie nach draußen gingen, »du wirst ja dabei sein!«

»Ach nee.«

»Ich hatte noch gar nicht daran gedacht, dass du zur Aufführung wieder in der Schule sein wirst«, erklärte Bette, als sie den kurzen Weg zur Bushaltestelle gingen. »Vielleicht ist ja doch noch Zeit, dass du auch mitmachen kannst.«

Vivi blickte die Straße hoch, ob der Bus schon kam, der sie zur Michigan Avenue bringen würde. »Nein danke.«

»Nun ja, ich bin auch nicht sicher, was du machen kannst«, gab Bette zu. »Flora Kennedy spielt Klavier. Es ist ein Haufen Arbeit.«

»Weiß ich. Ich habe Andy beim Üben begleitet. Wie macht sich Flora?« Vivi bemühte sich, keinen allzu interessierten Eindruck zu machen, aber Flora, eine Rothaarige aus der achten Klasse, war als Pianistin in Odom ihre schärfste Rivalin gewesen.

Der Bus hielt, und Bette kletterte hinein. Vivi glaubte sie sagen zu hören: »Flora ist super.« Vielleicht hatte sie auch nur »gut« gesagt. So oder so war Vivi darüber nicht sehr glücklich. Sie hatte eigentlich gehofft, dass Bette »Geht so« sagen würde oder »Ganz okay«. »Miserabel« wäre wahrscheinlich zu viel gehofft gewesen.

»Vielleicht kannst du mit den Kostümen helfen«, sagte Bette und machte es sich auf einem Sitz am Fenster bequem. »Lane – du weißt schon, diese Freundin von Ollie – macht das auch.«

Vivi schlüpfte auf den Platz neben sie. »Ich verzichte.« Bettes Hartnäckigkeit begann sie zu nerven.

»Wirklich? Alle machen mit.«

»Zu stressig. Sag mal, willst du denn heute überhaupt etwas kaufen?«, fragte Vivi, um das Thema zu wechseln.

Bette warf ihr einen wissenden Blick zu. Ihr war völlig klar, was Vivi da machte, aber sie spielte mit. »Ich habe mein Weihnachtsgeld noch. Also ja, ich gehe shoppen. Und ich will etwas für Laura besorgen. Sie hat nächste Woche Geburtstag.«

»Hast du mal überlegt, dass Mrs Abrams deine Großmutter wird, wenn dein Vater Laura heiratet? Okay, Stiefoma, aber trotzdem.«

»Ich glaube nicht, dass sie heiraten«, sagte Bette bedächtig. »Zumindest meint mein Vater, dass sie es langsam angehen lassen wollen.«

»Würde es dir denn etwas ausmachen, wenn sie es täten?«

Bette hatte ganz offensichtlich über diese Möglichkeit nachgedacht und eine Antwort parat. »Nicht wirklich, sie ist nett. Abgesehen davon, dass sie Musik liebt, erinnert mich Laura überhaupt nicht an meine Mama. Oder an irgendeine andere Mutter. Sie ist mehr wie eine große Schwester. Eine sehr viel ältere große Schwester.«

»Und was meint Barbra?«, fragte Vivi.

Bette schüttelte mit dem Kopf. »Sie hat nur noch Northwestern im Kopf, ich glaube, sie macht sich überhaupt keine Gedanken. Mein Vater und Laura, das ist für sie ein Egal in Großbuchstaben. Aber mein Paps«, fügte Bette weich hinzu, »nun ja, er scheint glücklich zu sein.«

»Und das macht dich glücklich?«

»Ja«, erwiderte Bette nachdenklich. »Macht es.«

Vivi fingerte an ihrem Schal herum. »Also bist du gerade einfach nur glücklich, mit deiner Rückkehr zum Singen und dem Krams zu Hause.«

Bette warf Vivi einen Blick zu. »Vermutlich. Und was ist mit dir?«

»Hey, hier ist unsere Haltestelle.« Vivi zog ihre Handschuhe aus der Tasche und eilte zur Vordertür, Bette rannte hinter ihr her. Sie stiegen gegenüber dem Water Tower Place aus, einem großen Einkaufszentrum aus Glas und Chrom, das die nördliche Michigan Avenue dominierte.

Inzwischen wehte eine steife Brise, und Vivi wickelte sich den Schal fester um den Hals.

»Willst du rüber zu Macy's oder erst bei H&M rein?«, fragte Bette und deutete auf das Geschäft hinter ihr, wo man ziemlich günstig nette Klamotten kaufen konnte.

»Im Water Tower sind mehr Läden«, sagte Vivi. »Lass uns rübergehen.«

Zusammen mit Scharen anderer Menschen überquerten die Mädchen die Straße. Auf der einen Seite des hohen Gebäudes war das Kaufhaus Macy's, auf der anderen Seite ging es zu American Girl, dem fünfgeschossigen Einkaufsparadies für Puppen, das Bettes und Vivis großer Favorit gewesen war, als sie noch kleiner waren. So ganz war die Faszination wohl immer noch nicht abgeklungen, denn die beiden Mädchen sahen sich an, und jede wusste genau, was die andere dachte.

»Wir können ja hier noch kurz reingucken, bevor wir nach Hause gehen«, sagte Bette.

»Klar, warum nicht«, antwortete Vivi und musste sich ein Grinsen verkneifen.

»Aber jetzt gehen wir erst mal shoppen.«

Vivi versuchte, sich von Bettes Enthusiasmus anstecken zu lassen, doch es klappte nicht. Wenn sich der Einkaufsbummel doch bloß auf Puppen beschränken würde! Stattdessen musste sie sich durch die Geschäfte arbeiten, sich ausziehen und dabei jedes Mal für ihren Geschmack zu viel von Vivi im Spiegel sehen; sie musste Oberteile anprobieren, die wenig schmeichelhaft waren und sich in Jeans kämpfen, die vor einem Jahr noch gepasst hätten. Anderthalb Stunden später hatte sie immer noch nichts gekauft und fühlte sich erschöpft und traurig.

Als sie sich wieder einmal anzog, sah sie ihr Spiegelbild an. Wer war dieses Mädchen? Ob die andere jemals zurückkommen würde?

Bette hatte den Einkaufsbummel mit viel Begeisterung begonnen, aber allmählich färbte Vivis Stimmung auf sie ab. Wenn sie früher einkaufen waren, hatten sie sich einen Umkleideraum geteilt. Aber heute hatte Vivi bei jeder Station ihre Sachen in eine kleine Kabine getragen und den Vorhang fest hinter sich zugezogen.

»Lass uns aufhören und etwas essen«, schlug Bette schließlich vor und steckte ihren Kopf in Vivis Kabine. »Was hältst du von Pizza?«

»Pizza?« Vivi sah ihre Freundin erstaunt an. »So was kann ich nicht essen. Ich habe zehn Pfund zugenommen. Letztes Jahr habe ich noch in S-Jeans gepasst«, beschwerte sie sich.

Bette kam herein, schob die Sachen zur Seite, die auf dem kleinen Holzstuhl lagen und setzte sich. »Vielleicht hast du zugenommen, weil du nicht viel getan und nur zu Hause gesessen hast.«

»Ich kann nicht viel machen. Ich darf mich nicht anstrengen«, konterte Vivi mit einem Zitat ihrer Mutter.

»Vivi, du tust überhaupt nichts«, sagte Bette rundheraus.

»Oh, wie nett. Schön, eine so mitfühlende Freundin zu haben.«

»Es tut mir leid«, sagte Bette. »Aber du musst doch sehen ...«

Vivi sah auf ihre Uhr. »Ich muss nach Hause.«

»Kaufst du überhaupt nichts?«

Vivi nahm zwei Teile vom Boden, wo sie sie hatte fallen lassen. Eins war ein roter Pullover, der locker und weit war. Das andere war eine Jeans, die zwar überhaupt nicht gut aussah, aber zumindest passte. »Ich nehme die mit.«

Bette zuckte mit den Schultern. »Schön.« Sie kochte innerlich, aber als sie in der langen Schlange vor der Kasse warteten, hatte sie sich schon wieder beruhigt.

»Bist du sicher, dass du nicht doch irgendeine Kleinigkeit essen möchtest? Ich bin so hungrig«, sagte sie mit einem treuen, seelenvollen Hundeblick.

Vivi lächelte endlich. Diesem Blick konnte sie einfach nicht widerstehen. »Na gut.« Um die Wahrheit zu sagen, hatte Vivi trotz der enttäuschenden Einkaufstour keine richtige Lust, nach Hause zu fahren.

»Wie wär's mit McDonald's?«, fragte Bette. »Da bekommst du auch etwas Gesundes, zum Beispiel einen Salat.«

»Von mir aus.«

Sie bekamen ihr Essen und fanden in dem vollen Raum schließlich auch Sitzplätze. Als Vivi den Salat und ihr Diätgetränk auf den nicht sehr sauberen Tisch stellte, fühlte sie das leichte Schuldgefühl, das zum Mittagessen mittlerweile dazugehörte. Das lag daran, dass Vivi ein Geheimnis hütete: Sie nahm mittags ihre Tabletten nicht mehr. Es waren die, von denen sie das Backenhörnchen-Gesicht bekommen hatte, und je näher die Schule rückte, desto verzweifelter versuchte Vivi, etwas an ihrem Aussehen zu ändern. Sie hatte sich überlegt, dass eine halbierte Dosis einen Unterschied machen musste. An der abendlichen Dosis konnte sie nichts ändern, weil ihre Mutter so strikt auf deren Einnahme bestand, dass Vivi manchmal schwer beleidigt war. Glaubte ihre Mutter, dass sie nicht alt genug war, um die Einnahme ihrer Tabletten selbst zu regeln? Die Ironie entging Vivi nicht. Sie regelte die Einnahme selbst, aber auf eine Art, die Mrs Minkus entsetzt hätte.

»Woran denkst du?«, fragte Bette und biss in ihren Burger.

»Hä?«

»Du sahst einen Moment ganz komisch aus.«

»Ach, mir ist nur eingefallen, dass ich vergessen habe, Stiefel zu kaufen. Meine Mutter will unbedingt, dass ich welche habe.«

»Willst du nach dem Essen danach gucken?«

»Nein«, sagte Vivi. »Ich habe keine Lust mehr.« Dieser Einkaufsbummel war ihre größte Unternehmung seit langer Zeit.

Ohne großes Interesse pickte Vivi in ihrem Salat herum. Als Bette plötzlich nach ihrer Hand griff, zuckte sie zusammen. »Vivi, wir haben in der letzten Zeit nicht viel geredet …«

»Ich weiß, und es tut mir leid«, unterbrach Vivi müde.

»Ach, das verstehe ich schon«, antwortete Bette und schüttelte mit dem Kopf. »Es ist nur, dass, na ja, ich eigentlich nie dazu gekommen bin, dir von einer Sache zu erzählen.«

»Was denn?«

»Ich wollte dir von Gabi erzählen.«

»Diese Frau, die eine Weile unter euch gewohnt hat?«, fragte Vivi. »Was ist mit ihr?«

»Ich weiß nicht, wie ich es erklären soll, aber es war toll, mit ihr zu reden. Sie hat mir wirklich geholfen, ein paar Sachen in den Griff zu bekommen.«

Vivi runzelte die Stirn. Was sollte das werden?

Bette zögerte. »Es ist nur, dass du manchmal Leute triffst und irgendwie helfen sie dir, klar zu sehen …«

»Willst du damit sagen, ich soll zu einem Seelenklempner gehen?«, fragte Vivi schroff.

»Nein«, antwortete Bette bestürzt.

»Weil meine Eltern schon lange auf mich einreden, dass ich mit jemandem reden soll. Sie haben sogar schon einmal einen Termin für mich ausgemacht.«

»Und du bist nicht hingegangen.«

Vivis Lächeln war knapp und verschlossen. »Nein.«

Wenn es einen Augenblick der Kraft in jener Zeit der Schwäche und Hoffnungslosigkeit für Vivi gegeben hatte, war es damals, als ihre Eltern einen Termin bei einem Psychologen verabredet hatten.

»Ich gehe nicht hin«, hatte Vivi ihren überraschten Eltern verkündet, die ganz offensichtlich nicht mit Widerstand gerechnet hatten.

»Aber warum nicht?«, hatte ihr Vater gefragt.

Vivi hatte nur den Kopf geschüttelt. Sie wollte nicht über ihre Krankheit reden. Sie wollte nicht krank sein. Sich mit jemandem zusammenzusetzen und darüber zu reden hätte alles noch realer gemacht, als es ohnehin schon war. Vielleicht ergab das nicht viel Sinn. Vivi war sicher, dass ihre Eltern ihre Argumente leicht auseinandernehmen konnten. Und deshalb hatte sie sich gar nicht erst auf eine Auseinandersetzung eingelassen, nur die Lippen aufeinandergepresst und den Kopf geschüttelt. Das hatte wiederum zu einer interessanten Erkenntnis geführt: Es gab Dinge, zu denen ihre Eltern sie nicht zwingen konnten. Sie war zu groß, um auf den Arm genommen und zur Praxis des Seelenklempners getragen zu werden. Und wenn sie einen ins Haus hätten kommen lassen, hätte sie kein Wort gesprochen. Vivi hielt dieses Wissen hoch wie einen Talisman. Manchmal fühlte sie sich stark bei dem Gedanken.

»Aber warum, Vivi?«, fragte Bette. »Was ist so schlimm daran mit jemandem zu reden?«

»Ich will einfach nicht.«

Bette lehnte sich in ihrem Stuhl zurück und sah ihre Freundin durchdringend an. »Ich nehme an, du tust, was du für richtig hältst, Vivi.«

Es klang nicht wie ein Kompliment.

17. Kapitel

Das Gefühl der Beklemmung war unverkennbar. Es war, als würde ein Seil um ihren Brustkorb zusammengezogen. Vivi hängte ihren Mantel in den Garderobenschrank und redete sich ein, dass sie sich vielleicht ein bisschen ungeschickt bewegt hatte. Möglicherweise war das, was sie fühlte, nur ein zwickender Muskel.

Mrs Minkus kam in die Diele. »Hallo«, sagte sie strahlend. »Wie war der Einkaufsbummel?«

»Ich habe die Stiefel vergessen«, antwortete Vivi und guckte mürrisch. Sie ließ die Tüte mit dem Pullover und den Jeans auf den Boden fallen.

Entschlossen, Vivis schlechte Laune zu ignorieren, sagte Mrs Minkus: »Das macht nichts. Vielleicht können wir das morgen erledigen. Zeigst du mir, was du gekauft hast?«

Vivi zuckte mit den Schultern. Sie wollte nur möglichst bald in ihr Zimmer und den Inhalator benutzen, natürlich als reine Vorsichtsmaßnahme. Aber da stand ihre Mutter mit einem erwartungsvollen Lächeln, und das Letzte, was Vivi wollte, war Verdacht zu wecken.

»Viel hast du nicht gefunden«, meinte Mrs Minkus nach einem Blick in die Tüte.

»Es gab nichts, das mir an mir gefiel.«

Ihre Mutter zog den roten Pullover aus der Tüte. »Ist die Größe richtig? Der sieht so groß aus.«

»Er ist auf jeden Fall nicht zu klein«, erwiderte Vivi kategorisch.

»Und Jeans.« Mrs Minkus machte sich gar nicht erst die Mühe sie auszupacken. »Nun ja«, seufzte sie. »Wir können noch nach ein paar anderen Sachen gucken, wenn wir die Stiefel kaufen gehen.«

»Sicher.« Ihre Antwort kam schnaufend. In der Hoffnung, dass ihre Mutter nichts gemerkt hatte, nahm Vivi Pullover und Tüte und ging in ihr Zimmer. Sobald sie außer Sichtweite war, kramte sie in ihrer Tasche nach dem Inhalator und nahm die Kappe ab. Es gab keinen Zweifel mehr. Die altbekannte Beklemmung fing an, das Atmen fiel ihr schwer. Wie jemand, der verzweifelten Durst hat, nahm Vivi zitternd einen Stoß aus dem Inhalator. Dann legte sie sich aufs Bett.

Mit Asthma war so viel Schlimmes verbunden. Ganz obenan stand natürlich immer die schreckliche, beängstigende Sorge um den nächsten Atemzug. Aber Vivi hasste auch die Art und Weise, wie die Krankheit sie dazu brachte, alles zu hinterfragen. Hätte sie den stärkeren Inhalator nehmen sollen? Mittags eine Tablette? Vielleicht sollte sie ihrer Mutter erzählen, dass sie Probleme hatte? Nein. Mrs Minkus würde mit wenig Erfolg versuchen, ruhig zu bleiben. *Mir geht es gut,* sagte Vivi sich und versuchte die panische Stimme in ihrem Kopf zu ignorieren, die sagte: *Aber was ist, wenn nicht?*

Das Atmen fiel ihr immer schwerer. Vivi stand auf

und bewegte sich ein bisschen. Sie ging zum Fenster, zog die Vorhänge zurück und schaute hinaus auf den See, der jetzt im späten Licht des Wintertages düster-grau war. Von ihrem Zimmer hatte sie keinen so weiten Blick wie vom Wohnzimmer. Ein Wohnhaus blockierte den größten Teil des Wassers, und sie konnte lediglich einen Streifen vom Lake Michigan sehen. Es reichte ihr, weil Vivi diesen Streifen Wasser immer als ihr Eigentum ansah, ein privates Stück ständig wechselnder Natur, das nur ihr gehörte.

Wie fast immer beruhigte es sie auf den See zu schauen. Einige Augenblicke lang dachte Vivi, über den Berg zu sein. Sie seufzte vor Erleichterung, doch der Seufzer blieb auf halbem Wege stecken, und als sie den nächsten Atemzug machen wollte, kam der nicht.

Der andere Inhalator, dachte Vivi. Er war stärker eingestellt, und sie sollte ihn nur nehmen, wenn sie sicher war, dass der andere nicht wirkte. Sie war sich nicht sicher. Ihr Vater würde wahrscheinlich bald nach Hause kommen, aber sollte sie warten und ihn fragen? Vielleicht vergeudete sie wertvolle Zeit.

Vivi dachte daran, dass sie in ihrem alten Leben nie Probleme gehabt hatte, Entscheidungen zu treffen. Andy war derjenige, der sich nicht entscheiden konnte, was er im Restaurant bestellen oder welchen Kinofilm er sehen wollte, während Vivi nur die Augen verdrehte. Jetzt konnte sie sich nicht entscheiden, ob sie die extrastarke Medikation nehmen sollte, und gleichzeitig hatte sie Angst bei dem Gedanken, in die Notaufnahme zu müssen – denn das war immer der nächste Schritt, wenn ihre Atmung außer Kontrolle geriet.

Das Keuchen wurde schlimmer. Daran gab es keinen Zweifel. Vivi hasste dieses zischende Geräusch aus tiefstem Herzen. Es war, als bewegte sich eine Schlange in ihr. Sie kramte in ihrer Tasche. Wo war bloß der Inhalator?

»Hi«, sagte Andy und steckte den Kopf zur Tür herein. »Mama will wissen, ob du etwas gegessen hast.«

Weil sie ihrer Stimme nicht traute, nickte Vivi nur.

Andy sah seine Schwester fragend an. »Alles in Ordnung?«

Sie versuchte gleichmäßig zu atmen. »Klar.«

»Okay. Mama macht Kakao. Kommst du rüber und trinkst mit?«

»Nein. Danke.«

Andy blieb einen Moment stehen und studierte ihren Gesichtsausdruck. Dann nickte er nur und ging.

Vivi hätte jetzt eigentlich einen Seufzer der Erleichterung ausgestoßen. Wenn sie hätte atmen können. Sie wandte sich wieder ihrer Tasche zu und fand den stärkeren Inhalator. Aber bevor sie ihn benutzen konnte, klopfte es an der Tür. Mit dem Inhalator hinter ihrem Rücken schaffte Vivi ein »Herein«.

»Liebling«, sagte Mrs Minkus. »Andy hat gesagt, dass du keinen Kakao willst, aber warum kommst du nicht und leistest uns trotzdem Gesellschaft? Ich habe beim Bäcker ein paar dieser leckeren Muffins geholt, die du so gerne magst.«

»Mama ...« Vivi hoffte, ihre Mutter würde nicht bemerken, dass sie mehr geröchelt als gesprochen hatte.

»Ein Nein lasse ich nicht gelten. Dein Vater wird jeden Moment hier sein, später gehen wir essen, deshalb setzen wir uns jetzt zusammen. Wie wär's stattdessen mit einer Tasse Tee? Das wird dich aufwärmen.«

Mrs Minkus stand da und wartete. Wenn sie in dieser Familienstimmung war, ließ sie sich gewöhnlich von nichts abhalten. Also stopfte Vivi den Inhalator in die Tasche und folgte ihrer Mutter ins Esszimmer.

Zu den liebenswerten Eigenschaften ihrer Mutter gehörte die Begabung, selbst aus dem kleinsten Anlass ein Großereignis zu machen. Heute hatte sie den Tisch mit dem feinen Porzellan gedeckt, denn Mrs Minkus war der Meinung, dass man gute Dinge nicht im Schrank verwahren, sondern benutzen sollte. Wenn sie in der richtigen Stimmung war, gefiel Vivi das festliche Ambiente, das ihre Mutter kreierte. Doch jetzt war sie nicht in der passenden Stimmung.

»Oh gut, Papa ist hier«, sagte Mrs Minkus, die ebenso wie Vivi den Schlüssel in der Tür hörte. »Andy«, rief sie in Richtung des Zimmers ihres Sohnes. »Wir sind gleich so weit.«

Verdammt, dachte Vivi. Sie hatte sich ins Badezimmer schleichen und einen Stoß aus dem Inhalator nehmen wollen, bevor ihr Vater nach Hause kam. Er konnte manchmal zwar etwas abwesend sein, aber wenn sie keuchte, würde sein Mediziner-Ohr es hören.

Andy trottete in die Küche, und Dr. Minkus kam, noch im Mantel, aus der Diele herein.

»Judd, bei uns ist Teestunde angesagt, genau wie die Engländer es machen. Zieh deinen Mantel aus und setz dich ein bisschen zu uns.« Mrs Minkus lächelte.

»Mir ist kalt«, gab ihr Ehemann zurück und küsste sie auf die Wange. »Ich hänge den Mantel gleich auf.

Das sieht aber nett aus«, sagte er zustimmend mit einem Blick auf den festlich gedeckten Tisch. »Aber muss es wirklich Tee sein? Kann ich nicht einen Kaffee haben?«

Mrs Minkus lachte. »In der Küche ist eine Kanne.«

»Sehr schön.« Dr. Minkus drehte sich zu seinen Kindern um. Vivi, die verzweifelt versuchte, gleichmäßig zu atmen, saß bereits. Andy sah seine Schwester besorgt an. Dr. Minkus folgte seinem Blick. »Vivian«, sagte er scharf. »Ist alles in Ordnung?«

Gib auf. Sie hatte ein Problem, und wenn es jetzt noch nicht offensichtlich war, würde es das sehr schnell werden. Sie schüttelte hartnäckig den Kopf.

»Hast du dein Messgerät benutzt?«, fragte Dr. Minkus.

Vivi schüttelte wieder den Kopf. Sie hasste das Messgerät. Eigentlich sollte sie damit ihre Atmung kontrollieren, aber sie mied das Gerät, wo es nur ging. »Die Messwerte lügen nicht«, sagten die Ärzte und ihre Eltern immer wieder. »Es kann dir nicht gut gehen, wenn das Messgerät etwas anderes sagt.«

Und das war der Grund, warum sie das Messgerät nicht benutzte.

»Andy, hol es«, ordnete Dr. Minkus an.

Vivi nahm den extra-starken Inhalator aus ihrer Tasche und zeigte ihn ihrem Vater.

»Warte bis nach den Werten.«

Kaum war Andy mit dem Messgerät zurück, atmete Vivi hinein. Ohne die Zahlen zu sehen, konnte sie das Ergebnis vom düsteren Gesicht ihres Vaters ablesen.

»Also gut, Vivi. Nimm zwei Stöße aus dem stärkeren

Inhalator und dann zieh deinen Mantel an. Wir fahren ins Krankenhaus.«

»Nein«, brachte sie keuchend heraus.

»Doch«, erwiderte er kurz. »Jill, ich nehme mit Vivi ein Taxi. Das ist schneller, als den Wagen aus der Garage zu holen.«

»Ich komme mit«, sagte Mrs Minkus mit sorgenverzerrtem Gesicht.

»Du kannst hinter uns herfahren.«

Andy hatte schon ihren Mantel und ihre Mütze aus dem Schrank geholt. Als er ihr beides gab, schob er ihr außerdem etwas in die Hand.

Vivi schaute hinunter auf die Engelsmünze. Als sie sich in ihren Mantel kämpfte, sagte Andy: »Sie lag auf deiner Kommode neben dem Messgerät. Nimm sie mit, ja?«

Vivi nickte und versuchte ein Lächeln. Sobald sie angezogen war, schob Dr. Minkus sie aus der Tür und die Treppe hinunter, wo der Portier ihnen eilig ein Taxi rief.

Sobald sie unterwegs waren, fragte Dr. Minkus: »Wirkt der Inhalator? Nick nur oder schüttle mit dem Kopf.«

Stattdessen zuckte Vivi mit den Schultern. Sie war sich nicht sicher.

Dr. Minkus legte den Arm um Vivi. Mit der anderen Hand griff er in die Tasche und holte sein Handy heraus. Vivi hörte kaum zu, als er mit dem Krankenhaus telefonierte und der Notaufnahme ankündigte, dass er seine Tochter brachte. Sie hatte genug damit zu tun, sich auf ihre Atmung zu konzentrieren.

Das Krankenhaus war nicht sehr weit. Das Taxi hielt

an der Notaufnahme, und Dr. Minkus schob Vivi in den hell erleuchteten Raum. Vivi war nicht zum ersten Mal hier, seit ihr Asthma so schlimm geworden war. Im Krankenhaus zu sein, weckte zwei verschiedene Emotionen in ihr. Eine davon war Hass. Sie hasste es, hier zu sein, ängstlich und besorgt, andere ängstliche und besorgte Menschen zu sehen, auf unbequemen Stühlen zu sitzen, auf jemanden zu warten, der sich um sie kümmerte. Das andere Gefühl war Erleichterung. Eine Welle der Erleichterung, dass sie an einem sicheren Ort war, dass, obwohl sie noch nicht über den Berg war, bald jemand kommen würde, um sie dorthin zu bringen.

Dr. Minkus hatte kaum ihre Personalien am Empfang angegeben, da rief eine Schwester mit einem Klemmbrett in der Hand ihren Namen. Vivi fühlte die Blicke der anderen Leute, die schon viel länger warteten. Sie warf ihrem Vater einen fragenden Blick zu und krächzte: »Ich schon?«

»Du kannst nicht atmen. Das hat Vorrang vor vielen anderen Notfällen«, erwiderte ihr Vater.

Vivi nickte, fragte sich aber, ob der ältere Mann mit den asiatischen Gesichtszügen, der sich den Magen hielt, das auch so sah.

Die Schwester brachte Vivi in eine mit Vorhängen abgetrennte Kabine. Dr. Minkus räusperte sich und sagte: »Ich bin direkt hier draußen. Geben Sie mir Bescheid, wenn Sie die Eingangsuntersuchung gemacht haben?«

»Ja, Dr. Minkus«, sagte die Schwester, deren Namensschild sie als Mrs Reich auswies. Sie gab Vivi eins dieser dünnen, peinlichen Baumwollhemden, die hinten kaum schließen. Sobald ihr Vater außer Sicht war, zog sich Vivi mit der Hilfe der Schwester um und dann begannen die üblichen Untersuchungen. Blutdruck, Blutprobe, eine ausführliche Messung ihrer Atmung. Es dauerte nur Augenblicke, dann horchte ein Arzt aus der Notaufnahme, ein Assistenzarzt oder Praktikant, der kaum älter aussah als sie, ihren Brustkorb mit einem Stethoskop ab. Glücklicherweise sah er wenigstens nicht gut aus, sonst wäre ihre Demütigung komplett gewesen.

»So … Vivian …«, sagte er, nachdem er seine Unterlagen befragt hatte. »Ich bin Dr. Trace. Hast du deinen Inhalator dabei?«

Weil Vivi immer noch kaum sprechen konnte, deutete sie auf ihren Mantel. Die Schwester nahm den Inhalator aus der Tasche und gab ihn Dr. Trace. Während er ihn studierte und etwas in den Computer auf einem Schrank eingab, kam Mrs Reich zu Vivi und gab ihr die Engelsmünze. »Sie war in deiner Tasche. Möchtest du sie haben?«

Vivi nickte. Es war vielleicht blöd, aber Andy hatte sie ihr so hoffnungsvoll gegeben, dass es unhöflich schien, sie wieder in die Tasche zu verbannen.

Dr. Trace wandte sich wieder Vivi zu. »Hier heißt es, dass du zwei Sprühstöße genommen hast. Du solltest jetzt noch einen nehmen. Und wir geben dir etwas Sauerstoff. Danach sehen wir weiter.«

Das Einzige, woran sich Vivi von der folgenden Stunde später noch erinnerte, war der Wechsel von Angst und Langeweile. In den Augenblicken, in denen sie ruhig atmen konnte, gab es nichts anderes zu tun, als an die rissige Decke zu starren und den Wasserflecken erkennbare Formen zuzuordnen. Dann verengte sich ihre Brust wieder, das Pfeifen kam zurück und Vivi fühlte Panik aufsteigen. Mittlerweile hatten ihre Eltern sie kurz sehen dürfen, aber Dr. Trace hatte sie gebeten, wieder im Warteraum Platz zu nehmen. Wahrscheinliche, dachte Vivi, weil ihr Vater den jungen Arzt nervös machte. Dr. Minkus hatte manchmal diesen Effekt auf andere.

Außerdem war ihr kalt. Eiskalt. Draußen herrschte tiefster Winter, aber deshalb musste das in ihrer Kabine nicht auch so sein. Mrs Reich brachte ihr eine Decke, als Vivi sich fröstelnd die Schultern rieb, aber die war fast so durchscheinend wie ihr Hemd. »Leute, dreht die Heizung hoch!«, wollte sie brüllen, aber es hätte wohl nichts geholfen. Sie sparte ihren Atem lieber auf.

Dr. Trace kam mit ihren Eltern im Schlepptau wieder.

»Okay, du bekommst jetzt eine intravenöse Steroidinjektion und wirst dann hoch auf ein Zimmer gebracht.«

Vivi sah ihre Eltern an. »Ich muss hierbleiben?«, fragte sie entsetzt.

»Beruhige dich, Vivi«, sagte Dr. Minkus. »Du kannst mit einer Infusion im Arm nicht nach Hause.«

»Es ist wahrscheinlich nur über Nacht«, fügte Mrs Minkus hinzu, aber Vivi bemerkte die Unsicherheit in ihrer Stimme sofort.

»Sicher?«, flüsterte sie.

Dr. Trace räusperte sich. »Wir sehen uns morgen«, sagte er, ganz offensichtlich bemüht, seine Autorität aufrechtzuerhalten.

»Wir müssen dich jetzt nach oben bringen, bevor dein Zimmer an einen anderen Patienten vergeben wird.«

Ihr Vater blieb bei ihr, als der Infusionsbeutel mit der flüssigen Lösung in einem kurzen, aber schmerzhaften Prozess angeschlossen wurde. Der Beutel war über einen Schlauch mit einer großen Nadel verbunden, die in Vivis Arm blieb; wenn die Flüssigkeit verbraucht war, wurde der Beutel ausgetauscht. Dr. Minkus runzelte die Stirn, als Mrs Reich drückte und stocherte, um eine passende Vene für die Nadel zu finden. Vivi bemühte sich sehr, weder zu zappeln noch zu klagen, weil ihr klar war, dass die Sache dann noch länger dauern würde. Als sie endlich angeschlossen war, erschien ein Pfleger und schob sie nach oben. Im Fahrstuhl lächelte er sie an und fragte: »Wie geht's?«, aber Vivi drehte den Kopf und sagte nichts, obwohl ihr Atem sich normalisierte und ihr das Sprechen leichter fiel. Aber die passende Antwort wäre unhöflich gewesen. »Ich sehe noch schrecklicher aus als ich mich fühle. Ein Schlauch samt Beutel hängt an meinem Arm, und jetzt muss ich für wer weiß wie lange hierbleiben. Was glaubst du, wie ich mich fühle?«

Ihr Zimmer war klein, aber zumindest hatte sie es für sich. Bei ihren früheren Krankenhausaufenthalten hatte Vivi immer ein Zimmer teilen müssen, einmal mit einer älteren Frau, die Vivi für ihre Enkelin hielt. Trotz der senfgelben Wände und der Tatsache, dass das Fenster zum Parkhaus hinausging, war Vivi erleichtert, allein zu sein.

Nicht, dass man jemals in einem Krankenhaus wirklich allein war. Kaum war sie da, kam die zuständige

Schwester, um den Puls zu fühlen und mit einem Ohrthermometer die Temperatur zu messen. Kurze Zeit später kam eine gut gelaunte Mitarbeiterin der Cafeteria und brachte ihr ein Tablett mit Essen. Als sie das Zimmer verlassen wollte, stieß sie fast mit Vivis Familie zusammen.

Mrs Minkus trug eine kleine Vase mit Blumen. »Der Kiosk wollte gerade schließen, und ich habe die letzten bekommen.«

So sehen sie auch aus, dachte Vivi, als sie die etwas müden Chrysanthemen ansah, aber sie sagte nur: »Danke.«

»Wie geht es dir?«, fragte Andy.

Statt einer Antwort öffnete sie ihre Hand, in der immer noch die Engelsmünze lag, und lächelte. Andy lächelte zurück.

Das Zimmer war so klein, dass es mit der Familie Minkus völlig überfüllt schien. Dr. Minkus saß auf dem einzigen Stuhl und blätterte Vivis Krankenblatt durch. »Ich bin sicher, dass sie dir die richtige Behandlung verordnet haben.« Dann steckte er es zurück in die Halterung an ihrem Bett und sagte: »Ich habe eine neue Kollegin von mir angerufen, Dr. Raphael. Sie ist Lungenspezialistin mit einer fantastischen Reputation. Ich habe sie gebeten, einen Blick auf dich zu werfen, aber sie ist irgendwo beim Essen. Sie hat gesagt, dass sie auf dem Weg nach Hause kurz reinschaut.«

Vivi zuckte mit den Schultern. Das Letzte, was sie wollte, war noch ein Arzt. Aber sie war an dieses Bett gebunden, und wenn diese Dr. Raphael meinte, sie sehen zu müssen, konnte Vivi nichts dagegen tun.

»Fällt dir das Atmen leichter?«, fragte Dr. Minkus.

»Ja«, sagte Vivi und atmete tiefer durch, als sie es den ganzen Tag getan hatte.

»Aber das ist ja wunderbar, Liebling«, sagte Mrs Minkus und fuhr ihrer Tochter mit der Hand durchs Haar.

Verlegenes Schweigen setzte ein. Es gab für die Familie nichts anderes zu tun, als sich gegenseitig anzusehen und Vivi zu drängen, doch etwas zu essen, was diese aber partout nicht wollte – zumal alles auf dem Tablett die gleiche Farbe zu haben schien. Das Fleisch war braun, die Soße, die über das Kartoffelpüree und die Karotten gelaufen war, hatte diese ebenfalls braun gefärbt, und die Cola warf braune Blasen. Nur die roten Gelantinewürfel sorgten für etwas Farbe, die allerdings nicht besonders appetitanregend war.

Endlich war ihre Familie so weit, dass sie aufbrach.

Mrs Minkus richtete Vivis Kissen. »Wir sind gleich morgen früh wieder da.«

Na toll, dachte Vivi.

Dann fiel Mrs Minkus etwas ein. »Vielleicht sollte ich eine Liege hereinstellen lassen und bei dir bleiben, du hast ja ein Einzelzimmer.«

»Nein, Mama, wirklich, es ist in Ordnung.« *Es ist in Ordnung!*

»Also gut«, gab ihre Mutter nach. »Dein Vater wird dafür sorgen, dass die Schwestern regelmäßig nach dir sehen.«

»Das tun sie ohnehin«, sagte Dr. Minkus und gab seiner Tochter einen Kuss auf die Stirn. »Ich denke, du bist morgen wieder zu Hause.«

»Hoffentlich«, erwiderte Vivi.

»Wir rufen später an«, sagte ihre Mutter.

»Da wird sie wahrscheinlich schon schlafen«, warf Andy ein und reagierte auf Vivis dankbaren Blick mit einem Nicken.

»Wir werden nur mit der Stationsschwester sprechen«, sagte Dr. Minkus.

Jetzt, da ihr das Atmen leichterfiel und ihr Körper weniger angespannt war, merkte Vivi, wie erschöpft sie war. »Ja, ich glaube, ich werde jetzt versuchen zu schlafen.«

Ihre Familie war kaum außer Sicht, da fühlte Vivi ihre Lider schwer werden. Sie dachte vage daran fernzusehen, aber bevor sie sich nach der Fernbedienung umsehen konnte, war sie schon eingeschlafen.

Später war sie sich nicht sicher, welcher ihrer Sinne sie geweckt hatte. War es der intensive Geruch von Gardenien, der den Raum erfüllte, oder der Klang von Glocken? Vielleicht war es auch der Lichtschein. Als Vivi die Augen öffnete, sah es so aus, als würde der Schein die Frau umgeben, die neben ihrem Bett stand, aber als sie wacher wurde, erkannte sie, dass die Tür offen war und das Licht vom Korridor kam.

»Hallo«, sagte Vivi.

Die Frau lächelte. »Hallo. Ich bin Dr. Raphael.«

Vivi sagte einen Moment lang gar nichts und betrachtete Dr. Raphael. Groß, mit kakaobrauner Haut und dichtem silbergrauem Haar, das fast so kurz wie ein Bürstenhaarschnitt war, strahlte Dr. Raphael eine Ruhe aus, die Vivi sofort entspannte. Sie erkannte jetzt, dass der Glockenklang tatsächlich das Klingeln mehrerer Armbänder an Dr. Raphaels Handgelenk war. Der Blumenduft musste ihr Parfüm sein.

»Wie fühlst du dich, Vivian?«, fragte Dr. Raphael.

Vivi setzte sich ein bisschen auf. Sie holte Atem, probierte. »Viel besser, danke.«

»Ich bin sehr froh darüber«, sagte Dr. Raphael mit einem Lächeln, das Vivi überwältigte. »Hast du etwas dagegen, wenn ich mich einen Augenblick setze?«

»Bitte sehr.« Irgendetwas hatte die Ärztin an sich, das sie veranlasste, so höflich zu sein, wie ihre Mutter es immer von ihr verlangte.

Dr. Raphael zog ihren samtigen Mantel aus und zog den Stuhl näher ans Bett. »Kannst du die Lampe anmachen?« Ihre Stimme hatte einen etwas singenden Tonfall.

»Natürlich.« Mit dem Licht erschien eine Dr. Raphael, die nicht mehr ganz so unwirklich war wie die Frau in dem abgedunkelten Zimmer, aber immer noch eindrucksvoll. Sehr eindrucksvoll.

»Also, Vivian, dein Vater hat mich angerufen und gefragt, ob ich nach dir sehen könne. Glücklicherweise war meine Verabredung nicht weit von hier, also bin ich hier.«

»Wie spät ist es?«, fragte Vivi.

»Es ist etwa zehn, also noch nicht so spät. Ich bin froh, dass du ein bisschen geschlafen hast. Es war sicher ein anstrengender Tag.«

Vivi sah zu dem Beutel mit ihrer Medikation hoch. Er war fast leer. »Ja, das war es. Und beängstigend.« Sie wusste nicht, warum sie das hinzugefügt hatte. Angst zu haben war so ziemlich das Letzte, was sie von sich preiszugeben bereit war.

»Wie ist das passiert?«

»Na ja, ich war heute shoppen, weil ich wieder zur Schule gehen werde …«

»Du bist nicht zur Schule gegangen?« Dr. Raphael zog ganz leicht ihre Augenbrauen hoch.

»Als es mir schlechter ging, hatte ich eine Zeit lang Privatunterricht.«

Dr. Raphael nickte nur und gab Vivi ein Zeichen weiterzureden. Also erzählte Vivi ihr von dem Einkaufsbummel, wie sie nach Hause kam und die Symptome sie dann voll erwischt hatten.

»Du hast deine Medikamente nicht mehr genommen, oder?« So wie sie das sagte, war es eine Feststellung und keine Frage.

Vivi war schockiert. Sie hatte halbwegs damit gerechnet, dass ihr Vater dahinterkommen würde, dass sie ihre Medikation reduziert hatte, aber sie hatte diese Erkenntnis ganz sicher nicht jemandem zugetraut, den sie vor weniger als zehn Minuten zum ersten Mal getroffen hatte. »Woher wissen Sie das?«

»Ich bin keine Gedankenleserin«, sagte Dr. Raphael, aber so intensiv wie sie Vivi beobachtete, war diese nicht sicher, ob sie das glauben sollte. »Es ist unwahrscheinlich, dass du so schnell so krank wirst, es sei denn, deine Medikamente funktionieren nicht, und das tun sie eigentlich fast immer. Deshalb nehme ich an, dass du sie nicht genommen hast.«

Okay, sie war erwischt worden, aber Vivi versuchte, ein bisschen zu beschönigen, was sie getan hatte. »Ich habe nicht ganz aufgehört, sondern nur die Dosis reduziert. Ich hatte mich besser gefühlt und geglaubt, dass ich nicht mehr so viel brauche.«

»Glaubtest du?« Dr. Raphael sah fast etwas belustigt aus, wurde aber gleich wieder ernst. »Ich bin sicher, Vivian, dass man dir gesagt hat, was passiert, wenn du die Medikamente nicht ordentlich nimmst.« Sie machte eine ausholende Geste. »Du siehst ja hier, welche Konsequenzen es hat.«

Es war die schlichte Feststellung von Tatsachen, aber Vivi fühlte sich schlecht und, noch schlimmer, dumm. Was hatte sie sich nur dabei gedacht?

»Was hast du dir nur dabei gedacht?«

Für jemanden, der vorgab, keine Gedanken lesen zu können, kannte sich Dr. Raphael in ihrem Kopf ziemlich gut aus. Aber da es eher nach einer Frage als nach einer Anschuldigung klang, antwortete Vivi.

»Als klar war, dass ich wieder zur Schule gehen sollte, wollte ich besser aussehen.«

»Es ist besser, gut auszusehen, als sich gut zu fühlen?«

Vivi antwortete darauf nicht, weil sie annahm, dass Dr. Raphael ihre Antwort für dumm halten würde; aber ja, auf eine Weise war es ihr wichtiger, gut auszusehen, als sich gut zu fühlen. Dr. Raphael schien von ihrem Schweigen nicht überrascht. Eigentlich sah sie ohnehin nicht wie jemand aus, der sich von irgendetwas überraschen ließ, und deshalb sagte Vivi schließlich: »Ich bin es leid, hässlich zu sein.«

»Du glaubst also, dass du die Umkehr der Geschichte vom hässlichen Entlein bist? Du warst am Anfang schön.«

Vivis Augen füllten sich mit Tränen.

»Ich werde dir nicht sagen, dass du immer noch schön bist. Du würdest mir nicht glauben. Wie in so vielen anderen Märchen musst du das für dich selbst herausfinden. Was ich für dich tun kann, ist, deine Medikation abzustimmen und mit dir darüber zu reden, wie du dein Asthma unter Kontrolle bekommen kannst.«

Da war nichts, was Vivi nicht vorher schon einmal gehört hatte, aber Dr. Raphael sprach mit einer Sachlichkeit, einer Bestimmtheit, die Vivi hoffen ließ. Sie hätte dieses Gefühl fast nicht erkannt.

Dr. Raphael erhob sich und legte sich ihren Mantel anmutig über die Schulter. »Das hört sich jetzt vielleicht einfach an. Aber das wird es nicht unbedingt sein. So viel von dem, was passiert, hängt von dir ab, nicht von mir.« Sie sah Vivi aufmerksam an. »Es wäre aber schade, wenn nicht mehr passiert, als dass du ein bisschen besser aussiehst und sich deine Atmung bessert.« Mit einem letzten Klingeln ihrer Armbänder und einem flüchtigen Lächeln verließ Dr. Raphael das Zimmer.

Was meint sie damit?, fragte sich Vivi.

Egal, sie war zu müde, um jetzt darüber nachzudenken. Als Vivi sich erneut unter ihrer Decke zusammenkuschelte, bemerkte sie, dass der Duft der Gardenien noch nachklang. Bevor sie einschlief, ging ihr durch den Kopf, dass etwas am Besuch der Ärztin eigenartig gewesen war. Dr. Raphael hatte ihre Patientenkartei nicht einmal geöffnet.

18. Kapitel

Vivi hatte damit gerechnet, dass ihr eine Nacht im Krankenhaus eine Schonfrist von mindestens einer Woche für die Schule bringen würde. Doch sie hatte sich getäuscht. Am Sonntagmorgen wurde sie aus dem Krankenhaus entlassen, ihre Atmung war normal. Montag, da stimmten ihre Eltern zu, sollte sie sich noch erholen. Dann wurde in Absprache mit Dr. Raphael (eine Absprache, die mit Vivi nicht abgesprochen war) beschlossen, dass sie ihr schulisches Debüt am Dienstag geben würde.

Vivi war geschockt, als ihre Mutter sie Montagvormittag davon in Kenntnis setzte. Sie war nur in die Küche gewandert, um sich ein Glas Orangensaft zu holen; bis dahin war es die wichtigste Entscheidung des Tages für sie gewesen, ob sie sich anziehen sollte oder nicht. Dann sagte ihre Mutter in ganz sachlichem Ton, dass sie zur Schule musste.

»Nach all dem, was ich hinter mir habe?«, fragte Vivi und knallte das Glas auf die Arbeitsfläche.

»Was du hinter dir hast, ist deine eigene Schuld«, sagte Mrs Minkus ärgerlich.

Vivi zuckte zusammen. Dr. Raphael hatte sie nicht verraten. Ihr Vater, der sie am Sonntag abgeholt hatte,

hatte eins und eins zusammengezählt, als er ihre Untersuchungsergebnisse gesehen und die deutliche Verbesserung nach der Transfusion bemerkt hatte. Im Gegensatz zu Dr. Raphaels nüchterner Reaktion waren ihre Eltern in die Luft gegangen. Sie waren »wütend«, »enttäuscht« und »angesichts ihrer Verantwortungslosigkeit erschüttert«. Vivi versuchte in ihrem Krankenhausbett schwach und hilflos auszusehen, aber kein Elternteil zeigte sich nachsichtig. Als sie zu Hause waren, verschlief Vivi fast den ganzen Sonntag, was die Vorwürfe minimierte. Aber am späten Sonntagnachmittag kam ihre Mutter mit einem ungewöhnlich entschlossenen Gesichtsausdruck ins Zimmer.

»Hier ist deine Medizin«, sagte Mrs Minkus. Sie gab Vivi die Tabletten und ein Glas Wasser und wartete darauf, dass ihre Tochter sie auch wirklich nahm.

Vivi fühlte sich wie eine Fünfjährige, aber sie hatte es wohl verdient und streckte stumm die Hand aus.

»Ich werde auf dich aufpassen müssen«, fuhr ihre Mutter fort. »Und ich werde Andy sagen, er soll darauf achten, dass du sie mittags nimmst.«

»Ich mache so einen Mist nicht noch einmal«, sagte Vivi. »Ich will nicht wieder ins Krankenhaus.«

»Hmm«, war Mrs Minkus' einziger Kommentar. Daraus schloss Vivi, dass die Logik ihrer Tochter sie nicht überzeugt hatte, obwohl Vivi jedes Wort ernst meinte.

Als Vivi gerade die Tabletten geschluckt hatte, kam ihr Vater herein. »Ich habe mit Dr. Raphael gesprochen. Sie untersucht dich am Donnerstag.«

»Ich mag sie«, sagte Vivi spontan, überrascht, dass die Worte einfach so herauskamen.

Ihr Vater lächelte sie an, endlich. »Dann hoffe ich, dass du gut zuhörst, was sie sagt und mitziehst.«

Mitmachen war so ziemlich alles, was sie tun konnte. Sie brütete den ganzen Montag über die Rückkehr zur Schule, vor allem darüber, was sie anziehen sollte. Jetzt wünschte sie, sie hätte bei dem Einkaufsbummel etwas mehr Enthusiasmus gezeigt. Als Andy nach Hause kam, hatte Vivi so richtig schlechte Laune. Gleich als er hereinkam, bombardierte sie ihn mit Protesten wegen ihrer Zwangsrückkehr zur Schule.

»Widerstand ist zwecklos«, sagte er nur und zuckte mit den Schultern. Vivi fiel auf, dass dies der erste vollständige Satz war, den er seit ihrer Rückkehr zu ihr gesagt hatte. Er war zwar ein paar Mal in ihr Zimmer gekommen und hatte »Alles okay?« gefragt, aber ansonsten war von ihm nichts gekommen.

Vivi folgte Andy in sein Zimmer und redete weiter. »Vielleicht kannst du ja etwas zu Mama sagen? Ich fühle mich immer noch erschöpft.«

»Ich habe kein Mitleid mit dir«, sagte Andy mit einem abweisenden Blick.

Eine geschockte Vivi gab den Blick zurück. Andy, ihre gefügige zweite Hälfte, war auch gegen sie? Andy, der sonst immer der fürsorglichste Bruder war?

»Du hast uns Angst gemacht«, sagte er schroff. »Du hast mir Angst gemacht.«

War da ein leichtes Zittern in seiner Stimme, ganz zum Schluss? Vivi war sich nicht ganz sicher, aber allein bei dem Gedanken fühlte sie sich schrecklich. Sie war so mit sich beschäftigt gewesen, dass sie gar nicht darüber nachgedacht hatte, wie sehr sich sein Leben durch ihre

Krankheit ebenfalls verändert hatte. Erstens wollten sie die Bar-Mizwa (na ja, Bat-Mizwa für sie) eigentlich gemeinsam begehen, aber das Ganze musste verschoben werden, weil sie nicht mehr zur hebräischen Schule gegangen war, und weil ihre Mutter zu viel Stress hatte, um eine Party zu planen. Und ihre Eltern kümmerten sich kaum um ihn, weil die Sorge um Vivi sie beide auf Trab hielt.

»Es tut mir leid«, sagte sie mit einer dünnen, leisen Stimme.

»Ja, das sollte es auch. Deine Tabletten nicht zu nehmen.« Andy schüttelte über ihre Dummheit nur den Kopf.

»Aber die haben mich so hässlich gemacht.«

»Vivi, ich habe dir eine Million Mal gesagt, dass du niemals richtig hässlich sein wirst.«

Vivi setzte sich auf den Rand seines Betts. »Du verstehst das einfach nicht. Du bist ein Junge. Dir ist es egal, wie du aussiehst.«

Andy verschränkte die Arme und sah auf sie hinunter. »Warum sollte es mir egal sein, wie ich aussehe? Sehe ich so schrecklich aus, dass es mir egal sein sollte?«

Zum ersten Mal seit langer Zeit sah Vivi ihren Bruder genau an. Es traf sie fast wie ein Schock, dass der Andy, den sie im Kopf hatte – klein und ein bisschen nervös –, mit dem Andy vor ihr wenig gemein hatte. Wann das geschehen war, war ihr nicht ganz klar, aber Andy war gewachsen. Sie kannte den Spruch, dass jemand »über Nacht in die Höhe schießt«, und auf Andy traf er zu. Im April wurden sie dreizehn, und Andy sah plötzlich aus wie ein Teenager, nicht mehr wie ein Kind. Und da war noch etwas, das Vivi nicht genau ausmachen konnte. Hätte sie darauf geachtet, wäre ihr vielleicht früher aufgefallen, dass Andy begonnen hatte, selbstbewusster zu werden, zuversichtlicher. Irgendetwas musste mit ihrem Bruder passiert sein, das diese Veränderung ausgelöst hatte. Es gab eine Zeit, da hätte er ihr davon erzählt, aber das hatte er nicht, und jetzt war sie zu verlegen, um zu fragen.

»Nein, natürlich sollst du darauf achten«, antwortete Vivi schnell. »Du … siehst sogar wirklich gut aus.«

Er konnte sich ein Grinsen nicht verkneifen. »Wirklich?«

»Ja, wirklich.« Vivi lächelte auch.

»Ich bin immer noch sauer auf dich«, sagte Andy.

»Das ist schon okay. Ich bin auch nicht gut auf mich zu sprechen.« Vivi stand auf, um zu gehen und fragte dann aufs Geratewohl: »Du bist in jemanden verknallt, stimmt's?«

Andy wurde rot. »Was meinst du?«

»Weißt du … ach, ist auch egal.«

Andy sah aus, als wollte er sie ins Vertrauen ziehen, machte sich dann aber an den Büchern auf seinem Schreibtisch zu schaffen.

»Wir gehen doch morgen zusammen zur Schule, oder?«, fragte Vivi.

»Sicher. Ich bin bei dir. Wie immer.«

Und das war er. Ihre Mutter bestand darauf, sie nach Odom zu fahren, und Andy ging mit ihr in Richtung Schule. Sie waren noch nicht weit gekommen, als Bette von hinten angerannt kam und die Arme um Vivi schlang.

»Wie geht's dir?«, fragte Bette. »Andy hat angerufen und mir erzählt, was los war. Ich wollte dich anrufen oder wenigstens eine SMS schicken, aber deine Mutter wollte, dass du dich ausruhst, und ich wollte dich nicht nerven.«

»Ich bin in Ordnung. Hat Andy dir erzählt …«

»Ja, habe ich«, unterbrach Andy. »Ich habe ihr alles erzählt.«

»Wie konntest du nur so etwas Blödes tun?«, fragte Bette.

Das war peinlich. Vivi wollte dazu auf keinen Fall etwas sagen. »Ich erzähl's dir später«, sagte sie. *Sehr viel später, hoffentlich nie.*

Bette sah über diese Antwort nicht sehr glücklich aus, aber sie hakte nicht nach. Und ehe Vivi es sich versah, war sie wieder in der Schule. Das unwirkliche Gefühl, das sie empfand, hielt fast den ganzen Tag an. Sie meldete sich im Sekretariat, nahm an den morgendlichen Unterrichtsstunden teil und war erleichtert, dass sie nicht sehr weit hinter der Klasse zurück war. Ihre Lehrer hatten ihr die Aufgaben nach Hause geschickt, und der Privatlehrer hatte sie pflichtbewusst in seinen Lehrplan eingebaut.

Die Mittagspause war eine Überraschung. Joe Garcia saß mit einer größeren Gruppe zusammen, und er schien erpicht darauf mit ihr zu reden.

»Wie fühlst du dich?«, fragte er und ließ sich mit einem selbst gemachten Erdnussbuttersandwich und Milch auf den Stuhl neben ihr fallen.

Sie hatte im Unterricht mit kaum jemandem geredet. Eine ihr völlig unbekannte Schüchternheit umgab sie, und zum ersten Mal in ihrem Leben hatte sie eine Ahnung, wie sich Andys Ängstlichkeit angefühlt haben musste. Den ganzen Vormittag hatte sie verstohlen die anderen Schüler beobachtet, ob die über sie redeten, Kommentare zu ihrem veränderten Aussehen abgaben, aber niemand hatte sie angestarrt.

»Wie fühlst du dich?«, fragte Joe ein bisschen lauter, als hätte sie ihn nicht verstanden.

Andy drehte sich mit gerunzelter Stirn zu ihm um.

Vivi aß ein bisschen Salat, den Kopf tief über den Teller gebeugt, und sagte: »Okay.«

»Aber doch besser?«

»Du siehst doch, ich bin hier.« Warum interessierte sich Joe für ihre Gesundheit?

»Ja, scheint so«, erwiderte Joe.

Irgendetwas an seiner selbstbewussten Art regte sie richtig auf. Was wusste der denn schon? »Falls es dich interessiert, ich war am Wochenende im Krankenhaus.« Warum hatte sie das jetzt bloß gesagt?

Joe sah sie bestürzt an. »Was war los?«

»Ein Asthma-Anfall. Warum bist du so überrascht? Ich habe Asthma, manchmal muss ich damit ins Krankenhaus.«

»Na ja, das hatte ich nicht erwartet.«

Das hatte er nicht erwartet?

»Meine Mutter hat Probleme mit ihren Lungen«, fuhr Joe fort.

»So wie neulich, als eure Katze verschwunden war?«, fragte Vivi.

Joe nickte. »Aber seit sie eine neue Ärztin hat, geht es ihr ziemlich gut. Dr. Raphael hat ihr ein neues Medikament verschrieben, das ihr wirklich hilft.«

»Dr. Raphael?«, fragte Vivi und sah Joe zum ersten

Mal direkt an. »Sie ist auch meine neue Ärztin. Ich habe am Donnerstag einen Termin bei ihr.«

Joes Gesicht hellte sich auf. Er sah richtig glücklich aus. »Dr. Raphael. Sie wird dir helfen. Meine Mutter sagt, dass sie noch nie so einen Arzt wie sie hatte. Das ist toll.«

Danach wurde nur noch über *Big River* geredet, und Vivi fühlte sich, als sei sie mitten in ein Gespräch hineingestolpert, das schon sehr lange lief. Fred jammerte, dass der Regisseur einen der Songs kürzen wollte, was er ausgesprochen blöde fand; und Lane, deren stachelige Frisur aussah, als hätte sie eine halbe Tube Gel benutzt, war aufgebracht, dass die Eltern, die sich angeboten hatten, die Kostüme zu schneidern, nicht schnell genug arbeiteten. Die ganze Zeit summte Bette ganz leise einen ihrer Songs, eine Angewohnheit, die die anderen ganz offensichtlich in den Wahnsinn trieb, denn ausgerechnet der immer freundliche Ollie sagte schließlich entnervt zu Bette: »Wie oft haben wir dich gebeten, Bette? Lass das Summen sein.«

Bette sah sich überrascht am Tisch um. »Habe ich das schon wieder gemacht?«

»Ja«, sagte Andy freundlich.

»Ich nehme an, dass es reine Nervosität ist. Und je näher die Aufführung rückt, desto nervöser werde ich.«

Vorher war Vivi schüchtern gewesen, doch jetzt fühlte sie sich einsam. *Big River*, so viel war klar, war Tagesthema und würde es jeden Tag bis zur Aufführung sein. Die ganze Schule war in Gedanken woanders, und Vivi wusste nicht, wie sie da mitkommen sollte, sie war sich nicht einmal sicher, ob sie das überhaupt wollte.

Während um sie herum alle über *Big River* redeten, griff Vivi in die Tasche und tastete nach ihrer Engelsmünze. Bevor sie morgens zur Schule gegangen war, hatte sie sich vergewissert, dass sie da war. Sie hielt sie fest und fuhr mit dem Finger über den Engel, den sie nicht sehen konnte. Es störte sie noch nicht einmal, als Andy sich über den Tisch lehnte und flüsterte: »Hast du deine Medizin genommen?«

Anstatt wütend zu werden, hatte sie ihn angelächelt und gesagt: »Will ich gerade machen. Du kannst zugucken.« Und er passte auf, als sie die beiden Tabletten aus einer Plastiktüte in ihrem Rucksack nahm und sie mit Milch herunterspülte.

Der Rest des Tages verlief ereignislos, bis Mrs Wu gegen Ende der letzten Stunde den Kopf zur Tür reinsteckte und fragte, ob sie Vivi sprechen könnte.

Verlegen, weil dieses Mal wirklich alle Mitschüler sie ansahen, packte sie ihre Bücher zusammen und folgte Mrs Wu in deren Büro.

»Wie geht es dir, Vivian?«, fragte Mrs Wu. Sie setzte sich hinter ihren Schreibtisch und forderte Vivi ebenfalls auf, sich zu setzen.

»Gut«, antwortete Vivi automatisch.

»Es ist wahrscheinlich alles ein bisschen überwältigend.«

Wie lautete die richtige Antwort darauf? »Nein, es ist gut.«

»Gut und gut, nun ja, das ist gut«, sagte die Direktorin, aber Vivi konnte sehen, dass Mrs Wu nicht völlig überzeugt war. »Du lässt es mich wissen, sollte sich daran etwas ändern, nicht wahr?«

»Natürlich.« Nicht, ergänzte Vivi stumm.

»Der Grund, warum ich dich sehen wollte, Vivian, ist *Big River*. Sicher hat Andy dir alles darüber erzählt.«

»Oh, ja. Bei *Big River* bin ich auf dem neuesten Stand.«

»Also hast du ihm beim Üben zugehört?«

»Ich habe ihm geholfen. Er hat die Noten mit nach Hause gebracht, damit ich ihn begleiten konnte.«

Mrs Wu strahlte. »Du hast ihn begleitet? Das ist ja wunderbar.«

Vivi fand es nicht wunderbar. Es war mehr eine Verpflichtung; aber sie musste auch zugeben, dass die Musik etwas an sich hatte – mal lebhaft, dann wieder gefühlvoll –, das ihre Stimmung hob.

»Siehst du, ich habe überlegt, wie wir dich zu diesem späten Zeitpunkt noch in die Produktion einbeziehen können.«

»Aber das ist völlig in Ordnung«, antwortete Vivi schnell. »Ich muss nicht mitmachen.«

»Nein, alle Siebt- und Achtklässler machen irgendwie mit. Natürlich sind die meisten Jobs vergeben, aber jetzt, da ich weiß, dass du mit der Musik vertraut bist, habe ich vielleicht die perfekte Aufgabe für dich.«

Vivi war sich nicht sicher, ob ihr die Wende gefiel, die dieses Gespräch nahm.

»Sieh mal, dieses Stück erregt viel Aufmerksamkeit. Die Zeitungen haben schon darüber geschrieben, und jetzt hat mich einer der lokalen Fernsehsender angerufen, dass sie eine Story planen, vielleicht sogar das Stück übertragen wollen.«

Vivi hatte Mrs Wu noch nie so begeistert erlebt.

»Du weißt ja sicher, dass Flora unsere Pianistin ist, aber sie steht vor einem Interessenkonflikt. Hat Andy dir erzählt, dass wir wegen des großen Interesses weitere Aufführungen planen?«

Hatte er. Sein Dauergequassel über *Big River* hatte angesichts dieser Neuigkeiten noch um einige Stufen zugelegt, und das hieß schon viel. Vivi nickte argwöhnisch.

»Nun«, fuhr Mrs Wu fort. »Leider ist Flora bei der letzten Aufführung am Sonntag nicht in der Stadt. Ihre Großmutter feiert ihren fünfundsiebzigsten Geburtstag. Wir haben hin und her überlegt, aber keine Lösung gefunden. Und als wäre es nicht schon kompliziert genug, ist Sonntag auch noch der letzte Tag, an dem Maple Tree uns das Theater zur Verfügung stellen kann, weil sie anschließend eine eigene Produktion vorbereiten.«

»Mrs Wu ...« Vivi wollte diese Geschichte so schnell wie möglich abwenden, aber sie war nicht so schnell wie Mrs Wu.

»Also, Vivian. Ich denke, du verstehst, warum ich so entzückt bin, dass du auf dem Laufenden bist.«

Oh ja, sie war auf dem Laufenden.

»Du kannst die letzte Vorstellung spielen, Flora kann mit reinem Gewissen den Geburtstag ihrer Großmutter feiern, und wir müssen weder mit Maple Tree noch mit Channel Two wegen der Termine handeln.«

Bevor Mrs Wu komplett abhob und Vivi sie von der Decke kratzen musste, war es dringend Zeit, sie wieder auf die Erde zu holen. Unverzüglich. »Es tut mir leid, Mrs Wu. Aber ich glaube nicht, dass ich das schaffe«, sagte sie schnell.

Mrs Wu war überrascht. »Warum nicht?«

»Ich glaube einfach nicht, dass ich schon fit dafür bin.« *Physisch, mental, emotional,* ergänzte sie stumm.

»Ach herrje«, sagte Mrs Wu niedergeschlagen. »Bist du sicher?«

»Sie haben mich gebeten, ihnen zu sagen, wenn es mir nicht so gut geht. Um ehrlich zu sein …« Sie ließ den Rest des Satzes in der Luft hängen, und die Direktorin erledigte den Rest.

»Das habe ich. Und ich verstehe das, Vivian. Aber du bist den ersten Tag zurück. Vielleicht habe ich dich zu früh damit überfallen. Als ich mit deiner Mutter sprach, sagte sie, dass du voll mitmachen sollst, und deshalb dachte ich natürlich …«

»Ich hatte Samstag einen Asthmaanfall«, informierte Vivi Mrs Wu. »Ich war über Nacht im Krankenhaus.« Sie senkte den Kopf und schaute auf ihren Schoß.

»Das wusste ich nicht.« Mrs Wus Stimme war – endlich – voller Anteilnahme. »Offensichtlich war es zu früh, *Big River* ins Spiel zu bringen. Vielleicht später …«

Vivi sagte nichts. Sie wollte diesen Plan wie eine Mücke zerschlagen, damit Mrs Wu ihn für alle Zeiten zu den Akten legte, aber die passenden Worte wollten ihr einfach nicht einfallen. Und »nein, nein, nie, niemals, uuuh«, von Andy und ihr mit großem Erfolg eingesetzt, als sie sechs Jahre alt waren, war in diesem Fall wohl fehl am Platz.

»In zwei Wochen fühlst du dich vielleicht besser«, meinte Mrs Wu optimistisch. »Wir haben bis zu einer endgültigen Entscheidung noch etwas Zeit.«

»Ja, Mrs Wu.«

Mrs Wu sah auf ihre zierliche diamantenbesetzte Uhr.

»Die Proben haben begonnen. Geh doch einfach hinter die Bühne und schau zu.«

Vivi packte ihre Bücher und nickte. »Ja, das werde ich tun.« Sie hatte keine Wahl, denn ihre Mutter hatte klar und deutlich gesagt, dass sie täglich nur zweimal zur Schule fahren würde; und wenn Andy Proben hatte, musste Vivi warten, bis er fertig war.

»Ich kann mit dem Bus fahren«, hatte Vivi zu ihrer Mutter gesagt, aber Mrs Minkus war dagegen. »Nein, ich hole euch ab.« Und da es sich nicht lohnte, darüber zu streiten, hatte Vivi zugestimmt.

Als Vivi Mrs Wus Büro verließ, schien die Schule leer und gespenstisch. Anders als die Aula. Es war, als verließe Vivi einen Schwarzweißfilm und landete plötzlich in der Welt von Technicolor. Von der Provinz in die Großstadt. Auf der Bühne sangen fünf Jungs, darunter Fred, *The Boys*. Vivi kannte die Melodie gut, es war einer der Songs mit einem Geigensolo von Andy Minkus.

Vivi machte es sich auf einem Gangplatz im hinteren Teil bequem und beobachtete Fred, jetzt als Huck Finn, und die anderen Jungs, die auf der Bühne ihr Programm abzogen. Sie waren gut, wirklich gut, und die Nummer war lustig. Dann rief der Regisseur die Szene auf, in der Huck und Jim mit ihrem Floß auf dem Mississippi unterwegs sind. Die beiden harmonierten gut bei ihrem fröhlichen, mitreißenden Song über die Flucht, der Vivi beim Zuhören zum Lächeln brachte. Endlich verstand sie, warum Bette und Andy so aufgeregt wegen *Big River* waren. Nach dieser Probe zu urteilen waren die Odom-Schüler mitten dabei, eine rundum professionelle Show auf die Beine zu stellen. Und jeder, der mitmachte, wusste es.

»Die Kulissen sind drüben im Theater«, sagte eine Stimme von hinten, aber nahe an ihrem Ohr.

Sie drehte sich stirnrunzelnd um. Schon wieder Joe. »Kulissen?«, flüsterte sie.

»Ich habe das Bühnenbild mit gebaut. Mit diesem Typ, Mike, vom Maple Tree. Wir haben alles hinübergeschafft, weil jetzt ziemlich bald dort geprobt wird.«

»Cool«, sagte Vivi und wandte sich wieder der Bühne zu.

Joe rutschte auf den Platz neben ihr. »Wie geht es dir?«

»Das hast du mich schon heute Mittag gefragt«, antwortete Vivi scharf. Dieser Typ wurde langsam lästig.

Joe sah etwas betreten aus. »Ja, ich ... ich wollte nur wissen, wie du durch den Tag gekommen bist. Weil es doch dein erster ist und so.«

Vivi war besänftigt. Ein bisschen. »Alles war okay. Nur ein ganz normaler Schultag.«

»Und wahrscheinlich hat auch niemand über dich gelacht, stimmt's?«

Jetzt runzelte Vivi die Stirn, aber Joe redete weiter. »Du siehst nämlich gar nicht so schlimm aus. Als ich neulich zu dir gesagt habe, dass dein Gesicht dick ist, nun ja, das ist es gar nicht. Höchstens etwas aufgedunsen.«

Es dauerte nur ein paar Sekunden, in denen Vivi Joe empört anstarrte, bis er merkte, dass er schon wieder das Falsche gesagt hatte. »Ich meine, du siehst echt okay aus.«

Als sie Joes betroffenen Gesichtsausdruck sah, hatte Vivi fast ein bisschen Mitleid mit ihm. Er war kein schlechter Kerl, so viel war klar, er sagte nur die Wahrheit. Jemand musste ihm beigebracht haben, dass Ehrlichkeit der beste Weg ist.

Dieser Jemand hatte sich geirrt.

19 Kapitel

»In ein paar Tagen wird es dir vorkommen, als wärst du nie weg gewesen.« Das hatte Mrs Minkus am Dienstag auf der Fahrt zur Schule im Auto gesagt. Vivi wusste nicht, was für ihre Mutter »ein paar Tage« waren, aber wenn sie zwei meinte, hatte sie sich geirrt. Denn der Donnerstag war vorbei, und die Schule fühlte sich genauso komisch und unangenehm an wie vorgestern. Als sie ihren Mantel aus dem Schrank nahm, fragte Vivi sich, ob sich die Schule überhaupt jemals wieder normal anfühlen würde.

Sie zog die Mütze über die Ohren, zog ihre Handschuhe an und ging nach draußen, um den Wagen ihrer Mutter zu suchen. Der Termin mit Dr. Raphael war um vier, was theoretisch bedeutete, dass sie viel Zeit hatten. Aber zum einen war der Verkehr unberechenbar, und zum anderen konnte man davon ausgehen, dass Jill Minkus sich verspäten würde. Vivis Vater trieb das zur Weißglut; es war das Einzige, was ihn an ihr ärgerte. Manchmal fragte sich Vivi, ob das ihre Art der Rebellion war.

Diesmal kam sie nur fünf Minuten später als verabredet. Vivi stieg in den Wagen und genoss die Sitzheizung.

»Hallo Schatz«, sagte ihre Mutter. »Wie war die Schule heute?«

»Okay.«

»Fühlst du dich gut?«

»Ja, Mama«, antwortete Vivi mit einem übertriebenen Seufzer. »Und selbst wenn ich mich nicht gut fühlen würde: Wir sind auf dem Weg zum Arzt, also gibt es keinen Grund, sich Sorgen zu machen.«

Mrs Minkus wandte den Blick von der Straße ab. »Ich kann es nicht ändern, dass ich mir um dich Sorgen mache, Vivian, du bist meine Tochter. Und du machst es mir mit deinen Eskapaden nicht leicht, mich nicht zu sorgen.«

»Können wir nicht über etwas anderes reden?«, fragte Vivi missmutig.

»Ja. Lass uns über Florida sprechen.«

Es war einen weiteren Versuch wert. »Können wir nicht über etwas anderes reden?«

»Nein«, sagte ihre Mutter kurz. Vivis lahmer Versuch eines Scherzes entrang ihr nicht einmal ein Lächeln. »Dir ist ja wohl klar, dass du am Ende der Urlaubswoche dreizehn wirst.«

Vivi war sich dessen bewusst, aber eigentlich nur als Datum im Kalender. Vor einem Jahr wäre sie noch aufgeregt gewesen, dass sie endlich ins Teenageralter kam. Zur Bar/Bat-Mizwa hätte es eine große Party gegeben, aber jetzt wollte sie auf keinen Fall im Mittelpunkt stehen, und trotz Andys Enttäuschung war sie froh, dass die Party verschoben worden war. »Ja, ich weiß.«

»Und deshalb meine Frage, ob ihr an dem Tag etwas Besonderes tun möchtet?«

Vivi zuckte mit den Schultern. »Was zum Beispiel?«

»Na ja, wir sind nicht sehr weit von Disney World weg. Wir können hinfahren und den Tag dort verbringen.«

»Disney World?« Vivi hätte fast losgelacht. »Mama, das ist unser dreizehnter Geburtstag, nicht der dritte.«

»Disney World ist nicht nur für Kinder. Da ist das Epcot Center und noch viel mehr«, sagte Mrs Minkus steif. »Ich habe das Andy gegenüber erwähnt, und er fand die Idee gut.«

»Ich rede mit ihm«, sagte Vivi und bemühte sich um einen neutralen Ton. »Vielleicht fällt uns ja etwas ein.«

Mrs Minkus' Stirn entspannte sich etwas. »Also gut. Sagt mir nur rechtzeitig Bescheid, damit wir nicht alles in der letzten Minute vorbereiten müssen.«

Als sie vor dem Ärztehaus anhielten, in dem auch ihr Vater seine Praxis hatte, war Vivi richtig erleichtert. Sie freute sich darauf Dr. Raphael zu sehen, obwohl sie das ihrer Mutter gegenüber nie zugegeben hätte. Die Erinnerung an die späte Begegnung in ihrem Krankenzimmer war wie ein Traum. Sie fragte sich, wie es wohl sein würde, mit Dr. Raphael tagsüber zu sprechen.

»Soll ich mit dir ins Untersuchungszimmer kommen?«, fragte Mrs Minkus eifrig, als sie sich der Praxis der Ärztin näherten.

»Nein, Mama.«

»Na gut«, sagte Mrs Minkus, als sie sich ins Wartezimmer setzten. »Aber ich will hinterher mit ihr sprechen.«

Es dauerte eine Weile, aber schließlich brachte eine freundliche Schwester sie in das Untersuchungszimmer, maß den Blutdruck, prüfte ihre Atmung und gab ihr einen Umhang aus Papier, der noch peinlicher war als die Stoffnummer, die sie im Krankenhaus getragen hatte. Erfreulicherweise musste sie nicht lange in den alten Zeitschriften blättern, bevor Dr. Raphael hereinkam.

Bei Tag war ihre Ausstrahlung fast noch stärker als an dem Abend in Vivis Krankenzimmer. Es waren nicht nur die eindringlichen Augen und das entwaffnende Lächeln. Sie sah sehr, sehr zufrieden aus und äußerst ... Vivi versuchte, das richtige Wort zu finden, aber das Beste, was ihr einfiel, war »lebendig«.

»So«, sagte Dr. Raphael und sah sie genau an. »Wie ich sehe, nimmst du deine Medikamente, Vivian.«

»Weil mein Gesicht wieder so verquollen ist?«

»Weil du nicht flach auf dem Rücken liegst und nach Luft ringst«, erwiderte Dr. Raphael spitz. »Wie fühlst du dich?«

»Ziemlich gut«, gab Vivi zu.

Dr. Raphael zog einen Stuhl zum Untersuchungstisch. »Ja. Als Asthmakranke solltest du wissen, dass Atmen gleichbedeutend mit Leben ist.«

Vivi fand das ziemlich offensichtlich, aber Dr. Raphaels nächster Satz war es nicht. »Du kannst nicht das tun, wofür du auf die Erde gekommen bist, wenn du nicht atmest«, fuhr sie fast beiläufig fort.

»Das tun, wofür ich auf die Erde gekommen bin?«, wiederholte Vivi verwirrt.

Dr. Raphael lachte ihr vibrierendes Lachen. »Glaubst du wirklich, wir sind nur hier, um einzukaufen und einfach da zu sein?«

»Darüber habe ich noch nicht wirklich nachgedacht.«

Dr. Raphael tätschelte ihr Knie. »Na ja, du bist noch jung, aber es ist nie zu früh, darüber nachzudenken, warum man hier ist.«

Das Gespräch hatte eine genauso seltsame Wendung genommen wie damals im Krankenhaus. Doch Vivi entschied sich, trotzdem darauf einzugehen. »Etwa so wie Sie Ärztin sind und Menschen helfen?«

»Nun, wir sind alle hier, um uns gegenseitig zu helfen. Gehst du wieder zur Schule?«, fragte Dr. Raphael und warf endlich einen Blick auf Vivis umfangreiche Krankenkartei.

»Ja.«

»Und wie läuft's?« Sie sah Vivi an.

»Nicht besonders.« Sie wollte nicht mehr dazu sagen, aber Dr. Raphael wartete geduldig, beobachtete sie.

»Ich weiß gar nicht, was ich da soll«, brach es aus Vivi mit mehr Emotion heraus als beabsichtigt; ihr war gar nicht klar gewesen, dass sie diese Gefühle hatte. »Alle machen bei diesem Musical *Big River* mit. Und sie reden über nichts anderes.«

»Und weil du so lange weg warst, kannst du nicht mitmachen?« Dr. Raphael zog eine Augenbraue hoch, als wüsste sie die Antwort und würde keine Lüge akzeptieren.

»Ähm, nicht direkt. Unsere Direktorin, Mrs Wu, hat mich gefragt, ob ich bei einer der Aufführungen spielen würde. Ich kenne die Musik, weil ich Andy begleitet habe. Er spielt Geige. Ich Klavier.«

»Also kannst du mitmachen. Du willst nur nicht?«

»Das ist richtig«, stimmte Vivi zu. »Ich will nicht.«

»Warum nicht?«

»Was denken Sie?«, fragte sie herausfordernd.

»Ich kann mir nicht vorstellen, dass dein Aussehen etwas damit zu tun hat, wie du spielst«, antwortete Dr. Raphael milde.

»Ich will nicht, dass mich jemand ansieht«, sagte Vivi und riss ein kleines Loch in ihr Papierhemd.

Dr. Raphael lehnte sich in ihrem Stuhl zurück. »Was willst du denn, Vivi?«, fragte sie ruhig.

Vivis Antwort kam wie aus der Pistole geschossen. Sie sprach laut aus, was ihr seit Monaten gebetsmühlenartig durch den Kopf gegangen war. »Ich will, dass alles wieder so ist wie vor meiner Krankheit.« Sie starrte die Ärztin wütend an, in der Erwartung, dass diese lachen würde.

Stattdessen klopfte Dr. Raphael ihr leicht aufs Knie. Der Blick, mit dem sie Vivi ansah, war voller Mitgefühl. Vivi fühlte Tränen in ihren Augen hochquellen, die sie zu unterdrücken versuchte.

»Ich glaube, dass die meisten Menschen, die krank waren, sich das wünschen, aber so funktioniert das natürlich nicht.«

»Also kann ich nichts tun.«

»Du kannst nicht zurück, und es scheint, dass du auch nicht vorwärts kannst. Wenn du damit meinst, dass du hier in der Gegenwart festsitzt, ist das richtig.«

Jetzt wischte sich Vivi eine Träne weg, die so unverschämt war, sich ihren Weg zu bahnen.

»Es muss aber doch etwas in deinem jetzigen Leben geben, über das du glücklich bist.«

Vivi sah Dr. Raphael fassungslos an. »Ich glaube nicht.«

»Na ja«, räumte diese ein. »Nicht direkt glücklich. Aber vielleicht gibt es ja etwas, für das du dankbar bist?«

»Dankbar?«, erwiderte Vivi zweifelnd.

»Sieh mal, du bist heute Morgen aufgewacht. Damit könntest du anfangen. Und die Sonne scheint.«

Ja, wirklich toll, dachte Vivi, hatte aber nicht den Mut, es laut zu sagen.

»Hast du schon mal von einem Dankbarkeits-Tagebuch gehört, Vivian?« Als Vivi den Kopf schüttelte, fuhr Dr. Raphael erklärend fort: »Du nimmst dir jeden Tag etwas Zeit und schreibst alles auf, wofür du dankbar bist.«

»Das wird ein sehr kurzes Buch.«

Dr. Raphael lächelte und zuckte mit den Schultern. »Es könnte doch sein, dass du mehr Gründe findest, dankbar zu sein, als du glaubst. Los, zieh dich an und komm in mein Büro. Ich habe gute Nachrichten für dich und deine Mutter.«

Vivi zog sich langsam an. Obwohl sie gespannt war, was diese sogenannten guten Nachrichten waren, dachte sie an Dr. Raphael und daran, wie sehr diese sie durcheinanderbrachte. Sie sagte nie, was man erwartete. Und dann war da diese ruhige Sicherheit, die sie ausstrahlte.

Als sie schließlich in Dr. Raphaels Büro voller Bücher und mit einem Strauß roter Rosen auf dem Schreibtisch kam, saß ihre Mutter bereits dort, tief versunken in ein Gespräch mit der Ärztin.

»Was habe ich verpasst?«, fragte Vivi.

Mrs Minkus lächelte sie an. »Die Frau Doktor denkt, dass sie ein neues Medikament hat, welches dir helfen könnte.«

»Wirklich?«, fragte Vivi.

»Es ist ein sehr effektives Medikament, das die Entzündung in den Lungen dämpft, die eine Asthma-Attacke auslösen kann. Es funktioniert nicht immer«, warnte Dr. Raphael, »aber du bist eine gute Kandidatin, und wenn es wirkt, können wir die Steroide reduzieren.«

»Ist das nicht fantastisch?«, fragte Mrs Minkus, auf deren Gesicht das sorgenvolle Stirnrunzeln, das sie immer dann aufsetzte, wenn sie mit ihrer Tochter sprach, von einem Lächeln abgelöst worden war.

Vivi wusste nicht, was sie sagen sollte. In ihr keimte ein bisschen Hoffnung, und sie war sich nicht sicher, ob sie das zulassen wollte. Was war, wenn das Medikament nicht wirkte?

Wieder einmal schien Dr. Raphael ganz genau zu wissen, was sie dachte.

»Das ist nicht das Einzige, was ich auf Lager habe, aber es ist ein guter Anfang.« Sie griff in die Schublade und holte eine Packung Tabletten heraus. »Hier ist ein Versuchspaket für eine Woche. Nimm jeden Tag eine Tablette und vergiss nicht, mich anzurufen, wenn irgendwelche Nebenwirkungen auftreten, die nicht auf dem Beipackzettel stehen«, sagte sie und deutete auf das Blatt in der Schachtel. »Bitte deinen Vater, das mit dir durchzugehen. Und ruf mich an, wenn nur noch eine Tablette übrig ist. Dann sehen wir weiter.«

Mrs Minkus streckte die Hand nach den Tabletten aus, als wären sie der Heilige Gral. »Vielen Dank, Frau Doktor.«

Aber anstatt ihr die Packung auszuhändigen, gab Dr.

Raphael sie Vivi. »Ich glaube, wir können sie Vivian anvertrauen, nicht wahr?«

Vivi nickte, als sie die Tabletten nahm und sorgfältig in eine Seitentasche ihres Rucksacks steckte, direkt neben die Engelsmünze.

»Moderne Medizin. Dafür sollten wir dankbar sein, nicht wahr, Vivi?«, sagte Dr. Raphael augenzwinkernd.

Vivi wusste nicht, ob sie lächeln oder finster gucken sollte. Mrs Minkus hingegen spürte, dass es da um etwas ging, das an ihr vorbeilief, und schien etwas verstimmt, weil sie nicht eingeweiht war.

»Du scheinst eine gute Beziehung zu Dr. Raphael aufgebaut zu haben«, meinte Mrs Minkus auf dem Weg zum Wagen.

Vivi antwortete nicht sofort, weil sie gar nicht sicher war, ob das stimmte. Die Ärztin faszinierte sie, und sie war sicherlich gut in ihrem Job, zumindest hoffte Vivi das, aber sie hatte auch das Gefühl, dass Dr. Raphael sie in eine Richtung drängte, von der sie nicht wusste, ob sie dort hinwollte.

»Sie ist in Ordnung«, sagte Vivi knapp. Das Medikament lag gut aufgehoben in ihrer Tasche, und das war alles, was sie zum jetzigen Zeitpunkt von Dr. Raphael wollte.

Als sie zu Hause ankamen, war Vivi müde. Doch anstatt sofort in ihr Zimmer zu gehen und sich hinzulegen, setzte sie sich im Wohnzimmer ans Klavier und ließ die Finger über die Tasten gleiten. Der glänzende Stutzflügel war nicht neu. Er war schon immer im Haus gewesen, und beide Eltern hatten als Kinder genügend Klavierunterricht gehabt, um passabel spielen zu können. Doch seit Vivi alt genug war für Unterricht, damals war sie etwa fünf oder sechs, war jedem in der Familie klar, dass der Flügel eigentlich ihr gehörte. Sie hatte die letzten acht oder neun Monate eine eigenartige Beziehung zu dem Flügel gehabt. Als feststand, dass sie Privatunterricht bekommen würde, hatte Vivi damit gerechnet, dass sie noch mehr Zeit mit Klavierspielen verbringen würde, aber stattdessen war sie dem Instrument aus dem Weg gegangen und hatte ihre Klavierstunden reduziert, zumindest soweit es ihre Eltern erlaubten. Sie wusste nicht genau, warum. Sie wusste nur, dass das Spielen ein Wohlgefühl auslöste, und es gab da einen perversen Teil in ihr selbst, der nicht zulassen wollte, dass sie sich wohlfühlte.

Aber sie hatte das Klavierspiel nicht ganz aufgegeben. Seit klar war, dass Andy mit seiner Geige in *Big River* einen wichtigen Part spielen würde, hatte ihre Mutter darauf bestanden, dass Vivi ihn beim Üben begleitete. Und er übte so ziemlich die ganze Zeit. Vivi machte es nichts aus, mit ihrem Bruder zu spielen, weil sie die Lieder ohne innere Beteiligung herunterleiern konnte. Es war nur ein bisschen Training, sagte sie sich, obwohl es schon ein bisschen wehtat; denn wenn sie die *Big River*-Lieder spielte, wurde sie immer daran erinnert, dass es da eine große weite Welt gab, die sich munter ohne sie drehte. Aber nein, Andy zu begleiten war kein Vergnügen, und darüber war sie sehr froh.

Jetzt saß sie zögernd auf der Klavierbank und machte Fingerübungen. Obwohl sich der Großteil ihrer Ausbildung auf klassische Musik konzentriert hatte – wenn sie Brahms oder Beethoven spielte, konnte sie mit den Besten mithalten –, spielte sie zu ihrem Vergnügen am liebsten alten Rock ’n’ Roll: Beatles, Rolling Stones, auch etwas Folkmusik, die sie dann so improvisierte, wie es Jazz-Pianisten taten. Als sie die Tasten anschlug und mit den gewohnten Aufwärmübungen begann, wurde sie von Erinnerungen durchflutet: Ihr erster Auftritt im Studio ihres Klavierlehrers mit Brahms’ Wiegenlied und wie sie anschließend in ihrem niedlichen violetten Samtkleid mit passenden Haarschleifen knicksend den Applaus entgegennahm. Das Musikcamp in Wisconsin, wo Proben mit der Band Vorrang hatten vor Bastelstunden oder Schwimmen. In der dritten Klasse nach Odom zu kommen und begeistert festzustellen, dass an dieser Schule musiziert, gesungen und getanzt wurde.

Zum ersten Mal seit langer, langer Zeit spielte Vivi einfach nur so. Sie spürte die wohltuende Erleichterung, nicht vorgeschriebenen Noten folgen zu müssen, wie sie es tat, wenn sie ihren Bruder begleitete. Das hier war Spielen aus Spaß an der Freude, einfach dem Weg folgend, auf den die Musik sie mitnahm.

Später konnte sie sich nicht mehr an bestimmte Stücke erinnern. Sie bekam nur vage mit, dass Andy aus seinem Zimmer gekommen war, um zuzuhören, und sie konnte ihre Mutter aus den Augenwinkeln in der Küchentür stehen sehen. Sie hätte auch nicht sagen können, wie lange sie gespielt hatte, doch sie hörte, wie ihr Vater gerade die Haustür aufschloss, als sie sich dem Ende näherte.

»Vivi, wir essen gleich.« Ihre Mutter flüsterte fast, als sie von der Küche ins Wohnzimmer kam.

»Ich bin müde, Mama.« Sie fühlte sich, als hätte sie sich einmal um die halbe Welt gespielt.

»Leg dich doch ein Weilchen hin. Du kannst dein Abendessen haben, wenn dir nach Aufstehen ist.«

Das war etwas ganz Neues. Wenn es etwas gab, an das sich Mrs Minkus pedantisch hielt, dann war es das gemeinsame Abendessen der Familie.

»Danke«, sagte Vivi dankbar. »Ich glaube, das mache ich.«

Sie hatte sich kaum auf ihr Bett geworfen und in die Decke gewickelt, die ihre Großmutter für sie gehäkelt hatte als sie klein war, als Andy klopfte. Sie erkannte sein etwas zögerndes Klopfen, aber immerhin klopfte er. Viele Brüder wären einfach hereingestürmt. Eigentlich wollte sie »Geh weg« rufen, aber weil es ihr so schlecht auch wieder nicht ging, rief sie: »Komm rein, Andy.«

Ohne Aufforderung zog er ihren Schreibtischstuhl ans Bett. »Super, Vivi, das war einfach nur toll!«

»Das Klavier?« Als er nickte, sagte sie: »Ich weiß. Ich kann es noch.«

»Ich hätte nicht gedacht, dass ich dich jemals wieder so spielen hören würde.«

Vivi setzte sich auf und umschlang ihre Knie. »Ich auch nicht.« Dann fiel ihr ein, dass sie noch keine Gelegenheit gehabt hatte, Andy von ihrer Unterhaltung mit Mrs Wu zu erzählen.

»Also hast du deshalb wieder angefangen?«

Das alarmierte Vivi. »Nein, natürlich nicht. Und außerdem habe ich ihr gesagt, dass ich es nicht tun werde.«

»Warum denn nicht? Du kennst die meisten Songs. Wir haben sie millionenfach gespielt.«

Vivi wusste nicht, wie sie ihm den Unterschied erklären sollte: Im eigenen Wohnzimmer nur für sich selbst zu spielen war super, aber vor einem Publikum, das sie beobachten würde, schien es nahezu unmöglich. »Weil ich nicht will.«

Andy, der immer zu verstehen schien, was Vivi dachte und fühlte, manchmal noch bevor sie es selbst dachte oder fühlte, sah sie verständnislos an. »Aber wir brauchen dich, wenn Flora die letzte Aufführung nicht spielen kann. Und du spielst großartig, besser denn je.«

Sie wünschte, er würde sie nicht so ansehen. Sie hatte ein schlechtes Gewissen, und Vivi hasste es, ein schlechtes Gewissen zu haben. »Ich denke darüber nach, okay?« Sie hatte das nur gesagt, um ihn vom Hals zu haben, und an seinem erleichterten Gesichtsausdruck war abzulesen, dass es ihr gelungen war. Bevor er weiterbohren konnte, wechselte sie das Thema. »Mama sagt, sie hat mit dir wegen unseres Geburtstags gesprochen?«

»Ja, sie wollte wissen, was wir vorhaben.«

»Sie hat gesagt, dass du nach Disney World möchtest«, meinte Vivi provokativ.

»Möchte ich gar nicht«, sagte Andy empört.

»Ich mache nur Spaß.« Vivi spielte mit den Häkellöchern in der Decke. »Mama hat nur gesagt, dass du Disney World okay findest, aber ich wusste, dass du nicht sehr begeistert bist.«

»Ich habe keine Ahnung, was wir vorschlagen sollen«, beschwerte sich Andy. »Ich weiß ja noch nicht mal, was es da unten so gibt. Mir ist da allerdings etwas eingefallen.«

Vivi sah von ihrer gehäkelten Decke hoch. »Ja?«

»Es hat nicht unbedingt mit unserem Geburtstag zu

tun, aber es ist etwas, wodurch der Trip deutlich lustiger werden könnte. Für dich.« Da war dieses Zucken in Andys Gesicht, das bedeutete, er war nicht nur nervös, sondern auch verlegen.

»Für mich?«, fragte Vivi neugierig.

»Na ja, weil du immer so total gestresst bist, dachte ich, dass wir vielleicht Bette fragen, ob sie mitkommt. Du bist immer viel ruhiger, wenn Bette dabei ist«, fügte er eilig hinzu.

Vivi dachte darüber nach. Der Trip würde in der Tat mehr Spaß machen, wenn ihre Freundin dabei war. Bettes Vater würde wohl kaum ein Problem damit haben, ihren Flug zu bezahlen, und Vivi wusste, dass ihre Eltern in dem Hotel eine Suite mit zwei Schlafzimmern reserviert hatten. Sie und Bette würden sich ein Zimmer teilen und Andy konnte auf dem Sofa im Wohnzimmer schlafen. Das war ihm vermutlich egal, schließlich war das Ganze ja seine Idee. Seine Idee. Der Satz kreiste durch ihren Kopf. »Bette. Ja, das wäre toll. Wie bist du auf die Idee gekommen?«

Andy wich Vivis Blick aus. »Ich weiß nicht. Es ist mir so eingefallen. Und ich dachte, dass es dir gefallen würde.«

Vivi musste sich das Lachen verkneifen. »Dass es mir gefallen würde.«

Andy wurde rot. »Dir gefällt die Idee. Das hast du gerade gesagt.«

»Und ich habe das Gefühl, dass ich nicht die Einzige bin, die sich freut, wenn Bette an ihrem dreizehnten Geburtstag dabei ist.«

Andy musste grinsen. »Okay, du hast mich erwischt.

Ich vermute, es war nicht so schwer, das herauszukriegen.«

»Na ja, eine Minute habe ich schon gebraucht. Eine Minute länger als eigentlich nötig. Aber ich finde, es ist eine tolle Idee. Und es sollte kein großes Problem sein.« Sie erklärte ihm die Schlafarrangements.

»Super«, sagte Andy mit einem Seufzer der Erleichterung. »Daran hatte ich gar nicht gedacht. Ich wusste nur, dass wir zwei Hotelzimmer haben und war etwas unsicher, wo ich dann hinsoll.«

»Okay, sag den Alten, dass uns was eingefallen ist, und wenn Bettes Vater das Flugticket rausrückt, sollte alles im grünen Bereich sein.« Sie lächelten sich zufrieden an.

Vivi stand auf. Sie war gar nicht mehr so müde, und das Abendessen war eine gute Gelegenheit, ihre Eltern davon zu überzeugen, dass ein zusätzliches Kind die Ferien erst rund machen würde. Als sie zur Kommode ging, um ihr Haar zu bürsten, sah sie Andy im Spiegel. Er sah aus, als wollte er noch etwas sagen.

»Spuck's aus«, sagte sie spontan.

»Wir ... brauchen Bette doch nicht zu erzählen, dass es meine Idee war, oder?«

Vivi drehte sich zu ihm um. »Natürlich nicht«, sagte sie in einem Anfall von Zwillings-Loyalität. »Aber weiß Bette, dass du ...«

»Nein! Ich glaube sogar, dass sie Joe mag. Jedenfalls bin ich mir ziemlich sicher, dass er sie mag.« Andy sah gleichzeitig niedergeschlagen und ärgerlich aus.

»Ich glaube nicht, dass sie ihn mag«, meinte Vivi. »Sie hätte etwas gesagt.«

»Wirklich?«, fragte Andy hoffnungsvoll.

»Es kann sein, dass sie ihn … interessant findet.« Tatsächlich wusste Vivi sogar ganz genau, dass Bette ihn interessant fand. Genau das Wort hatte sie benutzt. »Aber interessant ist nicht weit weg von eigenartig. Und sie kann ihn bestimmt nicht besser leiden als dich.«

»Hoffentlich nicht«, murmelte Andy, »weil er ein Penner ist.«

»Ich wusste nicht, dass du Joe so gut kennst.« Vivis Neugier war geweckt.

Andy machte dicht. »Ich vermute, dass er jetzt erträglicher ist als früher«, sagte er schließlich. »Aber … ach, ist ja auch egal. Lass uns Mama und Papa fragen, ob Bette mitkann.«

»Aber Andy, so direkt können wir das nicht machen. Wir müssen sie glauben machen, dass es ihre Idee ist.«

»Und wie wollen wir das hinkriegen?«

»Pass einfach auf und unterstütz mich«, sagte Vivi zuversichtlich. Zum ersten Mal seit sehr langer Zeit fühlte sich zumindest ein kleiner Teil von ihr wie die alte Vivian. Sie schrieb es nicht auf, aber sie wusste, das war etwas, wofür sie dankbar sein musste.

20 Kapitel

Es stellte sich heraus, dass es ziemlich einfach war, ihre Eltern zu überreden, Bette mit ihnen in die Ferien fahren zu lassen. Dr. und Mrs Minkus waren mehr als bereit, Bette mitzunehmen, als sie sahen, wie sich die Einstellung ihrer Kinder zu Florida von gelangweilter Hinnahme (Andy) und aktivem Widerstand (Vivi) zu einem Anflug von Begeisterung gewandelt hatte.

Deshalb war Vivi umso überraschter, dass sich Bette zunächst sträubte. Vivi hatte gleich nach dem Essen bei ihr angerufen, die Einladung ausgesprochen und angedeutet, dass ihre Eltern alle anderen Kosten übernehmen würden, wenn Mr Miller den Flug bezahlte. Dann wartete sie gespannt auf Bettes verbalen Ausbruch der Begeisterung. Auf die Stille, die stattdessen folgte, war sie nicht vorbereitet.

»Bette, bist du noch dran?« Sie ging mit dem Telefon ins Bad und schloss die Tür hinter sich, weil sie das Gefühl bekam, dass dieses Gespräch länger dauern könnte als gedacht.

»Ja, ich bin hier. Es ist lieb von dir, mich einzuladen, Vivi. Aber ich weiß nicht, ob das Timing gut ist.«

»Warum nicht?«, fragte Vivi und knallte den Toilettensitz nach unten. »Es sind Frühlingsferien. Es war ein langer, kalter, einsamer Winter, um die Beatles zu zitieren, und ich lade dich ein, in die Sonne zu fliegen. Was ist daran nicht in Ordnung?«

»Oh, ich bin sicher, dass die Reise toll wird. Aber ein Teil meiner Frühlingsferien überschneidet sich mit Barbras, und ich will Zeit mit ihr verbringen. Und dann steht *Big River* nur zwei Wochen nach den Ferien an, also muss ich üben …«

»Bette, deine Schwester ist in Evanston, mit der U-Bahn weniger als eine Stunde von zu Hause weg. Du kannst sie immer besuchen. Überschneiden sich die Ferien am Anfang oder Ende?«

»Am Ende.«

»Na siehst du. Wir sind in der ersten Hälfte weg. Also hast du immer noch Zeit für Barbra. Und was die Songs angeht, Bette, es sind nur zwei, und du kannst sie in- und auswendig. Ich habe dich gehört, du bist großartig. Was noch?« Mit dem Gefühl, Bettes Argumente sehr effektiv vom Tisch gewischt zu haben, stand Vivi auf und inspizierte ihr Gesicht im Spiegel. Sie wollte genau wissen, wie dick es war, um nachverfolgen zu können, wie es dünner wurde, wenn sie die Medikation reduzierte. Wenn sie daran dachte, wie viel besser sie aussehen würde, wurde der Spiegel etwas weniger unangenehm.

»Na ja, ich möchte gerne ein bisschen mit Lane rumhängen und, ähm, vielleicht auch mit Joe …«

Jetzt ergab das alles Sinn. »Du willst wegen Joe nicht weg?« Vivi versuchte nicht aufzuheulen.

»Das habe ich nicht gesagt«, verteidigte sich Bette.

»Das will ich auch nicht hoffen.«

»Ich finde ihn irgendwie interessant.«

»Jetzt fängst du schon wieder mit ›interessant‹ an.« Vivi musste an Andy denken. Ihr Bruder war vieles, aber nicht unbedingt interessant. »Pass auf, er kann doch in der zweiten Ferienhälfte interessant sein. Und überhaupt finde ich ihn eigenartig. Er fragt mich ständig, wie es mir geht.«

»Aber das ist doch nett.«

»Vermutlich.« Vivi öffnete den Arzneischrank, um nach Pickelcreme zu suchen. Als sie ihr Gesicht unter die Lupe genommen hatte, hatte sie gesehen, dass sich auf ihrem Kinn ein Pickel bildete. »Aber ernsthaft, du kannst doch nicht eine Reise nach Florida, die fast umsonst ist, für einen Jungen sausen lassen.« Vivi hatte etwas Gewissensbisse, weil sie dabei war, ihre beste Freundin zu diesem Trip nach Florida zu überreden, im Auftrag eines Jungen, von dem Bette nicht einmal wusste, dass er sie mochte.

Noch eine Pause. Diesmal aber kürzer. »Vielleicht ist es gar nicht schlecht, irgendwohin zu fliegen, wo es warm ist.«

Sie klang unschlüssig. Ein gutes Zeichen. »Sieh mal«, sagte Vivi, während sie sich ein bisschen Salbe auf den Pickel schmierte. »Frag deinen Vater. Wenn er Nein sagt, dann okay, aber sagt er Ja, dann überlegst du es dir, oder?«

»In Ordnung«, sagte Bette schicksalsergeben. Vivi konnte nicht abstreiten, dass sie höchst zufrieden mit sich war. Hier war schon wieder etwas von der alten Vivi, die Menschen dazu bringen konnte, das zu tun, was sie wollte. Der Unterschied war nur, dass für die alte Vivi Bettes Zustimmung selbstverständlich gewesen wäre.

Kaum war sie aus dem Badezimmer heraus, lief ihr Andy über den Weg.

»Sie fragt ihren Vater«, sagte Vivi.

Andy sah gleichzeitig erfreut und besorgt aus. »Es könnte also klappen?«

»Drück die Daumen.«

Ob es nun an Vivis Überzeugungskraft lag oder an den gedrückten Daumen, schon bald war Bette mit an Bord. Die Ferien wurden jetzt zu einem kleinen Silberstreif am Horizont in einem ansonsten zunehmend regnerischen, kalten, verschneiten Ende des Winters. Das Wetter passte zu ihrer Stimmung, denn trotz Dr. Raphaels Optimismus hatten die neuen Tabletten immer noch nicht so gewirkt, dass sie die Steroide absetzen konnte. Bei ihrem letzten Termin hatte ihr Dr. Raphael gesagt, dass sie zu viel zu schnell erwarte.

»Alles funktioniert so wie es soll, und ich kann die Dosis um zwei Milligramm reduzieren.«

»Zwei!« Vivi schrie fast vor Verzweiflung. »Das ist doch nichts. Nichts.«

Zum ersten Mal zeigte Dr. Raphael einen Anflug von Ärger. »Liebes Kind, du weißt genau, warum es schwierig ist, diese Medikation abzusetzen. Dein Körper hat kein Kortison produziert, weil es die Tabletten für dich getan haben. Wenn du damit abrupt aufhörst, ohne deinem Körper die Chance zu geben, es selbst herzustellen, riskierst du einen ernsthaften Rückschlag. Deshalb gehen wir es langsam an, und selbst dann kann es passieren, dass dabei einige Symptome auftreten, ein bisschen Gliederschmerzen oder allgemeine Schmerzempfindlichkeit. Das sollte aber in einer Woche oder so abgeklungen sein. Ich bin mit deinen Fortschritten zufrieden. Und dankbar für die moderne Medizin«, fügte sie streng hinzu.

Vivi hatte Sorge, dass Dr. Raphael sie nach dem Dankbarkeits-Tagebuch fragen würde, das sie gar nicht angelegt hatte. Aber obwohl sie nichts aufschrieb, fielen ihr bei den komischsten Anlässen Gründe ein, warum sie dankbar sein sollte, wenn sie ihre Zähne putzte oder im Mathe-Unterricht Kringel malte oder vor dem Einschlafen. Manchmal ignorierte sie diese Gedanken, manchmal dachte sie darüber nach. Obwohl es nicht so aussah, war sie für das neue Medikament dankbar, denn selbst wenn es nicht so schnell wirkte, wie sie das gerne hätte, wirkte es. An einem sehr frostigen Tag empfand sie Dankbarkeit, weil ihre Mutter zu Hause war und sie zur Schule fuhr; und über die Sitzheizung war sie ganz besonders glücklich. Vivi war auch dankbar, dass Mrs Wu von ihren Plänen Abstand genommen hatte, dass sie bei *Big River* spielen sollte. Stattdessen hatte sie Vivi mit dem Job der Souffleuse beauftragt. So konnte sie mit dem Drehbuch in den Kulissen sitzen und jedem, der seinen Text vergaß oder sich verhaspelte, das richtige Stichwort zurufen. Aber mittlerweile waren die Proben so weit fortgeschritten, dass kaum noch jemand seinen Text vergaß. So hatte Vivi nur noch die Rolle des Beobachters, und damit fühlte sie sich gut.

Es war interessant, die ganze Aufregung rund um das Stück zu beobachten. Die Show hatte eine Eigendynamik bekommen, und jetzt, da alles nahtlos ineinanderpasste, begriff sie, warum *Big River* in der Schule so viel Staub aufwirbelte. Auf eine Art wirkte die Produktion wie ein großer Klub, und obwohl sie kein Mitglied war, bewunderte sie die Kameradschaft der Mitwirkenden untereinander. Kinder, die unter anderen Umständen vermutlich gar nicht miteinander geredet hätten, waren plötzlich, wenn nicht Freunde, dann doch Partner, die alle auf das gleiche Ziel hinarbeiteten – und das bedeutete ihnen viel. Manchmal wünschte Vivi sich, stärker beteiligt zu sein, aber die meiste Zeit war sie froh, sich zurücklehnen zu können und ihre Umgebung zu beobachten.

Es schien Vivi, als ob sie die Kunst des Mitmachens verlernt hatte. Sie wusste, dass sie sich im Unterricht kaum meldete, und beim Mittagessen tat sich auch nicht sonderlich viel. Von jemandem, der immer überall dabei war, hatte sie sich in jemanden verwandelt, der von außen zusah. So wie sie hinter den Kulissen das Stück beobachtete, fielen ihr auch am Mittagstisch Dinge auf, die ihr sonst entgangen wären. Es war überraschend, wie viel man sah, wenn man nicht immer redete.

Andy und Joe zum Beispiel. Irgendetwas lief da, das weit darüber hinausging, was beide für Bette fühlten. Andy stellte eine für ihn ganz untypische bedachte Gleichgültigkeit zur Schau, fast schon Verachtung, wenn Joe in der Nähe war. Wenn Vivi etwas von ihrem Bruder wusste, dann war es, dass er sich immer bemühte, andere einzubeziehen. Stattdessen war Joe immer derjenige, der die Hand ausstreckte. Ganz offensichtlich war ihm übertriebenes Feingefühl nicht in die Wiege gelegt worden, und dass es ihm ebenfalls nicht immer leichtfiel, freundlich zu sein, war auch offensichtlich. Häufig war er seiner selbst nicht sicher, und wenn das Gespräch am Tisch auf irgendwas kam, das mit Geld zu tun hatten, wie Ferientrips zum Beispiel, sah Joe aus, als stünde er kurz vorm Explodieren. Aber Vivi bemerkte auch, wie er dann tief Luft holte und sich wieder beruhigte. Sie musste zugeben, dass sie ihn dafür bewunderte. Joe erweckte auch den Eindruck, als versuche er, Andy auf seine Seite zu ziehen, obwohl der ihm die kalte Schulter zeigte. Worum ging es da wohl?, fragte sich Vivi, wenn sie das beobachtete.

Vivi lernte, dass es zwar gut für die Nerven war, so unsichtbar wie möglich zu sein, aber manchmal auch langweilig sein konnte. Es war noch nicht lange her, da hätte sie jeden ausgelacht, der den sichersten, ruhigsten Weg ging. Und jetzt war sie selbst dieser Jemand. Sie fragte sich, ob sie mehr als nur ihr Aussehen wiederbekommen würde, sobald das Medikament anfing zu wirken. Würde die alte Vivi zurückkommen, oder war der selbstbewusste, manchmal tollkühne Teil ihres Wesens für immer verschwunden?

Bette und Andy sprachen fast nur noch über die Reise, denn kaum war Bette an Bord, war sie von allen Dreien am aufgeregtesten – für Vivi schien die Reise eher wie eine Fata Morgana, etwas, das sich immer weiter entfernte, je näher man kam. Und dann, eine Woche vor dem Abflug, verabreichte ihr die Wirklichkeit eine schallende Ohrfeige in Form eines Badeanzugs.

»Ich dachte mir, dass du nicht selbst wegen Badeanzügen shoppen gehen würdest«, sagte Mrs Minkus an einem Samstag, nachdem sie den Vormittag über unterwegs gewesen war.

»Da hast du richtig gedacht«, antwortete Vivi und sah kaum von ihrer Zeitschrift hoch.

»Deshalb habe ich mir erlaubt, dir einige zum Anprobieren mitzubringen.«

Erst jetzt bemerkte Vivi die Einkaufstasche in Rosa und Weiß, die am Handgelenk ihrer Mutter baumelte. Sie hätte vermutlich darüber diskutieren können, aber was brachte das? In einer Woche waren sie in Florida. Laut Wetterbericht sollte es heiß werden. Die meiste Zeit würden sie am Strand oder am Hotelpool verbringen. Sie brauchte einen Badeanzug.

»Okay«, sagte Vivi und erhob sich vom Sofa. »Ich probiere sie an.«

Mrs Minkus sah erleichtert aus. »Gut. Und dann kommst du und zeigst sie mir.«

Das werden wir erst noch sehen, dachte Vivi, als sie die Tüte nahm. »Danke fürs Aussuchen.«

In ihrem Zimmer, hinter der sorgfältig geschlossenen Tür, zog Vivi die Badeanzüge aus dem rosa Papier, in das sie eingepackt waren, und legte sie ordentlich aufs Bett.

»Gar nicht so übel«, murmelte Vivi. Da war ein dezenter Einteiler in Gelb, ein gepunkteter violetter Zweiteiler sowie ein Tankini mit blauer Hose und rot-blau gestreiftem Oberteil. Sie verwarf den Zweiteiler, ohne ihn überhaupt anprobiert zu haben. Ein netter Versuch ihrer Mutter, aber nein danke. Bedächtig nahm sie den gelben Einteiler hoch. Falls die Farbe passend zu ihrem blonden Haar ausgesucht worden war, war es aus Vivis Sicht eine schlechte Wahl, weil der Ton mehr Senf als Gold war. Sie gab dem Teil trotzdem eine Chance. Entschlossen zog Vivi ihr Sweatshirt und die Jeans aus, dehnte den Badeanzug und versuchte, ihn über die Oberschenkel und ihren Slip zu ziehen. Nichts zu machen. Obwohl sie es besser wusste, warf sie einen schnellen Blick auf die Größenangabe auf dem Preisschild. Ja, es war ihre normale Größe, die ab jetzt die Größe sein würde, die sie nicht mehr tragen konnte. Sie schälte sich eilig aus dem Badeanzug und warf ihn aufs Bett.

Nur eiserner Wille und das Wissen, dass ihre Mutter demnächst an die Tür klopfen würde, gaben Vivi den Mut, den Tankini anzuprobieren. Mit Erleichterung merkte sie fast sofort, dass der besser funktionieren würde. Das wie Shorts geschnittene Unterteil war vorteilhaft und das Oberteil ließ sich leicht überziehen. Das bedeutete wohl, dass sie einen Blick in den Spiegel werfen musste.

Zögernd öffnete Vivi die Schranktür, an deren Rückseite ein durchgehender Spiegel hing. Sie dachte an das kürzliche Debakel beim Anprobieren von Jeans und rüstete sich für den Anblick, wohl wissend, dass das hier noch viel schlimmer sein würde. Eine Sekunde oder zwei überlegte sie, ob sie überhaupt hinschauen sollte. Sie brauchte einen Badeanzug, dieser schien zu passen, was machte es schon, wie er aussah. Aber sei es, um sich zu beruhigen, oder um sich zu quälen, Vivi riskierte schließlich doch einen schnellen Blick. Sie war überrascht von dem, was sie sah. Der Anzug passte gut. Sie sah pummelig aus, aber damit hatte sie gerechnet. Was sie nicht erwartet hatte, war der absolute Trauerkloß, der sie anstarrte. Das war nicht nur ein aufgedunsenes Mädchen, das von Monaten starker Medikamenteneinnahme gezeichnet war, das war jemand, der sich in dieser Zeit völlig vernachlässigt hatte.

Als sie mit der Hand durch ihr Haar fuhr, das sich kaum noch lockte, weil es so lang und kraftlos war, überlegte Vivi, wann es das letzte Mal geschnitten worden war. Ihre Mutter, die sehr auf ihr Aussehen achtete, hatte Vivi immer wieder vergeblich gedrängt, doch mitzukommen, wenn sie selbst im Friseursalon ihre Haare tönen und schneiden ließ. Warum war sie nicht mitgegangen?, fragte sich Vivi. Vermutlich schien es ihr den Aufwand nicht wert zu sein, weil sie dachte, dass ein Haarschnitt nicht von ihrem Erscheinungsbild ablenken würde. Jetzt allerdings wurde ihr bewusst, dass sie mit diesem ungebändigten Strohkopf vermutlich nur noch mehr Aufmerksamkeit auf sich gelenkt hatte.

Bei einem Blick auf ihren Körper nahm Vivis Missmut noch zu. Sie war nie sportlich gewesen – Musiker sind das selten –, aber sie schwamm gern und fuhr Fahrrad. Mit diesen Aktivitäten hatte sie nach den ersten schwereren Asthma-Anfällen aufgehört, obwohl ihr Vater sie gedrängt hatte, so aktiv wie möglich zu sein. Er hatte sogar ihre Mutter dazu gebracht, sie für einen Yoga-Kurs anzumelden, weil er dachte, dass es ihr beim Atmen helfen könnte. Aber weil sie dort tagsüber hinging, während alle anderen Kids in der Schule waren, war sie mit weitem Abstand die Jüngste. Dass alle anderen in dem Studio wahrscheinlich überlegten, warum sie nicht in der Schule war, trug zusätzlich dazu bei, dass sie sich unbehaglich und fehl am Platz fühlte. Sie hatte schließlich aufgehört, obwohl ihr Yoga eigentlich Spaß gemacht hatte.

Als sie mit den Händen über die Hüften fuhr, fiel Vivis Blick auf ihre Hände, die ebenfalls den Eindruck machten, als gehörten sie nicht zu ihr. Jahrelanges Üben hatte ihre Hände stark und ihre Finger flexibel gemacht. Wann immer sich ein Einweckglas nicht sofort öffnen ließ, wurde Vivi zu Hilfe gerufen, und irgendeiner aus der Familie beklatschte dann immer ihren eisernen Griff. Jetzt fühlten sich ihre Finger mehr wie Spaghetti als wie Stahl an. Andys Klavierbegleiterin zu sein, reichte offensichtlich nicht aus, um ihre Hände in Form zu halten.

Vivi schlüpfte aus dem Tankini und zog sich wieder an. Sie wanderte zum Fenster, um auf ihren Teil des Sees zu blicken. Heute war er ruhig, nur gelegentlich störte eine Eisscholle die graue Glätte des Wassers. Als sie eine Hand in die Tasche steckte, fand Vivi ihre Engelsmünze und holte sie heraus. Sie hatte die gleiche silbergraue Farbe wie der See, aber der Engel schien einen glänzenderen Farbton zu haben. Es war eigentlich unmöglich, dass eine Figur auf einem Stück Metall stärker funkelte als der Hintergrund, aber auch als Vivi näher hinsah, wirkte es so. Vielleicht hatte sie den Engel mit ihrem Daumen poliert; sie hatte die Angewohnheit, ihn zu reiben, wenn sie die Münze in der Hand hielt. Das war die einzige Erklärung, denn Metall veränderte sich nicht einfach so. Doch als sie so auf ihren Engel heruntersah, schien er sich zum Besseren verändert zu haben, während sie langweiliger geworden war.

Vivi wurde von einem zögernden Klopfen an der Tür aus ihren Gedanken gerissen. Sie wandte sich vom Fenster ab und rief: »Komm rein, Mama.«

»Na, wie hat es mit den Badeanzügen geklappt?«,

fragte Mrs Minkus nervös, so offensichtlich auf einen Ausbruch vorbereitet, dass sie Vivi leidtat.

»Der Tankini ist gut. Haben sie den auch in einer anderen Farbe? Vielleicht sollte ich zwei mitnehmen?«

»Zwei! Das ist eine gute Idee. Ich glaube, sie hatten da auch einen in Braun und Gold. Ich gehe morgen in den Laden und hole ihn.« Allein der Gedanke, etwas für Vivi besorgen zu können, das ihr wirklich gefiel, verbesserte Mrs Minkus' Laune spürbar.

»Und, Mama …«

»Ja, Liebling?«

»Ich glaube, ich brauche vorher noch einen neuen Haarschnitt.«

»Einen Haarschnitt!«

Vivi hatte das Gefühl, dass ihre Mutter einer Ohnmacht nahe war. »Machst du mir einen Termin?«, fragte sie knapp. *Mach jetzt bloß keine Welle,* flehte sie unausgesprochen.

Mrs Minkus riss sich zusammen. »Natürlich. Ich gebe dir Bescheid, wann Carla dich einschieben kann.«

»Hallo Vivi«, sagte Andy und kam in ihr Zimmer. »Chase kommt nachher vorbei, weil wir einige unserer Mundharmonika-Geigen-Nummern proben wollen. Kannst du uns begleiten?«

Normalerweise hätte Vivi gezögert und dann bedauernd abgelehnt. Sie fand zwar, dass Chase aus der achten Klasse super mit der Mundharmonika umgehen konnte. Es machte Spaß, ihm und Andy zuzuhören, wenn sie sich bei den verschiedenen Duetten, die sie in dem Stück hatten, gegenseitig zu übertrumpfen versuchten. Aber obwohl es nicht schaden konnte, sie als Begleitung zu haben, war es für ihre Proben nicht unbedingt nötig. Früher hätte sie es genossen, ihnen lediglich aus der Geborgenheit ihres Zimmers zuzuhören. Aber jetzt schien es, als könnte es durchaus Spaß machen, mit ihnen zu spielen. »Klar, kann ich machen«, antwortete Vivi.

»Super«, sagte Andy. »Chase kommt ungefähr in einer Stunde.«

»Ich bin bereit«, antwortete Vivi. Sie sah nach unten und bewegte ihre Finger. Ein bisschen Training würde ihnen guttun.

21. Kapitel

»Es ist warm«, sagte Andy, als sie das Flughafengebäude verließen.

»Es ist heiß«, korrigierte Bette.

»Es ist toll«, fügte Vivi hinzu. Eine schwüle Brise zauste ihre Haare, und Vivi dachte spontan, wie schön es doch war, wieder Locken zu haben. Carla hatte ihre Haare mit einem Bob auf Zack gebracht, der ihnen den alten Schwung zurückgab. Als sie im Salon in den Spiegel geguckt hatte, war Vivi überrascht, nicht nur, weil ihr Haar so viel besser aussah, sondern auch, weil sie sich nach etwas so Einfachem wie einem Haarschnitt so viel besser fühlte.

Als sie Dr. und Mrs Minkus vom Flughafen über die belebte Straße zum Leihwagen-Parkplatz folgte, war Bette, die zum ersten Mal in Florida war, von den Palmen begeistert, die die Flughafenstraße säumten. Andy und Vivi zogen ebenso begeistert ihre Jacken aus, die sie in Chicago noch dringend gebraucht hatten. Die Auswahl des Wagens wurde durch Vivis und Andys Gezanke über die Farbe etwas getrübt, aber die Fahrt zu der Ferienanlage, in der sie wohnten, verlief zum Glück ohne Zwischenfälle. Das war vor allem dem guten Navigationssystem des Wagens zu verdanken und den guten Vorsätzen von Mrs Minkus, die sich zurückhielt und nichts sagte, als Dr. Minkus trotzdem einmal falsch abbog.

Im Laufe der Jahre hatten Vivi und Andy mit ihren Eltern die Ferien in einer Reihe von schönen Urlaubsorten verbracht, doch als Dr. Minkus in die großzügige Auffahrt des Coconut Bay Resort einbog, war den Zwillingen klar, dass diese Anlage ganz oben auf der Liste anzusiedeln war. Als die Familie eincheckte, sahen sich die Kinder in der luftigen Lobby von der Größe eines Fußballfeldes um. Mehrere Ausgänge führten zu einer umlaufenden Veranda. Große Vasen mit rosa und weißen Blumen auf dem Marmorboden erweckten zusammen mit dem Sonnenlicht, das durch die offenen Türen und die raumhohen Fenster hereinströmte, den Eindruck, als wäre die Natur hereingeholt worden. Vivi blinzelte in Richtung einer Tür und sagte: »Ich glaube, ich kann Wasser sehen.«

»Den Pool?«, fragte Andy.

»Nein, das Meer.«

»Ich kann es kaum erwarten, nach draußen zu gehen«, sagte Bette mit funkelnden Augen.

»Vielleicht können wir ja später einen Spaziergang am Wasser machen«, meinte Vivi. Ein Spaziergang verlangte nicht nach einem Badeanzug, denn trotz der durchaus zufriedenstellenden Tankinis in ihrem Koffer, war sie noch nicht bereit, einen anzuziehen. Genügend Klamotten für die Reise zu packen war ohnehin eine Herausforderung für sich gewesen. Glücklicherweise hatte ihre Mutter schon Ende des vorigen Sommers einige Capris, eine Puffärmelbluse und ein Strandkleid für ihre größere Figur gekauft, die noch passten. Witzigerweise war Andy derjenige, der den größten Aufstand wegen seiner Sachen gemacht hatte. Er schien jeden Tag zu wachsen und war jetzt mindestens fünf Zentimeter größer als Vivi. Als seine Mutter darauf bestand, dass er seine Sommersachen vom letzten Sommer anprobierte, war Vivi vor Lachen fast zusammengebrochen. Shorts, die einmal die richtige Länge hatten, waren jetzt Mini-Shorts, seine Sommerhosen sahen wie abgeschnitten aus, und er hatte offensichtlich auch rundum ein bisschen zugelegt, denn er schien aus seinen T-Shirts zu platzen. Weil Andy bis zur letzten Minute mit dem Anprobieren gewartet hatte, hatte Mrs Minkus beschlossen, mit ihm in Coconut Bay einkaufen zu gehen, was ihn unendlich nervte. Aber als er jetzt Boutique an Boutique sah, meinte er zu Vivi: »Ich hoffe, die haben in einem dieser Läden etwas für mich, ich koche in diesen Jeans.«

Dr. Minkus, der die Zimmerschlüssel in der Hand hatte, sammelte seine Ehefrau und die Kinder ein und trieb sie zum Fahrstuhl.

»In welchem Stockwerk sind wir?«, fragte Vivi.

»Elf«, antwortete er.

»Oh gut«, meinte Mrs Minkus. »Zimmer mit Aussicht.«

Und was für eine Aussicht sie hatten! Ein langer Balkon erstreckte sich über die volle Breite des gut ausgestatteten Wohnzimmers und gab den Blick frei auf die ruhige Bucht, die mit Booten gesprenkelt war. Nachdem jeder einen Blick nach draußen geworfen hatte, gingen

Vivi und Bette in ihr Zimmer, das mit zwei extrabreiten Betten und Flachbildschirm an der Wand identisch zu dem Zimmer von Vivis Eltern war. Bette ließ sich auf das Bett in der Nähe des raumhohen Fensters fallen. »Kann ich das haben?«

Vivi hätte das Bett auch gerne gehabt, aber sie nickte nur großzügig. Andy kam mit seinem Koffer ins Zimmer. »Ich lasse den hier, okay? Mama will meinen Kram nicht im Wohnzimmer haben.«

»Nein«, entgegnete Vivi entschieden. »Wir wollen nicht, dass du ständig hier rein- und rausgehst, wenn du etwas brauchst. In der Diele ist ein Schrank, pack ihn da rein.«

»Na gut.« Andy zuckte mit den Schultern und ging, seinen kleinen Koffer hinter sich herziehend.

»Er ist so umgänglich«, sagte Bette liebevoll.

Was für eine Beschreibung ist das denn?, dachte Vivi. Mit »interessant« konnte das bestimmt nicht mithalten. Vivi machte sich eine mentale Notiz, bei Bette ein gutes Wort für Andy einzulegen. Denn Andy war wesentlich mehr als nur »umgänglich«.

Dr. Minkus rief die Mädchen. »Vivi, Bette. Habt ihr eine Minute Zeit? Wir müssen mit euch reden.«

Bette erhob sich vom Bett und sagte zu Vivi: »Wir haben doch nicht jetzt schon etwas falsch gemacht, oder?« Dr. Minkus machte Bette immer ein bisschen unsicher.

»Glaube ich nicht«, antwortete Vivi.

Als sie ins Wohnzimmer kamen, saßen Vivis Eltern auf dem Sofa, ihre Mutter bereits im Tennisdress.

»Also, Kinder, wir wollen, dass ihr Spaß habt«, begann Dr. Minkus. »Aber wir wollen auch wissen, wo ihr seid und was ihr macht. Leider werde ich hier mehr arbeiten, als dass ich Freizeit habe. Ich muss Meetings und Vorträge besuchen, die schon heute Nachmittag beginnen. Die erste Veranstaltung läuft sogar schon.«

»Ich bin da«, sagte Mrs Minkus. »Die meiste Zeit am Tennisplatz, hoffe ich jedenfalls«, fügte sie mit einem Lächeln hinzu. »Ihr habt alle eure Handys?«

Andy, Vivi und Bette nickten.

»Okay, ich möchte, dass ihr euch wenigstens jede Stunde meldet.«

»Jede Stunde!«, protestierte Vivi.

»In Ordnung, alle zwei Stunden. Aber wenn ihr nicht zusammen seid, will ich von jedem telefonisch oder per SMS hören. Auch von dir, Bette.«

Dr. Minkus zog drei Plastikkarten aus der Tasche. »Damit könnt ihr Essen oder Snacks abrechnen«, sagte er und gab jedem eine. »Aber übertreibt es nicht.«

»Nein, Herr Doktor«, sagte Bette.

»Herr Doktor«, wiederholte Dr. Minkus anerkennend. »Musik in meinen Ohren.« Er sah auf seine Uhr. »Gut, ihr habt noch fast den ganzen Nachmittag. Eure Mutter und ich werden wahrscheinlich noch mit einigen meiner Kollegen etwas trinken, aber ich denke, dass wir heute Abend gemeinsam essen werden. Und wenn nicht, könnt ihr über den Zimmerservice bestellen.«

»Andy, bevor ich zum Tennisplatz gehe, lass uns noch ein paar Sachen besorgen«, sagte Mrs Minkus.

»Super.« Andy drehte sich zu den Mädchen um. »Wartet ihr?«

»Beeil dich«, sagte Vivi.

»Ich mach so schnell es geht«, murmelte Andy.

»Vivi«, wandte Dr. Minkus ihr seine Aufmerksamkeit zu. »Achte darauf, dass du deine Medikamente nimmst.«

»Papa …«, protestierte Vivi.

»Man vergisst Dinge wie Medikamente sehr leicht, wenn man Ferien hat«, sagte Dr. Minkus ernst.

»Ich werde es nicht vergessen.«

»Dann ist ja gut«, sagte Mrs Minkus und stand auf. »Komm, Andy.«

Sobald ihre Eltern und Andy aus der Tür waren, meinte Vivi zu Bette: »Ich kann es kaum erwarten, aus diesen Chicago-Klamotten rauszukommen. Und du?«

»Gute Idee. Und ich will auspacken. Die Sachen in meinem Koffer zerknittern von Minute zu Minute mehr.«

In ihrem Zimmer belegte jedes Mädchen ein paar Schubladen und stopfte seine Sachen hinein. Sie waren eigentlich nur dreieinhalb Tage in Florida, aber beide hatten genug Klamotten für eine Woche mit. Vivi nahm eine weiße Bluse, die mit winzigen roten Herzen bedruckt war und die weiße Capri vom letzten Jahr. Sie mochte die Bluse sehr, dachte sie beim Anziehen. Sie verdeckte gnädig alle Problemzonen.

»Du hast dich aber schick gemacht«, sagte Bette, während sie in ein rosa T-Shirt und Shorts schlüpfte, die wie angekündigt ziemlich verknittert waren.

Vivi wurde sofort befangen. »Ich muss etwas tragen, worin ich einigermaßen ordentlich aussehe«, verteidigte sie sich. »Ich kann mir nicht einfach irgendetwas überwerfen.«

»Du meinst so wie ich?« Bette hob die Augenbrauen.

Vivi wollte nicht schon innerhalb der ersten Stunde

in Florida streiten. »Du weißt genau, dass es schwieriger für mich ist, gut auszusehen.«

Bette bürstete sich die braunen Fransen aus der Stirn. »Vivi, es ist nicht schwierig. Selbst als du nicht mehr so wie sonst ausgesehen hast, sahst du immer noch gut aus, bis …«

»Bis was?«, wollte Vivi wissen.

»Bis du aufgehört hast, auf dein Aussehen zu achten«, endete Bette geradeheraus.

Vivi ließ sich aufs Bett fallen. Einen Moment war es still. Dann sagte sie leise: »Ich achte jetzt wieder darauf, aber es ist ein bisschen beängstigend.«

Bette setzte sich neben Vivi. »Du fühlst dich besser, du siehst jeden Tag besser aus. Du solltest dich freuen und keine Angst haben.«

»Findest du wirklich, dass ich besser aussehe?«, fragte Vivi. Ihre blauen Augen forschten in den braunen von Bette nach der Wahrheit. »Manchmal denke ich, dass die niedrigere Dosis tatsächlich hilft – bevor wir losgefahren sind, hat Dr. Raphael sie noch einmal um ein Milligramm reduziert – aber manchmal sehe ich einfach keine Veränderung.«

»Vivi«, sagte Bette ungeduldig. »Es geht nicht nur darum, wie du aussiehst.«

»Nicht mehr«, stimmte Vivi mit einem wenig überzeugenden kleinen Lachen zu. »Also muss ich mich wohl auf die Suche nach der inneren Schönheit machen, über die alle reden.« Sie flüchtete sich in Sarkasmus. Und dennoch … wäre es nicht eine Erleichterung, sich nicht mehr an die Vorstellung klammern zu müssen, dass nur ihr Aussehen zählte?

Bette schien die ewigen Gespräche über Vivis Aussehen ebenso satt zu haben wie Vivi.

»Lass uns gehen und auf der Veranda auf Andy warten«, sagte sie und stand auf. »Wir vergeuden siebenundzwanzig wunderschöne Grad. Hast du Sonnencreme mit? Ich habe meine vergessen.«

Als Vivi ihre Sonnencreme gefunden hatte, kam Andy herein.

»Das ging ja schnell«, hörte sie Bette sagen.

»Ich weiß nicht, warum ihr Mädchen immer so lange braucht. Ich habe Shorts und ein paar T-Shirts gefunden, Mama hat bezahlt, fertig. Ich habe sogar gleich die Klamotten aus dem Laden anbehalten, damit es schneller geht.«

»Was ist mit den Preisschildern?«, fragte Vivi, die ins Wohnzimmer kam.

»Hat die Verkäuferin abgeschnitten. Können wir jetzt gehen? Ich habe Hunger.«

Dr. Minkus hatte am Flughafen für jeden Bagels gekauft, als sie auf ihr Gepäck warteten, aber Vivi wusste, dass Andys Fütterungszeit längst wieder überfällig war. In letzter Zeit hatte er immer großen Appetit, der wahrscheinlich für das Wachstum mitverantwortlich war.

»Mama hat erwähnt, dass es in der Nähe vom Pool ein Burger-Restaurant gibt«, sagte er, als sie ihre Sachen zusammensuchten. »Lasst uns das ausprobieren.«

Die Anlage war groß, es stellte sich heraus, dass das Burger-Restaurant gar nicht so einfach zu finden war, weil es drei Pools gab. Der eine war ein richtiges Langschwimmbecken für erfahrene Schwimmer, der zweite war etwas größer, von Liegestühlen gesäumt und verbunden mit einem Planschbecken, sodass sich hier vorwiegend Familien aufhielten. Aber der allertollste Pool, wenn man ihn überhaupt Pool nennen konnte, war der dritte. Eigentlich war es mehr ein Fluss, der sich durch die Anlage zog, angelegt mit kleinen Erhebungen, von denen einige ihren eigenen Wasserfall im Kleinformat hatten. Vivi war beindruckt. Für diesen Pool könnte es sich lohnen, einen Badeanzug anzuziehen.

»Ausgezeichnet«, meinte Andy anerkennend.

»Ich kann es kaum abwarten da reinzugehen«, stimmte Bette zu. »Sollen wir zum Zimmer zurückgehen und uns umziehen?«

Vielleicht war sie doch noch nicht ganz so weit. »Lasst uns erst etwas essen«, schlug Vivi vor. »Das Burger-Restaurant ist gleich da vorne.«

Weil die Mittagszeit schon vorbei war, war die rundum offene strohgedeckte Hütte fast leer. Es dauerte nicht lange, und Andy stürzte sich auf seinen Burger mit Pommes, während Vivi und Bette in ihrem Salat stocherten.

»Kann ich ein paar Pommes abhaben?«, fragte Vivi.

»Warum hast du dir nicht selbst welche bestellt?«, meckerte Andy.

»Zu viele Kalorien«, antwortete Bette für sie. »Aber so ein paar wären für mich auch okay.«

Sofort schob Andy seinen Teller hinüber zu Bette. Der Unterschied zwischen einer Schwester und einer potenziellen Freundin, dachte Vivi, als Andy ihr ebenfalls widerwillig von seinen Pommes anbot. Aber sie schob den Teller zur Seite, als ein Junge ihre Aufmerksamkeit weckte, der langsam an dem Burger-Restaurant vorbeischlenderte. Er war älter als sie, aber nicht sehr viel, vielleicht vierzehn, höchstens fünfzehn. Er war groß und sah durchtrainiert aus. Vivi konnte nur sein Profil sehen, aber was für ein Profil: kräftig, attraktiv und durch die schwarze Sonnenbrille, die sein Gesicht teilweise verbarg, noch geheimnisvoller. Aber es war nicht nur sein Aussehen, das Vivis Aufmerksamkeit fesselte. Er erinnerte sie an jemanden, aber an wen?

Bette folgte Vivis Blick. »Nett«, sagte sie nickend.

Andy drehte sich auch um. Als er sah, wen die Mädchen anschauten, sagte er: »Ach der.«

Vivi hakte sofort nach. »Du kennst ihn? Woher?«

»Sein Vater ist Arzt, und Papa kennt ihn. Wir haben uns im Aufzug getroffen.«

»Wie heißt er?«, wollte Vivi wissen. Vielleicht, dachte sie, hatte sie ihn schon einmal getroffen, bei irgendeiner Ärztegeschichte, und er kam ihr deshalb so bekannt vor.

»Irgendetwas Eigenartiges. Ich hab's nicht verstanden.«

Bette und Vivi wechselten einen Blick. Typisch. Aber vielleicht, dachte Vivi, würde sie ihn wiedersehen, wenn er auch zu den Konferenzleuten gehörte.

Andy schluckte den Rest seines Hamburgers herunter. »Können wir jetzt endlich schwimmen gehen?«

Als sie sich schließlich umgezogen und in den Liegestühlen ausgestreckt hatten, schien die Sonne am späten Nachmittag längst nicht mehr so stark wie vorher, aber nach der Kälte im Mittleren Westen fühlte sie sich immer noch herrlich an. Sie hatten sich Plätze in der Nähe des größten Pools ausgesucht, nicht weit von der Hütte, in der sie gegessen hatten. Vivi, die sich in ihrem Badeanzug nicht wohlfühlte, wickelte sich noch fester in ihren Frotteeumhang, anstatt ihn abzunehmen.

»Gehst du nicht rein?«, fragte Bette und zog ihr ärmelloses Shirt aus.

»Gleich.« Vivi bemerkte in einem Anflug von Eifersucht, dass Bette, groß und schlank wie sie war, in ihrem lila Zweiteiler richtig gut aussah.

Andy, der neben allem anderen offensichtlich auch eine neue Badehose bekommen hatte, hüpfte von einem Fuß auf den anderen und konnte es kaum erwarten, ins Wasser zu kommen. »Los jetzt, Bette.«

Vivi setzte ihre Sonnenbrille auf und zog eine Zeitschrift aus der Strohtasche, in der sie auch eine Wasserflasche und ihre Sonnencreme bei sich trug. Und ihre Engelsmünze, die sie während des mitunter holperigen Flugs fest in der Hand gehalten hatte. Aus Angst, sie zu verlieren, bewahrte sie die Münze sorgfältig in einer Seitentasche mit Reißverschluss auf.

Vivi hatte gerade begonnen, den Artikel »Die heißeste Mode auf dem Planeten« zu lesen, als jemand die Sonne blockierte. Sie blickte auf und sah den Jungen vor ihr stehen, der ihr vorher aufgefallen war. Aus der Nähe war sein Gesicht nicht ganz so perfekt. Eine dünne Narbe, die sich in einem Bogen vom Ohr bis zum Kinn zog, beherrschte die linke Seite seines Gesichts. Aus irgendeinem Grund beeinträchtigte sie sein Aussehen jedoch nicht. Sie machte ihn irgendwie unverwechselbar.

»Hallo«, sagte er.

»Ähm, hallo.«

»Darf ich mich setzen?«, fragte er und deutete auf die freie Liege neben ihr.

»Natürlich.« Vivi beschloss, dass die nächste Antwort mehr als drei Silben haben würde.

»Ist das dein Bruder?«, fragte der Junge und deutete zum Pool.

»Ja, und meine Freundin Bette.« Na also, mindestens fünf.

»Ich habe ihn im Fahrstuhl getroffen. Ich heiße Uri.«

»Ur-ie?« Andy hatte recht, der Name war komisch.

»In meiner Familie ist der Name sehr verbreitet. Wie heißt du?« Er nahm seine schwarze Sonnenbrille ab und Vivi konnte endlich seine Augen sehen. Sie hatten die gleiche Farbe wie der Himmel, der gerade strahlend blau war.

»Vivian.«

»Der Name ist auch ein bisschen ungewöhnlich«, sagte er. Vivi bemerkte den Anflug eines Akzents, den sie aber nicht unterbringen konnte.

»Die meisten nennen mich Vivi.«

»Okay«, lächelte er. »Aber mir gefällt Vivian.«

Ihm gefällt Vivian! Ich falle in Ohnmacht!

»Gehst du nicht schwimmen? Ich war schon drin, das Wasser ist toll.« Uri wandte den Blick nicht von ihr, so als ob er etwas von ihr erwartete, obwohl sie sich nicht vorstellen konnte, was es war.

Unbewusst fummelte Vivi an ihrem Umhang. »Ich wollte noch ein bisschen lesen.«

»Kein Problem. Dann werde ich dich nicht stören«, sagte er und stand auf.

Ein Teil von Vivi wollte sagen: *Nein, warte, geh nicht! Ich möchte viel lieber mehr über dich wissen als über diese durchscheinenden Röcke, die sie in Brasilien tragen.*

Aber das unerwartete Auftauchen des Jungen hatte sie so durcheinandergebracht, dass sie ihn gehen ließ. Immerhin brachte sie noch ein »Vielleicht bis später« heraus. Als Antwort winkte er ihr zu.

Als Uri nicht mehr zu sehen war, kam dieses Gefühl zurück, ihn von irgendwoher zu kennen, das sie schon im Burger-Restaurant gehabt hatte. An wen erinnerte er sie? Die Frage war wie ein hartnäckiger Juckreiz, der einen nicht losließ. Vivi beschloss, dass Schwimmen die einzig mögliche Ablenkung war. Uri hatte recht, das Wasser sah einladend aus, und so sicher es auch sein mochte, neben dem Pool zu sitzen und in ihrem Umhang zu kochen, hatte sie einfach genug davon, außen vor zu sein. Mit einem Tempo, das sie an die alte Vivi erinnerte, warf sie den Umhang weg und marschierte zum Pool; es war ihr sogar egal, ob jemand guckte. Vivi stieg langsam in den Pool, hielt sich für einen Moment am Rand fest und ließ sich vom Wasser aufnehmen.

Wann war sie das letzte Mal geschwommen? Vivi konnte sich nicht erinnern, aber es fühlte sich so gut an. Mit behäbigen Zügen und Beinschlägen wie ein Frosch schwamm Vivi zu einer der kleinen Erhebungen, wo sie sich unter das herabstürzende Wasser duckte. Es war, als stünde sie hinter einem Wasserfall, an einem Platz, der höchstens für drei Leute gedacht war. Die anderen Schwimmer von ihrem sicheren kleinen Aussichtspunkt aus zu beobachten war anfangs interessant, aber nach kurzer Zeit langweilte sie das reine Beobachten. Vivi verließ den Wasserfall, schwamm ein bisschen und ließ sich treiben, wegen der heißen, allgegenwärtigen Sonnenstrahlen gelegentlich untertauchend. Sie war überrascht, dass sie das Schwimmen nicht erschöpfte, aber dennoch beschloss sie vorsichtshalber den Pool zu verlassen. Andy und Bette waren schon da und spielten Karten.

»Wir haben Mama eine SMS geschickt«, sagte Andy, der kaum hochsah.

»Gin«, sagte Bette und legte ihre Karten auf Andys Liege.

»Ich wusste gar nicht, dass du Gin Rommé spielst«, sagte Vivi zu ihrem Bruder, während sie sich abtrocknete.

»Bette hat es mir gerade beigebracht«, sagte er und legte das Blatt weg, mit dem er verloren hatte.

»Ich kann es dir auch beibringen«, meinte Bette. »Aber es können immer nur zwei auf einmal spielen.«

Nur zwei auf einmal war auch am nächsten Tag angesagt. Andy nutzte es voll aus, mit Bette zusammen zu sein; sie gingen zusammen schwimmen oder spielten irgendwelche Spiele. Am nächsten Tag wollten sie mit geliehenen Fahrrädern am Strand entlangfahren. Sie fragten Vivi immer, ob sie mitwollte, aber sie klinkte sich aus.

»Ich habe dich kaum gesehen«, meinte Bette deshalb am nächsten Nachmittag zu ihr, als sie sich vor dem Abendessen ausruhten.

»Macht es dir etwas aus?«, fragte Vivi.

Bette machte es nichts aus. Es war irgendwie spaßig, Andy bei dem Versuch zu beobachten, vom guten Freund zum richtigen »Freund« zu werden und sich immer Neues einfallen zu lassen, was er mit Bette unternehmen konnte.

»Na ja, ich möchte auch mit dir Zeit verbringen, nicht nur mit Andy. Aber du vergräbst dich immer in irgendeinem Buch und sagst ›Vielleicht später‹. Was ist los?«

»Ich weiß es nicht«, sagte Vivi ehrlich. »Mir ist einfach danach, es langsam angehen zu lassen.«

»Fühlst du dich okay?«, fragte Bette und rollte sich auf die Seite.

»Ja, mir geht's gut.« Vivi konnte sich tatsächlich nicht daran erinnern, wann sie sich besser gefühlt hatte. Die Sonne und das Wasser schienen einen heilenden Einfluss zu haben, der noch dadurch verstärkt wurde, dass sie allein war. Natürlich war da auch ein Teil von ihr, der darauf hoffte, dass Uri auftauchen und ihre Einsamkeit stören würde. Bisher war das zwar noch nicht passiert, doch auch das war okay.

Vor lauter Konferenz und Tennis hatte sie von ihren Eltern auch nicht viel gesehen, aber heute Abend wollten sie alle gemeinsam in einem der schickeren Restaurants der Anlage essen. Es war die Geburtstagsfeier für die Zwillinge, weil ihre Eltern am nächsten Tag an einem Festessen teilnehmen mussten.

»Was ziehst du zum Essen an?«, wollte Vivi von Bette wissen.

»Ich habe nur ein Kleid mit«, antwortete Bette, »und das muss dringend gebügelt werden.«

»Bügeln?«, johlte Vivi. »Seit wann bügelst du Klamotten?«

»Ich will nur nett aussehen«, antwortete Bette zurückhaltend. War sie rot geworden, oder hatte sie zu viel Sonne abbekommen?

Neugierig geworden, hakte Vivi nach. »Erzähl mal, wie läuft's denn so mit Andy, wo ihr doch so viel Zeit miteinander verbringt?«

Bette stand auf und ging zum Schrank. »Ich glaube, ich habe hier ein Bügeleisen und ein Bügelbrett gesehen.«

»Okay, bügel, wenn es denn so wichtig ist. Aber nun erzähl endlich.«

»Andy und ich haben Spaß«, sagte Bette beiläufig.

»Ja, hab ich gesehen.«

»Morgen hat er Geburtstag«, meinte Bette, und dann mussten beide Mädchen lachen. »Ich vermute, das weißt du.«

»Also, unternehmt ihr beide etwas Besonderes?«, fragte Vivi.

Bette sah bestürzt aus. »Wir würden doch nichts ohne dich machen. Und wir haben wirklich noch nicht darüber gesprochen.«

»Aber du magst ihn, stimmt's?« Vivi hatte genug davon, um den heißen Brei herumzureden. Das musste einfach raus.

Bette schüttelte ihr Kleid aus und legte es aufs Bügelbrett. Dann ging sie mit dem Bügeleisen ins Badezimmer, um Wasser einzufüllen. »Wie könnte man ihn nicht mögen?«

Vivi konnte sie wegen des laufenden Wassers kaum hören, aber sie lächelte.

Obwohl sie normalerweise immer die Letzte war, war Vivi diesmal als Erste ausgehfein. Weil Bette ein Kleid trug, zog Vivi das schwarz-weiße Kleid an, das sie mitgebracht hatte, und griff nach einem weißen Schultertuch, falls die Klimaanlage im Restaurant zu kühl eingestellt war. Andy lag auf dem Sofa im Wohnzimmer und hatte den Fernseher an.

»Du hast immer noch nicht geduscht«, sagte Vivi.

»Mama hat ihr Badezimmer besetzt, Papa war auch noch nicht dran, und Bette zieht sich in eurem Zimmer an.« Er sah endlich vom Fernseher hoch. »He, du siehst gut aus.«

»Danke. Ich gehe unten spazieren und treffe euch im Restaurant. Sagst du Mama und Papa Bescheid?«

»Klar«, sagte Andy und wandte sich wieder seinem Film zu.

Vivi nahm den Fahrstuhl in die Lobby und ging ohne ein besonderes Ziel in die Richtung der großen Tür, die zum Wasser führte. Kurz vor dem Ausgang jedoch erregte der leere Bankettsaal mit dem Flügel in der Ecke ihre Aufmerksamkeit. Der Raum war ruhig und lag im Halbdunkel, aber es war hell genug für Vivi, die über den dicken Teppich zum Flügel ging. Er schien nach ihr zu rufen.

In einem so großen Raum mit einem Flügel allein zu sein, hatte etwas Magisches an sich. Nachdem sie sich schnell umgeschaut hatte, ob sie auch wirklich allein war, legte Vivi ihre Finger auf die Tasten und spielte *Worlds Apart*, einen Song aus *Big River*. Er war ihr aufgefallen, als sie irgendwann einen Blick auf die ganze Partitur geworfen hatte. Weil keine Geige darin vorkam, hatte sie ihn nie mit Andy geübt. Es war ein Lied nur für Klavier und die Stimmen von Huck Finn und Jim, die davon sangen, dass sie zwar den gleichen Himmel und die gleichen Sterne sahen, aber aus völlig verschiedenen Perspektiven. Doch obwohl sie das Leben aus unterschiedlichen Blickwinkeln sahen, war es für beide tröstlich, dass sie zusammen waren. Sie spielte das Lied, weil es ihr gefiel und sie berührte und vielleicht auch, weil es okay war, sich anders als andere zu fühlen.

Als sie fertig war, wurde Vivi von einem leisen Klatschen hinter sich überrascht. Sie fuhr herum, und da stand Uri, der sie anlächelte.

»Wie lange bist du schon hier?«, fragte sie und versuchte ihre Verlegenheit zu überspielen.

»Ich bin vorbeigekommen und habe die Musik gehört, was irgendwie seltsam war, weil der Raum leer schien. Also bin ich ihr gefolgt und habe zugehört. Du bist sehr gut.«

Vivi stand auf und wollte das Kompliment mit einer Handbewegung abwehren. Aber das fühlte sich völlig falsch an, und instinktiv wusste sie, dass Uri es auch albern finden würde. Also sagte sie nur: »Danke.«

Uri ließ seine Finger über die Tasten gleiten.

»Spielst du auch?«, fragte Vivi.

»Nicht so wie du«, entgegnete er mit einem Lachen. »Ich spiele in der Kreisliga. Du bist die Bundesliga. Das ist eine Gabe. Spielst du auch öffentlich oder nur in leeren Ballsälen?«

»Ich gehe auf eine Schule, die auf die darstellenden Künste spezialisiert ist.« Der nächste Satz kam auch für sie überraschend. »Aber ich war eine Weile weg. Ich war krank.«

Uri warf ihr einen schiefen Blick zu. »Geht es dir jetzt besser?«

»Ich bin auf dem Weg.«

Er sah sie mit tiefem Verständnis an. »Ich weiß, was es heißt, krank zu sein.« Er berührte seine Narbe.

»Was ist passiert?«, fragte Vivi.

»Ach, ich musste etwas entfernen lassen. Hat mein Aussehen ruiniert.« Er lachte wehmütig.

»Nein, hat es nicht«, sagte Vivi ehrlich.

Uri lächelte, und in diesem Augenblick hätte wohl jeder Vivi zugestimmt. »Na ja, wichtig ist, dass ich es überlebt habe.«

»Es ist gut, wenn man weiß, was wichtig ist«, sagte Vivi zu ihm, obwohl ihr sofort klar wurde, dass das auch für sie galt.

»Ja, das ist es«, erwiderte Uri. Und erneut kam als Reaktion auf seinen durchdringenden Blick dieses starke Gefühl des Wiedererkennens, das sie schon kannte. »He«, sagte er und sah sich um. »Es wird dunkel. Hast du Lust den Sonnenuntergang anzuschauen?«

Das klang romantisch, wenn auch ein bisschen ungewöhnlich. »Ich … ich sollte meine Eltern anrufen und nachfragen, ob sie schon im Restaurant sind. Vielleicht warten sie auf mich.« Sie zog ihr Handy aus der Tasche, wo es neben der Engelsmünze lag, und rief ihre Mutter an, deren Antwort etwas gehetzt klang. »Nein, wir sind noch nicht da. Andy zieht sich gerade um, und dein Vater telefoniert, einer seiner Patienten zu Hause ist im Krankenhaus. Wir haben die Reservierung nach hinten verschoben, sodass du mindestens noch zwanzig Minuten Zeit hast. Langweilst du dich?«

»Nein«, sagte Vivi und blickte schnell zu Uri. »Wir sehen uns dann im Restaurant.« Bevor ihre Mutter irgendeinen alternativen Plan aushecken konnte, legte sie auf. »Ich habe Zeit.«

»Gut, dann lass uns gehen.«

Als sie auf die große Terrasse mit Blick aufs Meer kamen, war Vivi überrascht, wie voll sie war. Alle schienen auf etwas zu warten.

Uri dirigierte sie zu einem Platz am Geländer, wo sie den Sonnenuntergang sehen konnten.

»Sind die alle wegen des Sonnenuntergangs hier?«, flüsterte Vivi.

Uri nickte. »Er ist typisch für Florida.«

Vivi zuckte mit den Schultern und war froh, als eine Frau kam und sich so breitmachte, dass sie ein bisschen näher an Uri rücken musste.

»Spielst du schon lange Klavier?«, fragte Uri.

»Ungefähr sechs Jahre.«

»Was ist das umgerechnet, dein halbes Leben?«

»Nein«, sagte Vivi mit gespielter Entrüstung. »Ich werde morgen dreizehn.«

»Morgen?« Er sah aus, als machte er sich im Geiste eine Notiz. »Ich muss morgens mit meinem Vater Golf spielen, aber wir könnten hinterher ein bisschen feiern?«

»Das wäre nett«, sagte Vivi. Sie fragte sich, ob »nett« das falsche Wort war, zumal sie innerlich »Fantastisch!« schrie, aber Uri lächelte sie nur an, und alles schien okay. Danach standen sie schweigend da und sahen zu, wie die Sonne fast ins Wasser stürzte, als sie sich dem Horizont näherte, und den Himmel zuerst rosa, dann rot und schließlich violett färbte, bevor sie schließlich verschwand. Die Zuschauer verstreuten sich schnell, aber Vivi und Uri blieben noch einen Augenblick. Dann begleitete er sie zu dem italienischen Restaurant, wo sie zum Essen verabredet war. Sie sah ihre Eltern, Bette und Andy den Fahrstuhl verlassen und den Gang hinuntergehen. Sie wollte sich von Uri verabschieden, bevor sie eintrafen.

»Also, ich bin dann morgen Nachmittag am Pool«, sagte sie eilig.

»Ich werde da sein.« Uri nickte und schlenderte davon.

Es wurde gegessen, und um sie herum unterhielten die anderen sich lebhaft, aber Vivi bekam das alles nur am Rande mit. Sie war wieder in dem dämmrigen Ballsaal oder draußen und beobachtete mit Uri den Sonnenuntergang. Nach dem Essen ging sie mit Andy und Bette auf ihr Zimmer, wo sie sich Filme anschauten, aber wenn jemand sie gefragt hätte, welche, hätte sie nicht einen einzigen Titel nennen können. Das Einzige, woran sie sich erinnern konnte, war, dass der erste ein Zeichentrickfilm und ein bisschen gruselig war und es in dem zweiten um einen Hund ging.

Als sich Bette und Vivi die Zähne putzten bevor sie ins Bett gingen, jede an ihrem eigenen Waschbecken, sah Bette Vivis Spiegelbild an. Sie spuckte die Zahnpasta aus und fragte: »Wo warst du beim Essen?«

»Hä?«

»Du hast drei Scheiben Knoblauchbrot gegessen, obwohl du Knoblauchbrot hasst.«

»Kein Wunder, dass ich das Gefühl habe, meine Zähne noch mal putzen zu müssen.« Vivi trocknete sich mit einem Waschlappen den Mund ab.

Die Mädchen kletterten in ihre Betten, und Vivi sagte:

»Ich mache das Licht aus, aber du kannst gern noch lesen.«

»Nein, ich bin auch zu müde.«

Als sie im Dunkeln lag, sagte Vivi: »Ich habe mit Uri auf der Terrasse den Sonnenuntergang angeschaut.«

Bette sagte eine Minute lang nichts und antwortete dann gähnend: »Dann wäre ich in Gedanken auch nicht beim Essen gewesen.«

Als Vivi am nächsten Morgen die Augen öffnete, war ihr erster Gedanke *Geburtstag!*, auf dem Fuß gefolgt von *Uri!*. Danach hatte sie nicht mehr viel Zeit, an irgendetwas zu denken, denn ihre Eltern hatten zum Frühstück – Frühstück! – eine Geburtstagstorte liefern lassen, und sie und Andy erhielten einige sehr zufriedenstellende Geschenke, darunter ein neuer iPod für jeden. Dann überraschte Dr. Minkus die Runde mit der Ankündigung, dass er sich den Vormittag für eine Bootstour freigenommen hatte, worüber sich Vivi extrem freute, besonders als sie so weit draußen waren, dass außer Wasser und Himmel nichts um sie herum zu sehen war. Zurück an Land blickte sie auf ihre Uhr und überlegte, ob es wohl noch zu früh war, nach Uri Ausschau zu halten.

In beeindruckendem Tempo zog sie ihren Badeanzug an und ging gemeinsam mit Andy und Bette zum Pool. Aber als Andy fragte, ob sie ins Wasser wollte, schüttelte sie den Kopf und sagte, sie würde noch warten. Und sie wartete tatsächlich; alle paar Minuten legte sie ihre Zeitschrift zur Seite, um sich umzuschauen. Dann fragte sie sich, ob sie Uri womöglich bezüglich Zeit oder Ort missverstanden hatte. Nach einer Weile kamen Bette und Andy zurück und setzten sich zu ihr.

»Wir ziehen uns um und mieten Fahrräder«, sagte Andy. »Kommst du mit?«

»Nein, ich glaube, ich bleibe noch ein bisschen hier.«

Andy sah gekränkt aus, deshalb schaute Vivi Bette bittend an. Falls Bette noch nicht geahnt hatte, dass sie sich mit Uri treffen wollte, wusste sie es jetzt. »Wir sehen uns aber später, Vivi, nicht wahr?«

»Ja, sicher«, antwortete Vivi strahlend. Zehn Minuten, nachdem die beiden weg waren, tat es Vivi leid, sie nicht begleitet zu haben. Was machte sie hier allein an ihrem Geburtstag und wartete auf einen Jungen, den sie nicht einmal kannte? Vivi suchte ihre Sachen zusammen und beschloss das Handtuch zu werfen – im wörtlichen Sinne, sie warf das Hotelhandtuch auf den Liegestuhl und erhob sich.

»Hallo, Vivian!« Uri war ein bisschen außer Atem, als er auf sie zugerannt kam.

Vivi wollte sauer sein oder zumindest ganz lässig tun, als sei ihr ziemlich egal, dass er – endlich – da war, aber sie musste Uri anlächeln, weil er sie anlächelte.

»Es tut mir leid«, sagte er entschuldigend. »Wir haben achtzehn Löcher gespielt, und dann musste ich noch etwas erledigen …«

»Ist schon okay«, antwortete Vivi. »So hatte ich mehr Zeit zum Sonnen.«

Er berührte ihre Nase. »Mehr rot als braun. Gehst du eine Runde mit mir?«

»Klar«, sagte sie und hängte sich die Tasche über die Schulter.

Er führte sie den Pool entlang in Richtung Strand. Eine Zeit lang sprach keiner von ihnen. Dann sagte Uri:

»Ich hatte gehofft, dass wir etwas mehr Zeit zusammen haben würden.«

»Jetzt bist du doch da.«

»Nicht wirklich.« Auf Vivis fragenden Blick meinte er: »Mein Vater ist, na ja, ein bisschen spontan. Er hat beschlossen, dass er nach Hause will.« Er sah auf seine Uhr. »Ich habe nur ein paar Minuten.«

»Oh nein.« Die Worte waren ihr unwillkürlich rausgerutscht.

»Ich weiß, das ist richtig blöd. Ich habe versucht, ihm das auszureden, aber für ihn ist die Konferenz beendet, und wenn er sich eine Idee in den Kopf gesetzt hat … Er checkt gerade aus.«

Vivi trat gegen den Sand. »Danke, dass du trotzdem gekommen bist. Das musstest du nicht.«

Uri griff nach ihrem Arm. »Ich hatte gesagt, dass ich komme. Ich wollte es.«

Vivi sah ihn durchdringend an und fragte: »Warum?« *Warum ich?*, dachte sie eigentlich.

Er schien die Worte trotzdem gehört zu haben. »Jeder, der dich hat spielen hören, möchte dich besser kennenlernen, Vivi. Du spielst wie ein Engel.«

Die Erinnerung durchzuckte Vivi, wie sie sich als kleines Mädchen in einem Kaufhaus verlaufen hatte. Sie war vermutlich gar nicht lange von ihrer Mutter getrennt ge wesen, aber es schien wie eine Ewigkeit. Als ihre Mutter sie fand, wurde sie von Erleichterung und Freude überwältigt. So fühlte sie sich jetzt auch. Als wäre sie gefunden worden.

»Ach, fast hätte ich's vergessen«, sagte Uri und grub in seiner Tasche. Er zog eine kleine Papiertüte vom Hotelshop hervor und gab sie ihr. »Ich hatte keine große Auswahl«, sagte er entschuldigend.

Sie spähte in die Tüte und zog ein Notizbuch heraus, auf dessen Umschlag aus weißem Leder – oder zumindest Kunststoff in Lederoptik – lauter kleine Noten tanzten. Es war mit einem kleinen goldenen Schloss abschließbar, an dem ein winziger Schlüssel baumelte.

»Es ist toll«, sagte sie und lächelte ihn an.

Uri beugte sich zu ihr und küsste sie auf die Stirn, so behutsam wie eine leichte Florida-Brise. »Herzlichen Glückwunsch zum Geburtstag, Vivian.«

Sie sahen sich einen langen Augenblick an, der von einer Stimme unterbrochen wurde, die Uris Namen rief. Hoch oben auf der Terrasse, von der aus sie den Sonnenuntergang beobachtet hatten, winkte ihnen ein Mann zu.

»Das ist mein Vater«, sagte Uri. »Ich muss los.« Er machte sich auf den Weg zurück zum Hotel, und sie beobachtete ihn, als er die Steintreppe zur Terrasse hochging. Als er oben war, drehte er sich um und winkte. Dann war er fort.

Vivi hielt das Notizbuch in der Hand und blätterte durch die sauberen, ordentlich linierten Seiten, bevor sie es sorgfältig wieder in die Papiertüte steckte. Nun ja, es sah so aus, als hätte sie am Ende doch noch ihr Dankbarkeits-Tagebuch bekommen.

Und sie wusste auch schon genau, wie der erste Eintrag lauten würde.

22 Kapitel

Vivis zweite große Enttäuschung bei der Rückkehr zur Schule kam genauso aus heiterem Himmel wie die erste.

Die erste hatte sie in Florida erlebt, eine ganz schlimme Überraschung. Kurz nachdem Uri verschwunden war, war Vivi eingefallen, dass sie weder seine E-Mail-Adresse noch seine Telefonnummer hatte. Und sie wusste noch nicht einmal seinen Nachnamen. Als sie langsam zurück zum Hotel ging, das Notizbuch im Arm, sagte Vivi sich, dass sie nur in den sauren Apfel beißen und ihren Vater wegen der entsprechenden Informationen ausquetschen musste. Sobald sie mehr wusste, würde sie nachsehen, ob Uri auf Facebook war, oder vielleicht konnte sie auch seine Telefonnummer herausfinden und ihn zu Hause anrufen.

Dr. Minkus war allein in der Suite, als Vivi zurückkam, was ihre detektivische Arbeit erleichterte. Er würde ihre Fragen nicht inquisitorisch auseinandernehmen, wie es ihre Mutter tun würde.

»Hallo, Geburtstagskind«, rief er aus dem Schlafzimmer. »Komm doch mal eben.« Als Vivi in der Tür auftauchte, fragte er: »Passt meine Krawatte zu diesem Jackett?« Die Konferenz ging heute Abend mit einem

Festessen zu Ende, und die Ärzte warfen sich offensichtlich alle in Schale.

»Ja, du sieht toll aus.«

»Danke«, sagte Dr. Minkus. »Ich dachte, ich hätte zwei Krawatten eingepackt, aber ich habe nur diese gefunden.«

»Papa«, begann Vivi etwas nervös. »Ich muss dich was fragen.«

»Nur zu, Schatz«, antwortete er und versuchte seine Manschettenknöpfe zu befestigen. »Kannst du mir mal damit helfen?«

»Kein Problem«, sagte Vivian. Während sie an den Manschettenknöpfen herumfummelte, fragte sie: »Wie hieß der Arzt, den du am ersten Tag im Fahrstuhl getroffen hast?«

»Im Fahrstuhl …?«

»Ja, er hatte dir seinen Sohn Uri vorgestellt.« Vivi versuchte, nicht ungeduldig zu klingen.

»Ach ja, ein gut aussehender Junge.«

»Mmm-hmm«, antwortete sie unverbindlich und machte den zweiten Manschettenknopf fest.

»Danke, Vivi«, sagte er und schüttelte die Ärmel aus. »Ich hab keine Ahnung, wer das war.«

»Was? Andy sagte, du kennst ihn.« Vivi fühlte, wie Panik in ihr aufstieg.

Dr. Minkus merkte nichts von der Krise, die da vor ihm hochzukochen drohte, als er mit einem Kamm zum Spiegel ging. »Ich sehe bei diesen Konferenzen häufig dieselben Ärzte. Du triffst sie einmal, und beim nächsten Mal grüßt du sie, weil sie dir bekannt vorkommen, obwohl du sie kaum kennst.«

»Papa, das ist wichtig. Fällt dir nicht doch ein Name ein?«

»Vivi, wahrscheinlich kannte ich ihn überhaupt nicht mit Namen. Wir waren beide im Fahrstuhl, er hat ›Hallo‹ gesagt, ich habe auch ›Hallo‹ gesagt. Dann hat er gefragt: ›Ist das Ihre Familie?‹, und ich glaube, dass ich etwas geantwortet habe wie ›Das sind meine Frau und mein Sohn Andy und seine Freundin Bette‹, und er hat gesagt: ›Dies ist mein Sohn …‹ Wie sagtest du heißt er?«

»Uri.«

»Okay, Uri. Wir haben alle ›Hallo‹ gesagt, sie sind auf ihrer Etage ausgestiegen, und das war's.« Dr. Minkus sah Vivi mit einem Anflug von Neugier an. »Hast du dich mit dem Jungen angefreundet?«

Sie wollte definitiv nicht, dass diese Unterhaltung in mütterliches Befragungsterritorium abdriftete. »Nicht wirklich. Ich habe ihn nur ein paar Mal getroffen und vergessen, nach seiner E-Mail-Adresse zu fragen.«

»Oh, das ist schade. Aber ich kann dir leider nicht helfen. Ich habe keine Ahnung, wie du ihn erreichen kannst.«

Das Gleiche galt für Bette, der Vivi sich abends anvertraute, als sie im Bett lagen und das Licht ausgemacht hatten. Vivi erzählte ihr natürlich nicht alles. Wie konnte sie darüber reden, dass Uri ihr gesagt hatte, dass ihr das ganze Leben offenstand, wo sie doch gar nicht sicher war, ob sie diesem Gefühl trauen durfte. Und warum schien er ihr so vertraut? Das hätte sie gar nicht erklären können, weil sie es selbst nicht verstand. Stattdessen erzählte sie Bette ausführlich, wie sie sich verabredet hatten, dass er wegmusste und sie nun keinen Weg sah, ihn zu finden.

»Das ist ja furchtbar«, rief Bette. »Du kennst nicht mal seinen Nachnamen?«

Vivi schüttelte den Kopf. »Vielleicht findet er ja mich, aber ich glaube, er weiß nicht mehr über mich als ich über ihn.«

»Das tut mir so leid, Vivi.«

Sie entschloss sich, Bette noch etwas anzuvertrauen, weil sie es einfach nicht für sich behalten konnte. »Bette«, flüsterte Vivi. »Er hat mich geküsst. Nur auf die Stirn, aber ...« es war, als könnte sie den Kuss immer noch spüren.

»Vivi, Andy hat mich auch geküsst. Nicht auf die Stirn.«

Der Gedanke, dass Andy Bette geküsst hatte, ließ Vivi Uri für eine Sekunde vergessen. »Wirklich? Wahnsinn!« Gut gemacht, Andy, dachte Vivi.

»Es war schon irre«, sagte Bette glückselig.

Vivi war glücklich, dass Bette so glücklich war, aber auch ein ganz bisschen eifersüchtig, weil Bette und Andy sich jeden Tag sehen konnten und sie Uri vielleicht nie mehr.

Seit sie aus Florida zurück waren, war Vivi nicht eine einzige brauchbare Idee gekommen, wie sie mit Uri Kontakt aufnehmen konnte. Und da sie von ihm auch nichts gehört hatte, nahm sie an, dass er die gleichen Probleme wie sie hatte, vorausgesetzt, er wollte überhaupt Kontakt aufnehmen. Sie war beinahe erleichtert, als am Montag die Schule wieder begann, weil sie dafür zumindest einen Plan hatte.

Kaum in der Schule angekommen, ging sie zum Büro,

um einen Termin mit Mrs Wu auszumachen. Die Sekretärin sah sie neugierig an, sagte aber, dass sie mittags vorbeischauen sollte. Den ganzen Vormittag übte Vivi sorgfältig, was sie sagen wollte, um einen selbstbewussten und überlegten Eindruck zu machen.

Bette zog fragend die Augenbrauen hoch, als Vivi ihr sagte, dass sie das Mittagessen ausfallen ließ, weil sie einen Termin mit Mrs Wu hatte, aber mehr ließ sie sich nicht entlocken.

Im Büro der Direktorin war Vivi nur ein ganz kleines bisschen aufgeregt, als sie sich setzte.

»Ist alles in Ordnung, Vivian?« Mrs Wu lehnte sich über ihren Schreibtisch. »Fühlst du dich gut?«

»Oh ja. Mir geht es viel besser. Ich habe neue Tabletten, die wirklich helfen.«

»Ausgezeichnet«, sagte Mrs Wu. »Also, was kann ich für dich tun?«

Vivi holte tief Atem. »Als ich zurück zur Schule kam, haben Sie mich gefragt, ob ich in einer der *Big River*-Aufführungen spielen würde, und ich habe gesagt, dass es nicht geht. Aber wie gesagt, ich fühle mich jetzt besser, und deshalb wäre ich froh, wenn ich die letzte Show spielen könnte.« Insgeheim freute sie sich auch, weil das Fernsehen die letzte Aufführung filmen wollte und ein bisschen Rampenlicht nicht schaden konnte. Aber das war nicht der Grund, warum sie Mrs Wus Angebot annehmen wollte. Es war vielmehr die Erkenntnis, wie viel die Musik ihr bedeutete; und vielleicht hatte es auch etwas damit zu tun, dass sie sich wie die alte Vivi fühlte. So oder so war sie bereit, Uris Worte, dass die Musik ihre Gabe war, umzusetzen.

Während sie auf Mrs Wus überraschte, aber begeisterte Reaktion wartete, bemerkte Vivi erst gar nicht, dass der Gesichtsausdruck der Direktorin nicht gerade überschwängliche Freude ausdrückte.

»Nun ja, ich bin sehr froh, dass du dich fit genug fühlst und spielen möchtest«, sagte Mrs Wu bedächtig. »Aber die Umstände haben sich geändert, und ich glaube nicht, dass es möglich sein wird.«

»Warum nicht?«, erwiderte Vivi fassungslos.

»Die Premiere ist in knapp zwei Wochen. Flora spielt die erste und dritte Show. Während der Ferien hat ihre Familie beschlossen, die Geburtstagsfeier der Großmutter nach Chicago zu verlegen, damit alle *Big River* sehen können. Die Party findet am Abend der zweiten Aufführung statt, die Mrs Kepler spielen wird.«

»Oh«, sagte Vivi und versuchte sich zu sammeln. »Aber ich dachte, Mrs Kepler sei nur die Vertretung von Flora. Würden Sie es nicht lieber sehen, wenn ein Schüler spielt statt einer Musiklehrerin?«

»Vivi, wenn du dich doch nur früher gemeldet hättest, oder als ich dich gefragt habe«, sagte Mrs Wu seufzend. »Aber zu diesem späten Zeitpunkt geht es um mehr als nur die Musik zu spielen. Flora und Mrs Kepler haben seit Monaten geübt, und die Mitwirkenden sind an sie gewöhnt. Außerdem hat der Regisseur in der Musik Änderungen vorgenommen, von denen du nichts weißt. Es wäre nicht einfach, dich auf den neuesten Stand zu bringen.«

Weil alles gesagt schien, bedankte sich Vivi bei Mrs Wu und verließ das Büro. Im Gang blieb sie stehen und überlegte, was sie tun sollte. Sie wollte nicht in die Cafeteria und sich den Fragen über ihren geheimnisvollen Termin mit der Direktorin stellen, sie hatte keine Lust darüber zu reden. Also beschloss sie, den Rest der Mittagspause draußen zu verbringen, wo sie allein sein und in Ruhe darüber nachdenken konnte, warum ihr Plan so schiefgegangen war.

Es war angenehm draußen, warm. Nicht so warm wie in Florida, aber für Chicago im Frühling durchaus annehmbar, und dank des dicken Pullovers, den sie trug, fühlte sie sich wohl. Vivi schlenderte zu einer abgelegenen Bank und setzte sich. Tja, sie war also nicht in der Show. Was nutzte musikalisches Talent, wenn niemand sie spielen hörte?

Trotz allem war es nicht ganz einfach down zu sein, während die Sonne schien, eine angenehme Brise wehte und alles um sie herum neu und lebendig roch. An einem Baum ganz in ihrer Nähe fiel ihr auf, dass die Zweige kleine grüne Triebe hatten, sodass es aussah, als trüge der Baum einen seidengrünen Schal. Als sie klein war und noch nicht zur Schule ging, hatte es sie fasziniert, wie Bäume an einem Tag braun und abgestorben aussahen und am nächsten Tag Farbe trugen. Sie fragte ihre Mutter, wie das passieren konnte und warum sie nicht sehen konnte, wenn der Wechsel kam.

»Tja«, hatte ihre Mutter ihr erklärt. »Das ist die Natur. Bäume und Sträucher und Blumen legen sich im Winter schlafen und dann, wenn du nicht hinsiehst, wachen sie wieder auf.«

»Es ist wie Magie«, hatte die kleine Vivi geantwortet.

»Ja, auf eine Art ist es ein magischer Moment.«

Und selbst jetzt, nachdem sie viel mehr darüber

wusste, fand Vivi es immer noch magisch. Gut, sagte sie sich, sie war bei *Big River* nicht dabei, aber es würde andere Musicals zum Mitmachen geben und andere Bühnen, um zu spielen. Es war unvorstellbar, nicht irgendwann irgendwo zu spielen. Wie die Blätter musste sie nur auf den richtigen Moment warten.

Aber auch wenn sie es geschafft hatte, sich dort draußen im frühlingshaften Sonnenschein Mut zuzusprechen – am Dienstag, als sie mit dem alten, abgenutzten Regiebuch in der Hand hinter den Kulissen des Maple Tree Theater saß, sah die Sache ganz anders aus.

Es war für die Kinder der erste Probentag im Maple Tree und die Busfahrt dorthin war von Erwartung und Aufregung geprägt. Vivi hatte überlegt, ob sie irgendwie aus ihrer Rolle als Souffleuse herauskommen konnte, weil die Schauspieler ihren Text jetzt ohnehin kannten, aber sie hätte, nachdem sie als Pianistin abgelehnt worden war, als beleidigte Leberwurst dagestanden, wenn sie Mrs Wu jetzt darauf angesprochen hätte. Also suchte sich Vivi einen hohen Stuhl und stellte ihn in die Kulissen, während sich um sie herum die Mitwirkenden und die Produktionscrew mit dem neuen Standort vertraut machten.

Vivi beobachtete das hektische Treiben – die Musiker beim Stimmen ihrer Instrumente, einige Schauspieler, die Auszüge aus ihren Liedern sangen, Kostüme, die widerstrebenden Kids angepasst wurden – und wünschte sich erneut, dass sie aktiver dabei sein könnte. Sie würde zumindest versuchen, auch ein bisschen von dem Spaß zu haben, den die anderen offensichtlich hatten; selbst wenn sie nichts weiter tat, als in den Kulissen zu sitzen und darauf zu warten, dass die Akteure Fehler machten und sie ihnen Stichworte liefern konnte.

»Vivian?« Mrs Wu unterbrach Vivis Gedanken. »Hast du einen Moment Zeit?«

»Natürlich, Mrs Wu.«

»Ich habe noch einmal über unser gestriges Gespräch nachgedacht. Vielleicht war ich ein bisschen zu voreilig.«

Vivis Herz schlug schneller. »Sie möchten, dass ich eine der Aufführungen spiele?«

»Nicht ganz, nein.« Weil sie die Enttäuschung in Vivis Gesicht sah, fuhr Mrs Wu eilig fort. »Aber es spricht nichts dagegen, dass du dir ein Stück aussuchst, vielleicht eins, das Andy und du besonders geübt habt, und in den Shows spielst. Du bist so talentiert, es wäre eine Schande, wenn wir nicht einen Weg fänden, damit du mitmachen kannst.«

Vivi musste sich zusammenreißen, um nicht von ihrem Stuhl zu springen und Mrs Wu zu umarmen. Nur weil sie wusste, wie das vor der versammelten Mannschaft aussehen würde, hielt sie sich zurück. Doch ihrer Stimme war anzuhören, wie sehr sie sich freute. »Das ist ganz toll, Mrs Wu. Wir könnten *Muddy Water* spielen. Das ist vor allem Klavier und Geige.«

»Wunderbar«, sagte Mrs Wu und klopfte Vivi auf die Schulter. »Ich informiere den Regisseur, dass du mitmachst, und wir bauen dich in die Proben ein.«

Vivi fühlte sich wie in einem wunderschönen Traum, aus dem sie auch in den folgenden zwei Wochen nicht erwachte. Der Song *Muddy Water* war der schwungvolle Höhepunkt der Show, und Vivi genoss es, am Klavier zu sitzen und das Lied mit Andy an ihrer Seite zum Leben zu erwecken. Besonders schön war, dass sich alle für sie zu freuen schienen: Ihre Freunde und ihre Eltern waren natürlich völlig aus dem Häuschen. Aber auch Schüler, die sie nicht sehr gut kannte, sagten ihr, wie gut sie spielte, und selbst Flora schien ihr den Auftritt auf der Klavierbank zu gönnen.

Ihr einziger Wunsch war, dass Uri sie sehen könnte. Sie schrieb fast jeden Abend in ihr Buch, es war eigentlich mehr ein Tagebuch, das auch einige Dankbarkeits-Bekundungen enthielt. Sie schrieb so gern hinein, weil es sie an Uri erinnerte, der mittlerweile wie eine Fantasiegestalt war.

»Vivi«, sagte Mrs Minkus, als sie ein paar Abende vor der Premiere zu ihr ins Zimmer kam. »Vergiss über der ganzen Aufregung nicht, dass du nach der Schule einen Termin bei Dr. Raphael hast.«

»Mama! Ich kann doch jetzt keine Probe verpassen«, rief sie.

»Ich habe Dr. Raphael von der Show erzählt. Sie ist sehr angetan, dass du mitmachst und hat angeboten, länger zu bleiben und auf dich zu warten. Also fahren wir nach der Probe. Sie ist wirklich eine ganz besondere Frau«, sagte Mrs Minkus, und selbst von ihrem Bett aus konnte Vivi sehen, dass ihre Mutter feuchte Augen hatte.

Und dann hatte sie's. Die Person, an die Uri sie erinnerte, war Dr. Raphael.

Als ihre Mutter die Tür geschlossen hatte, versuchte eine verwirrte Vivi herauszufinden, wie das sein konnte. Was um alles in der Welt hatten ein Junge im Teenageralter und eine Ärztin in mittleren Jahren gemeinsam, dass Vivi auf den ersten Blick die Ähnlichkeit auffiel? Wie so häufig nahm sie ihre Engelsmünze, diesmal aus der Schublade, wo sie sie hingelegt hatte, um sie nicht zu verlieren. Sie würde sich bei Andy noch einmal für diesen kleinen Talisman bedanken müssen. Irgendetwas hatte er an sich, das Mut und Güte ausstrahlte. Als sie darüber nachdachte, fragte sie sich, ob das nicht die gleichen Gefühle waren, die sie von Beginn an sowohl bei Uri als auch bei Dr. Raphael gespürt hatte?

Vivi schlief ein, ihre Engelsmünze in der Hand, immer noch damit beschäftigt zu begreifen, was hinter dieser außergewöhnlichen Verbindung steckte.

Und dann war plötzlich Premiere. Jeder, der dazugehörte, war sich bewusst, dass er oder sie nur ein kleines Rädchen im Getriebe war. Es kam auf sie alle an, nur wenn sie Hand in Hand arbeiteten, würden die Shows so werden, wie sie sein sollten. Monatelange Vorbereitung, komprimiert auf drei Auftritte.

Das Lampenfieber vor der Premiere müsste eigentlich Oh-mein-Gott-ich-flipp-aus-Zustand heißen, dachte Vivi, als sie darauf wartete, dass sich der Vorhang hob. Die Atmosphäre gespannter Erwartung hinter der Bühne war mit den Händen greifbar. Dann setzten die Musiker zur Ouvertüre an, die Mitwirkenden nahmen ihre Positionen ein, und endlich ging es los. Es wurden sechs Lieder aufgeführt, bevor sie in der Mitte des ersten Akts an der Reihe war, wenn Huck und Jim auf ihr Floß sprangen und ihre Reise auf dem Mississippi begannen.

Bis dahin hatte sie Souffleusendienst. Um sich von ihrem Solo abzulenken, achtete Vivi mehr auf den Text in ihrem Regiebuch als je zuvor. Gelegentlich warf sie einen Blick ins Publikum, das Spaß hatte und an den richtigen Stellen lachte. Als es Zeit für das *Muddy Water*-Duett wurde, verließ sie die Kulisse aufgeregt und ein ganz kleines bisschen ängstlich, um ihren Platz auf der Klavierbank einzunehmen.

Mit einem schwachen Lächeln in Andys Richtung, der mit seiner Geige direkt neben ihr stand, ließ Vivi ihre Finger auf die Tasten gleiten und begann zu spielen: »Pass auf mich auf, dunkles Wasser / deine Geheimnisse sind tief und weit …«

Ungefähr in der Mitte merkte Vivi begeistert, dass das Publikum im Rhythmus mit der Musik klatschte. Danach machte das Spielen noch mehr Spaß. Sie legte all ihr Gefühl in die Musik und summte leise mit, doch irgendwann geht jedes Lied zu Ende. Als es so weit war, verließ sie die Klavierbank sehr schnell, damit Flora ihren Platz wieder einnehmen konnte. Enthusiastischer Beifall begleitete sie in die Kulisse.

Mit klopfendem Herzen übernahm Vivi das Regiebuch von Joe, der für sie eingesprungen war.

»Wahnsinn«, sagte er.

»Danke«, antwortete sie und schenkte ihm ein strahlendes Lächeln. Sie fand die richtige Textstelle, doch wenn jetzt tatsächlich jemand seinen Text vergessen hätte, hätte Vivi wahrscheinlich nicht helfen können. In Gedanken war sie wieder am Klavier, erlebte ihren schwungvollen Auftritt noch einmal. Der Rest der Aufführung verlief reibungslos, die wenigen Fehler waren so unbedeutend, dass das Publikum sie gar nicht bemerkte. Als Vivi auf die Bühne kam, um gemeinsam mit den anderen Mitwirkenden den Applaus entgegenzunehmen, fühlte sie gleichermaßen Stolz auf die Aufführung und Erleichterung, dass es vorbei war.

Die zweite Show war nicht ganz so perfekt wie die Premiere, was vielleicht daran lag, dass sich die Truppe nach dem erfolgreichen Auftakt schon wie *Big River*-Profis fühlte. Dieses übermäßige Vertrauen in das eigene Können führte zu einigen verpassten Einsätzen und zu einem dummen Zwischenfall. Als Huck, Tom Sawyer und ihre Freunde zu *The Boys* tanzten, stießen zwei Jungen zusammen und stürzten. Glücklicherweise lautete eine der Liedzeilen »lass sie tanzen, bis sie alle umfallen«, deshalb hoffte Vivi, dass das Publikum das Missgeschick trotz des verlegenen Kicherns der Jungs für einen Teil der Show hielt.

Als die dritte und letzte Aufführung nahte, eine späte Matinee am Sonntagnachmittag, war die allgemeine Spannung wieder auf Premierenniveau oder sogar noch größer, wegen der Kameramänner von Channel Two, die die Show aufnahmen.

»Ich war so nervös«, flüsterte Bette Vivi zu, als sie nach einem ihrer Solos hinter die Kulissen kam. »Ich musste die ganze Zeit daran denken, dass ich im Fernsehen bin.«

»Du warst hervorragend«, versicherte Vivi.

»Aber du auch. Das war dein bester Auftritt.«

Dem konnte Vivi nicht widersprechen. Sie konnte ihre eigene Leistung durchaus objektiv beurteilen, und selbst wenn sie ihr Solo ganz extrem kritisch durchleuchtete, musste sie zugeben, dass ihre letzte Interpretation von *Muddy Water* so gut wie perfekt war. Sie wünschte,

Uri davon erzählen zu können. Und obwohl es verrückt klang, spürte sie irgendwie, dass er es wusste.

Dann gingen die Lichter aus, und es war vorbei. Alle fielen sich in die Arme und lachten, Schüler wie Lehrer. Gary, ihr Regisseur vom Maple Tree, hielt eine kurze Rede, was sie alle vollbracht hatten und wie professionell die Odom-Schüler waren und wie sehr sie hofften, wieder mit ihnen arbeiten zu können. Es wurde geklatscht, und es gab noch mehr Umarmungen und auch einige Tränen. Es wäre schrecklich gewesen, wenn alle nach dem Ende der Show sang- und klanglos hätten nach Hause gehen müssen, aber glücklicherweise brauchten sie das nicht. Der Vater des Achtklässlers, der Huck Finns Vater gespielt hatte, besaß ein italienisches Restaurant um die Ecke vom Theater, das er der Schule für eine Pizzaparty für Mitwirkende und Helfer zur Verfügung gestellt hatte.

Vivi ging gemeinsam mit Bette und Andy hin. Als sie ankamen, wurden sie in einen großen Saal geführt, der mit einem Transparent dekoriert war, auf dem stand »Herzlichen Glückwünsch an das *Big River*-Team«. Der Raum füllte sich, und Kellner brachten dampfende Pizzen unterschiedlichster Art herein. Vivi merkte plötzlich, dass sie Kohldampf hatte.

»Lasst uns essen«, sagte Andy und schaute die Pizzen hungrig an. Also gingen sie mit den anderen Kindern zu der langen Tischreihe, auf der die Kellner die Pizzen abgestellt hatten, und jeder nahm sich ein paar Stücke.

Da es nur wenige Sitzplätze gab, stellten sich Vivi, Bette und Andy mit ihren Tellern in eine Ecke nahe eines großen Abfalleimers. Vivi hatte gerade aus ihrer

Pizza ein großes Stück herausgebissen, als sie Joe bemerkte, der mit seiner Pizza mitten im Raum stand und sich umsah. Bette winkte ihm. Vivi sah, dass Andy sein Gesicht verzog, aber er sagte nichts.

Joe zögerte, gesellte sich dann aber zu ihnen. »Hallo, ihr wart alle super.«

»Danke«, antworteten Bette und Vivi fast im Gleichklang. »Und die Kulisse war auch toll«, ergänzte Bette.

Joe senkte den Kopf. »Ja. Ich hatte gehofft, dass Mike, der Schreiner vom Maple Tree, bei einer der Aufführungen sein würde, aber ich habe ihn nicht gesehen.«

Vivis Handy, das sie in ihre Jackentasche gesteckt hatte, klingelte. »Mama oder Papa wahrscheinlich«, sagte sie, als sie versuchte, die Pizza mit einer Hand zu halten und mit der anderen das Handy aus der Tasche zu angeln. Als sie es endlich hatte, fiel noch etwas heraus. Vivi wusste sofort, dass es ihre Engelsmünze war, die sie an allen drei Aufführungstagen in der Tasche ihrer neuen schwarzen Samtjacke verwahrt hatte.

Das Klingeln ignorierend, ging Vivi auf die Knie, um die Münze zu suchen.

»Was hast du verloren?«, fragte Bette, als Vivi auf dem dunklen Fußboden hektisch nach etwas Glänzendem suchte.

»Es ist ein kleines Medaillon mit einem Engel darauf. Ich darf es nicht verlieren.«

»Was sagst du da?«

Etwas in Bettes Stimme – war es Ungläubigkeit oder Aufregung? – ließ Vivi aufschauen. »Eine Engelsmünze.« Vivi sah etwas hinter dem Mülleimer und atmete erleichtert auf. »Da ist sie.« Sie holte die Münze aus ihrem Versteck und stand auf. »Siehst du«, sagte sie und hielt die Hand auf. »Sie sieht nicht nach viel aus, aber sie hat etwas Besonderes an sich.«

Bette blickte Vivi mit großen Augen an. »Wo hast du meine Engelsmünze her?«

»Deine Engelsmünze?«, erwiderte Vivi verwirrt.

»Ich habe sie in einer Sammelbüchse voller Geld gefunden, das Barbra gesammelt hat. Sie sagte mir, dass ich sie behalten kann. Und dann ist sie im Herbst eines Tages in der Schule verschwunden.«

»Ich habe sie von Andy«, sagte Vivi. »Aber das war nach Weihnachten.« Beide Mädchen drehten sich um und sahen Andy an, der Joe ansah, der wiederum aussah, als wünschte er sich meilenweit weg.

Vivi und Bette warteten ungeduldig auf eine Erklärung, aber für einen langen Augenblick sagte Andy keinen Ton, während er sich den Kopf zerbrach, was er sagen sollte. Schließlich zuckte er mit den Schultern und sagte: »Ich habe sie von Joe. Er wollte, dass ich sie Vivi gebe.«

Die Mädchen wechselten einen Blick. Joe?

»Und wie hast du sie bekommen?«, wollte Vivi wissen.

Einen Moment herrschte Stille. Dann atmete Joe tief durch. »Ich hatte sie, weil ich sie Bette gestohlen habe.«

»Du hast sie mir gestohlen?«, flüsterte Bette. »Wann, wie?«

»Sie lag auf deinem Tisch. Du hattest sie dort nach einer Arbeit vergessen. Und ich habe sie genommen.«

»Jetzt erinnere ich mich«, sagte Bette langsam. »Ich dachte, dass ich sie auf meinem Tisch vergessen hätte und bin sofort zurückgegangen, aber sie war weg. Dann habe ich angenommen, ich hätte sie irgendwo verloren. Ich habe mich ganz verrückt gemacht.« Sie starrte ihn an. »Warum hast du sie mir weggenommen, Joe?«

»Es war dämlich. Ich war wütend auf dich«, antwortete Joe, der sich mit jedem Wort unwohler fühlte.

Jetzt war Bette wütend. »Warum? Was habe ich getan?«

»Du kannst singen. Und ich dachte, dass dein Leben sowieso perfekt ist.«

Bette schüttelte den Kopf.

»Als ob wir alle ein perfektes Leben führen«, murmelte Andy.

»Ich weiß, ich weiß. Ich habe doch gesagt, dass es blöd war«, sagte Joe mit lauter, aufgewühlter Stimme. Er warf seine halb gegessene Pizza in den Mülleimer. »Du hattest mit dieser Münze gespielt, bevor du vorgesungen hast, und sie hat dir Glück gebracht. Ich wollte davon wohl auch etwas ab, weil damals nichts so richtig gut für mich lief. Und als sich die Gelegenheit bot, habe ich sie genutzt.« Joe fuhr sich mit der Hand über die Stirn und fuhr fort: »Wisst ihr, sie hat mir tatsächlich Glück gebracht.« Er hielt inne. »Manchmal denke ich, dass es mehr als Glück war.«

Das kam Bette bekannt vor. Ihr Ärger wurde von Neugier abgelöst. »Was meinst du?«

»Dieser Typ, Mike, er hat mir geholfen, hat mich die Dinge mit anderen Augen sehen lassen. Und dann meine Mutter, die sich wegen Dr. Raphael besser fühlte.« Er sah Vivi bittend an. »Deshalb wollte ich, dass Andy dir die Münze gibt. Damit es dir auch besser geht.«

Vivi wusste nicht, was sie sagen sollte. Stattdessen drehte sie sich zu Andy. »Ich dachte, du hättest sie gekauft.«

»Nein«, sagte Andy bedächtig. »Joe hat sie mir gegeben.«

Joe und Andy, die jetzt fast auf Augenhöhe waren, sahen sich an. Die Mädchen konnten sehen, dass zwischen den beiden etwas vorging, wussten aber nicht was – vielleicht so etwas wie gegenseitiges Verständnis.

»Was geht hier vor?«, fragte Vivi scharf.

»Nichts«, sagte Andy.

»Nichts«, stimmte Joe zu. »Du hast meine Katze gefunden. Ich wollte etwas Gutes für dich tun.«

Vivi war etwas besänftigt. »Nun ja, das hast du. Sie hat mir auch geholfen.«

»Und mir, macht drei«, meinte Bette. »Du hast recht, Joe. Für mich hat sich ganz viel geändert, als ich die Münze gefunden habe.«

Alle vier blickten auf die kleine Engelsmünze, die immer noch in Vivis ausgestreckter Hand lag.

»Also, was machen wir jetzt damit?«, fragte Andy.

»Bette sollte sie wiederhaben«, schlug Vivi prompt vor. »Sie gehört ihr.«

Bette nahm die Münze von Vivi und rieb mit dem Daumen über den Engel. »Es ist irgendwie schön, sie noch einmal anfassen zu können, aber um die Wahrheit zu sagen, glaube ich nicht, dass ich sie noch brauche.«

Keiner sagte etwas, jeder hing seinen eigenen Gedanken nach.

Schließlich sagte Joe: »Ich habe eine Idee.«

Drei Augenpaare wandten sich ihm zu.

»Als ich reinkam, bin ich an der Kasse vorbeigegangen und habe gesehen, dass sie da Kaugummis haben, also habe ich ein Päckchen gekauft …«

»Joe«, unterbrach Vivi ihn ungeduldig. »Was hat ein Päckchen Kaugummi …«

»Das kommt gleich. Seht ihr, da stand auch eine Sammelbüchse auf dem Tresen. Wenn die Leute bezahlt haben, können sie ihr Wechselgeld hineinwerfen.«

Bette, Andy und Vivi ging ein Licht auf, und sie redeten gleichzeitig los.

»Sammelbüchse.«

»Wo sie herkam.«

»Weitergeben.«

Ohne weitere Worte waren sie sich einig. Im Gleichschritt gingen sie durch die Menschenmenge zum vorderen Bereich des Restaurants, wo eine Frau mit hochgesteckten roten Haaren lächelnd an der Kasse saß. »Kann ich euch helfen?«

»Wir möchten etwas in die Sammelbüchse tun«, sagte Bette.

»Na, das ist ja nett von euch. Nur zu!«

»Das Geld ist für ein Kinderkrankenhaus«, sagte Vivi, die die Worte auf der Büchse gelesen hatte. »Perfekt.«

»Wer gibt sich die Ehre?«, fragte Bette.

»Ich finde, dass Joe es tun sollte«, meinte Andy. »Es war seine Idee.«

Joe warf Andy einen dankbaren Blick zu und schlug dann vor: »Wie wär's, wenn wir sie alle noch einmal halten?«

Obwohl der Raum laut war, schien die Luft rund um ihren kleinen Kreis sehr leise zu zirkulieren, als sie den

Engel von Hand zu Hand gehen ließen. Jeder sagte ein stummes Dankeschön, vielleicht sogar ein Gebet. Unter den Blicken der anderen ließ Joe den kleinen Engel behutsam in die Büchse fallen.

Er war weg.

»Was glaubst du, was jetzt mit ihm geschehen wird?«, flüsterte Bette, als sie sich wieder der Party zuwandten.

Vivi runzelte die Stirn. »Ich hoffe, er landet am richtigen Platz.«

»Darüber würde ich mir keine Sorgen machen«, sagte Andy zuversichtlich.

»Nein?«, fragte Joe. »Warum?«

»Er hat uns gefunden, oder nicht?«

Ausgezeichnet mit dem »Lesedino – Buch des Jahres 2010«

Stefan Gemmel
SCHATTENGREIFER – DIE ZEITENSEGLER
304 Seiten
ISBN 978-3-8432-0027-1

Ist es wirklich nur ein Zufall, der Simon auf das uralte Schiff verschlägt? Und was treiben die Jugendlichen hier, die dem Kommando des Schattengreifers unterstellt sind und mit ihm durch die Zeit reisen? Allmählich nur kommt Simon hinter die Geheimnisse dieses sonderbaren Schiffes. Aber je mehr er erfährt, desto klarer wird ihm, worauf er sich eingelassen hat. Um nichts weniger geht es, als die Welt zu retten.

Stefan Gemmel ist Lesekünstler des Jahres 2011.

Verliebt in einen Wassergeist

Sarah Lark
RUF DER DÄMMERUNG
416 Seiten
ISBN 978-3-8432-0047-9

Seit Viola nach Irland, in die Heimat ihres Vaters, gezogen ist, hat sich ihr Leben von Grund auf verändert. Sie liebt die raue Landschaft und die Menschen. Doch niemals hätte sie damit gerechnet, dass ihre Gefühle ausgerechnet von einem Jungen wie Ahi erwidert werden. Ahi ist schön und rätselhaft. Doch ihn umgibt ein Geheimnis: Er ist ein Wassergeist. Seit jeher lebt sein Volk von der Lebensenergie der Menschen. Immer tiefer gerät Viola in den Sog dieser unmöglichen, verbotenen Liebe, einer Liebe, die sie in tödliche Gefahr bringt …

Baumhaus Taschenbuch

Es gibt nur einen Amor, der für Chaos sorgt …

Rhonda Stapleton
VERFLIXT, DIESE LIEBE
Aus dem amerikanischen Englisch von Johanna Ellsworth
240 Seiten
ISBN 978-3-8432-0025-7

Felicity braucht einen Nebenjob – und warum sollte sie da nicht für eine Dating-Agentur arbeiten, die junge Mädchen sucht? Doch schnell stellt sich heraus, dass sie ihre eigenen Mitschüler verkuppeln soll – und zwar nicht durch Taktik, sondern mithilfe von E-Mails, die wie Amors Pfeile funktionieren. Die Liebeszauber von Amor sind nämlich noch lange nicht verschwunden. Der Nachteil: So ein Zauber hält nur zwei Wochen an, danach zeigt sich erst, ob es wahre Liebe ist. Ob das gut geht? Auf jeden Fall ist Chaos vorprogrammiert …

Der australische Jugendbuchklassiker!

Michael Noonan
THE DECEMBER BOYS
Ein australischer Sommer
Aus dem australischen
Englisch von
Barbara Küper
256 Seiten
ISBN 978-3-8432-0019-6

Für Spark, Maps, Fido, Misty und Choker verspricht es ein ganz besonderer Sommer zu werden: Das erste Mal in ihrem Leben dürfen die fünf Jungen ihr Waisenhaus im australischen Hinterland verlassen und ans Meer fahren. Doch die Idylle am Strand wird getrübt, als die fünf erfahren, dass einer von ihnen adoptiert werden soll. Ein Wettstreit um die Gunst der möglichen Eltern beginnt und stellt die Freundschaft auf eine harte Probe ...

»Ein wunderbares Buch.« THE DAILY TELEGRAPH

Baumhaus Taschenbuch